KNAUR
SCIENCE FICTION FANTASY

Herausgeber
Werner Fuchs

Um sich die Zeit zu vertreiben, gaben die Götter der Welt zwölf Schwerter, die besondere Macht verleihen. Sie wollten sich daran erfreuen, wie die Menschen Intrigen spinnen und ganze Königreiche gegeneinander kämpfen würden, um in den Besitz dieser gefährlichen Waffen zu gelangen.
Doch die Götter hatten nicht damit gerechnet, daß unter ihnen einer weilte, der zu besonderen Scherzen aufgelegt war: Vulkan, der Schmied der Schwerter, hatte diese so mächtig gemacht, daß sie selbst Göttern den Tod bringen konnten. Was als harmloses Spielchen begonnen hatte, wurde blutiger Ernst. Nun wollen die Götter ihre Schwerter zurück – aber auch Götter müssen äußerst vorsichtig sein, wenn sie mit den Schwertern der Macht konfrontiert werden...

Fred Saberhagen wurde 1930 in Chicago geboren. Anfang der sechziger Jahre begann er Science Fiction zu schreiben. Bekannt wurde er vor allem durch seine »Berserker«-Serie und den voluminösen Fantasy-Roman »Empire of the East«. Das dreibändige Epos um die Schwerter der Macht ist sein bislang erfolgreichstes Werk, das in den USA monatelang auf den Bestsellerlisten für Paperbacks stand. Die beiden vorausgegangenen Titel dieser Trilogie erschienen in der Taschenbuchreihe *Knaur Science Fiction/Fantasy* als:
»Das erste Buch der Schwerter« (Band 5791)
»Das zweite Buch der Schwerter« (Band 5816)

Deutsche Erstausgabe

Titel der Originalausgabe »The Third Book of Swords«

Umschlaggestaltung Franz Wöllzenmüller
Umschlagillustration Richard Hescox
Satz Compusatz, München
Druck und Bindung Elsnerdruck, Berlin
Printed in Germany 5 4 3 2 1
ISBN 3-426-05820-0

Fred Saberhagen

Das dritte Buch der Schwerter

Fantasy-Roman

Deutsche Erstausgabe

Aus dem Amerikanischen von Rainer Schmidt

Knaur

ISBN 3-426-05820-0 880

1

Hoch droben in der menschenleeren Region, die an den wolkigen Himmel angrenzt, wo niemals endende Winde den ewigen Schnee zwischen hohe, graue Felsen treiben, versammelten sich Götter und Göttinnen.

Im grauen Licht der beginnenden Dämmerung lösten sich ihre hochgewachsenen Gestalten wie Rauch aus dem grauen, dampfenden Wind und nahmen Festigkeit und Konturen an. Ihre Gewänder flatterten im kreischenden Geheul der rasenden Lüfte, aber sie achteten nicht auf Wind oder Wetter; sie standen auf dem Dach der Welt und warteten, während ihre Schar größer und größer wurde. Immer neue Mächte jagten über den Himmel, und ihre Zahl wuchs.

Die kleinste der wartenden Gestalten war größer als jeder Mensch, aber sie alle, vom kleinsten bis zum größten, hatten Menschengestalt. Die meisten der hier versammelten trugen Kleidung, deren Eleganz menschliches Maß übertraf – Kronen, Juwelen und schneeweiße Pelze schimmerten allenthalben; einige waren, nach menschlichen Maßstäben, beinahe gewöhnlich gekleidet; viele aber trugen bizarre Gewänder.

Eine unausgesprochene Vereinbarung, fast schon eine Tradition, ließ die Götter in einem unregelmäßigen Kreis stehen – Symbol einer groben Gleichheit. Es war eine Gleichheit, die auf gegenseitigem Zwang beruhte, denn keiner unter ihnen war bereit, einem der anderen einen Ehrenplatz zuzugestehen. Als der graubärtige Zeus, einen Lorbeerkranz krönend um das mächtige Haupt geschlungen, majestätisch vorwärts schritt, als beabsichtige er nun doch, sich in die Mitte des Kreises zu stellen, erhob sich sogleich Gemurmel rings um ihn her. Das Gemurmel wurde lauter, und es ließ erst wieder nach, als der Graubärtige sich stirnrunzelnd umwandte und im Bogen zu seinem alten Platz im großen Kreis zurückkehrte. Dort blieb er

stehen. Erst als er seinen Platz wieder eingenommen hatte, verstummte das Gemurmel gänzlich.
Und noch immer erschienen mit jedem Augenblick neue Götter oder Göttinnen aus der ruhelosen Luft. Inzwischen standen zwei Dutzend oder mehr der hoch aufragenden Gestalten im Kreis. Sie beäugten einander mißtrauisch, und hier und da begrüßte einer den anderen mit zurückhaltendem Kopfnicken. Von Nachbar zu Nachbar flüsterten sie miteinander durch den Wind und wechselten wachsam warnende oder bissige Bemerkungen über diejenigen, die weiter entfernt im Kreise standen oder noch nicht gekommen waren. Je mehr zusammenkamen, desto deutlicher traten die Unterschiede zwischen ihnen zutage. Die einen waren dunkel, die anderen hellhäutig, die einen sahen jung aus, die anderen alt, stattlich die Götter, schön die Göttinnen – oder häßlich, wie es nur gewisse Götter und Göttinnen sein können.
Noch zweimal öffnete Zeus den Mund, als wolle er zu ihnen allen sprechen. Zweimal sah es so aus, als wolle er sich anschicken, vorzutreten und sich in den Mittelpunkt des Kreises zu stellen, um die Zusammenkunft zu leiten. Immer wenn er es tat, schwoll warnendes Gemurmel an und erfüllte die eiskalte Luft, übertönte den tosenden Wind und ließ erkennen, daß kein solcher Versuch gestattet werden würde. Zeus blieb stumm an seinem Platz im Kreise stehen, stampfte hin und wieder mit den Füßen und runzelte ungeduldig die Stirn.
Endlich verstummten die vereinzelten Gespräche im Ring nach und nach, und stumm wartend standen die Götter da. Wortlos waren sie übereingekommen, daß eine beschlußfähige Zahl nunmehr erreicht sei. Es hatte keinen Sinn, warten zu wollen, bis alle Götter und Göttinnen hier wären, denn niemals nahmen alle zusammen gleichzeitig an einer Versammlung teil. Noch nie war es ihnen bisher gelungen, in irgendeiner Angelegenheit vollständige Einmütigkeit zu erzielen – nicht einmal, wenn es nur um den Ort oder die Tagesordnung für ihre Streitigkeiten ging.
Aber jetzt war die Versammlung groß genug.
Es war Mars, mit Speer und Helm bewaffnet, der das Schweigen brach, Mars, dessen Stimme vor alter Wut grollte und

dröhnte. Ihr Klang war das Donnern herabstürzender Felsblöcke, die einen Gletscher herunterrollen.
Mars schlug klirrend mit seinem Speer auf den linken Schild, um die Aufmerksamkeit der Versammlung auf sich zu lenken. Dann begann er zu sprechen. »Es gibt Neuigkeiten über das Sinnschwert. Der Mann, den andere Menschen den Dunklen König nennen, hat es. Er wird damit natürlich versuchen, die ganze Welt in seine Hand zu bringen. Wie sich dies auf unser eigenes Spiel auswirken wird, müssen wir selbst einschätzen, ein jeder nach seiner Position.«
Es war nicht diese Neuigkeit, die er den versammelten Göttern eben mitgeteilt hatte, was Mars so erzürnt hatte. Es war etwas anderes, etwas, das er für sich behalten wollte, was ihn vor Wut fast ersticken ließ. Mars verbarg seine Gefühle nicht sehr gut. Als er seine Rede beendet hatte, vollführte er eine wilde Gebärde, einen Schlag, der schier die Luft zu zerspalten schien, nur um die Tatsache deutlich zu machen, daß er nun bereit war, das Wort einem der anderen zu überlassen.
Als nächster sprach Vulkan – Vulkan, der Schmied mit dem verwachsenen Bein, Rüstmeister und Waffenschmied der Götter.
»Ich bedauere«, begann Vulkan mit verschlagener Miene, »daß mein so geschätzter Kollege im Augenblick außerstande ist, weiterzusprechen. Vielleicht brütet er allzusehr über einen gewissen Rückschlag – man könnte es sogar eine Niederlage nennen –, den er von den Händen – oder sollte man sagen, von den Pfoten? – eines gewissen sterblichen Gegners hat erleiden müssen, vor acht oder neun Jahren?«
Die Antwort, die Mars darauf gab, war ein neuerliches mürrisches, wutentbranntes Grollen. Gemurmel erhob sich im Kreis. Einige lachten über Mars, andere schienen Vulkan zu tadeln, weil er offensichtlich versucht hatte, einen Streit zu beginnen.
Aphrodite fragte leise: »Sind wir dazu hergekommen? Zu neuem Gezänk?« Ihre hohe Gestalt – anmutige Kurven, die Essenz des Weiblichen – war nur in einen durchscheinenden Schleier gehüllt, der im wütenden Wind ständig davonzuwehen drohte, ohne es je zu tun. Ebenso wie die anderen Gott-

heiten war auch sie völlig unempfindlich gegen die arktische Kälte.
Apollo, der neben ihr stand, überragte sie noch, und einen Augenblick lang wurde seine Gestalt von einem einzelnen Strahl der eben aufgegangenen Sonne beleuchtet. Die gleißende Lanze der Sonne durchbohrte die jagenden Wolken gerade so lange, wie der Gott brauchte, um zu sagen, was er zu sagen hatte. Sein Körper war in Licht gebadet. »Ich nehme an«, begann Apollo gebieterisch, »daß wir alle zumindest in einem Punkt übereinstimmen.«
Wenigstens einer war entgegenkommend genug, um Apollo zu fragen: »In welchem denn?«
Der große Gott antwortete: »Daß Hermes, der ausgezogen ist, um die Schwerter einzusammeln, von seiner Mission nicht zurückgekehrt ist. Daß er nie mehr zurückkehren wird.«
»Das sind zwei Punkte«, bemerkte ein anderer der Götter.
Apollo nahm von solchen Wortklaubereien keine Notiz. »Daß unser Götterbote, der sich seiner Unsterblichkeit zweifellos ebenso sicher war, wie die meisten von uns es der ihren immer noch sind, inzwischen seit vier Jahren *tot* ist.«
Dieses Wort hatte, mehr als jedes andere, die Macht, sie alle zu erschüttern. Viele hielten ihm tapfer stand. Einige versuchten, so zu tun, als wäre es nicht ausgesprochen worden, oder, wenn es doch erklungen war, als ob sie es nicht gehört hätten. Aber für eine ganze Weile hatte sogar der Wind keine Stimme mehr. Gewiß hätte es kein anderes Wort geben können, das ein Schweigen von solcher Tiefe und Dauer über die Versammlung hätte bringen können.
Es war die unerbittliche Stimme Apollos, die dieses Schweigen erneut brach, indem sie wiederholte: »*Seit vier Jahren tot.*«
Die Wiederholung rief nicht erneutes Schweigen hervor, sondern einen aufbrandenden Tumult des Protestes; gleichwohl übertönte Apollos Stimme den wachsenden Aufruhr.
»Tot!« brüllte er. »Und wenn Hermes, der Götterbote, von einem der Schwerter getötet werden kann, dann können wir es auch. Und was haben wir dagegen unternommen, in den vergangenen vier Jahren? Nichts! Gar nichts! Wir haben wie immer untereinander gezankt und gestritten – mehr nicht!«

Als Apollo eine Pause machte, ergriff Mars die Gelegenheit, weiterzusprechen. »Und da steht derjenige, der diese Schwerter geschmiedet hat!« Der Kriegsgott deutete mit seinem langen Kampfspeer auf den verkrüppelten Schmied und starrte ihn dabei wütend an. »Ich sage Euch, wir müssen ihn zwingen, sie wieder einzuschmelzen. Ich habe schon immer gesagt, diese Schwerter werden uns alle vernichten, wenn es uns nicht gelingt, sie vorher zu vernichten!«
Unbeholfen trat Vulkan auf sein lahmes Bein und drehte sich auf der Stelle. »Macht mir keinen Vorwurf!« Der Wind peitschte seine Pelzgewänder, und die schmückenden Drachenschuppen klapperten und flatterten im Sturm. Aber klar und deutlich drangen seine Worte durch das Heulen des Windes, denn bloße Luft vermochte sie nicht zu beeinträchtigen. »Der Fehler, wenn einer begangen wurde, lag nicht bei mir. Ihr alle, die ihr mich jetzt anstarrt, habt mich gedrängt, mich gezwungen, die Schwerter zu schmieden.«
Anklagend schaute er die Götter an, einen nach dem anderen. »Wir brauchen die Schwerter, wir mußten sie haben, das sagtet ihr alle – für das Spiel. Das Spiel würde ein großes Vergnügen werden, etwas, das wir noch nie zuvor versucht hätten. Ihr sagtet, die Schwerter müßten unter den Menschen verteilt werden, die dann im Spiel unsere Figuren sein würden. Und was für Figuren sind daraus geworden? Aber nein, ihr alle bestandet darauf, mochte ich euch noch so eindringlich davor warnen –«
Wieder brach ein Aufruhr des Protestes aus, und diesmal war er zu heftig, um von einer einzelnen Stimme übertönt zu werden. Einwände wurden erhoben: Im Gegenteil, *sie* seien es gewesen, die von Anfang an gegen die ganze Idee mit den Schwertern und dem Spiel gewesen waren.
Natürlich rief dies heftigen Widerspruch anderer Anwesender hervor. »Ihr meint wohl, ihr seid gegen das Spiel gewesen, seit ihr auf der Verliererstraße seid! Solange ihr zu gewinnen glaubtet, war es eine großartige Idee!«
Einer der graubärtigen älteren Götter – nicht Zeus – warf ein: »Laßt uns zu dem Problem zurückkehren, das uns unmittelbar zu beschäftigen hat. Du sagst, der Mann, den sie den dunklen

König nennen, habe das Sinnschwert jetzt. Nun, dies mag für einige von uns eine gute oder eine schlechte Neuigkeit sein, soweit es das Spiel betrifft, aber ist es darüber hinaus von Bedeutung? Das Spiel ist nur ein Spiel; hat es für die Wirklichkeit irgendeine Bedeutung?«

»Du Narr! Bist du denn unfähig, es zu begreifen? Dieses Spiel, das zu gewinnen dich mit solchem Stolz erfüllt, es ist uns schon längst aus der Hand geglitten. Habt ihr denn nicht zugehört? Habt ihr nicht gehört, was Apollo eben über den Tod des Hermes gesagt hat?«

»Schon gut, schon gut. Reden wir über Hermes, den Götterboten. Angeblich hatte er sich aufgemacht, die Schwerter wieder einzusammeln und sie den Menschen aus der Hand zu nehmen, weil einige von uns anfingen, sich Sorgen zu machen. Aber glaubt ihr, er hätte die Schwerter wirklich vernichtet, wenn er sie erst einmal hätte? Ich glaube es nicht.«

Nachdenkliches Schweigen folgte auf diese Vermutung.

Eine langsame, gedankenvolle Stimme brach das Schweigen. »Außerdem – sind wir wirklich sicher, daß Hermes tot ist? Welchen greifbaren Beweis haben wir dafür?«

Jetzt mußte sogar Apollo, der vernünftige, angesichts solcher Dummheit unwillkürlich aufheulen. »Eines der Schwerter hat Hermes getötet! Ferntöter, geworfen von der Hand eines bloßen Menschen!«

Apollo erhielt eine giftige Antwort. »Wie können wir sicher sein, daß es wirklich so passiert ist? Hat einer das Schwert Ferntöter seither gesehen? Hat einer von uns gesehen, wie Hermes starb?«

In diesem Augenblick trat Zeus wiederum einen Schritt vor. Er wirkte wie einer, der den richtigen Augenblick zum Handeln abwartet. Es schien, als habe er endlich den richtigen Augenblick abgepaßt, denn zum ersten Mal wurde er nicht niedergebrüllt, bevor er das Wort ergreifen konnte.

»Weisheit kommt mit der Erfahrung«, intonierte Zeus, »und Erfahrung mit dem Alter. Aus der Vergangenheit zu lernen, ist der beste Weg, die Zukunft zu sichern. In Frieden und Weisheit liegt Kraft. In Kraft und Weisheit liegt Friede. In Weisheit und...«

Diesmal brüllte ihn niemand nieder, aber nach dem ersten Dutzend seiner Worte hörte kaum noch einer der anderen Götter zu. Statt dessen nahmen sie ihre einzelnen Unterredungen im Kreis wieder auf, und die allgemeine Debatte war unterbrochen, während sie darauf warteten, daß Zeus seine Rede beendete. Diese Behandlung war noch wirkungsvoller als die andere. Zeus hatte bald begriffen, was geschah. Er trat an seinen eigenen Platz im Kreis zurück und verfiel endgültig in mürrisches Schweigen.
Jetzt geriet der Kreis an einer anderen Stelle in Unruhe, eine wirbelnde Bewegung erfaßte Schnee und Gesteinsbrocken. Die Aufmerksamkeit richtete sich auf diesen Punkt, und ein Neuankömmling drängte sich dort in den Kreis. Dieser Gott aber kam nicht wie die anderen aus dem Himmel, sondern er stieg aus der Erde empor. Die Gestalt des Hades war verschwommen, dumpf und dunkel, und auch die Sinne der Götter vermochten sie nicht mühelos zu erfassen.
Mit seiner körperlosen Stimme berichtete Hades, ja, Hermes sei zweifellos tot. Nein, er, Hades, habe nicht mit angesehen, wie der Götterbote fiel oder starb. Aber er sei kurz vor dem vermutlichen Augenblick des Todes mit Hermes zusammen gewesen. Hermes sei damit beschäftigt gewesen, einigen Menschen ein paar der Schwerter wegzunehmen. Er habe, erzählte Hades weiter, den Eindruck gehabt, Hermes sei beim Einsammeln der Klingen guten Mutes gewesen, wenngleich sie leider wieder verlorengegangen seien.
Darauf nahm die Diskussion eine andere Richtung. Was war mit jenem frevelhaften Menschen, mit dem, der Ferntöter anscheinend auf Hermes geschleudert und ihn damit niedergestreckt hatte? Der schreckliche Übermut, der einen Gott – gleich, welchen Gott – niedergestreckt hatte, schrie zum Himmel um Rache. Welche Bestrafung hatte den Schuldigen ereilt? Gewiß hatte sich doch bereits jemand darum gekümmert, daß ihm eine ausgewählte, ewige Vergeltung zuteil wurde?
Dieser Gedanke war einigen der Götter in der Tat schon vor längerer Zeit gekommen. Aber ach, berichteten sie jetzt, als sie zum ersten Mal von dem Frevler gehört hatten, war dieser bereits göttlicher Rachsucht entzogen.

»Dann muß die Menschheit an sich in irgendeiner Weise dafür sühnen.«
»Aha, jetzt kommen wir zur Sache! Und welchen Teil der Menschheit soll unsere Vergeltung treffen? Diejenigen, die eure Figuren im Spiel sind, oder die, welche ich beanspruche?«
Apollo war dieser Streit über alle Maßen zuwider. »Wie könnt ihr Narren immer noch von Figuren und Spielen reden? Seht ihr denn nicht –?« Er brach ab; ihm fehlten die Worte.
Hades meldete sich noch einmal – diesmal, um vorzuschlagen, wie man sich der Schwerter auf immer würde entledigen können. Wenn man alle diese gottgeschmiedeten Waffen auf irgendeine Weise sammeln und zu ihm bringen könnte, würde er dafür sorgen, daß sie in der Erde verschwänden. Die Sorgen der anderen Götter hätten dann auf immer ein Ende.
»Womöglich hätte so manches auf immer ein Ende, wenn du erst alle Schwerter hättest! Freilich wärest du nur allzugern bereit, alle zwölf Klingen an dich zu bringen und damit zufällig auch das Spiel zu gewinnen! Doch wo würden wir dann bleiben? Hältst du uns denn für Toren?«
Hades war empört über diesen Einwand, zumindest gab er sich diesen Anschein. »Was kümmert mich jetzt ein Spiel? Jetzt, da es um unsere Existenz geht. Habt ihr nicht gehört, was Apollo gesagt hat?«
»Unsere Existenz – bah! Das kannst du jemandem erzählen, der es glaubt. Götter sind unsterblich. Das wissen wir alle. Hermes stellt sich tot, er versteckt sich irgendwo. Es ist Teil einer List, mit der das Spiel gewonnen werden soll. Nun, ich habe nicht die Absicht, es zu verlieren, was auch geschehen mag. Nicht gegen Hermes, nicht gegen Apollo und schon gar nicht gegen dich!«
Leise murmelnd erklärte Aphrodite allen, die ihr zuhörten, daß auch sie die eine oder andere Idee hätte, wie man die Schwerter zurückbekommen könnte. Diejenigen, die die Schwerter jetzt hatten, die meisten von ihnen jedenfalls, seien schließlich nur Menschen, nicht wahr?
Wieder ergriff Apollo das Wort. Diesmal leitete er seine Rede ein, indem er seinen Bogen schwenkte, eine Geste, die ihm merklich größere Aufmerksamkeit einbrachte. Er meinte, daß

die Schwerter, wenn sie erst wieder eingesammelt wären, ihm übergeben werden sollten, denn er sei der vernünftigste und vertrauenswürdigste unter allen Göttern. Er würde dann der Bedrohung, die von diesen Waffen ausging, ganz einfach ein Ende bereiten, in dem er sie wie Pfeile von der Erde weg ins All schösse.

Bevor Apollo seine kurze Rede beendet hatte, hörten die meisten ihm schon gar nicht mehr zu. Sie ignorierten ihn – Bogen hin, Bogen her –, wie sie Zeus ignoriert hatten. Mars stieß derweil im Hintergrund grollende Drohungen gegen nicht näher bezeichnete Feinde aus. Andere lachten ihn insgeheim oder offen aus.

Vulkan verbreitete ruhig das Versprechen in der Runde, er werde sein bestes tun und die zwölf Klingen wieder zu harmlosem Eisen verschmelzen, wenn andere bereit wären, die Klingen einzusammeln und zu ihm zurückzubringen, und wenn die Mehrheit der anderen Götter ihm versicherten, daß es dies sei, was sie wirklich wollten.

Niemand schenkte dem immer noch grimmig schmollenden Zeus die geringste Beachtung, und in einer letzten Anstrengung, seine Autorität wiederherzustellen, ergriff er noch einmal das Wort. »Mir scheint, der Schmied hier hat viel zu viel Menschliches in die Schwerter einfließen lassen. Warum war es notwendig, die Klingen, als sie aus dem Feuer und vom Amboß kamen, im Blute lebender Menschen zu kühlen? Warum mußte der Stahl so viel Menschenschweiß, so viele Menschentränen enthalten?«

Vulkan widersetzte sich erbost. »Willst du mich über mein Handwerk belehren? Was verstehst denn du überhaupt davon?«

Mars, entzückt darüber, daß es seinem Rivalen ans Leder ging, mischte sich in den Streit ein. »Und dann der letzte Streich, den du beim Schmieden gespielt hast: Du hast dem menschlichen Schmied, der dir half, den rechten Arm abgenommen – wozu das?«

Die Antwort des Schmiedes – falls er überhaupt eine gab – verlor sich in einer neuen Welle von Getöse. Ein Dutzend Stimmen brandete im Streit über die verschiedensten Angelegenheiten auf. Alles deutete darauf hin, daß die Versammlung auseinanderbrach, obgleich Apollo nach besten Kräften und mit donnernder Stimme versuchte, sie noch ein Weilchen zusammenzuhalten. Wie gewöhnlich hatte es auch jetzt keine allgemeine Übereinstimmung über ihre gemeinsamen Probleme gegeben, ganz zu schweigen von der Frage, was nun zu tun sei. Schon begann sich der Kreis der Götter aufzulösen, und die Gestalten, die ihn bildeten, verschwanden in der Luft. Der Wind vibrierte von den davonwehenden Mächten. Hades, der das Fliegen wie gewöhnlich verschmähte, verschwand wieder geradewegs in der Erde.

Aber eine Stimme im Rate brüllte immer noch, dröhnend in ihrer monotonen Eindringlichkeit. Wider Erwarten gelang es ihrem Besitzer endlich, etwas wie aufmerksames Schweigen unter den wenigen verbliebenen Gottheiten hervorzurufen.

»Schaut! Schaut!« War alles, was die Stimme rief. Und mit seinem mächtigen Arm deutete der donnernde Gott geradewegs den Hang hinunter und zeigte auf eine einzelne, gerade Linie von Spuren im Schnee, die im tosenden Wind rasch verwehten.

Es konnte keinen Zweifel an der Natur dieser Spuren geben. Es war eine Linie von sich entfernenden Fußabdrücken, die geradewegs den Hang hinunter führte und hinter schneeüberwehten Felsen verschwand, bevor sie mehr als ein paar Meter weit gekommen war. Obgleich die Schritte zu lang und die Abdrücke zu breit und zu tief für einen Menschen waren, handelte es sich doch unzweifelhaft um die Spur eines Sterblichen.

2

Der einarmige Mann stolperte durch den mitternächtlichen Regen. Er folgte einer gewundenen, kopfsteingepflasterten Gasse in das lichtlose Herz der großen Stadt Tashigang. Frische Wunden peinigten ihn. Seine Seite blutete von einem Messerschnitt, und ein zweiter Stich hatte sein Knie verletzt. Den rechten Arm hatte er schon vor langer Zeit verloren. Gleichwohl war sein Befinden immer noch besser als das des Mannes, der ihn eben überfallen hatte. Dieser Strauchdieb lag weiter hinten in der gewundenen Gasse mit dem Gesicht in einer Pfütze.

Jetzt aber war der Einarmige selbst kurz davor, zu Boden zu stürzen, und so taumelte er auf eine Mauer zu und lehnte sich dagegen. Sein breiter Rücken in dem handgewebten Hemd schmiegte sich an die steinerne Mauer des Hauses, und er drückte sich, so gut es ging, unter den schmalen Dachvorsprung, so daß die Traufe ihn zumindest notdürftig vor dem gleichmäßigen Regen schützte, der ihm ins Gesicht gepeitscht hatte. Seine Knieverletzung ließ Angst in ihm aufsteigen. So, wie das verletzte Bein sich jetzt anfühlte, würde er nicht mehr weit gehen können.

Noch hatte er keine Gelegenheit gehabt, sich darüber den Kopf zu zerbrechen, was hätte geschehen können, wenn das Messer ihm ein wenig tiefer in die Seite gedrungen wäre.

Der Einarmige war groß und von kräftiger Gestalt. Dennoch war er nach allen Maßstäben ein Krüppel, deshalb hatte der Räuber – wenn er nur das gewesen war – vermutlich geglaubt, mit ihm leichtes Spiel zu haben. Selbst wenn der Angreifer damit gerechnet hätte, daß sein Opfer einen guten Eichenknüppel im Gürtel unter seinem weiten Hemd trug, hätte er kaum vorhersehen können, daß der Überfallene diesen Knüppel so schnell hervorziehen würde und so geschickt zu benutzen wußte.

Jetzt, da er sich erschöpft gegen das Haus lehnte, hatte er den Knüppel wieder in den Gürtel geschoben und preßte die Hand auf die Seite. Er spürte, wie das Blut hervorströmte – es rann ihm beängstigend schnell durch die Finger.

Abgesehen vom Rauschen des Regens lag die Stadt rings um ihn still da. Alle Fenster, die er durch den Regen hindurch sehen konnte, waren dunkel, und die meisten Blendläden waren geschlossen. Niemand in der riesigen Stadt schien auch nur die geringste Notiz von dem kurzen Handgemenge genommen zu haben, das er eben überlebt hatte.

Hatte er es überhaupt überlebt? Unbeschwertes Laufen, gestand er sich ein, war mit seinem verletzten Knie nicht mehr möglich. Im Augenblick konnte er zumindest noch aufrecht stehen. Er vermutete, seinem Ziel schon recht nahe gekommen zu sein, und es war dringend notwendig, daß er es erreichte. Er schob sich an der Wand entlang, an der er lehnte, dann an der nächsten, und so stolperte und hinkte er weiter, Mauer für Mauer hinter sich lassend.

Man hatte ihm erklärt, welchen Weg er zu nehmen hatte, und langsam kam er voran. Jedesmal, wenn sein Gewicht das Knie belastete, mußte er einen qualvollen Aufschrei unterdrücken. Allmählich erfüllte eine schwindlige Benommenheit seinen Kopf. Er nahm seinen ganzen Willen zusammen, ballte ihn wie eine Faust und umklammerte den kostbaren Schatz des Bewußtseins, denn er wußte: Wenn es ihm jetzt entglitte, würde das Leben selbst ebenfalls rasch verrinnen.

Die Wegbeschreibung, die er sich eingeprägt hatte, sagte ihm, daß er an dieser Stelle die Gasse überqueren mußte. Einen Augenblick ließ er die stützenden Mauern hinter sich, löste seine Gedanken gewaltsam von den Schmerzen, und irgendwie gelangte er auf die andere Seite.

Er lehnte sich an eine Mauer, ruhte sich aus und faßte neuen Mut. Er würde den Rest des Weges kriechend zurücklegen, wenn es sein mußte, so gut dies mit einer Hand und einem Knie eben ging. Aber wenn er erst zu kriechen begonnen hatte, würde er womöglich nie wieder auf die Beine kommen.

Endlich kam das Gebäude, das man ihm als Ziel beschrieben hatte, das Haus Courtenay, in Sicht, erhellt von fernem Wetterleuchten. Die Beschreibung war zutreffend gewesen: Es war vier Stockwerke hoch und hatte ein flaches Dach, die oberen Stockwerke bestanden aus Fachwerk, die unteren aus Stein. Das Haus bildete einen kleinen Block für sich, zu allen Seiten von Straßen oder Gassen begrenzt. Der erste Blick des Suchenden fiel auf die Vorderseite des Gebäudes, aber er mußte an die Rückseite gelangen um hineinzukommen. Zähneknirschend und ohne seiner Einbildungskraft zu gestatten, die notwendigen Schritte bis dorthin zu zählen, machte er sich auf den unumgänglichen Umweg. Wasserpfützen spritzten unter seinen Schritten, und er verließ die eine Gasse und gelangte in eine noch schmalere. Diese wiederum mündete in eine, die so

eng war, daß sie allenfalls noch als gepflasterter Pfad gelten konnte, der am Ufer des leise gurgelnden, in einem ausgemauerten Kanal dahinfließenden Corgo entlangführte. Die Oberfläche des Flusses, auf der um diese Zeit kein einziges Boot zu sehen war, rauschte unter dem herniederströmenden Regen.
Der Mann hatte das Gebäude, das er anstrebte, fast erreicht, als sein verletztes Knie endgültig den Dienst versagte. Er milderte seinen Fall, so gut es mit einem Arm eben ging. Dann zog er sich, von Schmerzen und Schwindel erfüllt, mit einem Arm und dem gesunden Bein über den Boden. Vor seinem geistigen Auge sah er die Blutspur, die er hinter sich lassen mußte. Unwichtig, der Regen würde alles fortwaschen.
Dann hatte er, langsam kriechend, den Regen hinter sich gelassen und war unter das Dach eines kurzen, schmalen Ganges gelangt, der geradewegs zu der Tür führte, zu der er wollte. Er kroch weiter und erreichte die schmale Tür. Sie war selbstverständlich verschlossen. Er richtete sich auf, lehnte sich an und begann, mit seiner großen, flachen Hand dagegen zu schlagen. Es schien dem Mann, als bringe das Hämmern seiner schwieligen Handfläche nicht das geringste Geräusch hervor. Zuerst fühlte es sich an, als schlage er nutzlos, lautlos auf einen dicken, massiven Baumstamm ... dann fühlte er gar nichts. In seiner Hand war kein Gefühl mehr.
Vielleicht würde ihn niemand hören. Denn jetzt hörte er selbst nichts mehr. Nicht einmal das Prasseln des Regens auf dem flachen Dach des Ganges. Er sah auch nichts mehr in der herabsinkenden Dunkelheit. Nicht einmal die Hand vor dem Gesicht ...

Es war kurz nach Mitternacht. Denis der Flinke lag wach und lauschte dem Regen. Das ließ ihn gewöhnlich schläfrig werden, solange er wußte, daß er im Haus war, sicher, trocken und warm. Aber in dieser Nacht konnte er nicht einschlafen. Die Bilder zweier verführerischer Frauen kamen und gingen in seiner Phantasie wie herausfordernde Tänzerinnen. Wenn er versuchte, sich auf die eine zu konzentrieren, drängte die andere heran, als sei sie eifersüchtig. Er kannte beide Frauen im wirklichen Leben, aber sein Problem im wirklichen Leben war nicht die Notwendigkeit, zwischen diesen beiden zu wählen. Nein, so glücklich war er nicht, dachte er bei sich, daß er mit Problemen dieser Art zu kämpfen hatte.

Denis war die Geräusche gewohnt, die das Haus des nachts für gewöhnlich erfüllten. Das Geräusch, das jetzt in sein Ohr drang und ihn von der angenehmen Pein seiner Wachträume ablenkte, war gewiß nicht eines von ihnen. Hastig stand Denis auf, zog eine Hose an und verließ seine kleine Schlafkammer, um nachzusehen.

Sein Zimmer im Erdgeschoß des Hauses grenzte beinahe unmittelbar an die Hauptwerkstatt, einen großen Raum, der jetzt von mattglühenden Kohlen in der zentralen Schmiede schwach erleuchtet wurde. Der geisterhafte Schimmer des Schmiedefeuers berührte die Werkzeuge und Waffen, die an den Wänden hingen. Der größte Teil der Arbeit, die hier unten verrichtet wurde, hatte mit Waffen der verschiedensten Art zu tun.

Einen Augenblick lang blieb Denis neben dem Feuer stehen. Er dachte daran, einen Kienspan an den Kohlen zu entzünden. Doch dann besann er sich, und statt dessen griff er in die Nische hoch oben in der Wand, in der die Fackel aus der Alten Welt verwahrt wurde.

Die Hintertür, die von draußen in die Werkstatt führte, war mit einem besonderen Guckloch ausgestattet. Es war mit einem glatten, leicht gewölbten Glasstück gefüllt, welches so geformt war, daß jeder, der von innen hindurchspähte, in einem weiten Winkel hinausschauen konnte. Durch eine zweite Linse, die oben in die Tür eingelassen war, konnte man mit der kostbaren, flammenlosen Fackel hinausleuchten. Denis hob das antike Stück jetzt vor diese Linse und schaltete es ein. Augenblicklich war der schmale Gang vor der Tür von klarem strahlendem Licht erfüllt. Noch während dies geschah, erscholl wieder jenes Geräusch, das seine Aufmerksamkeit erregt hatte: ein schwaches Schlagen gegen die Tür. Durch die Fischaugenlinse sah er jetzt, wer dieses Geräusch hervorrief: eine zusammengesunkene Gestalt, durch die plumpe Linse verschwommen erkennbar. Nach den Umrissen dieser Gestalt zu urteilen, fehlte ihr ein Arm.

Mit der flammenlosen, immer noch leuchtenden Lampe in der Hand trat Denis von der Tür zurück. Das Haus Courtenay enthielt zumeist einen beträchtlichen Vorrat der Waren, mit denen seine Besitzer handelten, einschließlich der prächtigen Waffen, die als Spezialität des Hauses galten. Außerdem verwahrte man meistens einen gewissen Betrag in Münzen. Das Haus war ein natürliches Ziel für jeden Dieb, und für die Mitglieder des Haushaltes war es keine belanglose Angelegenheit, jemandem eine Außentür zu öffnen, vor allem nicht in der Nacht. Denis blieb nichts weiter übrig, als den Majordomus des Hauses, Tarim, zu wecken und dessen weitere Anweisungen abzuwarten.

Denis durchquerte die Werkstatt und ging auf die Tür zu, hinter der eine Treppe in das nächste Stockwerk des Hauses führte. Dort oben schlief Tarim, und mit ihm die meisten der anderen Bewohner dieses Hauses. Denis öffnete die Tür – und blieb wie angewurzelt stehen.

Auf dem oberen Absatz der ersten Treppe, eine Kerze in der kleinen, blassen Hand, stand eine der beiden Gestalten aus seinem Wachtraum: Lady Sophie selbst, die Herrin dieses Hauses. Denis' Überraschung galt der Tatsache, die Lady hier überhaupt zu sehen. Die Quartiere der Familie lagen in den oberen Stockwerken des Hauses, hoch über dem Lärm und dem Rauch und dem Gestank der geschäftigen Werkstatt und der betriebsamen Straße. Ihr zierlicher, aber wohlgeformter Körper war in ein dickes, weißes Gewand gehüllt, das einen scharfen Kontrast zu ihrem glatten, schwarzen Haar bildete. Es war schwer zu glauben, daß ein schwacher Laut an der Hintertür die Lady aus dem Schlaf gerissen haben sollte.

Die Herrin rief zu ihm herunter. »Denis? Was gibt es?« Er fand, daß ihre Stimme nervös klang.

Denis legte eine Hand auf seine entblößte Brust. »Da ist jemand an der Hintertür, Herrin. Ich habe nur einen Mann sehen können. Er sah aus, als sei er verletzt, aber ich habe nicht geöffnet.«

»Verletzt, sagst du?«

Nach allem, was er hörte und sah, hatte Denis fast den Eindruck, als habe die Lady in dieser Nacht jemanden erwartet, als habe sie sich bereit gehalten, ihn zu empfangen. Denis hatte keine besondere Geschäftsnachrichten gehört, die ihn veranlaßt hätten, einen solchen Besucher zu erwarten, wenngleich eine nächtliche Ankunft an sich nichts sonderlich Überraschendes barg. Das Haus war der Hauptsitz eine Handelsgesellschaft, und so war man hier daran gewöhnt, daß merkwürdige Leute zu merkwürdiger Stunde kamen und gingen.

»Ja, Madame, verletzt«, antwortete Denis. »Und es sah aus, als habe er nur einen Arm. Ich wollte eben Tarim wecken...«

»Nein«, antwortete die Herrin sofort und mit Entschiedenheit. »Warte hier nur einen Augenblick, ich werde den Herrn herbeirufen.«

»Jawohl, Madame.« Dies war natürlich die einzige Antwort, die Denis geben konnte, gleichwohl aber kam sie mit einiger Verzögerung und erst, als die Lady ihm bereits den Rücken zugekehrt hatte. Denis war verwirrt, und einen Augenblick später wuchs seine Verwirrung, denn schon erschien, hellwach und betriebsam wie stets, Meister Courtenay selbst. Courtenay war ein wandernder Berg von einem Mann, und seine massige Gestalt war jetzt in ein Nachtgewand aus üppigem, blauem Stoff gehüllt. Mit einer bei seinem Umfang bemerkenswerten, flinken Behendigkeit kam der Meister beinahe hüpfend die Treppe herunter, dicht gefolgt von seiner Frau.

Im Erdgeschoß angekommen, stand der Herr des Hauses Denis direkt gegenüber. Beide waren von ungefähr durchschnittlicher Größe, aber Courtenay wog sicherlich doppelt so viel wie sein schlanker Angestellter und war vermutlich dreimal so umfangreich wie seine zierliche Frau. Courtenay war, soweit Denis es zu schätzen vermochte, nicht einmal dreißig Jahre alt, und nur ein sehr geringer Teil seiner Körpermassen war Fett, obwohl sein Gewand diesen Anschein erweckte. Er war, wie Denis an seinem ersten Tag hier begriffen hatte, alles andere als dumm, im Gegensatz zu dem, was Courtenays Gesicht auf den ersten Blick vermuten ließ – freilich konnte er kaum ein Trottel und gleichzeitig so erfolgreich sein, wie er es offensichtlich war.

Der Meister strich sein beinahe farbloses Haar aus dem unfreundlichen Gesicht – eine Geste, die mehr der Sorge als der Schläfrigkeit zu entspringen schien. Mit seiner gewohnt milden

Stimme sagte er: »Wir wollen den Rest des Haushalts weiter schlafen lassen, Denis.« Hinter dem Meister war die Lady bereits dabei, die Tür zur Treppe zu schließen. »Wir drei werden schon zurechtkommen«, fuhr Courtenay fort. »Der Mann ist verletzt, sagst du?«

»Siehst so aus, Herr.«

»Trotzdem werden wir nicht mehr riskieren, als nötig ist. Nimm dir eine Waffe und bleib in der Nähe.«

»Jawohl, Herr.« In den anderthalb Jahren seiner Anwesenheit im Haus Courtenay hatte Denis gelernt, daß es Zeiten gab, in denen das Leben hier sehr langweilig erschien. Aber bisher hatten diese Zeiten niemals so lange gedauert, daß es unerträglich geworden wäre.

Im hinteren Teil der Werkstatt war die Herrin dabei, ein paar Öllampen zu entzünden. Als sie die Hände vom Lampenregal nahm und sich wieder umdrehte, war es Denis, als habe sie etwas in der rechten Hand gehabt. Er erhaschte nicht mehr als einen kurzen Blick auf den Gegenstand, bevor er zwischen den Falten ihres weiten Gewandes verschwand. Aber wenn er nicht der Überzeugung gewesen wäre, in Lady Sophie ein zartes Wesen vor sich zu haben, das seinen Luxus liebte, hätte er beschworen, daß sie die lederne Schlaufe einer Jagd- oder Kampfschleuder in der Hand hielt.

In den letzten Jahren war Denis junges Leben im großen und ganzen friedlich verlaufen. Erst war er als Diener in Ardnehs weißem Tempel gewesen, dann als Kaufmannslehrling und allgemeiner Gehilfe hier im Hause Courtenay. Aber den größten Teil seines Daseins davor hatte er in einer anderen Art von Lehre verbracht: In den Slumstraßen von Tashigang. Hier hatte er eine unauslöschliche Vertrautheit mit der unfriedlichen Seite des Lebens erworben. So kam es, daß er sich jetzt mit einiger Gelassenheit dem Sortiment von stattlichen Waffen näherte, das einen guten Teil der einen Raumhälfte in Anspruch nahm. Er wählte eine schmuckvolle Kampfaxt, eine Waffe von altertümlicher Art, aber mit scharfer Klinge und angenehm ausgewogenem Gewicht. Als er sie in der Hand wog, gab Denis seinem Herrn nickend zu verstehen, daß er bereit sei.

Meister Courtenay, der bereits an der Hintertür stand, erwiderte das Kopfnicken. Dann wandte er sich der Tür zu, spähte durch das Guckloch hinaus und leuchtete dabei mit der Altweltlampe. Im nächsten Augenblick hatte Courtenay die Tür entriegelt und riß sie auf. Die zusammengesunkene Gestalt, die draußen davor gesessen hatte, kippte lautlos herein.
Denis sprang nach vorn, schloß hastig die Tür und verriegelte sie wieder. Unterdessen hatte der Hausherr den bewußtlosen Mann in ganzer Länge am Boden ausgestreckt und untersuchte ihn mit Hilfe des Altweltlichtes.
Die Herrin war mit einer der konventionellen Lampen in der Hand herbeigekommen. Rasch wandte sie sich an Denis. »Er blutet heftig. Du warst ein Diener Ardnehs, also sieh zu, was du für ihn tun kannst.«
Denis war selten erfreut, wenn man ihn bat, jemandem medizinische Behandlung angedeihen zu lassen; er kannte seine eigenen Grenzen in dieser Kunst nur allzu gut. Aber sein Bedürfnis, der Herrin zu gefallen, ließ nicht zu, daß er zögerte. Außerdem wußte er, daß er nach Jahren im Dienste Ardnehs bessere Kenntnisse besaß als seine beiden Arbeitgeber. Er nickte und schickte sich an, zu gehorchen.
Der Mann, der am Boden lag, war nicht jung. Sein bewußtloses Gesicht war blutlos bleich, aber wettergegerbt, und das Haar, das seinen Kopf auf den Bodenplatten wie ein wüster Fächer umgab, war grau. Wenn er gestanden hätte, wäre er groß gewesen, und seine wohlgebaute, kräftige Gestalt wurde nur durch die alte Amputation verunziert.
»Sein rechter Arm ist tatsächlich nicht mehr da.« Die Herrin sprach mit nachdenklicher Stimme, als sinne sie laut vor sich hin. Denis hörte ihr nicht zu. Die frischen Wunden des Mannes erforderten die volle Aufmerksamkeit eines Heilkundigen. Viel Blut war zu sehen, dunkle nasse Flecken in der regendurchtränkten Kleidung.
Rasch entfernte Denis die Kleider. Weil es so leichter war, trennte er sie mit einem scharfen Messer auf, das der Herr ihm gereicht hatte. Einen gefährlich aussehenden Knüppel, der unter dem Gürtel des Opfers gesteckt hatte, warf er achtlos beiseite.

»Ich brauche Wasser und Verbände«, erklärte er über die Schulter. Es waren zwei Wunden, und beide sahen schlimm aus. »Außerdem eine Arznei, mit der ich die Blutung stillen kann.« Er hielt inne und murmelte zu diesem Zweck einen kleinen Bannspruch, den er in seinen Tagen als Diener Ardnehs gelernt hatte. Es war der einzige Zauber, den Denis beherrschte, und es war sehr wenig. Vielleicht nützte es, aber genügen würde es nicht.
»Ich werde dir bringen, was ich finden kann«, antwortete die Herrin des Hauses. Sie wandte sich ab und ging rasch und zielstrebig davon. Wieder war Denis überrascht. Seit langem sah er sie in seinen Gedanken als jemanden, der nur existierte, um verzärtelt zu werden... war es etwa tatsächlich eine Schleuder gewesen, die sie da in der Hand gehalten hatte?
Aber jetzt erforderte die vor ihm liegende Aufgabe seine ganze Aufmerksamkeit. »Wir sollten ihn auf ein Bett legen«, meinte Denis. Courtenay, stark wie ein Tragtier, brauchte keine Hilfe. Er nahm die leblose, schwere Gestalt vom Boden auf, als sei es ein kleines Kind, und hielt sie geduldig auf dem Arm, während Denis zuerst die Tür zu seiner Kammer öffnete und dann seine Bettdecke zurückschlug.
Die Augenlider des Verwundeten flatterten, als man ihn auf das Bett legte, und er murmelte ein paar Worte. Denis hörte etwas wie: »Ben von Purkinje.« Es klang zweifellos wie ein Name. Hieß so das Opfer selbst? Es hatte keinen Sinn, den Mann zu fragen. Er war wieder ohnmächtig geworden.
Nach kurzer Zeit kam die Herrin zurück. Sie brachte allerlei nützliche Dinge, die sie in der Eile hatte finden können, darunter Wasser und saubere Tücher. Außerdem hatte sie einige Arzneifläschchen finden können, doch Denis fand darunter nichts, was er hätte gebrauchen können. Während er sich daran machte, den Verwundeten zu waschen und zu verbinden, hob der Meister die triefnassen Kleider auf, die sie dem Mann vom Körper gezogen hatten, und durchsuchte eilig die Taschen. Aber was immer Courtenay suchen mochte, anscheinend fand er es nicht. Seufzend ließ er die Kleider auf den Boden fallen und fragte: »Nun, Denis, was ist mit ihm?«
»Er hat viel Blut verloren, Herr. Und dort, wo die Wunden

liegen, wird die Blutung nicht leicht zu stillen sein. Das Loch in seiner Seite habe ich zugestopft, so gut ich kann.« Während er dies sagte, war Denis immer noch dabei, einen Verband auf die Wunde zu drücken. »Wir könnten Spinnweben gebrauchen, aber ich weiß nicht, woher ich so rasch welche bekommen soll. Sein Knie blutet nicht mehr so stark, aber es sieht nicht gut aus. Wenn er es überlebt, wird er eine Zeitlang nicht gehen können.«

Die Lampe aus der Alten Welt hatte man wieder in der gewohnten Wandnische untergebracht, und die Herrin hatte eine der besseren gewöhnlichen Lampen in Denis Kammer getragen. Im Schein dieser Lampe starrten sie und ihr Mann einander an. Denis fand, daß sie sonderbar dreinschauten.

»Messerwunden, schätze ich«, meinte Meister Courtenay und wandte seinen Blick wieder Denis zu.

»Ja, Herr, ich würde sagen, so ist es.«

»In diesem Zustand kann er nicht sehr weit gegangen sein.«

»Auch darin muß ich Euch zustimmen, Herr.«

Der Meister nickte, drehte sich um und verließ Denis Kammer, ohne die Tür hinter sich zu schließen. Er sagte nicht, wohin er ging, und niemand fragte ihn. Die Herrin blieb zurück. Denis sah, worauf sie starrte, und er fragte sich, was am Armstumpf des Patienten so faszinierend sei.

Denis gehörte nunmehr seit anderthalb Jahren zum Haushalt, und so behandelte man ihn – manchmal und beinahe – wie ein Familienmitglied. Jetzt erkühnte er sich zu fragen: »Erkennt Ihr ihn, Herrin?«

»Ich habe ihn noch nie gesehen«, antwortete die Lady, und Denis hatte das Gefühl, daß sie die Wahrheit sagte, um ihm so auszuweichen. Sie fügte hinzu: »Was glaubst du, wird er überleben?«

Bevor Denis versuchen mußte, eine pure Vermutung wie die Meinung eines Fachmannes klingen zu lassen, hörte man wiederum jemanden an der Hintertür der Werkstatt. Diesmal aber waren es andere Geräusche: Herrische Rufe, begleitet von kräftigem, entschlossenem Hämmern an der Tür.

Denis folgte seiner Herrin hinaus in den Hauptraum der Werkstatt und schloß die Tür seiner eigenen Kammer hinter

sich. Der Meister hatte wieder die Altweltlampe in der Hand und ging auf die Hintertür zu. Noch während Courtenay das Licht einschaltete und durch den Spion hinauslugte, hob das Hämmern wieder an. Diesmal wurde es von einer rauhen Stimme begleitet, die hinter der dicken Tür ein wenig gedämpft klang. »Ho, ihr dort im Hause, öffnet der Wache! Im Namen des Bürgermeisters, öffnet!«
Der Herr des Hauses spähte immer noch hinaus. »Es sind drei«, berichtete er mit leiser Stimme. »Sie haben selbst kein Licht. Aber trotzdem, es ist die echte Wache – glaube ich.«
»Aufmachen!« forderte die gedämpft brüllende Stimme von draußen. »Öffnet, oder wir schlagen die Tür ein!« Und dreifach dröhnend donnerte es gegen die Tür. Aber sie würden härter zuschlagen müssen, um diese Tür zu demolieren.
Mit leiser Stimme wandte die Herrin sich an ihren Gatten. »Wir dürfen keinen ...« Sie brach mitten im Satz ab, aber Denis, der sie gehört hatte, war fest davon überzeugt, daß die nächsten Worte gelautet hätten: ... *Verdacht erwecken.*
Welche Bedeutung der Meister in ihrem halb ausgesprochenen Gedanken auch gelesen haben mochte, er nickte zustimmend. Er sah Denis an und befahl: »Du sagst ihnen nichts von unserem Besucher. Wir haben heute nacht niemanden gesehen.«
»Und wenn sie das Haus durchsuchen wollen?«
»Das überlaß mir. Aber nimm deine Axt in die Hand, für alle Fälle.«
Als die drei in der Werkstatt bereit waren, schob Courtenay den Riegel beiseite und öffnete die Tür noch einmal. Im nächsten Augenblick mußte er für einen Mann mit seinem Gewicht außergewöhnliche Behendigkeit an den Tag legen, indem er, dem Hieb eines Kurzschwertes ausweichend, zurücksprang.
Die drei hereinstürmenden Männer waren, wenngleich sie die grau-grüne Livree des Bürgermeisters trugen, offensichtlich nicht die Wache. Denis gelang es, mit seiner Axt den ersten Angreifer, der ein langes Messer in jeder Hand hielt, zurückzuschlagen. Ein zweiter Eindringling stürmte auf Lady Sophie zu. Aber sie hob den rechten Arm, und die lange Lederschlaufe ihrer Schleuder begann zu wirbeln und zu verschwimmen. Das

Geschoß, das in der Lederschale geruht hatte, ließ Steinsplitter aus der Wand neben dem Kopf des Mannes spritzen, so daß dieser innehielt und ihr Gelegenheit gab, die Waffe neu zu laden.

»Ben von Purkinje!« schrie der dritte Eindringling und schlug dabei mit seinem Schwert auf Meister Courtenay ein. »Einen Gruß vom Blauen Tempel!« Dieser Angreifer war ein großer Mann, und er wirkte beeindruckend stark.

Meister Courtenay hatte zwar Denis angewiesen, sich zu bewaffnen, doch er selbst fand sich unversehens kläglich unbewaffnet an der Seite der Kammer, die am weitesten weg von dem Regal mit den Waffen entfernt war. Er war gezwungen, zu improvisieren, und aus der Vielzahl der Werkzeuge, die überall in der Schmiede lagen, ergriff er eine lange Gießkelle mit eisernem Griff. Es war eine schwerfällige Waffe gegen ein Kurzschwert, aber der Herr des Hauses besaß gewaltige Kraft, und jetzt zeigte sich auch, daß er gute Nerven hatte. Vorläufig jedenfalls hielt er die Stellung, und es gelang ihm, sich zu schützen.

Der Mann, der Lady Sophie nachgesetzt hatte, wandte sich jetzt unentschlossen um, als wolle er dem Schwertträger zu Hilfe eilen. Das war ein Fehler. Im nächsten Augenblick traf ihn der zweite Stein aus der Schleuder am Hinterkopf und warf ihn zu Boden. Das Geräusch des Aufschlags und die Art, wie er fiel, ließen erkennen, daß der Kampf für ihn zu Ende war.

Denis ließ sich für einen Augenblick von der Kunstfertigkeit der Lady ablenken – zu seinem Nachteil, denn im selben Moment fühlte er, wie die Spitze eines der beiden langen Messer seines Gegners in das Fleisch seines Unterarms eindrang. Die Axt entglitt seinem Griff und fiel klappernd auf den Steinboden. Er taumelte vor den Messern zurück, übersprang kopfüber eine niedrige Bank und machte so seinem Spitznamen, Denis der Flinke, alle Ehre – gut genug jedenfalls, um am Leben zu bleiben.

Er hörte, wie eine der größeren Werkbänke krachend umstürzte, und jetzt sah er, daß es Meister Courtenay irgendwie gelungen war, seinen Angreifer am Schwertarm zu fassen – vielleicht hatte der Kerl sich ebenfalls ablenken lassen und einem Schleuderstein ausweichen müssen. Jedenfalls würde nun ein Ringkampf beginnen – aber nein, soweit kam es nicht. Im nächsten Augenblick hatte der Schwertträger, vor Überraschung laut aufbrüllend, den Boden unter den Füßen verloren, und gleich darauf wurde er vor Denis Augen hingeschlachtet wie ein Kaninchen. Mit gebrochenem Rückgrat lag er auf der Kante des schweren, umgekippten Arbeitstisches.

Der Messerkämpfer, dem es gelungen war, Denis zu verwunden, hatte seine Strategie jetzt geändert und hastete hinter der Lady her. Seiner Freunde unversehens beraubt, brauchte er eine Geisel. Ohne seiner eigenen Sicherheit oder seiner Wunde zu gedenken, stürzte Denis dem Angreifer in den Weg, bevor der Mann bis auf Messerstichweite an die Herrin herankommen konnte. Mit einem kurzen Blick sah er, wie sie, das weiße Gewand halb heruntergerissen, auf Händen und Knien davonhuschte.

Jetzt lag Denis auf dem Rücken, und das Messer fuhr statt dessen auf ihn herunter, aber bevor es ihn erreichen konnte, wurde der Arm, der es hielt, von einem gewaltigen Hieb der langen Kelle beiseite gefegt. Das schwere, eiserne Werkzeug durchbrach die Barriere des Arms und schlug krachend auf den Wangenknochen des Messerstechers, wo der immer noch größere Teil des Schwunges verheerende Wirkung zeigte. Denis rollte zur Seite, schaute einmal hinter sich und blieb dann keuchend liegen. Der Kampf war endgültig vorüber.

In der Werkstatt atmeten noch drei Lungen.

Die Herrin war schon dabei, ihre Gewänder wieder in Ordnung zu bringen (trotz des Blutes, des Grauens und der Gefahr stand das Bild ihres für einen kurzen Moment sichtbaren Körpers immer noch lebhaft vor Denis' geistigem Auge; vermutlich, dachte er, würde es nie mehr vergehen). Jetzt ließ sie sich langsam zu Boden gleiten und lehnte sich mit dem Rücken gegen eine der umgestürzten Werkbänke. Der Zwischenfall hatte sie offensichtlich mehr verärgert als erschreckt, denn mit ätzender Schärfe sagte sie zu ihrem Gatten: »Du bist ganz, ganz sicher, daß sie zur Wache gehören, nicht wahr?«

Courtenay, der noch auf den Beinen war, zog ein dummes Gesicht und atmete schwer. Er brummte etwas vor sich hin.

Wieder wurde jetzt an eine Tür gehämmert, und aufgeregtes Stimmengewirr erhob sich. Aber diesmal kam der Lärm nicht von draußen. Die Tür, die zur Treppe führte, erbebte unter dem wilden Getrommel, und dahinter ertönte die Stimme eines Mannes: »Herrin! Meister! Denis, ist alles in Ordnung? Was ist los?«

Der Herr des Hauses ließ seine lange, eiserne Schöpfkelle fallen. Einen Augenblck lang stand er da und betrachtete seine eigenen, blutbeschmierten Hände, als frage er sich, weshalb sie so aussahen. Denis beobachtete, daß die Hände bebten, wie er es noch nie zuvor gesehen hatte. Dann atmete Courtenay tief ein, hob den Kopf und rief, beinahe gelassen: »Es ist alles in Ordnung, Tarim. Ein kleines Problem, aber wir haben es gelöst. Habt einen Augenblick Geduld, und ich werde Euch alles erklären.«

Zur Seite gewandt fügte er hinzu: »Denis, hilf mir, diese... nein, du bist selbst verletzt. Zuerst setzt du dich hin und verbindest dich. Barb, du hilfst mir, diese Besucher beiseite zu schaffen. Wir zerren sie hinter diese Bank und werfen eine Plane darüber.«

Denis, den seine Wunde in einen leichten Schock versetzt hatte, brauchte eine Weile, bevor ihm der unvertraute Name ins Bewußtseien drang. Barb? Noch nie hatte er gehört, daß der Meister oder sonst jemand die Herrin so nannte... Es würde nicht einfach sein, erkannte er, sich selbst ohne Hilfe den Arm zu verbinden. Aber die Wunde sah nicht so aus, als würde sie ihn umbringen.

Courtenay, der bereits geschäftig bei der Arbeit war, erteilte weitere Befehle. »Jetzt schließt die Tür zur Straße.« Er warf einen der Getöteten an die ausgewählte Stelle und zog eine schwere Plane aus dem Regal. »Nein, wartet, Tarim soll sie offen sehen. Wir werden einfach sagen, ein paar Briganten seien irgendwie eingedrungen und...«

Sie öffneten die Tür zur Treppe, und Tarim und die übrigen aus dem Schlaf gerissenen Hausangestellten drängten herein. Ob sie die verschwommene Geschichte von den Briganten nun glaubten oder nicht, jedenfalls deuteten sie das Verhalten ihres Meisters richtig und waren klug genug, keine weiteren Fragen zu stellen. Die Haustür wurde verschlossen und verriegelt. Tarim selbst mußte davon abgebracht werden, sich für den Rest der Nacht in der Werkstatt niederzulassen und Wache zu halten. Schließlich zogen er und alle anderen sich wieder zurück und legten sich ins Bett.

Als die drei, die am Kampf teilgenommen hatten, wieder allein in der Werkstatt waren, wechselten sie kurze Blicke miteinander. Dann machten sie sich an die Arbeit.

Courtenay begann, die Werkstatt aufzuräumen und zu putzen, während die Herrin Denis nach dessen Anweisungen den Unterarm verband. Ihre zierlichen Finger, zart, weiß und verwöhnt, scheuten nicht davor zurück, das Blut zu berühren. Aus einigen der Tücher, die für den ersten Patienten herbeigeschafft worden waren, brachten sie einen recht ordentlichen Verband zustande.

Als das Werk vollendet war, hielten ihre Finger seinen Arm noch einen Augenblick lang fest. Ihre dunklen Augen sahen ihn an, und in ihrem Blick lag – zum ersten Mal, dachte er – etwas anderes als der Wunsch, freundlich zu einem Bediensteten zu sein. Ganz ruhig, aber mit großem Ernst, sagte sie: »Du hast mir das Leben gerettet, Denis. Ich danke dir.«

Es war fast so, als habe keine Frau ihn je zuvor berührt oder mit ihm gesprochen. Denis murmelte irgend etwas. Er fühlte, wie ihm das Blut ins Gesicht schoß. Welche Torheit, dachte er. Er und diese Dame würden doch niemals...

Ein kurzer Blick auf den Fremden, der jetzt auf Denis' Bett lag, zeigte, daß der Kampf im Nebenraum ihn nicht gestört hatte. Er war immer noch ohnmächtig, und sein Atem ging flach. Denis betrachtete ihn und kam zu dem Schluß, daß diesen Mann vermutlich überhaupt nichts mehr stören würde. Da jetzt zwei Verwundete zu versorgen waren, erklärte die Herrin, werde sie nach oben gehen und ein wenig gründlicher nach medizinischem Material suchen.

Der Meister sah sie an. »Ich komme mit dir. Wir müssen miteinander reden. Denis kommt sicher ein Weilchen allein zurecht.«

Die beiden stiegen in nachdenklichem Schweigen die Treppe hinauf, durch das Stockwerk, in dem Tarim und die anderen

Arbeiter schliefen, und auch durch das nächste Stockwerk. Als sie ganz oben angelangt waren, traten sie durch eine Tür und gelangten in ein elegantes Wohnquartier. Es begann mit einem holzgetäfelten Gang, der jetzt von der Flamme einer einzelnen Kerze in einem Wandhalter erleuchtet war. Hier trennten sich die beiden. Die Herrin durchwühlte ihre Truhen nach Verbandsmaterial. Der Meister wandte sich um und ging den Gang hinunter zu einem Schrank, aus dem er sich ein frisches Gewand ohne Blutflecken zu nehmen gedachte.

Bevor er den Raum erreichte, in dem der Schrank stand, lief ihm auf unsicheren Beinen ein kleines Kind über den Weg, das ihm kaum bis ans Knie reichte, beinahe augenblicklich gefolgt von einer Kinderfrau, die ihn um Entschuldigung bittend anschaute.

»Oh, Herr, Ihr seid verwundet«, rief sie erschrocken. Sie war ein dralles Mädchen, beinahe schon eine erwachsene Frau. Gleichzeitig krähte das Kind fordernd: »Papa! Geschichte erzählen!« Mit seinen zweieinhalb Jahren zeigte das kleine Mädchen zum Glück mehr Ähnlichkeit mit der Mutter als mit dem Vater. Das Kind war hellwach, als habe diese Nacht etwas besonders Entzückendes an sich. In seinem seidenen Nachthemd stand es da, ein kleines Stofftier in der Hand, und wartete.

Der Mann wandte sich zunächst an die Kinderfrau. »Es ist schon gut, Kuan-yin. Das Blut hat nichts zu bedeuten. Ich bringe Beth zurück ins Bett. Du kannst derweilen zu deiner Herrin gehen und ihr beim Suchen helfen.«

Das Kindermädchen sah ihn einen Augenblick lang an. Dann ging sie davon, wie die anderen Angestellten klug genug, in dieser Nacht nicht allzu neugierig zu sein.

Der große Mann, der sich in den vergangenen vier Jahren überall als Meister Courtenay ausgegeben hatte, wischte sich an der ohnehin verschmierten Robe das allmählich trocknende Blut von den großen Händen. Er beugte sich nieder und hob mit nun nicht mehr zitternden und beinahe sauberen Händen das lebendige Etwas auf, das ihm, wie er herausgefunden hatte, kostbarer war als das eigene Leben.

Als er seine Tochter ins Kinderzimmer zurücktrug, kam er an

einem Fenster vorbei. Er blickte durch die Scheibe in die regnerische Nacht hinaus und sah die hohe Stadtmauer, die sich ein paar hundert Meter weit entfernt erhob. Die echte Wache unterhielt ein Feuer oben auf der Mauerkrone. In einer anderen Richtung war noch ein Licht zu sehen, kleiner und gleichmäßiger: Eines der oberen Fenster im Palast des Bürgermeisters war erleuchtet. Es sah so aus, als habe auch dort jemand eine arbeitsreiche Nacht. Der Beobachter konnte nur hoffen, daß keinerlei Zusammenhang bestand.

Im Augenblick war das Glück dem großen Mann hold, denn es gelang ihm, sich an eben die Geschichte zu erinnern, die seine Tochter hören wollte, und sie einigermaßen geschwind zu erzählen. Das Kind war eben wieder eingeschlafen und der Vater gerade dabei, das Kinderzimmer zu verlassen und die Tür mit unendlicher Behutsamkeit hinter sich zu schließen, als seine Frau wieder erschien. Noch immer trug sie ihr besudeltes weißes Gewand.

»Wir haben einen Augenblick Zeit«, flüsterte sie und zog ihn in die Schlafkammer. Als sie auch diese Tür leise hinter sich geschlossen hatten und allein und ungestört waren, redete sie weiter. »Ich habe die Arznei bereits zu Denis hinuntergebracht. Er glaubt, daß der Mann wahrscheinlich sterben wird... Es gibt doch keinen Zweifel, daß er der Kurier ist, den wir erwartet haben, oder?«

»Ich glaube, dessen können wir ziemlich sicher sein, jawohl.«

Die Frau streifte ihr blutiges Gewand ab und warf es beiseite. In dem spärlichen Licht, das die fernen Feuer der Wache durch das verschlossene Fenster warfen, sah ihr Mann ihre Gestalt wie eine gekrümmte, silbrige Kerze, eine bleiche, geisterhafte Erscheinung, die durch das Kind, das sie zur Welt gebracht hatte, kaum fülliger geworden war. Einst hatte er diese Frau hoffnungslos geliebt, dann war eine andere Liebe zu ihm gekommen und wieder von ihm gegangen, verweht im Tode. Manchmal, in seinen Träumen, sah er immer noch eine Kaskade leuchtend roten Haars... Die Liebe zu seiner dunkelhaarigen Frau lebte noch, aber es war eine andere Liebe als früher.

Sie beugte sich über eine Truhe, um ein frisches Gewand

herauszuziehen, und erinnerte ihn dabei mit ruhiger Stimme: »Einer von denen, die wir heute abend getötet haben, hat etwas gerufen – etwas wie: ›Grüße an Ben von Purkinje, vom Blauen Tempel.‹ Ich bin sicher, Denis hat es auch gehört.«

»Wir werden Denis vertrauen müssen. Er hat heute nacht bewiesen, daß er loyal ist. Ich glaube, er hat dir das Leben gerettet.«

»Ja«, stimmte die Frau zu, und ihre Stimme klang, als komme sie aus weiter Ferne. »Entweder wir vertrauen ihm, oder wir töten ihn ebenfalls. Nun gut.« Sie verwarf diesen Gedanken, allerdings nicht ohne ihn einen Augenblick lang sorgsam zu erwägen. Dann sah sie ihren Mann wütend an. »Und einmal hast du mich dort unten auch Barb genannt, und er hat es gehört.«

»Tatsächlich?« Er hatte geglaubt, sich diesen Namen längst abgewöhnt zu haben. Ben – er selbst sah sich eigentlich nie als »Ben von Purkinje« – stieß einen mächtigen Seufzer aus. »Nun, wie dem auch sei, der Blaue Tempel hat mich endlich gefunden. Wahrscheinlich ist es völlig unwichtig, was Denis gehört hat und was nicht.«

»Mich haben sie gleichfalls gefunden«, erinnerte sie ihn mit schneidender Stimme. »Und deine Tochter, ob sie sie nun gesucht haben oder nicht. Es sah ganz so aus, als hätten sie die Absicht, den ganzen Haushalt zu vernichten, wenn sie könnten.« Sie schwieg einen Augenblick lang. »Ich hoffe nur, daß sie Mark nicht gefunden haben.«

Ben dachte darüber nach. »Aber es gibt keine Möglichkeit, ihn jetzt schnell zu benachrichtigen, oder? Ich weiß nicht einmal genau, wo er im Augenblick ist.«

»Nein, ich glaube, wir können ihn nicht erreichen.« Barbara schlang sich einen Gürtel um den Leib und schüttelte nachdenklich den Kopf. »Und als sie kamen, waren sie dem Kurier dicht auf den Fersen. Ist dir das aufgefallen? Sie müssen ihm irgendwie gefolgt sein und gewußt haben, daß er sie zu uns führen würde.«

»Alles andere wäre ein allzu großer Zufall.«

»Ja. Und ich nehme an, das Bündnis zwischen dem Blauen Tempel und dem Dunklen König besteht immer noch.«

»Das bedeutet, womöglich wissen auch die Leute des Dunklen Königs von dem Kurier. Und dann wissen sie auch, was wir hier haben, das der Kurier fortbringen wird, wenn der Rest der Lieferung jemals ankommt.«

Wieder seufzte er schwer.

»Was sollen wir tun, Ben?« fragte seine Frau leise. Sie stand dicht vor ihm und sah zu ihm auf. Obwohl er nur durchschnittlich groß war, überragte er sie beträchlich.

»Vorläufig versuchen wir, den Kurier am Leben zu erhalten, und dann werden wir sehen, ob er uns etwas sagen kann. Was Denis angeht – nun, wir werden ihm vertrauen müssen, wie ich schon sagte. Er ist ein guter Mann.«

Er wollte die Schlafzimmertür öffnen, aber seine Frau legte ihm ihre kleine Hand auf den Arm und hielt ihn fest. »Deine Hände«, erinnerte sie ihn. »Und dein Gewand.«

»Du hast recht.« Er goß Wasser in eine Schüssel und wusch sich rasch die Hände. Dann wechselte er seine Kleider. In Gedanken war er immer noch unten in der Werkstatt und durchlebte den Kampf noch einmal. Schon nahmen die lebendigen Leiber, die er eben zerschmettert hatte, in seiner Erinnerung das Aussehen von Wesen aus einem schrecklichen Traum an. Er wußte, daß sie später zurückkehren und über ihn herfallen würden. Später würden vielleicht auch seine Hände wieder zu zittern beginnen. So war es immer, wenn er einen Kampf hinter sich gebracht hatte. Vorläufig mußte er versuchen, alles aus seinen Gedanken zu verbannen.

Während er saubere Gewänder anlegte, meinte Barbara: »Ben, du weißt, was ich dachte, als ich sah, daß der Mann nur einen Arm hat.«

»Marks Vater. Aber Mark hat uns immer gesagt, sein Vater sei tot. Es klang, als sei er dessen ganz sicher.«

»Ja, daran erinnere ich mich auch. Er sagte, er habe mit angesehen, wie sein Vater auf der Hauptstraße ihres Dorfes erschlagen wurde. Aber nehmen wir einmal an...«

»Ja. Nun, im Augenblick haben wir genug andere Sorgen.«

Kurz darauf stiegen die beiden leise wieder die Treppe hinunter. Im Haus war es still. Offenbar waren alle wieder eingeschlafen. Aber Ben sah die meisten seiner Angestellten vor

sich, wie sie wach im Bett lagen, den Atem anhielten und darauf warteten, daß das Getöse von neuem begänne.
Denis fanden sie in seiner Kammer unten im Erdgeschoß. Sein Gesicht war bleich unter dem dunklen Haarschopf. Er wachte über dem Fremden; der Mann atmete, aber nur noch schwach. Augenblicklich machte die Herrin sich an die Arbeit und besserte den ersten, notdürftigen Verband an Denis Arm aus. Ben hatte den Eindruck, daß die Wangen des jungen Mannes allmählich wieder ein wenig Farbe anzunehmen begannen.
Und jetzt, zum dritten Mal seit Mitternacht, erscholl ein Geräusch an der Hintertür. Diesmal war es ein behutsames Tappen.
Fast hätte Ben Lust gehabt, laut aufzulachen. »Bei allen Göttern und Dämonen, was für eine Nacht! Mein Haus hat sich in das Hermestor verwandelt, das auf die Landstraße hinausführt.«
Zum dritten Mal vergewisserte er sich, daß seine Frau und sein Gehilfe bewaffnet waren und bereit, mögliche Störenfriede zu empfangen, und wiederum spähte er mit Hilfe von Licht und Glaslinsen hinaus in den schmalen Außengang. Diesmal waren es, wie er den anderen wispernd mitteilte, zwei Menschen, die draußen vor der Tür standen. Es schienen Männer zu sein, und beide waren weiß gekleidet.
»Sie sehen aus wie zwei von Ardnehs Leuten. Der eine trägt einen großen Stab, der...« Ben sprach nicht zu Ende. Barbara verstand, was er meinte.
Die beiden, die draußen standen, erkannten am Lichtschein, daß man sie von drinnen beobachtete, und sie riefen mit lauter Stimme: »Meister Courtenay? Wir haben das Holzmodell gebracht, auf das Ihr wartet.«
»Ah.« Ben nickte. Diese Parole beruhigte ihn. Gleichwohl bedeutete er seinen Gefährten, wachsam zu bleiben, bevor er vorsichtig noch einmal die Tür öffnete.
Diesmal aber kippte kein bewußtloser Mann herein, und keine bewaffnete Horde drängte sich in die Werkstatt. Die beiden Weißgewandeten traten friedlich ein und begrüßten, als Ardnehs Priester, höflich zuerst den Herrn des Hauses und dann

die Leute, die bei ihm waren. Denis, der seine Axt jetzt in der linken Hand hielt, war froh, sie wieder sinken lassen zu können.

Von den weißen Gewändern tropfte Wasser auf den Fußboden, der noch die frischen Spuren von Regen, Schlamm und Blut trug. Wenn die Neuankömmlinge diese Hinterlassenschaften der vorigen Besucher bemerkt hatten, so erwähnten sie sie nicht.

Kaum hatte Ben die Tür wieder verriegelt, reichte ihm der ältere der beiden weißgekleideten Priester den schweren, verzierten Holzstab. Offensichtlich war dieser Stab von zeremoniellem Wert. Er war so groß und unhandlich, daß er auf einem Marsch oder auf einer Wanderung nur zur Last gefallen wäre. Er war mannshoch und im oberen Teil kreuzförmig – eine wunderschöne Schnitzarbeit aus einem leichten Holz, das Denis nicht kannte. Das obere Ende ähnelte dem Griff eines gigantischen Holzschwertes: Die Köpfe und Hälse zweier geschnitzter Drachen bogen sich zurück und bildeten das übergroße Querholz.

»Wunderschön«, bemerkte Denis mit plötzlichem, trockenem Mißtrauen. »Aber ich wüßte gern, welches von Ardnehs Ritualen einen solchen Gegenstand erfordert? Während der Zeit, die ich als Akolyth verbrachte, habe ich dergleichen nie gesehen.«

Die beiden weißgekleideten Männer schauten Denis an. Dann wandten sie sich an den Mann, den sie als Meister Courtenay kannten, und in ihrem Blick lag eine stumme Frage. Müde erklärte er: »Ihr mögt uns ruhig zeigen, was in diesem Holzmodell steckt. Denis hier genießt von heute an mein volles Vertrauen. Es geht nicht anders.«

Denis starrte seinen Meister einen Augenblick lang an. Dieser beobachtete aufmerksam, was die Priester taten. Der jüngere Priester hatte den Stab jetzt in der Hand und drückte mit seinen kräftigen Fingern vorsichtig auf die zierlichen Schnitzarbeiten. Augenblicklich öffnete sich das Holz wie eine Muschelschale und offenbarte einen samtgefütterten Hohlraum. Darin ruhte ein großes Schwert, dessen gerades Eisenheft das Innere des Querholzes ausfüllte. Der schlichte Griff schien aus irgendeinem harten, schwarzen Holz zu bestehen und trug ein kleines, weißes Symbol: die Umrisse einer offenen, menschlichen Hand. Das Schwert steckte in einer Lederscheide, und nur ein Fingerbreit der Klinge war sichtbar, aber dieser schmale Metallstreifen lenkte Denis Aufmerksamkeit auf sich. Unter der schimmernden, makellosen glatten Oberfläche lag ein Fleckenmuster, das die dünne Klinge so aussehen ließ, als sei sie mehrere Zentimeter dick. Nur die Alte Welt oder ein Gott, dachte Denis, konnte eine solche Klinge geschmiedet haben... und von Schwertern aus der Alten Welt hatte Denis noch nie gehört.

»Sehet«, verkündete der ältere Ardneh-Priester, während der jüngere die Klinge aus der Scheide fahren ließ. »Das Schwert der Gnade!«

Denis brauchte immer noch einen Augenblick – aber nicht länger –, um voll und ganz zu begreifen, was man ihm hier zu sehen erlaubte. Als die Erleuchtung gekommen war, hielt er zuerst den Atem an und stieß dann einen langen, tiefen Seufzer aus. Inzwischen hatte fast jeder auf der Welt einmal von den Zwölf Schwertern gehört, wenngleich es vermutlich immer noch Menschen gab, die daran zweifelten, daß sie existierten, und die meisten hatten noch nie eines gesehen. Die Schwerter waren vor etwa zwanzig Jahren geschmiedet worden, wie die glaubhafteren unter den Geschichten zu berichten wußten. Sie waren – darin stimmten alle Versionen dieser Legende überein – angefertigt worden, um eine geheimnisvolle Rolle in einem göttlichen Spiel zu spielen, das die Götter und Göttinnen, die die Welt beherrschten, miteinander zu ihrem Vergnügen zu betreiben gedachten.

Und wenn diese wunderbare Waffe nicht eines der Zwölf Schwerter war, dachte Denis... nun es war schwer, sich dann vorzustellen, was es sonst sein sollte. Im Laufe der Zeit, die er im Hause Courtenay verbracht hatte, waren ihm einige elegante und wertvolle Klingen unter die Augen gekommen, aber nie zuvor hatte er ein solches Stück gesehen.

Es waren insgesamt zwölf, darin stimmten alle Geschichten überein. Die meisten besaßen zwei Namen, einige hatten mehr als zwei und wenige auch nur einen. Sie hießen Wegfinder und Ferntöter und Tyrannenklinge; es gab das Sinnschwert und Stadtretter und Steinspalter, den man auch das Schwert der Belagerung nannte. Es gab Urteilspender, Sichtblender, Drachenstecher; Würfelwender und Schildbecher und das Schwert der Liebe – dieses war eines derjenigen, die drei Namen besaßen: es hieß auch Wundheiler und das Schwert der Gnade. Wenn alles, was man sich über diese Schwerter erzählte, auch nur ein Körnchen Wahrheit enthielt, dann besaß jede der Klingen ihre eigene, einzigartige Kraft, mit der sie jeden geringeren Zauber überwinden konnte und ihrem Besitzer die Möglichkeit eröffnete, die Welt zu beherrschen oder doch wenigstens erhobenen Hauptes mit denen zu sprechen, die es taten...

Der ältere Priester hatte die bloße Klinge vorsichtig aus den Händen des jüngeren entgegengenommen, und jetzt sah Denis erschrocken, daß der ältere, die schwere Klinge vor sich ausstreckend, auf ihn zukam. Wie zu einem unbeholfenen Angriff halb erhoben, schwankte die Waffe leicht in den Händen des Alten.

Trotz des matten Lampenscheins schimmerte der Stahl atemberaubend hell, und Denis glaubte ein Geräusch zu hören, ein Geräusch, das wie der Atem eines Menschen klang.

Denis konnte sich später nicht daran erinnern, ob man ihm befohlen hatte, seinen verletzten Arm auszustrecken, oder ob er es von allein getan hatte. Es war sehr still im Raum. Man hörte nichts als das leise, langsame rhythmische Zischen, das von dem Schwert ausging, als ob die Klinge atmete. Die dünnen Arme des alten Mannes, die aussahen, als hätten sie in ihrem ganzen Leben noch keine Waffe gehalten, streckten sich. Die Klinge, schärfer als jedes Rasiermesser, das Denis je gesehen hatte, hörte plötzlich auf zu beben. Sie bewegte sich, als sei sie von einer anderen Macht gesteuert als von dem sichtlich zittrigen Griff des alten Priesters.

Und jetzt hatte die breite Spitze sich irgendwie, und ohne auch nur die Haut anzukratzen, geschmeidig unter den engen Verband an Denis Unterarm geschoben. Das blutgetränkte, weiße

Tuch fiel, säuberlich durchschnitten, und die Schwertspitze berührte die Wunde. Denis, der Schmerzen erwartete, fühlte statt dessen einen Augenblick lang etwas... anderes, eine intensive Empfindung, einzigartig und unbeschreiblich. Dann löste sich das Schwert wieder von seinem Arm.

Denis schaute auf seinen Arm und sah getrocknetes Blut, aber es floß kein frisches nach. Die getrockneten, bräunlichen Krusten ließen sich mühelos abreiben, als er sie mit den Fingerspitzen berührte. Dort, wo das getrocknete Blut gewesen war, sah er eine kleine, frische, rosafarbene Narbe. Die Wunde machte einen gesunden Eindruck, als sei sie mindestens seit einer Woche, wenn nicht gar seit zehn Tagen verheilt.

Aus irgendeinem Grunde erinnerte Denis sich ausgerechnet in diesem Augenblick an den Mann, der, wie die Legenden berichteten, gezwungen worden war, Vulkan beim Schmieden der Schwerter zu helfen. In den Geschichten hieß es, der Gott habe dem menschlichen Schmied, kaum daß die Arbeit beendet war, den rechten Arm abgenommen.

»Es ist natürlich eine Schande«, befand der ältere der Priester, »daß wir es verstecken und damit durch die Nacht schleichen müssen, als wären wir Verbrecher mit ihrem Plunder. Aber wenn wir keine Vorsichtsmaßnahmen träfen, dann würden diejenigen, die Wundheiler für ihre üblen Zwecke benutzen möchten, das Schwert bald in ihren Besitz bringen.«

»Wir werden unser Bestes tun«, versicherte ihm die Dame des Hauses, »sie daran zu hindern.«

»Im Augenblick aber«, fügte der Meister hinzu, »haben wir ein dringenderes Problem. Wenn ihr so gut sein wollt, mir mit dem Schwert zu folgen – schnell. Ein Mann liegt im Sterben.«

Denis ging voraus und öffnete hastig die Tür, die in seine eigene Kammer führte. Der Meister ging an ihm vorbei und deutete auf die reglose Gestalt auf dem Bett. »Er ist vor weniger als einer Stunde hier eingetroffen, und seither hat sich sein Zustand nicht verändert. Ich fürchte, er ist der Kurier, der weiterbefördern sollte, was ihr gebracht habt.«

Die beiden Priester begaben sich mit raschen Schritten an das Bett. Der jüngere murmelte ein Gebet an Draffut, den Gott des Heilens. Die erste, flinke Berührung der Klinge richtete sich auf die immer noch blutende Wunde in der Seite des bewußtlosen Mannes. Trotz seines eigenen Erlebnisses, das erst wenige Augenblicke zurücklag, zuckte Denis unwillkürlich zusammen. Es war schwer vorstellbar, daß diese scharfe, harte Spitze nicht noch mehr Blut hervorrief, nicht noch mehr Schaden im wunden Fleisch des Mannes anrichtete. Aber anstatt anzuschwellen, trocknete das dicke, rote Rinnsal aus der Wunde augenblicklich ein. Als das Schwert zurückwich, glitt der Verbandsstoff, den Denis in die Wunde gestopft hatte, heraus und blieb hängen. Getrocknetes Blut ließ die Tücher an der Haut kleben bleiben.

Ein Gefühl der Unwirklichkeit überkam Denis, und er fuhr sich mit der Hand über die Augen.

Jetzt bewegte sich das Schwert, immer noch in den Händen des älteren der beiden Ardneh-Diener, nach unten und berührte die Wunde an dem entblößten Knie. Diesmal atmete der Mann auf dem Bett, als das bloße Metall ihn berührte, heftig ein, als sei er von einem extremen, köstlichen Gefühl erfüllt; einen Augenblick später stieß er einen langen, beredten Seufzer der Erleichterung aus. Aber seine Augen öffneten sich nicht.

Jetzt begann die Schwertspitze über den ganzen Körper hin und her zu streichen, jedoch ohne ihn wirklich zu berühren. Noch einmal verharrte sie kurz über dem Herzen. Denis sah, daß die Arme des alten Priesters immer noch zitterten, als ob es sie anstrenge, diese schwere Waffe zu halten – obgleich man dieses Schwert eigentlich nicht als Waffe bezeichnen konnte. Er fragte sich, was wohl passieren würde, wenn man damit auf einen Feind einschlagen wollte.

Noch einmal hielt die Spitze des Schwertes inne, als sie den vernarbten Stumpf des längst verlorenen Arms erreicht hatte. Sie berührte die Haut, und dort quoll, zu Denis neuerlichem Erstaunen, doch ein wenig Blut hervor, ein fadendünnes, rotes Rinnsal, das aus dem vernarbten Fleisch sickerte. Wieder ächzte der Bewußtlose.

Das Bluten hörte von allein wieder auf, beinahe ebenso schnell, wie es angefangen hatte. Der alte Priester schob das Schwert wieder in die Scheide und reichte es seinem Gehilfen, der es in den hölzernen Kreuzstab zurücklegte.

Das Gesicht des Alten war jetzt bleich, als habe ihn das Heilen einige Kraft gekostet. Aber er gönnte sich keine Ruhepause, sondern beugte sich über den Mann, den er behandelt hatte, um ihn zu untersuchen. Dann deckte er den Patienten bis ans Kinn mit einer Decke zu und richtete sich auf.
»Er wird sich erholen«, erklärte der alte Priester, »aber er braucht viele Tage Ruhe. Er war fast tot, als das Schwert der Gnade ihn erreichte. Hier könnt ihr ihn mit dem guten Essen versorgen, das er braucht, aber trotzdem wird seine Genesung einige Zeit in Anspruch nehmen.«
Mit leiser Stimme erwiderte Meister Courtenay: »Wir danken Euch in seinem Namen, wie immer er lauten mag. Doch jetzt müßt Ihr etwas essen. Und dann werden wir Euch zeigen, wo Ihr schlafen könnt.«
Würdevoll winkte der Alte ab. »Ich danke Euch, aber wir können nicht bleiben, nicht einmal zum Essen.« Er schüttelte den Kopf. »Wenn dieser Mann, wie Ihr sagt, der nächste Kurier sein sollte, dann, so fürchte ich, werdet Ihr einen Ersatz für ihn finden müssen.«
»Wir werden einen Weg finden«, beruhigte ihn die Frau.
»Gut.« Der Ältere hielt inne und runzelte die Stirn. »Da ist noch etwas, das ich Euch sagen muß, bevor wir gehen.« Wieder machte er eine Pause, eine längere diesmal, als erfordere das, was er nun zu sagen hatte, seine gesammelten Kräfte. »Das Sinnschwert ist dem Dunklen König in die Hände gefallen.«
Das Schweigen der Erschöpfung erfüllte die Werkstatt. Verzweifelt versuchte Denis, sich daran zu erinnern, was die verschiedenen Lieder und Geschichten über die Waffe namens Sinnschwert zu sagen hatten.
Da war natürlich der Vers, den jeder schon einmal gehört hatte:

Im grauen Licht des Morgens kreist' das Sinnschwert,
und Menschen und Dämonen knieten vor ihm hin.
Im hellen Licht des Mittags kreist' das Sinnschwert,
und Götter kamen, in den Krieg zu ziehen.
Im matten Licht der Dämmerung kreist' das Sinnschwert,
und Gott und Mensch, sie mußten…

»Bei allen Göttern und Dämonen!« fluchte Meister Courtenay laut. Sein Gesicht war ernst und grau, und es trug einen Ausdruck, den Denis zuvor noch nie gesehen hatte.
Wenige Augenblicke später hatten sich die beiden weißgewandeten Männer verabschiedet und waren gegangen.
Denis verschloß und verriegelte die Tür hinter ihnen und drehte sich um. Der Herr des Hauses stand in der Mitte der Werkstatt, eine Hand hatte er auf den hölzernen Schwertkasten gelehnt, der am Kamin lehnte. Er betrachtete ihn sorgfältig wie einen Gegenstand, den er vielleicht würde kaufen wollen.
Die Meisterin war schon wieder in Denis' Kammer zurückgekehrt und betrachtete den Verwundeten, der auf dem Bett lag. Als Denis hereinkam, sah er, daß der Mann jetzt friedlich schlief. Sein Gesicht hatte bereits wieder ein wenig Farbe angenommen.
Denis kehrte in die Werkstatt zurück und wandte sich an seinen Meister, dessen wirklicher Name, daran zweifelte Denis nicht mehr, gewiß nicht Courtenay war. »Was werden wir jetzt mit dem Schwert anfangen, Herr? Natürlich geht mich das vielleicht nichts an.« Es war offenkundig, daß es ihn sehr wohl etwas anging. Der eigentliche Sinn seiner Frage war, welche Schlüsse man aus dieser Tatsache würde ziehen müssen.
Sein Meister bedachte ihn mit einem Blick, der bedeutete, daß er ihn genau verstanden hatte. Aber er sagte nur: »Bevor wir uns wegen des Schwertes den Kopf zerbrechen, müssen wir uns um eine andere Kleinigkeit kümmern. Wie geht es deinem Arm?«
Denis krümmte und streckte ihn. Nur ein leichter Schmerz war zurückgeblieben. »Nicht schlecht.«
»Gut.« Der massige Mann trat hinter die große umgestürzte Werkbank und zog die Plane von dem, was man vor Ardnehs Priestern hatte verbergen wollen.
Es würde sich als nützlich erweisen, dachte Denis, daß das Haus so dicht am Fluß stand und die Nacht dunkel und regnerisch war.

3

Die Jagd unter der sengenden Sonne dauerte schon lange, aber der junge Mann auf der Flucht ahnte, daß sie nicht mehr sehr viel länger dauern würde.

Der Hinterhalt, in dem seine drei Gefährten und alle ihre Reittiere getötet worden waren, lag inzwischen etwa zwanzig Kilometer hinter ihm. Zu Fuß war er durch das rauhe, unfruchtbare Gelände gehastet und hatte nur hier und dort haltgemacht, um sich selbst in den Hinterhalt zu legen oder, wenn nötig, wieder zu Atem zu kommen.

Der junge Mann trug einen leichten Packsack auf dem Rücken, dazu einen Langbogen und einen Köcher. An seinem Gürtel hing eine kleine Wasserflasche – sie war jetzt beinahe leer, und dies war einer der Gründe, weshalb er glaubte, die Jagd würde auf die eine oder andere Weise bald zu Ende gehen. Sein wettergegerbtes Aussehen hätte es für einen Beobachter schwer gemacht, sein Alter zu schätzen, aber tatsächlich war er eher zwanzig als dreißig Jahre alt. Seine Kleider waren die eines Jägers, vielleicht auch die eines Partisanen, und die Last seiner augenblicklichen Notlage trug er mit der gleichen Gelassenheit wie seine Kleider. Er war ein großer, breitschultriger junger Mann mit blaugrauen Augen und einem hellen, kurzen Bart, der bis vor wenigen Tagen säuberlich getrimmt gewesen war. Der Langbogen, der auf seinem Rücken hing, wirkte außergewöhnlich funktional, aber im Augenblick ragten nur noch drei Pfeile aus dem Köcher, der daneben baumelte.

Die Bewegungen des jungen Mannes hatten ein ganz bestimmtes Muster angenommen: Er trabte ein Stück, dann hielt er inne und schaute sich um, rannte ein Stück, verfiel dann in einen schnellen Schritt, und schließlich schaute er sich, ohne stehen zu bleiben, noch einmal um.

Seinen Berechnungen zufolge – und er wußte, daß er sich leicht irren konnte – war ihm immer noch ein Feind mehr auf den Fersen, als er Pfeile besaß. Der einzige sichere Weg, ihre Zahl in Erfahrung zu bringen, wäre es natürlich gewesen, sich von ihnen gefangennehmen zu lassen. Aber das würden sie vielleicht ohnehin tun. Sie waren immer noch beritten und hätten ihn mit Leichtigkeit einholen können, wenn er sie nicht auf den letzten zwanzig Kilometern immer wieder selbst in einen Hinterhalt hätte laufen lassen. Auf diese Weise hatte er den Überlebenden ein gehöriges Maß an Vorsicht eingeflößt. Diese Hochebene bot manchen guten Platz, an dem man sich auf die Lauer legen konnte. Das Land wirkte täuschend offen, aber es war von Erdspalten durchzogen und von verwitterten Hügeln und riesigen Felsbrocken übersät, die aussahen, als habe sie irgendein Gott spielerisch verstreut.

Auf seinem Zwanzig-Kilometer-Marsch hatte der junge Mann genug Zeit zum Nachdenken gehabt, und er zweifelte mittlerweile nicht mehr an der Identität seiner Verfolger. Es mußten Agenten des Blauen Tempels sein. Jede nur militärische Auseinandersetzung, dachte er, hätte man inzwischen längst abgebrochen. Jede gewöhnliche Armeepatrouille des Dunklen Königs hätte sich damit begnügt, zum Lager zurückzukehren und einen Sieg zu melden, oder sie hätte sich längst wieder ihren eigenen Angelegenheiten zugewandt, wie immer die aussehen mochten. Sie hätten nicht unablässig ihre eigene Haut riskiert, um einen Überlebenden zu verfolgen – nicht, wenn er so spürbar gefährlich war wie er selbst, und nicht in diesem gefährlichen Gelände.

Nein, sie wußten, wen sie jagten. Sie wußten, was er vor vier Jahren getan hatte. Und zweifellos hatten sie den Auftrag des Blauen Tempels, seinen Kopf mit zurückzubringen.

Wenn er die Zeit dazu fand, fragte der junge Mann sich, ob sie auch Ben gefunden hatten, seinen Freund und Gefährten, der bei dem Unternehmen vor vier Jahren dabei gewesen war. Vielleicht hatten sie ihn auch schon in ihre Gewalt gebracht. Aber im Augenblick war er nicht in der Lage, irgend etwas für Ben zu tun.

Wieder war der junge Mann jetzt an einer Erdspalte angelangt, die ihm den Weg versperrte. Er blieb am Rande stehen und sah sich um. Linker Hand vertiefte die Kluft in der Erde sich rasch und verwandelte sich in einen richtigen Canyon, der sich nach Osten davonschlängelte, wo er vermutlich irgendwo in einem größeren Canyon mündete, den der junge Mann von Zeit zu Zeit schon erblickt hatte. In der anderen Richtung, nach rechts,

wurde der Spalt nach und nach flacher. Wenn er ihn überqueren wollte, würde er diese Richtung einschlagen müssen.
Von seinem augenblicklichen Standort aus gesehen, schien das Land auf der anderen Seite der Schlucht allenfalls noch flacher zu sein als die Ebene, die er durchquert hatte, und dies würde den Berittenen natürlich zu einem noch größeren Vorteil gereichen. Wenn er die Kluft nicht überqueren wollte, würde er hinuntersteigen und ihr folgen müssen. Er sah, wie rauhe, freistehende Felsformationen und die gewundenen Wände selbst am Grunde des Canyon einigen Schutz boten, um so mehr, je tiefer er wurde. Wenn er diese Richtung einschlüge, würde er bergab gehen und aus diesem Grund ein wenig schneller vorankommen können.
Er brauchte Wasser, und damit war seine Wahl entschieden. Der große Canyon würde höchstens ein paar Kilometer entfernt sein, und sehr wahrscheinlich würde er an seinem Grunde Wasser finden.
Er war schon auf dem Grunde der Schlucht und ein gutes Stück vorangekommen, bevor einer seiner rückwärts gewandten Blicke ihm die Männer, die ihn verfolgten, offenbarte. Drei Köpfe spähten über den Felsenrand, ein ganzes Stück hinter ihm. Anscheinend hatten sie damit gerechnet, daß er die Schlucht überqueren, nicht ihr folgen würde, und um ihm den Weg abzuschneiden, hatten sie ihre Reittiere auf das flachere Ende zugelenkt. Die Frage war jetzt, wie sie ihn weiter verfolgen würden. Vielleicht würden sie ebenfalls heruntersteigen. Vielleicht würde auch einer von ihnen oben bleiben und am Rande entlang reiten, um Felsbrocken hinunterzuwälzen, wenn er Gelegenheit dazu hätte. Vielleicht würde auch ein Mann auf die andere Seite hinübersetzen, so daß sie ihm an beiden Rändern und auch unten am Grunde folgen könnten. Aber er bezweifelte, daß sie die wenigen Kräfte, die ihnen verblieben waren, aufspalten würden.
Es würde sich herausstellen. Jetzt hatte er ohnehin keine andere Wahl mehr, als der Schlucht zu folgen. Vor allem kam es nun darauf an, gute Deckung zu finden.
Vorläufig entsprach die Schlucht halbwegs seinen Erwartungen. Was beim Einstieg ein einfacher Graben gewesen war,

verbreiterte und vertiefte sich nun zusehens zu einem komplexen Canyon mit steilen Wänden. An einem scharfen Knick beschloß der junge Mann, sich erneut in den Hinterhalt zu legen. Er schlüpfte hinter einen geeigneten Felsvorsprung. Bewegungslos lag er auf dem glühheißen Steinboden und beobachtete Eidechsen, die ihn in der flimmernden Luft ihrerseits beobachteten. Mühsam kämpfte er die allzu rationale Angst nieder, diesmal könnten seine Feinde seine Absichten im voraus erraten haben, so daß zwei oder drei ihn oben am Rand des Canyons verfolgten. Dann würde einer von ihnen jeden Augenblick in seinem Gesichtsfeld auftauchen – etwa *dort*. Von diesem erhöhten Platz aus würde es natürlich ein leichtes für sie sein, einen tödlichen Regen von Felsbrocken auf ihn niederprasseln zu lassen. Wenn sie Glück hätten, würde man seinen Kopf noch erkennnen können, wenn sie ihn holen kämen. Genug davon.

Es war tatsächlich eine Erleichterung, als die drei Männer wieder in Sicht kamen. Alle drei trotteten auf dem Grunde des Canyons dahin. Sie führten ihre Reittiere am Zügel, denn für deren Hufe bot der unebene Steinboden keinen sicheren Halt. Wie der Gejagte gehofft hatte, konnten sie an dieser Stelle einem möglichen Hinterhalt nur die Hälfte ihrer Aufmerksamkeit widmen.

Der junge Mann, der auf der Lauer lag, hatte bereits einen Pfeil auf den Bogen gelegt. Jetzt zog er die Sehne an. Er wußte, daß er sich im letzten Augenblick würde erheben müssen, um einen sauberen Schuß anzubringen.

Der Augenblick kam, und er richtete sich auf. Der Bogen sirrte unter seinen Händen, als habe der Pfeil selbst seine Entscheidung getroffen. Der Schuß war sauber, aber der Mann, dem er galt, hatte sich, wie durch einen Zauber gewarnt, abgewandt. Der Pfeil ging ins Leere. Die Feinde waren gewarnt und sprangen in Deckung.

Der Schütze wartete nicht erst ab, um zu sehen, was sie als nächstes tun würden. Er war längst aufgesprungen und rannte und stolperte den Canyon entlang. Jetzt hatte er nur noch zwei Pfeile in seinem Köcher, und noch immer konnte er nicht völlig sicher sein, daß ihn nicht mehr als drei Männer verfolgten.

Er warf einen Stein hinter sich und rannte weiter. Wieder verlangsamten die Verfolger ihren Schritt und bewegten sich mit größerer Vorsicht. Auch dadurch würde er weiteren Vorsprung gewinnen können.

Und dann sah er sein Glück plötzlich und unerwartet vor sich. Als er eine Kurve der Schlucht umrundet hatte, öffnete sich vor ihm der Blick in die größere Querschlucht, in welche diese hier mündete. Er sah einen schmalen Streifen von rasch dahinfließendem, grauem Wasser, gesäumt von üppigem, grell-grünem Laubwerk und schroffem, grauem Felsgestein.

Noch ein kleines Stück, und er würde nicht nur Wasser und Deckung finden, sondern sich auch zwischen verschiedenen Wegen entscheiden können – stromabwärts oder aufwärts. Der junge Mann trieb seinen erschöpften Körper in noch schnellerem Lauf voran.

Im Geiste schmeckte er bereits das kalte Wasser – dann trat der baumhohe Drache aus dem Dickicht von haushohen Farnen und anderen Gewächsen, das in der Einmündung zum größeren Canyon wucherte. Stolpernd kam der junge Mann zum Stehen, und das Untier sah ihn geradewegs an. Sein mächtiger Kiefer arbeitete, aber nur leichthin und abwartend, als sei der Gigant in dieser Hitze nur ungern bereit, die Energie für einen heftigen Biß oder auch nur für ein lautes Brüllen aufzubringen. Als der junge Mann den Drachen sah, war er ihm bereits so nahe gekommen, daß ihm nichts weiter übrig blieb, als wie angewurzelt stehen zu bleiben. Er wußte, jeder Versuch, sich schleunigst zurückzuziehen, würde die Bestie unvermeidlich veranlassen, ihm nachzusetzen und er konnte nicht darauf hoffen, ihr dann zu entrinnen.

Er unternahm auch keine Anstalten, den Bogen von der Schulter zu nehmen. Selbst ein ausgezeichneter Schuß, der mitten ins Auge, das einzige wenigstens halbwegs verwundbare Ziel, träfe, würde bei einem Drachen von dieser Größe nichts weiter erreichen, als daß er in wütende Raserei verfiele. Nur wenn er stillstand, konnte er darauf hoffen, zu überleben. Wenn es ihm gelänge, bewegungslos stehen zu bleiben, bestand immerhin die Möglichkeit, daß der Drache seine vorherigen raschen Bewegungen vergessen und ihn nicht weiter beachten würde.

Dann aber geschah etwas, das den jungen Mann zutiefst überraschte, und jetzt war es mehr Staunen als Grauen oder bewußte Anstrengung, was ihn starr wie eine Statue stehenbleiben ließ.
Das gewaltige Maul des Drachen, vom eigenen Feuer an den Lippen vernarbt, öffnete sich beinahe zierlich und offenbarte vergilbte und geschwärzte Zähne von der Größe menschlicher Unterarme. Eine Stimme drang aus diesem Maul hervor, eine Art hallendes Wispern. Sie war mühelos zu verstehen, wenngleich so leise, daß der reglos dastehende Mann kaum sicher sein konnte, ob er sie wirklich hörte.
»Stecke dein kleines Messerchen fort«, forderte der Drache ihn auf. »Ich will dir nichts tun.«
Der Mann, der völlig regungslos dazustehen geglaubt hatte, schaute auf seine rechte Hand hinunter. Ohne es zu merken, hatte er den Dolch aus seinem Gürtel gezogen. Mit einer mechanischen Bewegung schob er die nutzlose Waffe zurück in die Scheide.
Noch während er es tat, kam der Drache, der ihn, auf den Hinterbeinen stehend, um mindestens das Doppelte überragte, mit einem gewaltigen Schritt auf ihn zu. Er streckte einen furchterregenden Arm aus, dessen Pranke mit Krallen bewehrt war, die wie die Zinken einer Mistgabel aussahen. Aber die beängstigende Klaue ergriff den Mann mit solcher Behutsamkeit, daß er keinen Schmerz verspürte. Er wurde hochgehoben, wirbelnd durch die Luft geworfen und sanft und sicher wieder aufgefangen. Er war sicher, dies war der Augenblick seines Todes, und sonderbarerweise war er frei von aller Angst.
Aber der Tod kam nicht; er fühlte nicht einmal Schmerz. Beinahe zärtlich warf das Ungetüm ihn in die Luft und fing ihn wieder auf. Wieder und wieder flog er in die Höhe, hochgeworfen mit einem verspielten Ingrimm, der ihm den Atem verschlug, ohne ihm aber wirklichen Schaden zuzufügen. Bei einem seiner rotierenden Flüge gelang es ihm, einen kurzen Blick in den Nebencanyon zu werfen, wo er seine Verfolger erblickte. Sie waren ihm dichter auf den Fersen gewesen, als er geglaubt hatte, aber jetzt wichen sie Meter um Meter zurück. Die drei – zwei hatten sich bereits abgewandt, einer starrte

voller Grauen zurück – hatten ihre Reittiere wieder bestiegen, ungeachtet der Gefahr, daß sie auf dem unebenen Boden leicht stolpern konnten. Alle drei galoppierten in panischer Hast durch den steinigen Seitencanyon davon.

Der Drache brüllte auf. Wieder wirbelte der Mann durch die Luft, so daß er die Reiter aus dem Blickfeld verlor. Er fühlte, wie sein fliegender Körper das Laub streifte. Dann landete er beinahe sanft auf schattigem Boden, der von feuchtem Moos bedeckt und weich wie ein Bett war. Er blieb auf dem Rücken liegen, und über ihm schwankten mächtige Farnwedel. In dieser Lage hatte er freie Sicht auf den schuppigen, grünen Rücken des Drachen, der jetzt den Reitern nachsetzte. Das Donnergebrüll des Ungeheuers dröhnte im Canyon wie eine Steinlawine.

Einen Augenblick später waren die Reiter hinter der ersten Biegung des Nebencanyons verschwunden. Unvermittelt brach der Drache seine Verfolgung ab und hörte auf zu brüllen. Er drehte sich um und kam mit ganz und gar nicht drachenhafter gelassener Zielstrebigkeit zurück zu dem immer noch am Boden liegenden Mann. Dieser wagte sich nicht zu bewegen und sah dem Drachen entgegen. Noch hatte das Monstrum ihn nicht getötet – und davonzulaufen hätte nicht einmal dann Sinn gehabt, wenn er noch bei frischen Kräften gewesen wäre. Wieder nahm der gewaltige Drache ihn sanft vom Boden auf. Vorsichtig trug er ihn tiefer in das dichte Ufergestrüpp hinein. Hinter den letzten Zweigen sah der Mann ganz deutlich den rasch dahinfließenden, schmalen Wasserlauf, der sich durch den Canyon zog.

Die Stimme des Drachen übertönte das endlose, geschäftige Plätschern des Wassers. »Niemals«, erklärte das Geschöpf mit seiner Grabesstimme, »werden sie umkehren und einem Drachen in dieses Dickicht folgen. Statt dessen werden sie zu ihren Herren zurückkehren und ihnen melden, du seist tot, da sie mit eigenen Augen gesehen haben, wie du zermalmt und gefressen wurdest.« Mit diesen Worten ließ der Drache den Mann wieder auf den weichen Boden gleiten, diesmal noch sanfter als zuvor. Dann tat der Drache einen großen Schritt rückwärts. Sein Bild flackerte vor den Augen des Mannes, und einen Augenblick lang hatte er den deutlichen Eindruck, daß das mächtige Wesen einen breiten Ledergürtel um den schuppigen, gewölbten Leib trug. Einen flüchtigen Augenblick lang war dem Mann, als hänge an diesem Gürtel eine Scheide und als stecke in dieser Scheide ein Schwert.

Gürtel und Schwert waren gleich wieder unsichtbar. Dann aber erschienen sie wieder. Der Mann blinzelte, schüttelte den Kopf, rieb sich die Augen und sah noch einmal hin. Hier war irgendein Zauber am Werk. So mußte es sein. Wenn es...

Der Schwertgürtel hing, jetzt unzweifelhaft wirklich, an einer großen, pelzigen Hand – und es war unverkennbar eine Hand und nicht eine Drachenpranke. Der Pelz, der die Hand und auch den Arm und den dazugehörigen Körper bedeckte, war im Grunde silbrig-grau, aber ein geheimnisvolles Licht ließ ihn von innen heraus sichtbar leuchten. Vor den Augen des Mannes veränderte sich dieses Leuchten und schillerte in allen Farben des Regenbogens.

Die riesige Hand ließ den Gürtel fallen.

Vor dem jungen Mann stand jetzt ein pelziges Wesen auf zwei Beinen, ebenso hoch und massig, wie der Drache gewesen war, aber ansonsten völlig verändert. Finger waren an die Stelle der Krallen getreten, und die Hände waren geformt wie die eines Menschen. Die gewaltigen Zähne waren noch da, aber jetzt waren sie weiß wie Elfenbein, und der Kopf hatte nichts Reptilienhaftes mehr an sich. Obgleich die Gestalt dastand wie ein Mensch, war das Gesicht nicht menschlich. Es war... einzigartig.

Klugheit lag in den großen dunklen Augen, während sie beobachteten, wie der Mann auf diese Verwandlung reagierte.

Langsam und unsicher rappelte der junge Mann sich auf. Zögernd näherte er sich dem Gürtel und dem Schwert, die im Schatten auf dem Moosboden lagen. Er bückte sich und sah, daß der rabenschwarze Griff des Schwertes mit einem kleinen, weißen Symbol verziert war. Aber obwohl er sich auf die Knie sinken ließ, um genauer hinzuschauen, vermochte er nicht zu erkennen, was das Symbol darstellte. Aus irgendeinem Grund fiel es ihm schwer, den Blick darauf zu konzentrieren. Er streckte die Hand aus und legte die Finger auf den Griff, und bei

der Berührung fühlte er, wie die Kraft, die er erwartet hatte, auf ihn überströmte. Jetzt konnte er das Symbol deutlich erkennen. Es waren die einfachen Umrisse eines offenen menschlichen Auges.
Der junge Mann wandte den Kopf, sah den wartenden Riesen an und sagte: »Ich bin Mark, Sohn des Jord.« Bei diesen Worten stand er auf, und als er stand, zog er das Schwert aus der Scheide. Mit der rechten Hand hob er die prachtvoll glänzende Stahlklinge zum Gruß.
Der Riese antwortete mit einer unmenschlichen tiefen Baßstimme, die ganz anders klang als die des Drachen. »Du bist Mark aus Arin am Aldan.«
Eine Weile sah der junge Mann ihn unverwandt an. Dann nickte er. »So ist es.« Er ließ das Schwert sinken und fügte hinzu: »Ich habe Sichtblender schon einmal in der Hand gehabt.«
»Du hast auch schon andere Schwerter in der Hand gehabt. Ich weiß einiges über dich, Mark, wenngleich wir einander noch nicht begegnet sind. Ich bin Draffut, wie du inzwischen sicher erkannt hast. Der Mann namens Nestor, dein Freund, war auch ein Freund von mir.«
Mark antwortete nicht sofort. Jetzt, da er das Schwert der Arglist in der Hand hielt, waren ihm einige Dinge, die dem Wesen vor ihm innewohnten, offensichtlich geworden. Wie sie offensichtlich waren – dies war etwas, was er nicht hätte erklären können, auch wenn sein Leben davon abgehangen hätte. Aber über dem Bild Draffuts in Marks Augen stand jetzt ein Teil der Geschichte Draffuts geschrieben, in Zeichen, die Mark, wenn er das Schwert wieder aus der Hand gelegt hätte, nicht mehr sehen und schon gar nicht verstehen würde.
»Du bist derselbe Draffut, den man als Gott des Heilens anbetet«, stellte Mark fest. »Der, welcher Ardneh den Gesegneten vor zweitausend Jahren seinen lebenden Freund nannte... aber dennoch werde ich dich nicht einen Gott nennen. Aber Herrn der Tiere, wie du bei anderen heißt, schon. Denn das bist du ganz gewiß, das und mehr.« Mark verneigte sich tief. »Ich verdanke dir mein Leben.«
»Es war mir ein Vergnügen... und Herr der Tiere ist ein Titel,

den ich zumindest tolerieren kann.« Tatsächlich schien das riesige Geschöpf ihn sogar in gewisser Weise zu genießen. »Jetzt, da du Sichtblender in der Hand hältst, kannst du wohl sehen, daß ich kein Gott bin. Aber ich komme gerade von einer Versammlung der Götter.«

Mark erschrak. »Was?«

»Ich sagte, ich komme eben von einer Versammlung der Götter«, wiederholte Draffut geduldig. »Und ich hatte Sichtblender in der Hand, als ich unter ihnen stand, und so kam es, daß jeder mich als einen der ihren sah... und was ich in ihnen sah, überraschte mich, während ich dastand und ihrem Streit lauschte.«

»Ein Streit – um was?«

»Zum Teil um die Schwerter. Wie gewöhnlich konnten sie sich in keinem einzigen Punkt einigen. Ich glaube, das ist eine gute Nachricht für die Menschheit. Aber ich habe auch andere Neuigkeiten erfahren, die überhaupt nicht gut waren. Der Dunkle König, Vilkata, hat jetzt das Sinnschwert. Wie und wann er es bekommen hat, weiß ich nicht.«

Lange Zeit stand Mark schweigend da. Dann murmelte er leise: »Bei Ardnehs Gebeinen! Haben das die Götter gesagt? Glaubst du es?«

»Wie ich zu meiner Freude sehe, weißt du, daß nicht immer die Wahrheit ist, was uns die Götter sagen«, meinte Draffut. »Aber in diesem Falle, fürchte ich, ist es doch wahr. Vergiß nicht, ich hielt das Schwert der Arglist in meinen Händen, und ich sah die Sprecher aufmerksam an, während sie redeten. Sie logen nicht mit Bedacht. Ich glaube auch nicht, daß sie sich irrten.«

»Dann ist die menschliche Rasse...« Mark machte eine hilflose Gebärde. »... in Schwierigkeiten.« Sein Blick senkte sich auf die Klinge, die er immer noch in der Hand hielt, und er schwenkte sie leicht hin und her, um zu sehen, wie sie in der Hand lag. »Wenn es nicht eine allzu dreiste Frage ist – wie ist dieses Schwert in deinen Besitz gelangt? Als ich es zuletzt sah, steckte es im Leib eines davonfliegenden Drachen.«

»Vielleicht hat das Tier die Klinge im Flug verloren. Ich habe sie im großen Sumpf gefunden.«

»Und – falls du mir auch diese Frage gestattest – wie kamst du dazu, die Götter zu bespitzeln?«
Draffut legte eine seiner gewaltigen Hände an einen Baumstamm, der neben ihm stand. Mark hatte den Eindruck, daß die Rinde rings um die Hand ihre Farbe veränderte. Sie schien sich sogar ein wenig zu bewegen, als habe ihr Leben eine andere Geschwindigkeit angenommen. Ohne Zahl waren die Wundertaten, deren man Draffut rühmte. Der Herr der Tiere beantwortete seine Frage.
»Als ich dieses Schwert in der Hand hielt, wurde mir klar, daß ich nie wieder eine bessere Gelegenheit finden würde, etwas zu tun, das mir schon lange im Kopf herumging: Ich wollte den Kaiser finden und mit ihm von Angesicht zu Angesicht sprechen.«
»Du bist also nicht zuerst zu den Göttern gegangen?«
»Göttern war ich schon früher begegnet.« Draffut verlor sich für einen Augenblick in Gedanken. Dann sprach er weiter. »Es ist nicht leicht, den Kaiser ausfindig zu machen. Aber ich habe einiges Geschick im Finden dessen, was verborgen ist, und ich habe ihn gefunden. Ich war schon seit langem neugierig gewesen.«
Auch Mark war in dieser Hinsicht gelegentlich schon neugierig gewesen, aber seine Neugier hatte sich doch stets in Grenzen gehalten. Er war mit den landläufigen Vorstellungen vom Kaiser aufgewachsen: Der Kaiser war ein legendärer Taschenspieler, vielleicht erfunden und unwirklich. Ein Possenreißer, ein Rätselerfinder, ein Maskenträger. Einer, der gelegentlich Bräute und Jungfrauen verführte, der sprichwörtliche Vater der Armen und der Unglückseligen. Erst in den letzten Jahren, da Mark allmählich Menschen kennengelernt hatte, die mehr von der Welt kannten als den Namen des nächsten Dorfes, hatte er allmählich begriffen, daß der Kaiser womöglich wirkliche Bedeutung besaß.
Aber seine Neugier hinsichtlich dieser Gestalt hatte nie sonderlich viel von seiner Zeit oder seinen Gedanken in Anspruch genommen. Dennoch fragte er Draffut jetzt: »Wie ist er?«
»Er ist ein Mann«, antwortete Draffut mit Bestimmtheit, als habe es in dieser Hinsicht einige Zweifel gegeben. Aber nach-

dem er diese Feststellung getroffen hatte, verstummte der Herr der Tiere, als wisse er nicht, was er noch sagen solle. Schließlich fuhr er fort. »John Ominor, Ardnehs Feind, nannte man ebenfalls Kaiser.« Bei dieser beiläufigen Erinnerung an Ereignisse, die zweitausend Jahre zurücklagen, fühlte Mark, wie seine Kopfhaut leise zu kribbeln begann. Draffut redete weiter. »Und dann, ein Weilchen später, bedachten viele auch den Prinzen Duncan, einen guten Mann, mit diesem Titel.«

Wieder verstummte Draffut. Mark wartete einen Augenblick lang; seine Neugier war noch nicht gestillt. »Besteht zwischen diesem Mann, den man den Kaiser nennt, und den Schwertern ein Zusammenhang? Kann er uns gegen Vilkata helfen?«

Draffut machte eine merkwürdige Gebärde mit beiden Händen, die bei einem geringerem Lebewesen Hilflosigkeit hätte vermuten lassen. Als er die Hand von dem Baumstamm hob, nahm die Rinde sogleich wieder ihre gewöhnliche Beschaffenheit an. »Ich glaube, daß der Kaiser uns ungeheuer hilfreich sein kann. Aber wie wir seine Hilfe erwirken sollen ... Und was die Schwerter betrifft, so kann ich dir nur folgendes sagen: Ich glaube, Sichtblender konnte ihn keinen Augenblick täuschen, obgleich ich die Waffe in der Hand hielt, als ich mich ihm näherte.«

»Er ließ sich nicht täuschen?«

»Ich glaube, er sah mich die ganze Zeit als das, was ich bin.« Der Herr der Tiere dachte einen Augenblick nach und schloß dann: »Natürlich war es auch nicht meine Absicht, ihn zu täuschen, es sei denn, er hätte Böses im Schilde geführt, und ich glaube nicht, daß er es tat.«

Der eindringliche, unmenschlich starre Blick des Sprechenden hielt Marks Augen in seinem Bann. »Es war der Vorschlag des Kaisers, daß ich das Schwert nehmen und es dazu benutzen sollte, den Rat der Götter zu belauschen. Und er trug mir noch etwas anderes auf: Nachdem ich gehört hätte, was die Götter zu bereden hatten, sollte ich Sichtblender zu dir tragen.«

Mark spürte, wie eine eisige Kälte in ihm aufstieg, ein Gefühl wie das von plötzlicher Angst, in deren Kern jedoch der Funke freudiger Erregung aufglühte. Beide Empfindungen waren ihm gleichermaßen unerklärlich. »Zu mir?« wiederholte er töricht.

»Zu dir. Selbst das Schwert der Arglist kann mich nicht so gut

tarnen, daß man mich für einen Menschen oder wenigstens für ein Geschöpf von bloß menschlicher Größe halten könnte. Aus der Ferne – vielleicht. Aber es wird mir nicht möglich sein, die Behausungen von Menschen heimlich zu betreten, um ihre geheimen Beratungen zu belauschen.«
»Aber du sagst, die Götter kannst du belauschen. Ist das nicht noch wichtiger?«
Der Herr der Tiere schüttelte den Kopf. »Der Krieg, der uns bevorsteht, wird die Welt erschüttern, wie sie seit den Zeiten Ardnehs nicht mehr erschüttert worden ist. Und der Krieg wird durch Menschen gewonnen oder verloren werden, wenngleich auch die Götter eine Rolle zu spielen haben.«
»Woher weißt du all dies?«
Draffut schwieg.
»Was können wir tun?« fragte Mark schlicht.
»Ich werde in meiner eigenen Gestalt versuchen, die Handlungen der Götter zu beeinflussen. Wie du vielleicht weißt, bin ich unfähig, Menschen zu verletzen, was immer auch geschieht. Aber gegen *sie* kann ich kämpfen, wenn es nötig ist. Ich habe es schon getan, und ich habe gesiegt.«
Wieder fühlte Mark das Kribbeln in seiner Kopfhaut. Er schluckte und nickte. Anscheinend beruhten die Legenden, die von Draffuts siegreichem Kampf gegen den Kriegsgott Mars selbst berichteten, auf Wahrheit.
Draffut erklärte: »Ich werde das Schwert bei dir lassen.«
Als Mark dies hörte, verspürte er wiederum ein rasches Aufwallen von Erregung, eine Empfindung, die in diesem Fall rasch durch ein paar Erinnerungen und ein wenig Überlegung gedämpft wurde.
»Sir Andrew, dem ich diene, hat mich beauftragt, Prinzessin Rimac aufzusuchen – oder ihren General Rostov, falls er leichter zu finden sein sollte. Ich soll ihnen gewisse Dinge mitteilen, natürlich kann ich das Schwert der Arglist mitnehmen. Und vermutlich könnte ich es ihnen geben, wenn ich sie gefunden habe. Aber was soll ich nach des Kaisers Willen damit anfangen? Vertraust du ihm?« Fragen über Fragen kamen ihm in den Sinn, schneller, als er sie stellen konnte.
»Ich kenne die Menschen und verkehre mit ihnen seit mehr als

fünfzig Jahren«, antwortete Draffut, »und ich vertraue ihm. Er hat mir nichts erklärt. Er sagte nur, daß er dir das Schwert anvertraut.«

Mark runzelte die Stirn. Es war eher beunruhigend als erfreulich zu erfahren, daß man aus geheimnisvollen Gründen das Vertrauen einer anscheinend mächtigen Gestalt besaß. »Aber wieso ich? Was weiß er von mir?«

»Er kennt dich«, erwiderte Draffut, ohne zu zögern und mit einer Sicherheit, die nicht eben hilfreich war. »Und jetzt muß ich mich auf den Weg machen.« Der Riese wandte sich ab und drehte sich dann noch einmal um und sagte: »Das Land der Prinzessin, Tasavalta, liegt östlich von hier an der Küste, wie du vermutlich weißt. Wo Rostov und seine Armee im Augenblick stehen, ahnst du wahrscheinlich ebenso wie ich.«

»Dann nehme ich das Schwert mit und bringe es der Prinzessin.« Mark hob die Stimme und rief dem Herrn der Tiere hinterdrein. Draffut, dessen Riesenschritte ihn beträchtlich schneller voranbrachten als einen Menschen, war bereits weit weg. Mark seufzte und verschluckte weitere Fragen, da sie nun offensichtlich nicht mehr beantwortet werden würden.

Das Wasser spritzte auf, als Draffut den seichten Fluß durchwatete, und er drehte sich noch einmal um und winkte Lebewohl. Dann begann er, die gegenüberliegende Wand des Canyons zu erklimmen. Er kletterte wie eine Bergziege und hangelte sich geradewegs an der steilen Felswand empor. Mark glaubte zu sehen, wie das Gestein selbst sich vorübergehend veränderte, wo Draffut es berührte. Unter dem Einfluß des Lebens begann es zu verfließen.

Dann hatte Draffut den oberen Rand des Canyons erreicht und war verschwunden.

Als er allein war, fühlte Mark plötzlich, wie erschöpft er war. Eine ganze Weile starrte er das Schwert an, das er immer noch in den Händen hielt. Dann beugte er sich nieder und trank endlich genußvoll aus dem Fluß, dessen Namen er nicht kannte. Er bespritzte sich mit Wasser, um sich abzukühlen. Dann streckte er sich im schattigen Moos aus, schob Sichtblender unter den Kopf und schlief ruhig ein. Jeder Feind, der ihn jetzt entdeckte, würde nicht ihn sehen, sondern statt dessen einen Menschen oder einen Gegenstand, den er liebte oder fürchtete und auf jeden Fall nicht verletzen würde. Natürlich konnte es stromaufwärts immer noch ein plötzliches Unwetter geben, das den Canyon überflutete, und dann würde er ertrinken, aber er hatte einen Großteil seines Lebens unter schlimmeren Gefahren verbracht.

Mark erwachte erst wieder, als die Sonne hinter der hohen Steinwand im Westen untergegangen war. Es war beinahe dunkel. Im letzten Licht gelang es ihm, mit einem seiner beiden Pfeile ein Kaninchen zur Strecke zu bringen. Der Pfeil war sogar unbeschädigt geblieben, und er war überzeugt, daß sein Geschick sich zum Guten wendete. Nachdem er sein Kaninchen auf einem kleinen Feuer geröstet hatte, verspeiste er es zum größten Teil und schlief dann wieder ein.

Mitten in der Nacht erwachte er zum zweiten Mal. Er lag am Boden, schaute zu den Sternen hinauf und dachte über Draffut nach. Der Herr der Tiere war ein prächtiges, einzigariges Geschöpf, und es nahm nicht wunder, daß die meisten Leute ihn für einen Gott hielten. Sein Leben hatte vor so langer Zeit begonnen, daß sogar Ardnehs Kampf mit dem Dämon Orcus im Vergleich dazu erst vor kurzem stattgefunden hatte. Mark, der Draffut mit dem Schwert der Arglist in der Hand hatte betrachten können, wußte das.

Das Schwert hatte Mark noch wunderbarere Dinge offenbart. Er hatte gesehen – ganz deutlich, wenngleich nur einen Augenblick lang und in einer Art des Sehens, die man nicht erklären konnte –, daß der Herr der Tiere sein langes Leben als Hund begonnen hatte. Ein schlichter, vierbeiniger Hund... mehr nicht.

Dies war ein Geheimnis, das sich allem Nachdenken verschloß. Mark schlief wieder ein, und als er erwachte, waren die Sterne weitergezogen. Als er die Augen aufschlug, sah er einen strahlenden Meteor, als habe irgendeine Macht ihn erweckt, damit er ihn sehen könne.

Eine Zeitlang lag er wach und grübelte.

Wer war nun eigentlich der Kaiser? Und wie und warum wußte der Kaiser von Mark, Jords Sohn? Natürlich war Marks verstorbener Vater selbst eine Nebengestalt in den Legenden,

denn er war gegen seinen Willen von Vulkan gezwungen worden, beim Schmieden der Schwerter zu helfen. Und Mark hatte vier Jahre zuvor an dem berühmten Raubzug in die Schatzkammern des Blauen Tempels teilgenommen. Aber weshalb sollte eine dieser zweifelhaften Ruhmestaten den Kaiser veranlaßt haben, ihm ein Schwert zu senden?
Alle Geschichten stimmten darin überein, daß der Kaiser gern zu scherzen pflegte.
Mark war einer Antwort auf seine Fragen nicht näher gekommen, als er wieder einschlief.

Am Morgen war er schon früh auf den Beinen, und gleich zog er weiter. Bald fand er einen Nebencanyon, der gangbar zu sein schien und nach Osten führte. Er füllte seine Wasserflasche, bevor er den Fluß hinter sich ließ, und folgte dann dem Nebencanyon, der sich allmählich aufwärts schlängelte. Als er nach einigen Kilometern so flach geworden war, daß man mühelos hinausklettern konnte, tat Mark dies. Das Gebirge im Osten war in der Ferne sichtbar – bläulich, als sei es von Wald überzogen. Tasavalta, dachte Mark. Oder eine angrenzende Gegend.
Nach einem weiteren Tagesmarsch, der ihn noch näher an die Berge herangebracht hatte, sah er die berittene Patrouille. Er war trotz der beträchtlichen Entfernung sicher, daß diese Reiter zu den Soldaten des Dunklen Königs gehörten. Gegen diese hatte er oft genug gekämpft, um in der Lage zu sein, sie zu erkennen. Ihm genügte ein wehender Mantel in der Ferne, die Form einer hocherhobenen Speerspitze. Die Patrouille bewegte sich zwischen ihm und seinem Ziel, und sie kam beinahe geradewegs auf ihn zu. Aber er glaubte nicht, daß sie ihn schon gesehen hatten. Automatisch hatte Mark sich hinter einem Busch verborgen, als er ihrer ansichtig geworden war, und aus seinem Versteck heraus beobachtete er sie aufmerksam. Ohne weiter nachzudenken, überlegte er, wie er sich am besten vor ihnen würde verbergen können, wenn sie vorüberzögen – als ihm einfiel, welches Schwert jetzt an seiner Seite hing. Er hatte Sichtblender schon einmal benutzt, und er hatte volles Vertrauen in seine Kräfte.

Kühn erhob er sich, die Hand auf den Griff des Schwertes gelegt, und er fühlte, wie die Kraft der Klinge sich regte, als er sich seinen Feinden näherte. Geradewegs marschierte er den Reitern entgegen. Aber bevor die Patrouille ihn entdeckte, wich sie von ihrem Wege ab und bog zur Seite. Mark fluchte murmelnd vor sich hin. Wenn er hilflos gewesen wäre und versucht hätte, sich zu verstecken, wären sie wahrscheinlich blindlings über ihn gestolpert.

Sie waren schon außer Sicht, als er ihre Spur erreichte, aber er folgte ihnen, der untergehenden Sonne entgegen, die blauen Berge in seinem Rücken. Die Botschaft, die er der Prinzessin Rimac auszurichten hatte, war eigentlich nicht sonderlich dringend. Sein Soldateninstinkt sagte ihm, daß sich hier womöglich eine ausgezeichnete Gelegenheit bot.

Etwa eine Stunde später stieß er auf die Patrouille. Es war ein Dutzend abgehärtet aussehender Männer, die um ein abendliches Lagerfeuer saßen, das groß genug war, um zu zeigen, daß sie einen nächtlichen Angriff nicht befürchteten. Sichtblenders Griff vibrierte leise in Marks Hand, als er in den Schein des Feuers trat und vor ihnen stehen blieb.

Sie hoben die Köpfe und sahen zu ihm auf, und alle blieben regungslos sitzen. Es waren abgebrühte Soldaten, aber gleichwohl sah er, daß sie augenblicklich Angst bekommen hatten. Wovor, das wußte er nicht. Aber es war ein Bild, das sie an seiner Statt sahen. Als er an sich selbst hinunterschaute, fand er sich, wie er erwartet hatte, unverändert.

Mark überließ es ihnen, das Schweigen zu brechen. Schließlich erhob sich einer, offensichtlich ihr Feldwebel, verneigte sich und fragte ihn: »Herr, was wollt Ihr von uns?«

»In welche Richtung führen euch eure Befehle?« Marks Stimme klang in seinen eigenen Ohren nicht anders als zuvor.

»Hoher Herr, wir sind auf dem Weg zum Lager des Dunklen Königs selbst. Dort sollen wir unserem Hauptmann über die Ergebnisse unserer Patrouille Bericht erstatten.«

Mark atmete tief ein. »Dann werdet ihr mich mitnehmen.«

4

Jord kratzte sich vorsichtig an seinem juckenden Armstumpf. Bei dem ungewohnten Wundschmerz verzog er das Gesicht. Noch behutsamer rieb er mit seiner rauhen Fingerspitze über die Stelle, und er spürte dort eine leichte Schwellung.

Nicht, daß er sich beklagen wollte. Im Gegenteil. Er lag auf einem weichen, mit feinem Stoff bezogenen Bett in der Morgensonne. In der Nähe erscholl munteres Vogelgezwitscher, aber ansonsten war er allein auf der eleganten Dachterrasse in einem Garten voller Pflanzen und Vögel, frisch vom Regen der vergangenen Nacht. Die Terrasse bedeckte den größten Teil des Flachdaches auf dem Hause Courtenay. Ein Teller mit Speisen stand auf einem kleinen Tisch neben ihm. Es war die zweite Portion gewesen, und Jord hatte es nicht geschafft, alles restlos aufzuessen. Er trug ein feines, weißes Nachthemd aus einem Stoff, den er nicht kannte – aber er vermutete, Seide müsse sich so anfühlen. Nun, offensichtlich und zu seinem großen Glück hatte er reiche und mächtige Freunde gefunden. Deshalb überraschten ihn diese Einzelheiten nicht sonderlich.

Was ihn hingegen überraschte, ja, was ihn schier verblüffte, war das, was mit seinen Wunden geschehen war.

Die kräftigen Männer, anscheinend Dienstboten, die ihn am Morgen auf die Terrasse heraufgetragen hatten, hatten ihm erzählt, daß er erst am Abend zuvor im Hause Courtenay eingetroffen sei. Darüber hinaus hatte Jord die Diener nicht ausgefragt, denn er wußte nicht genau, wie weit sie in die geheimen Geschäfte ihres Meisters eingeweiht waren und ob ihnen bekannt war, wer er, Jord, war und was er hier zu tun hatte.

Jords letzte Erinnerungen an den vergangenen Abend drehten sich darum, daß er Angst gehabt hatte, zu verbluten, und er versucht hatte, an die Hintertür dieses Hauses zu klopfen, weil er gewußt hatte, daß er vermutlich nie mehr aufwachen würde, wenn er ohnmächtig würde, ohne Hilfe gefunden zu haben. Nun, er mußte trotzdem in Ohnmacht gefallen sein. Ganz gewiß aber war er wieder aufgewacht. Er hatte sich fast

gesund und maßlos hungrig gefühlt – und seine Wunden waren auf dem Wege der Heilung gewesen.
Die Sonne war inzwischen höher gestiegen und wäre allmählich unangenehm heiß geworden, aber eine grüne Rankenlaube warf just im richtigen Winkel ihren Schatten über die Liegestatt. Der Lärm von den städtischen Straßen schwoll an, aber sie lagen so tief unten, daß es nicht wirklich störte. Jord hatte genug über Städte gelernt, um in ihnen leben zu können, wenn es sein mußte, aber heimisch fühlte er sich nur in einem Dorf oder einer Kleinstadt.
Die Pergola, die ihm Schatten spendete, verbarg ihn auch, wie er jetzt bemerkte, vor neugierigen Blicken, die jemand von den benachbarten hohen Gebäuden der Stadt hätte herüberwerfen können. Gleichzeitig aber gestatteten ihm die Lücken zwischen Gitterwerk und Blättern einen mehr oder weniger ungehinderten Blick nach draußen. Schieferdächer erstreckten sich wie Bäume in einem Wald bis zu dem unebenen Horizont, den die achtunggebietenden Mauern der Stadt bildeten. Tashigang war auf einigen Hügeln erbaut, zwischen denen der Corgo, der sich hier in mehrere Arme aufgeteilt hatte, dahinfloß. Das Haus Courtenay stand praktisch am Flußufer und somit in einer der am tiefsten gelegenen Gegenden. Infolgedessen ragten manche Mauerabschnitte und die Gebäude auf den Hügeln im Hintergrund zu scheinbar magischen Höhen empor – wie die Türme in den Geschichten aus der Alten Welt.
»Guten Morgen.« Eine Frauenstimme, die Jord nicht kannte, schreckte ihn aus seinen Gedanken auf. Er hörte auf, durch die Pergola zu spähen, und wandte sich um. Die Frau war jung und klein, ja, geradezu winzig. Ihr Haar war schwarz, und sie war weiß gekleidet – offensichtlich eine Dame. Ein junges Kindermädchen und ein Kleinkind hielten sich im Hintergrund. Sie blieben außer Hörweite auf einem Kiesweg, der mit dazu beitrug, daß die Dachterrasse aussah wie ein ländlicher Garten.
»Guten Morgen, gnädige Frau.« In den vergangenen zehn Jahren hatte Jord sich oft genug in weltstädtischer Gesellschaft bewegt, um mit beinahe jedem mehr oder weniger

unbefangen umgehen zu können. »Die Männer, die mich heraufgebracht haben, sagten mir, ich sei im Hause von Meister Courtenay und seiner Gattin.«

»So ist es. Ich bin die Herrin dieses Hauses. Bei allen Göttern und Dämonen – Ihr braucht nicht aufzustehen. Ihr seid Jord, nicht wahr?«

Jord gab seine Bemühungen, sich höflich zu erheben, auf. »Ich bin Jord, jawohl. Und ich danke Euch für Eure Hilfe.«

»Ist das Essen nicht nach Eurem Geschmack?«

»Es ist sehr gut, aber sie haben mir mehr gegeben, als ich verzehren kann.«

Die Frau sah ihn nachdenklich an. Einige Stühle standen in der Nähe, aber sie zog es offensichtlich vor, stehenzubleiben. »Prinzessin Rimac hat Euch also zu uns geschickt. Ihr seid ein Kurier und sollt ihr zwei Schwerter bringen.«

Jord wollte sein verletztes Knie beugen und strecken, verzog aber schmerzlich das Gesicht. »Mir scheint, ich habe mich als unfähig erwiesen, diese Aufgabe auszuführen, noch bevor ich sie recht begonnen habe.« Er sagte es, als treffe er eine nüchterne Feststellung. »Nun, ich will mein Bestes tun, was immer man mir als nächstes auftragen mag. Aber mir scheint, ich werde erst meine Wunden auskurieren müssen, bevor ich überhaupt etwas tun kann.«

Die Frau betrachtete ihn noch immer. Anscheinend hatte sie aus irgendeinem Grunde ein besonders starkes Interesse an ihm. Sie nickte. »Die Dienstboten – alle außer Denis, der eigentlich mehr als das ist – halten Euch für einen befreundeten Kaufmann, der unter die Diebe gefallen ist und Hilfe braucht. Solche Dinge kommen in unserem Gewerbe nur allzu häufig vor.«

»In meinem leider auch. Ich danke Euch noch einmal dafür, daß Ihr mir das Leben gerettet habt.« Jord schwieg einen Augenblick. Dann fuhr er fort: »Sagt mir jedoch eines: Als die Diener mich herauftrugen, erzählten sie mir, ich sei erst gestern abend hergekommen. Aber ...« Ratlos deutete er auf seine Wunden.

»Eines der Schwerter, die Ihr Prinzessin Rimac bringen solltet, ist das Schwert der Gnade.«

»Ah.« Jord, der sich auf einen Ellbogen gestützt hatte, ließ sich wieder auf den Rücken fallen. »Das erklärt alles.«

Die Frau hatte den Kopf abgewandt. Das Kind plapperte irgendwo auf der anderen Seite des Daches. Aber jemand anders, ein massiger Mann, etwa ebenso alt wie die Frau, bog um eine Ecke des Laubenganges. Vögel flatterten auf. »Mein Mann«, stellte die Frau vor.
Wieder stützte Jord sich auf seinen Ellbogen. »Meister Courtenay – auch Euch danke ich.«
Der kräftige Mann lächelte, und sogleich wirkte sein Gesicht sehr viel angenehmer. »Und Ihr sollt hier herzlich willkommen sein, wie meine Frau Euch sicher schon gesagt hat.«
Jords Gastgeber setzten sich nebeneinander auf eine Bank und baten ihn, von dem Überfall, bei dem er seine Wunden davongetragen hatte, zu berichten. Beide schienen mit Erleichterung zu hören, daß er sich seines einsamen Angreifers entledigt hatte, bevor er selbst zusammengebrochen war.
»Ein paar andere, die Euch ebenfalls auf den Fersen gewesen waren, kamen ein wenig später«, erzählte der Hausherr. »Aber es gelang uns, sie unschädlich zu machen.«
»Mehrere? Sie waren mir auf den Fersen?« Jord fluchte erdhaft und berief sich dabei auf eine Vielfalt von anatomischen Einzelheiten mehrerer Götter und Dämonen. »Das hatte ich befürchtet, aber ich hatte sie nicht bemerkt.« Er seufzte sorgenvoll.
Meister Courtenay machte eine wegwerfende Gebärde mit seiner fleischigen Hand – jetzt konnte man nichts mehr tun. Dann warf er seiner Frau einen Blick zu, der anscheinend ein verabredetes Zeichen war, denn sie sah daraufhin den Gast an wie jemand, der ein neues Thema zu beginnen gedenkt.
»Jord«, fragte sie, »aus welchem Dorf kommt Ihr?«
Schon seit Jahren konnte ihn diese Frage nicht mehr überraschen. »Ja, Ihr habt ganz recht, Madame – ich komme aus einem Dorf, nicht aus der Stadt. Und ich habe in vielen Dörfern gelebt.«
»Aber vor zwanzig Jahren lebtet Ihr in Arin am Aldan, nicht wahr? Und Ihr habt länger dort gewohnt – bis vor etwa zehn Jahren, nicht wahr?«
Jord nickte und seufzte leise. »Wie viele andere Dörfer, Madame, existiert es nicht mehr. Zumindest hat man mir das erzählt. Ich muß Euch aber um Verzeihung bitten: Die mei-

sten, die mich über mein Dorf befragen wollen, haben dabei ein früheres im Sinn. Treefall hieß der Ort, aus dem Vulkan mich holte, damit ich ihm half, die Schwerter zu schmieden. Jawohl, ich bin dieser Jord. Es gibt ja nicht so viele Jords auf der Welt, denen der rechte Arm fehlt. Ich benutze oft einen anderen Namen, und meistens rede ich mich heraus, wenn die Leute mich fragen, woher ich komme. Aber Euch will ich natürlich gern antworten. Ich sage Euch, was Ihr wissen wollt.«

»Nun«, sagte der massige, breitschultrige Mann, »wir sind ebenso einfache Leute wie Ihr. Der Name, mit dem ich auf die Welt gekommen bin, lautet nicht Courtenay oder dergleichen, sondern schlicht Ben. Auch ich lebte in einem ärmlichen Dorf, und dort war ein einziger Name genug. Ben von Purkinje nennen mich heute manche. Diesen Namen habt Ihr vermutlich innerhalb der letzten vier Jahre schon einmal gehört. Ich bin der Ben, der den Blauen Tempel ausgeraubt hat, und sie sind auf der Jagd nach mir. Ich bin ziemlich sicher, daß es Leute des Blauen Tempels waren, die Euch in der letzten Nacht hierher gefolgt sind.«

»Und mein richtiger Name ist Barbara«, stellte die Frau nüchtern fest. Mit einer Gebärde ihrer kleinen, blassen Hand umfaßte sie den Luxus der Terrasse und des Hauses. »Dies alles ist aus dem Reichtum des Blauen Tempels – oder war es zumindest. Eine einzige Handvoll aus ihren Kisten und Körben mit Juwelen.«

»Aha.« Jord nickte. »Ich habe davon gehört, daß ein Mann namens Ben diese Räuber beraubt hat. Die Geschichte ist weit und breit bekannt...«

Eifrig unterbrach ihn die Frau. »Wenn Ihr die Geschichte kennt, dann müßt Ihr auch wissen, daß Ben auf seinem Raubzug von einem Mann namens Mark begleitet wurde.« Jetzt lächelte sie Jord zum erstenmal an. »Und Ihr habt einen erwachsenen Sohn namens Mark, nicht wahr?«

»Ja«, bestätigte der Mann auf der Bettstatt. »Nun, es ist ein weit verbreiteter Name. Warum?«

»Weil es ein und derselbe Mark ist«, erklärte die Frau. »Und wir sind gute Freunde, wenngleich wir einander lange nicht gesehen haben. Er hat dem Blauen Tempel keine Schätze gestohlen, um sie für sich selbst zu behalten; er dient immer noch in Sir Andrews Armee. Und ich fürchte, Euch hält er für tot.«

»Ah«, sagte der Besucher noch einmal. Er lag flach auf dem Rücken, mit geschlossenen Augen, die Fäuste geballt. Seine Lippen bewegten sich wie im stillen Gebet. Schließlich öffnete er die Augen wieder und stützte sich erneut auf den Ellbogen. Als er jetzt das Wort an seine Gastgeber richtete, klang es fast, als sei er ihr Gefangener und sie seien seine Richter. »Mark mußte an jenem Tag aus dem Dorf fliehen ... ist es jetzt zehn Jahre her? Beinahe ... Er mußte Stadtretter nehmen und sich in Sicherheit bringen. Ja, er hatte gesehen, daß ich niedergeschlagen wurde. Zurückkehren konnte er nicht, und wir konnten nicht in Erfahrung bringen, wo er sich aufhielt. Es geschah so viel, und wir mußten bald unser Dorf verlassen. Wir haben nie wieder etwas von ihm gehört ...«

Wieder veränderte sich seine Stimme, und jetzt klang sie fröhlich. »Erzählt mir von ihm. Er ist immer noch Soldat, sagt Ihr? Was ... ?« Offensichtlich hatte er so viele Fragen, daß er nicht wußte, wo er anfangen sollte.

Wieder trat jemand auf das Dach heraus. Jord hörte, wie eine Tür ins Schloß fiel, und Schritte knirschten leise auf dem Kiesweg. Sie hielten inne, und ein paar Worte wurden gesprochen; es schien die Stimme des Kindermädchens zu sein, die man hörte. Dann erklangen wieder die Schritte, und diesmal erschien ein schlanker, dunkelhaariger junger Mann, den man Jord als Denis vorstellte – Denis mit dem Beinamen »der Flinke«. Höflich begrüßte er den Älteren, und dann rieb er seinen Unterarm unter dem langen Ärmel, als schmerze er ein wenig.

Auch Jord rieb wieder über seinen Armstumpf. Anscheinend hatte sich die Schwellung an der Stelle, wo das Schwert ihn berührt hatte, weiter vergrößert.

Ben wandte sich an den Neuankömmling. »Gibt es etwas Neues auf den Straßen?«

»Keiner der Einheimischen, die in unserem Sold stehen, hat gegen Mitternacht etwas Ungewöhnliches bemerkt. Es war eine Nacht, in der alle lieber daheim geblieben sind.«

»Setze dich, Denis«, forderte Ben ihn auf. Dabei deutete er auf einen freien Stuhl, der in der Nähe stand. Dann drehte er sich und rief: »Kuan-yin? Bring das Kind nach unten, hörst du?«
Gleich darauf hörte man noch einmal, wie eine Tür ins Schloß fiel. Die vier Leute sahen einander mit ernsten Mienen an. Dann sagte Ben zu seinem jungen Angestellten: »Es gibt etwas, das wir dir von Jord noch nicht erzählt haben: Den Grund für sein Kommen.« Ben verstummte. Anscheinend wußte er nicht genau, was er als nächstes sagen sollte.
Seine Frau ergriff das Wort. »Inzwischen mußt du ja wissen, Denis, wo unsere politischen Sympathien liegen.«
»Dort, wo auch meine liegen, Herrin«, murmelte der junge Mann. »Sonst wäre ich wahrlich nicht hier.« Aber er wußte, daß es nicht so war. Er wäre in jedem Falle geblieben, nur um in ihrer Nähe sein zu können. Wäre er auch geblieben, um in Kuan-yins Nähe zu sein? Eine problematische Frage...
Ben fuhr fort. »Du weißt auch, daß unser Gast hier ein geheimer Kurier ist, wenn du auch nicht in alle Einzelheiten eingeweiht bist. Und wie du siehst, muß ihm jetzt jemand seine Aufgabe abnehmen. Sie kann nicht warten, und Jord kann nicht laufen.«
Jord hörte schweigend zu. Er runzelte die Stirn, mischte sich aber nicht ein.
»Ich kann die Stadt im Augenblick nicht verlassen, und Barbara ebensowenig. Es ist ein Auftrag, der gut bezahlt werden wird, wenn du ihn übernimmst, Denis.«
»Bitte tu es«, drängte die Dame des Hauses ihn sanft.
Denis fühlte, wie seine Wangen ihre Farbe ein wenig veränderten. Er nickte zustimmend, beinahe heftig. »Ich brauche keine besondere Bezahlung dafür, Meisterin und Meister.«
Jord starrte Denis noch immer stirnrunzelnd an.
Barbara verstand, was dieser Blick bedeutete, und sie beeilte sich, den Älteren zu beruhigen. »Denis kam vor anderthalb Jahren zu uns – auf Empfehlung des Weißen Tempels. Wir waren dort gewesen und hatten nach einem ehrlichen, liebenswürdigen Lehrling für unser Gewerbe gesucht. Viele Leute werben dort ihre Angestellten, wißt Ihr.«
Jord fragte Denis: »Wie lange warst du beim Weißen Tempel?«

»Drei Jahre, vielleicht etwas länger.«
»Und warum wolltest du nicht länger dort bleiben?«
Denis zuckte die Achseln. »Es waren gute Menschen. Sie hatten mir das Leben gerettet. Und es war gut, Ardneh eine Zeitlang zu dienen. Aber dann ...« Er machte eine Gebärde, die zeigte, wie etwas verwelkte und von ihm abfiel.
»Du mußt ein halbes Kind gewesen sein, als du zu ihnen kamst.«
»Und halb tot. Sie lasen mich nach einem Bandenkampf auf der Straße auf und holten mich ins Leben zurück. Ich stand tief in ihrer Schuld, aber ich glaube, ich habe diese Schuld abgegolten, während ich in ihren Diensten stand. Wir haben uns freundschaftlich getrennt.«
»Ah.« Jord schien sich ein wenig zu entspannen. Er sah Ben an. »Nun, Herr, die Angelegenheit ruht in Eurer Hand, nicht in meiner. Vielleicht ist es das beste, diesen Burschen loszuschicken.«
Ben warf einen vorsichtigen Blick in die Runde, obgleich er sich längst vergewissert haben mußte, daß sie hier oben vor Lauschern sicher waren. Mit gedämpfter Stimme verriet er: »Du wirst zwei Schwerter mitnehmen.«
»Zwei«, wiederholte Denis beinahe unhörbar und schluckte.
»Ja. Sie sind jetzt beide hier im Hause, und ich glaube, wir müssen sie fortschaffen, so schnell wir können, denn wir können sicher sein, daß der Feind unser Haus beobachtet. Die Behörden der Stadt sind mir eher freundlich gesonnen, aber natürlich ist der Bürgermeister letzten Endes der Silbernen Königin verantwortlich, denn sie ist die Herrin über dieses Land. Und sie ist, wie wir alle wissen, zumindest gelegentlich eine Verbündete Vilkatas und des Blauen Tempels. Wir können uns also nicht unbedingt darauf verlassen, daß der Bürgermeister unser Freund ist oder wenigstens in eine andere Richtung schaut, während wir gewisse Dinge tun.«
»Ich will mein Bestes versuchen. Ich werde sie sicher abliefern«, versprach Denis plötzlich. Dabei sah er Barbara an. Sie lächelte zustimmend und sah, wie an seinem hageren Hals eine Ader zu pulsieren begann.
»Gut«, sagte Ben. »Aber du wirst die Schwerter nicht zur

Prinzessin bringen, sondern in die andere Richtung, zu Sir Andrew. Ich fürchte, auf der Straße, die zur Prinzessin Rimac führt, liegt bereits jemand auf der Lauer. Nach dem, was hier in der vergangenen Nacht geschehen ist, kann ich es fast fühlen.
Jord nickte zustimmend – langsam und zögernd. »Wir müssen die Schwerter irgendwo ins Spiel bringen. Und Sir Andrew ist ein guter Mann, nach allem, was ich über ihn gehört habe.«
»Und Euer Sohn steht in seinen Diensten«, erinnerte ihn Barbara.
»So ist es, Madame. Nur... ich weiß, daß Rostov mit den Schwertern rechnet. Aber die Verantwortung liegt bei Euch. Ich habe früh versagt.«

Ein wenig später sahen Denis und Jord zu, wie Ben die zweite der beiden Klingen, die Denis fortschaffen sollte, aus ihrem Versteck hervorholte. Die drei Männer befanden sich jetzt im Erdgeschoß des Hauses, in einem wenig begangenen Bereich hinter der Hauptwerkstatt in einem Lagerraum, der gewöhnlich mit einem billigen Schloß versperrt war. Nichts von dem zusammengewürfelten Schrott, der in dieser Kammer zu sehen war, schien es wert zu sein, gestohlen zu werden.
Ben hatte sich niedergebeugt und wühlte in einem Berg von Altmetall, der hauptsächlich aus Schwert- und Messerklingen bestand, verbogen, zerbrochen, verrostet und allesamt längst unbrauchbar. Denis konnte sich nicht erinnern, jemals gesehen zu haben, daß einer der Metallarbeiter von diesem Zeug einmal etwas benutzt hätte.
Unter diesem Haufen von tückisch scharfen Klingen wühlte Ben behutsam zwei Waffen hervor, eine nach der anderen. Die Klingen waren lang und schwarz, aber makellos gerade. Auch Griffe hatten diese beiden, im Gegensatz zu den meisten anderen hier.
Bevor er die beiden Klingen abwischte, hielt Ben sie Jord entgegen. Der ältere Mann streckte die Hand aus, zögerte und berührte dann einen der Schwertgriffe, dessen Einzelheiten unter einer sorgfältig aufgetragenen Schicht aus Öl und Schmiere unsichtbar waren.
»Urteilspender«, stellte er fest – der einzige Mensch, der sie alle

zwölf in den Händen gehabt hatte. »Es gibt keines unter ihnen, das ich nicht erkennen würde.«

Der Rest des Tages und ein großer Teil des Abends waren verstrichen, bevor Denis reisefertig war. Eine Bitte allerdings erfüllte man ihm nicht: Er wollte sich allein und ungestört von Kuan-yin, dem Kindermädchen, verabschieden. Ben aber sagte, man würde ihr erzählen müssen, er habe unverhofft auf eine Geschäftsreise von unbestimmter Dauer gehen müssen. So etwas war schon vorgekommen, und Kuan-yin würde nicht allzu überrascht sein.

Denis schlief noch ein wenig, und außerdem erhielt er Anweisungen, die er sich einzuprägen hatte, und auch dies erforderte einige Zeit. Für die Reise kleidete er sich weiß, als sei er ein einsamer Ardneh-Pilger. Ben gab ihm ein wenig Geld und ein paar Ausrüstungsgegenstände, und Denis besprach sich unter vier Augen mit Jord.

Als die Stunde des Aufbruchs gekommen war – kurz vor dem Morgengrauen –, geleitete man Denis zu dessen Überraschung nicht an die Hintertür, durch die Jord hereingekommen war. Statt dessen führte der Meister, eine Lampe aus der Alten Welt in der Hand, ihn die Treppe hinunter in eine Kammer, die Denis nur als vollgestopften Lagerkeller kannte. Die Luft dort war schwer und muffig. Man hörte das Rascheln von Ratten. Irgendwie gelang es diesen Kreaturen offensichtlich, den Ungezieferbannsprüchen und den Giftbrocken zu trotzen, die hier in regelmäßigen Abständen erneuert wurden.

Der Meister nahm seine ganze Kraft zusammen und schob einen schweren Ballen beiseite. Es zeigte sich, daß eine der mächtigen Steinplatten, die den Boden der Kammer bildeten, hochgeklappt werden konnte. Als Denis in die Höhle spähte, die darunter zum Vorschein kam, sah er zu seiner Überraschung, daß der Schein der Lampe auf ein gleichmäßig dahinströmendes Gewässer fiel, das nicht einmal einen Meter unter seinen Füßen floß. Wie tief es war, vermochte er nicht zu erkennen. Er wußte zwar, daß dieses Haus nah am Fluß stand, aber etwas derartiges hatte er nicht erwartet.

Der Mann, den Denis jetzt als Ben kannte, beugte sich vor und

ergriff eine dünne Kette, die in der Öffnung hing. Er zog daran, bis der weiße Bug eines wohlgepflegten Kanus erschien, das auf dem fließenden Wasser dümpelte.
»Heute nachmittag habe ich's beladen«, sagte Ben, »während du schliefst. Deine Fracht liegt hier unter diesem Bodenbrett: Die beiden Schwerter sind in eine Decke gehüllt, damit sie nicht klirren. Natürlich steckt jedes einzelne in einer Scheide. Vielleicht werden sie ein wenig naß, aber sie werden nicht rosten.« Ben sprach mit der gelassenen Autorität der Erfahrung. »Ein Paddel ist da, und wohl auch alles andere, was du brauchst.«
Denis hatte schon ein- oder zweimal ein Kanu benutzt, wenn er im Auftrag des Hauses Courtenay auf Handelsfahrt gewesen war. Er konnte recht gut damit umgehen. Aber noch wußte er nicht, wie er dieses hier zum Fluß steuern sollte.
Ben erklärte es ihm. Anfangs sollte er sich im Boot tief zusammenducken, damit er sich in dem engen Kanal nicht den Kopf an der niedrigen Decke stieß. Am Mauerwerk der Wände sollte er das Boot durch den geheimen Wasserweg voranstoßen und -ziehen. Bis zum Fluß war es offenbar nicht allzuweit.
Das weiße Kanu war nicht weiter gekennzeichnet, wie Denis sah, als er sich vorsichtig an Bord begab. Nichts an dem Boot oder an Denis gab irgendeinen Hinweis auf das Haus Courtenay. Wenn er einmal unterwegs wäre, sollte Denis – so war es geplant – sich als schlichten Ardneh-Pilger ausgeben. Die Erfahrungen, die er im Weißen Tempel gemacht hatte, befähigten ihn dazu. Als Pilger würde er kaum Gefahr laufen, von Räubern belästigt zu werden. Jedermann war schließlich daran interessiert, daß in einem Notfall medizinische Hilfe zur Verfügung stand, und folglich auch daran, daß diejenigen, welche sie zu leisten verstanden, unbehelligt blieben. Überdies war es unwahrscheinlich, daß ein Jünger Ardnehs nennenswerte Kostbarkeiten bei sich trug. Und schließlich war Ardneh immer noch ein Gott, den man achtete, auch wenn die Gebildeteren beharrlich behaupteten, er sei tot. Viele Leute fürchteten sich immer noch vor dem, was ihnen zustoßen könnte, wenn sie einen Gott beleidigten.
Die letzten Abschiedsworte waren rasch gesprochen. Zum Schluß erschien, zu Denis' Überraschung, die Herrin des Hau-

ses noch einmal und drückte ihm zum Abschied die Hand. Die Wärme ihrer Finger haftete an den seinen wie ein magisches Siegel. Aber er konnte in diesem Gefühl jetzt nicht schwelgen, und auch der letzte Blick, den er auf sie werfen konnte, war nur kurz, denn es war an der Zeit, sich ins Boot zu kauern, um sich nicht unnötig den Kopf zu stoßen. Jemand löste die Kette, und er begann, das leichte Fahrzeug voranzuziehen. Mit den Händen tastete und zog er sich an den rauhen Wänden des schmalen Tunnels weiter. Er mußte gegen die Strömung arbeiten. Das Licht blieb hinter ihm zurück, und schwarze Finsternis verschlang ihn, als die Bodenplatte knirschend wieder auf ihren Platz heruntersank.

Denis zog sich weiter voran. Ein Stück weit vor ihm schimmerte der Geist eines wäßrigen Lichtscheins auf, und er konnte eine niedrige, steinerne Querstrebe sehen, die über seinem Wege lag. Er mußte Kopf und Körper fast unter den Bootsrand ducken, um unversehrt darunter hindurchzugleiten.

Das Boot glitt in eine etwas geräumigere Kammer hinein, in der es nicht stockfinster war. Hier war so viel Platz, daß Denis aufrecht sitzen konnte. Im nächsten Augenblick sah er, daß Balken ihn umgaben, die sich, zu einem mächtigen Gerüst zusammengesetzt, aus dem Wasser erhoben und eine Art hölzerne Plattform trugen, die sich etwa einen Meter hoch über seinem Kopf erstreckte. Er befand sich genau unter einem Dock am Flußufer.

Die Lücken zwischen den Holzpfeilern waren groß genug, um das Kanu hindurchzulassen, und die Dunkelheit wurde allmählich weniger undurchdringlich, je weiter er in die offene, neblige Nacht hinausdrang. Vorsichtig ließ er das Boot schließlich unter dem Dock hervorgleiten. Jetzt konnte er das Paddel ungehindert benutzen. Er sah, daß er auf einem vertrauten Kanal des Flusses dahinschwamm. Zur Rechten erhob sich das Haus, das er eben verlassen hatte. Alle Fenster waren dunkel, als lägen die Bewohner in tiefem Schlaf. Wenn außer ihm in dieser nächtlichen Stunde noch jemand auf dem Fluß unterwegs war, so konnte er in dem dichten Nebel davon nichts sehen oder hören. Aber er bezweifelte, ob er um diese Zeit jemanden treffen würde.

Denis wandte den Bug seines Kanus stromaufwärts und paddelte gleichmäßiger. Am östlichen Himmel zeigte sich der erste Schimmer des Tageslichts, und beim Morgengrauen wollte er das Tor in der Stadtmauer erreicht haben, wenn es für den Tag geöffnet wurde. Wahrscheinlich würden draußen ein paar Frachtbarken und andere Kähne auf Einlaß warten. Er rechnete damit, daß die Wachen ihn sogleich würden passieren lassen, ohne ihm besondere Aufmerksamkeit zu schenken.

Dieser Flußarm führte ihn durch vertraute Gegenden der Stadt. Die meisten Leute, die Denis kannte, behaupteten, es sei die größte Stadt der Welt, aber wer wollte das wissen? Hier unten am rechten Ufer waren die Tuchfärber, die wie üblich schon zeitig mit ihrer Arbeit begonnen hatten, eifrig dabei, die langen Fahnen ihrer Erzeugnisse im Fluß auszuspülen und das Wasser weithin einzufärben. Auf der anderen Seite wurde einer der Fischmärkte geöffnet.

Jetzt erblickte Denis im dünner werdenden Nebel auch die Stadtmauern selbst, höher als die meisten Häuser, die sie zu beschützen hatten, und großenteils auch so dick wie diese. Sie waren aus nahezu unzerstörbarem Stein erbaut, gehärtet, wie die Sage berichtete, mit der Magie der Alten Welt, die man Technologie nannte. In kurzen Abständen wurden sie durch furchterregende Türme aus demselben Material verstärkt. Über fünfhundert Jahre hinweg (hieß es) waren sie durch zahllose Belagerungen auf die Probe gestellt worden, erfindungsreiche Kampfmaschinen und verschiedenartige Unterminierungsversuche hatten sie bedroht – und noch immer hielten sie Wache über eine Stadt, die noch kein kriegerischer Überfall in die Knie gezwungen hatte. Könige, Königinnen und mächtige Generäle hatten hilflos vor diesen Mauern gewütet, und manch ein Möchtegern-Eroberer hatte dort unter den Händen seiner eigenen meuterischen Truppen den Tod gefunden. Belagerungen, Hungersnöte, Blutbäder – alles das hatte man Tashigang angedroht, doch stets vergebens. Der Corgo floß das ganze Jahr hindurch, und immer lebten in ihm Fische im Überfluß. Die klugen Bürger und ihre Bürgermeister pflegten jederzeit einen beträchtlichen Vorrat an Lebensmitteln zu lagern, und – was vielleicht wichtiger als alles andere war – bei

der Auswahl ihrer Feinde und Verbündeten ließen sie äußerste Sorgfalt walten.
Jetzt öffnete sich das Tor, das die Wasserstraße versperrte, und der Verkehr auf diesem Arm des Flusses konnte beginnen. Das Flußtor war ein Fallgatter von titanischen Ausmaßen, erbaut vom selben Konstruktionsgenie wie die Stadtmauern. Mächtige Gegengewichte an eisernen Ketten, die an Flaschenzügen in den Wachtürmen der Mauer hingen, unterstützten seine Bewegungen. Das allmorgendliche Aufziehen wurde von einem Getöse begleitet, das in der Stadt wohlbekannt war. Es erforderte einige Zeit.
Eine andere, nicht minder mächtige Eisenkette spannte sich unter Wasser quer durch den Kanal, eine zusätzliche Sicherung gegen die Durchfahrt feindlicher Schiffe von nennenswerter Größe. Denis brauchte aber nicht zu warten, bis diese Kette in den Grundschlamm hinabgesunken war. Mit einem kurzen Winken, das die Wache lässig beantwortete, fuhr er mit energischen Paddelschlägen hinaus.
Seine Fahrt führte ihn weiter stromaufwärts. Ab und zu warf er einen Blick zurück. Noch immer stiegen die Morgennebel empor, und es sah aus, als ob die Türme von Tashigang darin verschmolzen, im Dunst verwoben wie in einem magischen Gewebe.

5

In Marks Ohren klang das endlose Getrappel von harten, hufartigen Füßen auf der Erde, von marschierenden Tieren und Menschen. Tag für Tag durch Sonne und Staub, Nacht für Nacht beim Feuerschein der Fackeln – menschliche Rede war da kaum zu vernehmen. Er und die Patrouille des Dunklen Königs, die ihn eskortierte, zogen durch Gegenden, die schwere Narben von Krieg und Besetzung davongetragen hatten, durch eine Region von ausgebrannten Dörfern und verwüsteten Feldern. Mit jedem neuen Tag der Reise schienen die Verwüstungen weniger lange zurückzuliegen, und Mark vermutete, daß die Armee, die sie verursacht hatte, nicht mehr weit vor

ihnen marschieren konnte. Die einzigen menschlichen Bewohner dieser Region, die er sehen konnte, waren tot; man hatte sie gepfählt oder gehängt – vielleicht, weil sie Widerstand geleistet hatten, vielleicht auch nur, weil jemand Lust dazu verspürt hatte, zur Unterhaltung des Eroberers.
Anfangs waren Mark leise Zweifel am Ziel dieser Reise gekommen, aber das hatte sich inzwischen gegeben. Er wußte aus Erfahrung, daß alle Heere auf ihrem Vormarsch Zerstörung hinterließen, aber nur die Streitmacht des Dunklen Königs zog mit so rücksichtsloser Wildheit voran. Ein paar der menschlichen Opfer, die längs des Weges zur Schau gestellt waren, trugen Kleider, die einmal weiß gewesen waren. Offenbar schonte Vilkata jetzt nicht einmal mehr Ardnehs Gefolgschaft. Selbst tierisches Leben war rar geworden; nur Geier und Reptilien waren allgegenwärtig. Wenn die Patrouille vorüberzog, erhoben sie sich manchmal unter Geheul und Gekrächz von einem abscheulichen Festschmaus am Rande der Straße. Einmal beäugte eine lebendige, gesund aussehende Ziege die Männer durch ein Loch in einer Hecke, als sie vorüberritten.
Marks Begleiter hatten sein Recht, ihnen Befehle zu erteilen, niemals in Frage gestellt, und hurtig hatten sie den einzigen Befehl, den er bis jetzt ausgesprochen hatte, befolgt. Militär und Kriegswesen waren ihm vertraut, und diese Soldaten erschienen ihm als eine äußerst disziplinierte und unglaublich zäh wirkende Truppe. Sie sprachen die Volkssprache mit einem Akzent, den Mark nicht kannte, und Vilkatas schwarz-goldene Farben trugen sie nur als kleine Abzeichen an ihren Helmen und lockigen Pelzwesten.
Und noch etwas hatten diese Männer an sich, das ebenso augenfällig war wie ihre Disziplin und Härte: Aus irgendeinem Grunde hatten sie furchtbare Angst vor Mark. Über die Gestalt, in der sie ihn wahrnahmen, konnte er nur Vermutungen anstellen, aber wie sie auch aussehen mochte, sie flößte ihnen stummes Grauen ein und veranlaßte sie zu peinlichem Gehorsam.
In Marks unmittelbarer Umgebung sprachen die Männer kaum ein Wort, nicht einmal untereinander, aber wenn sie ein Stück weit entfernt waren, sah er, daß sie frei miteinander redeten

und gestikulierten. Gelegentlich, wenn sie sich unbeobachtet glaubten, kam es wohl vor, daß der eine oder andere eine Gebärde in seine Richtung machte, die Mark als einen Zauberbann deutete, der Gefahren abwehren sollte. Immer mehr kam er zu dem Schluß, daß sie in ihm einen mächtigen und gefährlichen Zauberer sahen, der in Vilkatas Diensten stand.

Nachdem sie sich angesichts seines Erscheinens von ihrem ersten Schrecken erholt hatten, waren sie rasch mit Speise und Trank bei der Hand gewesen, dann hatten sie ihm eines ihrer eigenen Reittiere zur Verfügung gestellt – sie hatten zwei unberittene Tiere bei sich gehabt. Nachts, wenn sie lagerten, entfachte Mark sein eigenes kleines Feuer, ein wenig abseits von dem ihren. Er hatte schon bald bemerkt, daß sie sich dann wohler fühlten, und in Wahrheit war auch ihm so behaglicher zumute.

Das Gelände stieg allmählich an, und die Nächte – es war fast Vollmond – wurden kalt. Wenn Mark sich in die Decke hüllte, die hinter dem Sattel seines geborgten Reittieres festgeschnallt war, konnte er halbwegs angenehm schlafen. Im Schlaf lag seine Hand stets auf Sichtblenders Griff, obgleich er zuversichtlich darauf vertraute, daß die bloße Anwesenheit des Schwertes in seinem Besitz genügte, seine magische Tarnung aufrechtzuerhalten. Es erfüllte ihn mit unbestimmter Beruhigung, zu sehen, daß die Patrouille des Nachts in kundiger Weise Wachen um das Lager postierte.

Sie kamen rasch voran. Am Nachmittag des vierten Tages, nachdem Mark zu ihnen gestoßen war, kam vor ihnen Vilkatas Hauptlager in Sicht.

Die Reiter hatten den Gipfel einer kleinen, unfruchtbaren Anhöhe erreicht, als das riesige Heerlager vor ihnen auftauchte. Es lag etwa einen Kilometer vor ihnen unterhalb der Anhöhe. Das Zentrum der ausgedehnten Anlage bildete ein weiträumiger Paradeplatz, dessen Boden geebnet und geglättet worden war. Das Lager war sauber und regelmäßig angelegt, doch ein Palisadenzaun oder andere Verteidigungsanlagen waren nirgends zu entdecken. Arrogant und ungeschützt lag es da, anscheinend in der Gewißheit, daß keine Macht der Welt hier einen Angriff wagen würde. Vermutlich bestand diese Gewißheit zu Recht, sinnierte Mark.

Als er sich mit seiner Eskorte dem Lager näherte, begriff er, daß hier wahrscheinlich nicht nur mehr menschliche Soldaten untergebracht waren, als er je im Leben gesehen hatte, sondern auch eine größere Vielfalt davon. Sie hausten bunt zusammengewürfelt in den unterschiedlichsten Zelten und in anderen Feldunterkünften. Die Außenposten des Lagers, Männer und Frauen, die mit angeketteten Kampftieren patrouillierten, machten keine Anstalten, Mark und seine Patrouille anzuhalten, als sie hereinkamen. Im Gegenteil, die menschlichen Wachen fuhren genau wie seine Begleiter am Anfang, sichtlich erschrocken zurück, als sie ihn aus der Nähe sahen.
Wieder mußte er sich fragen: Wen oder was sahen sie in ihm? Und wen oder was würde Vilkata sehen, wenn Mark vor ihn träte – falls es ihm gelänge, so weit vorzudringen? Er konnte sich nur schwerlich vorstellen, daß es jemanden gab, den der Dunkle König liebte oder fürchtete...
Erst jetzt wurde Mark eigentlich so richtig bewußt, daß ihm womöglich eine persönliche Begegnung mit Vilkata bevorstand. Er hatte sich der Patrouille nur mit der unbestimmten Vorstellung angeschlossen, vielleicht Gelegenheit zu finden, die geheimen Ratsbesprechungen des Feindes zu belauschen – so wie Draffut sich unerkannt zwischen den Göttern bewegt hatte. Jetzt aber hatte er vielleicht die Pflicht, mehr als nur das zuwegezubringen. Dieser Gedanke war ungeheuer fesselnd und entsetzlich furchterregend zugleich, und im Augenblick wollte er nicht versuchen, ihn vollends zu durchdenken.
So ritt er weiter, immer noch umringt von seiner Eskorte, bis sie irgendwo tief im Innern des gewaltigen Heerlagers angekommen waren. Hier hielten seine Soldaten an und begannen eine muntere Diskussion. Sie benutzten jetzt einen Dialekt, den Mark nicht verstand. Er vermutete, sie besprachen sich, wie sie sich gefahrlos und ohne Würdeverlust von ihm trennen könnten, daher nahm er die Sache selbst in die Hand: Er stieg ab und entließ sein Tier und seine Eskorte mit einer, wie er hoffte, arroganten, selbstbewußten Handbewegung.
Er wandte sich von der Patrouille ab und stolzierte zu Fuß in die Richtung eines hohen Flaggenmastes davon, der zwischen einigen in der Nähe stehenden Zelten aufragte. An diesem

Mast hing ein langes, schwarz-goldenes Banner, schlaff und unbewegt in der windstillen Luft. Mark hoffte und erwartete, daß diese Fahne den Standort irgendeines zentralen Hauptquartiers kennzeichnete. Während er darauf zuging, sah er, wie Soldaten und Troßleute die Köpfe drehten und ihm nachschauten, und er sah auch, daß manche ihren eigenen Schritt entweder beschleunigten oder verlangsamten, um seinen Weg nicht allzu dicht vor oder hinter ihm zu kreuzen.

Jetzt hatte er die Zwinger einiger Kampfbestien zu umrunden. Der Gestank und das Geblöke der großen, katzenartigen Kreaturen wehte ihm in Wellen entgegen. Dann kam eine Ecke des riesigen Exerzierplatzes in Sicht. Irgendwo auf der unendlichen Fläche, außerhalb von Marks Gesichtsfeld, ertönte der Singsang und der Trommelklang einer unglücklichen Infanterieeinheit, die dazu verurteilt war, in dieser Hitze zu exerzieren. Als er über die nächstgelegene Ecke des Feldes hinwegschaute, konnte er den hohen Flaggenmast in voller Länge vor sich sehen. Eine hölzerne Paradetribüne erhob sich neben dem Mast, dahinter ein prachtvoller Pavillon: Es war ein Zelt, größer als die meisten Häuser, aus schwarzem und goldenem Tuch.

Mark schritt geradewegs auf diesen großen Pavillon zu. Dies, so dachte er, mußte das Hauptquartier des Dunklen Königs selbst sein. Die rechte Hand auf dem Griff Sichtblenders, der in der Scheide an seiner Seite hing, fühlte er ein neuerliches Vibrieren der Kraft, die der Klinge innewohnte: Vielleicht waren hier Schutzzauber zu überwinden.

Die Vorderseite der Paradetribüne war ebenfalls mit Vilkatas Flagge drapiert. Hier war sie so weit ausgebreitet, daß man das Wappen sehen konnte, einen goldenen Schädel auf schwarzem Grund. Die Augenhöhlen starrten blicklos aus dem Schädel, ein Zwillingsfenster zur Nacht.

Wieder sah Mark sich zu einem kleinen Umweg gezwungen. Flache Zwinger standen in seinem Weg. Zunächst vermutete er, sie beherbergten ebenfalls Kampftiere, aber dann sah er, daß diese Lattenkäfige dafür zu klein waren. Sie waren leer, bis auf einen, und in diesem einen kauerte... Es war der nackte Körper eines Menschen, der dort eingepfercht war.

Unvermittelt begann die Luft über Marks Kopf zu flimmern, und qualvolle Pein strahlte auf ihn herab. Instinktiv trat Mark einen Schritt zur Seite, aber die Erscheinung blieb über ihm. Erst jetzt erkannte er, daß ihr ein Bewußtsein innewohnte.
Einen Augenblick später begriff er: Er hatte es mit einem Dämon zu tun.
Und der Dämon sprach ihn an, wollte etwas von ihm, aber es war keine menschliche Sprache, die er benutzte, und Mark wußte nicht, ob das, was der Dämon sagte, durch seine Ohren oder geradewegs in seinen Kopf gelangte. Er konnte die Bedeutung des Gesagten auch nur bruchstückhaft erfassen. Es war der Anruf eines Wachtpostens: *Was suchte er hier? Weshalb war er hier, während er doch eigentlich woanders sein sollte? Warum war er, wie er war?*
Erschrocken begriff er, daß er antworten müßte. Er würde so etwas wie eine Parole sagen müssen, bevor dieses Wesen ihn weitergehen oder auch nur zurückweichen ließ. Offenbar war es ohne Bedeutung, welches Bild der Dämon sah, wenn er ihn anschaute. *Jeder*, der sich dem Pavillon näherte, mußte hier aufgehalten werden. Und Mark bezweifelte, ob es etwas gab, was dieser Dämon fürchtete oder liebte.
Mark konnte der Dämonenstimme in ihrer eigenen Sprache ebensowenig verständig antworten, wie er mit einer Biene hätte plaudern können. Er spürte, wie seine Angst in schieres Grauen umschlug. Er hätte damit rechnen müssen, hier auf so furchtbare Wächter zu treffen, hier im Herzen von Vilkatas Macht. Höchstwahrscheinlich war der Dunkle König selbst dort in dem großen Zelt. Hier hatten sie vielleicht sogar Schutzvorkehrungen gegen das Schwert der Arglist treffen können. Hier würde vielleicht sogar die Macht dieser Waffe nicht mehr genügen...
Erst wenige Augenblicke waren vergangen, seit der Dämon ihn das erstemal angesprochen hatte, aber schon spürte Mark, wie das Mißtrauen der Erscheinung wuchs. Ein neuerlicher Anruf, noch nachdrücklicher diesmal, prasselte durch Marks Sinne. Der Dämon durchforschte ihn, suchte nach einer Spur der Zeichen und magischen Schlüssel, die er nicht besaß. Noch einen Augenblick, und er würde wissen, daß Mark ein

hochstaplerischer Eindringling war und alles andere als ein Zauberer.
In seiner Verzweiflung klammerte Mark sich an eine alte Erinnerung, ein Ereignis, das vier Jahre zurücklag, aber immer noch lebhaft in seinem Gedächtnis stand. Es war die Erinnerung an seine bislang einzige Begegnung mit einem Dämon, in den Tiefen der unterirdischen Schatzgewölbe des Blauen Tempels. In verzweifelter Nachahmung dessen, was damals jemand anders getan hatte, keuchte Mark einen Befehl in die schimmernde Luft hinauf:
»Im Namen des Kaisers, weiche und laß mich vorbei!«
Ein kurzes Aufheulen gellte durch die Luft, und gleichzeitig erfaßte ihn eine Windbö wie ein Tornado, aber einen Augenblick später war alles vorbei. Mark erhaschte einen letzten Fetzen dessen, was der Dämon zu ihm herunterbrüllte: Die Kreatur raste vor Wut. Sie hatte ihn durchschaut und wußte, daß er ein Hochstapler war. Aber das war nicht mehr wichtig. Der Dämon konnte nichts dagegen tun, denn im nächsten Moment war er verschwunden, ganz unvermittelt verschwunden, als sei er von unsichtbaren Stahlkabeln fortgerissen worden, die bis in die Unendlichkeit reichten.
Jetzt war die Luft über Mark ruhig und klar, aber es vergingen noch einige Augenblicke, bevor seine Sinne, die von der Begegnung mit dem Dämon erschüttert worden waren, in ihre alten Gleise zurückfanden. Er bemerkte, daß er gestolpert und beinahe gefallen war. Vornübergebeugt stand er da, die Hände vor sich ausgestreckt, wie um sengende Hitze oder Todesgefahr abzuwehren. Er war wirklich mit knapper Not davongekommen.
Hastig richtete er sich auf und sah sich wachsam um. Wohin der Dämon auch verschwunden sein mochte, nichts wies darauf hin, daß er zurückkommen würde. Vor dem Pavillon standen ein paar Leute, müßig oder in ein Gespräch vertieft, und er nahm an, daß wenigstens einige von ihnen mitangesehen haben mußten, wie der Dämon ihn angerufen und wie er geantwortet hatte. Aber soweit Mark feststellen konnte, gingen alle ihren eigenen Angelegenheiten nach, als sei überhaupt nichts Ungewöhnliches vorgefallen. Vielleicht, dachte

er, war solches Verhalten hier notwendig, denn zweifellos befand er sich nun im Mittelpunkt unablässiger Intrigen.
Mark setzte seinen Weg fort. Er hatte die Gefängniskäfige und die Paradetribüne hinter sich gelassen und war bis auf wenige Schritte an den großen Pavillon herangekommen. Alles deutete darauf hin, daß hier Vilkata selbst sein Quartier hatte. Nun, da er so weit vorgedrungen war, gelobte Mark weiterzugehen. Zwei menschliche Wachtposten flankierten den Haupteingang des großen Zeltes, aber zu seiner Erleichterung verneigten sie sich tief, als er sich ihnen näherte. Ohne ihren Gruß zu erwidern, schritt er zwischen ihnen hindurch und trat in den Schatten des Eingangs.
Kühle, parfümierte Luft, zweifellos durch magische Mittel hervorgebracht, umfächelte ihn. Mark blieb stehen, damit seine Augen sich an das Halbdunkel gewöhnen konnten, und fand so einen Augenblick lang Zeit zum Staunen: Wie hatte es geschehen können, daß ein so simpler Zauberspruch wie der, den er eben benutzt hatte, gesprochen von einem weltlichen Nicht-Zauberer wie ihm, den Dämon vertrieb? Und wie er ihn vertrieben hatte! Vertreiben war das falsche Wort – er hatte ihn augenblicklich entfernt, fortgeschleudert wie mit einem Katapult.
Seine Verwunderung war nicht neu; dieselbe Frage nagte eigentlich schon seit vier Jahren immer wieder an ihm, seit er in den Schatzgewölben des Blauen Tempels etwas Ähnliches erlebt hatte. Mehreren vertrauenswürdigen Zauberern hatte er dieses Ereignis inzwischen geschildert, und keiner von ihnen hatte ihm eine zufriedenstellende Antwort zu geben vermocht, wenngleich sie seine Erzählung ausnahmslos hochinteressant gefunden hatten.
Aber jetzt hatte er keine Zeit, über dieses Rätsel nachzudenken. Gleich hinter dem inneren Eingang des Zeltes hörte er Stimmen, vielleicht fünf oder sechs. Es waren Männer und Frauen, und was sie sangen, hielt Mark für magische Formeln. Die Stimmen wehten in der kühlen, duftenden Luft heraus. Anscheinend wurde eine Art Weihrauch verbrannt. Und noch ein anderer Duft mischte sich darunter – einer, der an sich nicht unangenehm war, aber als Mark ihn zu erkennen glaubte, war

ihm, als sickere alle Kraft aus seinen Armen und Beinen, so daß er einen Augenblick nicht weitergehen konnte: Ihm war, als erkenne er den Geruch von brennendem Menschenfleisch.
Ardneh sei mit mir, betete Mark mechanisch, und noch glühender wünschte er sich, der lebendige, greifbare Draffut wäre bei ihm. Dann schob er den schweren Vorhang mit der Hand beiseite und zwang sich, die nächste Kammer des Zeltes zu betreten. Einen Augenblick später wünschte er, es unterlassen zu haben.
Ein menschlicher Körper, der auf einen steinernen Altartisch gefesselt war, lebte noch, denn er bewegte sich, soweit seine Bande dies zuließen, aber die Fähigkeit zum Schreien schien man ihm irgendwie genommen zu haben. Einen Tag vorher war er wahrscheinlich noch jung gewesen – ob Mann oder Frau, war nicht leicht zu bestimmen, denn die qualmende Lampe über dem Altar spendete nur trübes Licht. Ein Dutzend Magier beiderlei Geschlechts hatten sich um den Altar versammelt, und sie hielten eine Vielfalt von Folterwerkzeugen in den Händen. Mark sah Unmengen von Blut, das meiste davon auf dem Altar, wo gemeißelte Rinnen und Vertiefungen es aufgenommen hatten. Neben dem Altar stand ein kleines Kohlenbecken, und die zum Schutz gegen die Hitze umwickelten Griffe weiterer Folterwerkzeuge ragten aus der Glut.
Mark hatte in seinem Leben schon schlimme Dinge gesehen, in Kerkergewölben und auf dem Schlachtfeld. Trotzdem brauchte er einen Augenblick, um sich zu fassen, nachdem er eingetreten war. Er schloß die Augen und umklammerte Sichtblenders Griff fester. Insgeheim verfluchte er das Schwert, weil es ihn hatte sehen lassen, was er gesehen hatte, als sein Blick auf das Opfer gefallen war. Er fühlte einen machtvollen Drang, das Schwert aus der Scheide zu ziehen und diese Schurken stehenden Fußes niederzuschlagen. Aber nach kurzer Überlegung sah er ein, daß er dabei kein leichtes Spiel haben würde. Die Luft in dieser Kammer war schwer von Mächten, die ihm vertraut waren, und von anderen dazu – so schwer, daß selbst ein der Zauberei Unkundiger nicht verfehlen konnte, es zu bemerken. Vorläufig mochte es ihm gelingen, diese Mächte hinters Licht zu führen, aber wenn er das Schwert zückte, würden sie ihn

durchschauen, und sie würden wohl kaum zulassen, daß ihre menschlichen Gebieter niedergemetzelt würden.
Außerdem hatte er hier noch Wichtigeres zu bewerkstelligen, bevor er sterben dürfte.
Die Gestalten, die den Altartisch umstanden, waren in die verschiedensten Kombinationen von schwarz-goldenen Gewändern gekleidet und hatten die Gesichter unter merkwürdigen Kapuzen verborgen. Sie schenkten Mark wenig Beachtung, als er eintrat. Eine der Gestalten warf einen kurzen, flüchtigen Blick zu dem Neuankömmling hinüber und unterbrach für einen Moment zwischen den schweren, trägen Pulsschlägen der gräßlichen Magie seinen Singsang.
»Ich dachte, du wärest fort«, bemerkte eine Männerstimme gelassen.
»Nein, jetzt nicht«, antwortete Mark. Es kostete ihn große Mühe, seine Stimme ebenso gelassen klingen zu lassen. Aber was immer der andere von ihm hören mochte, es war offenbar zufriedenstellend, denn mit einem knappen Lächeln unter seiner Kapuze wandte der Mann sich wieder seiner widerwärtigen Tätigkeit zu. Mark wünschte sich immer noch inständig, nicht länger ansehen zu müssen, was da auf dem Altar lag.
Dann wandte ihm eine der Frauen in der Gruppe das Gesicht zu und fragte mit scharfer, geschäftsmäßiger Stimme: »Dieser Bereich ist sicher?«
Da er nicht wußte, was er sonst tun sollte, antwortete Mark bestätigend, indem er den Kopf würdevoll neigte.
Die Frau runzelte flüchtig die Stirn. »Mir war, als hätte ich einen Eindringling wahrgenommen, ausgezeichnet maskiert, aber... Doch du bist hier der Experte. Ich hatte zudem den Eindruck, daß unser nächstes Subjekt – die, die noch draußen im Käfig hockt – unter einem seltsamen Schutz steht. Aber das werden wir feststellen, wenn wir sie hier haben.« Unvermittelt wandte die Frau sich wieder ihrer Arbeit zu.
Mark, der nur verschwommen ahnen konnte, wovon sie redete, nickte noch einmal, und wieder schien seine Antwort zu genügen. Er wußte nicht, wen sie in ihm sahen, aber diese Leute schienen überhaupt nichts Merkwürdiges dabei zu finden, daß er einfach dastand und ihnen zusah oder den Blick

abwandte. So blieb er stehen und wartete, ohne zu wissen, worauf.
Nach einer Weile wandte sich ein anderer Mann von dem Altar ab, als sei sein Beitrag zu diesem blutigen Ritual abgeleistet. Der Mann verließ die Gruppe und trat zu einem Tisch neben Mark, wo er sein kleines, blutbeflecktes Messer in eine schwarze Schüssel mit irgendeiner Flüssigkeit warf. Es klirrte melodisch, als das kleine Werkzeug hineinfiel.
Dann kam der Mann dicht an Mark heran und fragte mit leiser Stimme: »Komm, sag mir, warum hat er dich wirklich zurückgerufen?« Als Mark nicht augenblicklich antwortete, setzte der Mann im Tonfall verletzten Stolzes sogleich hinzu: »Gut, gut, so schweige eben, wie es deinem Amt zukommt. Aber erwarte nicht, daß diejenigen, die du jetzt im Dunkeln läßt, dir später voller Eifer zu Hilfe eilen, wenn –«
Jäh brach der Mann ab. Es war, als habe ihn etwas gewarnt, ein Zeichen, das Mark ganz und gar übersehen hatte. Er wandte sich von Mark ab und einer Tür zu, die, wie Mark vermutete, in die inneren Gemächer des Pavillons führen mußte.
Gleichzeitig warnte einer von denen, die noch den Altar umstanden, mit leiser Stimme: »Der Meister kommt.« Alle Anwesenden – natürlich mit Ausnahme des Folteropfers – sanken auf die Knie, Mark um einen Herzschlag später als die anderen.
Es war Vilkata selbst, der gleich darauf hinter einem zobelschwarzen Vorhang hervortrat. Noch nie hatte Mark den Dunklen König zu Gesicht bekommen, aber er zweifelte nicht einen Augenblick daran, daß er es war.
Der erste Eindruck war der von kantiger Größe: Ein Mann, der Mark deutlich überragte, gekleidet in einen einfachen Mantel aus schwarz-goldenem Tuch. Die Kapuze des Mantels war zurückgeschlagen, so daß der Träger barhäuptig war; nur ein schlichtes goldenes Band hielt die langen, weißen Haarlocken zurück. Das Gesicht und die Hände des Dunklen Königs waren sehr bleich, so daß man vermuten konnte, das Weiß des Haares und des lockigen Bartes begründe sich in einer Art Albinismus, nicht etwa in hohem Alter.
Marks zweiter Eindruck war der, daß einige der grauenvolleren

Legenden der Wahrheit entsprachen: Der Dunkle König war tatsächlich physisch blind. Unter dem goldenen Reif hingen langwimprige Lider über sichtbar leere Augenhöhlen – weiche Flecken in einem Gesicht, das ansonsten nur aus männlich harten Kanten bestand. Die schrecklichste unter allen Legenden behauptete, dieser Mann habe sich in seiner Jugend selbst die Augen ausgestochen, und zwar im Verlauf eines gräßlichen Rituals, mit dem er die Zauberkraft seines Feindes überwunden und entsetzliche Rache geübt hatte.
Um Vilkatas schmalen Leib schlang sich ein schwarz-goldener Schwertgürtel, und ein Schwert steckte in der Scheide. Selbst in diesem trüben Licht fiel es Mark nicht schwer, den schwarzen Griff zu erkennen, der dem in seiner eigenen schwitzenden Faust so ähnlich war. Und da Sichtblender Marks Auge schärfte, entging ihm auch das kleine weiße Fahnensymbol auf Vilkatas Schwert nicht.
Es war natürlich das Sinnschwert. Draffut hatte ihn davor gewarnt. Im nächsten Augenblick war Mark von seiner Aufgabe überzeugt: Er mußte Vilkata das Sinnschwert entwenden und verhindern, daß er es dazu benutzte, die Welt in seine Gewalt zu bringen. Diese Entscheidung bedurfte keiner weiteren Überlegung, keiner Erwägung der möglichen Konsequenzen.
Vilkatas blindes Antlitz drehte sich von links nach rechts und wieder zurück, als betrachte er seine hier versammelten Zauberer aufmerksam und forschend. Kein erkennbarer Ausdruck lag in der harten Miene des Dunklen Königs. Eine große, bleiche Hand schob sich aus dem Gewand und machte eine aufwärts deutende Gebärde, ein Zeichen für seine Berater, sich zu erheben. Ob der König es gewußt hätte, fragte Mark sich, wenn bei seinem Eintreten alle gestanden hätten, anstatt zu knien? Aber dann hätte er jetzt nicht das leise Rascheln der Gewänder gehört, als die Zauberer aufstanden...
Mark hielt den Atem an, als das blinde Gesicht sich ihm erneut zuwandte und dann in dieser Stellung verharrte. Hinter diesen weißen, grotesk langen Wimpern waren die fahlen, schlaffen Lider so magnetisch, wie Augen es nur sein konnten. Irgend etwas an ihnen war von perverser Schönheit.

Ein zartes, beinahe unhörbares Summen erhob sich, und die Luft neben dem Kopf des Dunklen Königs begann ein wenig zu flirren. Ein dämonisches oder sonstwie dienstbares Wesen teilte ihm etwas mit. Mark sah es, denn er hielt Sichtblenders Griff noch immer fest umklammert.
Der Dunkle König schien etwas sagen zu wollen, doch dann zögerte er, als habe sein magisches Bewußtsein ihm verraten, daß hier, im Herzen seiner Macht, nicht alles so war, wie es hätte sein sollen. Immer noch starrte das blinde Gesicht in Marks Richtung, und Vilkata flüsterte eine Frage in die Luft. Eine gesummte Antwort ertönte. Mark fühlte, wie die Kraft des Schwertes in der Scheide an seiner Seite plötzlich heftiger vibrierte.
Als Vilkata schließlich laut zu sprechen begann, vernahm Mark mit Überraschung, wie weich, tief und angenehm die Stimme klang.
»Burslem, ich bin erstaunt, dich hier zu sehen. Ich nehme an, die Aufgabe, mit der ich dich betraut habe, ist vollbracht?«
Burslem... Der Name sagte Mark nichts. »Das ist sie in der Tat, o Herr. Meinen Kopf darauf.«
»In der Tat, sagst du... So, ihr alle hier – bringt rasch zu Ende, was ihr hier treibt. Ich will euch so schnell wie möglich am Ratstisch sehen. Die Generäle warten schon.« Vilkata und sein halb sichtbarer Famulus verschwanden hinter einer zobelschwarzen Woge von Vorhängen.
Ein Zauberer, ein niederes Mitglied der Gruppe vielleicht, blieb noch zurück, um rasch zu erledigen, was auf dem gräßlichen Altar zu erledigen war. Die anderen, unter ihnen Mark, traten nacheinander durch die Tür, hinter der Vilkata verschwunden war. Sie schritten durch die angrenzende Kammer, die anscheinend mit verhängten Möbeln gefüllt war, und betraten die nächste.
Dieses Gemach war größer und ein wenig besser beleuchtet. In der Mitte stand ein Konferenztisch, der groß genug war, allen Zauberern und einer etwa gleich großen Zahl militärisch aussehender Männer und Frauen Platz zu bieten, die, wie Vilkata gesagt hatte, bereits warteten. Die Anwesenden trugen symbolische Rüstungsteile wie Abzeichen an ihren Gewändern, aber

Mark sah, daß keiner von ihnen in Gegenwart ihres Königs sichtbar bewaffnet war. Vilkata selbst saß, wie Mark erwartet hatte, am Kopf des Tisches auf einem Stuhl, der ein wenig höher war als die anderen. Hinter ihm hing eine Landkarte in großem Maßstab an hölzernen Pfählen. Sie war mit Symbolen übersät, die unter anderem die Positionen verschiedener Armeen darzustellen schienen. Dort lag Tashigang, fast im Zentrum der Karte, dort schlängelte sich der Corgo nordwärts zur See. Dort erstreckte sich der Große Sumpf...
Mark bemühte sich hastig, sich Art und Position der Symbole auf der Karte einzuprägen, aber es gab zu vieles, was ihn ablenkte. Die Zauberer nahmen ihre Plätze am Tisch ein, und zum Glück schien es dabei nicht sehr zeremoniell zuzugehen. Aber wiederum mußte Mark einen winzigen Augenblick lang zögern, um erraten zu können, welchen Platz Burslem wohl einnehmen würde. Er war nicht sicher, ob er nun erleichtert sein sollte oder nicht, als er schließlich den letzten freien Stuhl heranzog – in einiger Entfernung vom Dunklen König.
Als die gedämpften Geräusche des Platznehmens verklungen waren, legte sich ein Schweigen über den Raum, das eine ganze Weile anhielt. Vilkata saß auf seinem erhöhten Stuhl, und der Griff des Sinnschwertes an seiner Seite war für alle Versammelten deutlich zu sehen. Die summende Erscheinung über dem Kopf des Königs kam und ging, beinahe unsichtbar für die anderen in diesem Raum.
»Ich sehe«, begann der Dunkle König schließlich – und wenn in diesen beiden Worten Ironie lag, dann war sie, wie Mark fand, sehr zurückhaltend bemessen –, »daß keiner von euch seinen Blick von dem neuen Spielzeug wenden kann, das hier an meiner Seite hängt. Ohne Zweifel fragt ihr euch, woher ich es habe und wie ich es ohne eure Hilfe habe in meine Hände bringen können. Nun, ich will euch gleich erlauben, es näher zu betrachten. Doch zuvor will ich noch einen oder zwei Berichte hören.«
Wieder drehte sich das blinde Gesicht hin und her, als wolle Vilkata sich von irgend etwas überzeugen. Eine kleine Falte erschien zwischen den weißen Brauen auf der sonst jugendlich glatten Stirn. »Burslem«, setzte der Dunkle König sodann mit

seiner wohlklingenden Stimme hinzu, »deinen Bericht sollst du mir unter vier Augen abstatten, ein wenig später – wenn du mein Schwert gesehen hast.«

»Wie Ihr es wünscht, Herr«, antwortete Mark mit klarer Stimme. In seinen eigenen Ohren klang seine Stimme völlig unverändert, aber die anderen hörten sie, ohne etwas zu bemerken. Das leise, argwöhnische Stirnrunzeln auf Vilkatas Gesicht indessen wich nicht, was immer er auch gehört haben mochte.

Jetzt machten sich einige der Zauberer und Generäle, einer Rangordnung folgend, die Mark nicht durchschaute, daran, dem König und seinem Rat Bericht zu erstatten, und jeder von ihnen erhob sich zu diesem Zweck von seinem Platz am Tisch. Der unerkannte Spion hörte zu, wenngleich er nur die Hälfte von allem verstand: Sie verlasen lange Listen von militärischen Einheiten, schilderten Probleme der Truppenversorgung und Proviantbeschaffung, beschrieben die zu erwartenden Schwierigkeiten beim Bau einer Straße, die man demnächst brauchen würde, um die unerwartete Verlegung einer Armee zu bewerkstelligen. Mark hatte das Gefühl, daß unbezahlbare Informationen, Fakten, deren Kenntnis für Sir Andrew und seine Verbündeten von lebenswichtiger Bedeutung waren, ihm mit rasender Geschwindigkeit zum einen Ohr herein und zum anderen herausflogen. Zuhören! befahl er sich selbst in stummer Verzweiflung. Nimm alles auf, präg's dir ein! Aber es schien, daß er es nicht konnte. Doch dann kam ihm ein erleichternder Einfall: Wenn er Dame Yoldi wiedersähe, würde sie ihm helfen können, sich an alles, was er jetzt hörte, zu erinnern. Er hatte schon erlebt, wie sie es bei anderen getan hatte.

Falls er Dame Yoldis bezauberndes Antlitz je wiedersähe! Falls es ihm je gelänge, dieses Lager bei lebendigem Leibe zu verlassen...

Da war dieses monströse Schwert an Vilkatas Seite, und hier war Vilkata selbst – so nahe, daß Mark glaubte, ihn mit seinem eigenen Schwert leicht erreichen zu können. Oder mit seinem Bogen – zwei Pfeile hatte er noch... Weit wichtiger, dachte Mark, als jede Information, die er hier aufschnappen konnte,

würde es sein, dem Dunklen König das Sinnschwert zu rauben, und sein übles Leben noch dazu, wenn es möglich wäre.
Mark wußte nicht, wie das Sinnschwert oder eines seiner elf Brüder vernichtet werden konnte. Daß der Gegner es sich zunutze machte, konnte man nur verhindern, indem man es ihm entwendete und damit flüchtete. Es war immerhin möglich, sagte er sich, wenn nicht gar wahrscheinlich, daß Sichtblender ihn dabei tarnen und vor dämonischer und menschlicher Wut schützen konnte. Gegen Dämonen half ihm zudem ein neuer Mut: Die Hoffnung auf die unerklärliche Macht einiger weniger, simpler Worte.
Wahrscheinlich würde er Vilkata töten müssen, um ihm das Sinnschwert zu entwenden. Das an sich wäre schon eine gute Tat. Ja, er würde Vilkata töten... wenn er könnte. Wenn die bösen Zauberer in der äußeren Kammer schon über magische Schutzvorkehrungen verfügt hatten, um wieviel stärker würden dann die des Dunklen Königs selbst sein?
Um einen erfolgreichen Schlag gegen Vilkata führen zu können, würde er mit größter Sorgfalt auf den richtigen Augenblick warten müssen. Mark versank in eigenes Nachdenken, in angstvoll planende Erwägungen, und so achtete er nicht länger auf das Gespräch, das am Tisch hin- und herging. Schließlich drang ihm mit leisem Schrecken ins Bewußtsein, daß der Dunkle König zu seinen versammelten Ratgebern sprach und er schon seit einer ganzen Weile redete. Alle – auch Mark selbst, der es unbewußt tat – antworteten von Zeit zu Zeit mit einem Kopfnicken oder mit gemurmelter Zustimmung. Wahrscheinlich war Marks Aufmerksamkeit dadurch erregt worden, daß der Dunkle König seine Stimme zu einem oratorhaften Schluß erhoben hatte.
»... unser Plan heißt Krieg, und unser Plan schreitet hurtig voran!«
Allgemeiner Applaus erhob sich unverzüglich und stürmisch. Der erste, der zu einer handfesteren Antwort fand, war ein derber, kräftig aussehender Offizier mit ein oder zwei Rüstungsabzeichen, die auf seinen Status hinwiesen. Mit anscheinend spontaner Begeisterung sprang dieser Mann auf und zog ein unschuldig wirkendes Gesicht.

Auch seine Stimme schien erfüllt von einer im Herzen wurzelnden aufrechten Tapferkeit. »Gegen wen werden wir zuerst ziehen, Herr?«
Vilkata hielt kurz inne, bevor er sein blindes Gesicht dem Fragesteller zuwandte; womöglich hielt der Dunkle König diese Frage nicht für besonders klug. »Unser erster Schlag wird sich gegen Yambu richten. Sie ist – nach mir – am stärksten und deshalb ohne Zweifel am gefährlichsten. Außerdem habe ich eben erst beunruhigende Neuigkeiten über Yambu erfahren. Doch davon später...«
Wieder schwieg Vilkata. Das beinahe unhörbare Summen, das fast unsichtbare Vibrieren erfüllte noch immer die Luft über seinem Kopf. »Ich sehe, die meisten von euch können ihren Blick immer noch nicht von meinem Spielzeug hier wenden«, stellte er fest und legte seine bleiche Hand auf den Griff des Schwertes. »Also gut. Da ich will, daß ihr euch nachher auf unsere Planungen konzentrieren könnt, werde ich es euch zeigen – *jetzt*!«
Das letzte Wort brach wie ein gewaltiger Schrei aus der Kehle des Dunklen Königs, und im selben Augenblick sprang er auf. Mark glaubte zu hören, wie das Sinnschwert ein leises Brüllen von sich gab, als der König es aus der Scheide zog und emporhob. Es klang, als jubelte eine große Menschenmenge in einiger Entfernung.
Selbst hier, in einem düsteren, verqualmten Zelt, blitzte der polierte Stahl prachtvoll auf, und sein Licht schien die Augen zu durchbohren. Noch nie hatte Mark etwas so Schönes gesehen, und er hatte auch nicht erwartet, es je zu sehen. Wie alle anderen am Tisch war er aufgesprungen, ohne es zu merken, und nur verschwommen war ihm bewußt, daß sein Stuhl hinter ihm umkippte.
In diesem Augenblick sprang Sichtblender, dessen Griff er noch immer umklammerte, von allein halb aus der Scheide, als wolle er sich der Herausforderung seines Bruders entgegenstellen.
Aber Mark konnte seinen Blick nicht vom Glanz des Sinnschwertes losreißen. Die furchtbare Kraft der Klinge zerrte an ihm. Wortlos forderte sie, er möge Vilkata sein eigenes

Schwert zu Füßen legen und sich selbst zu Boden werfen und dem Dunklen König ewige Gefolgschaftstreue schwören. Und schon war Mark, während ihm nur halb bewußt war, was er tat, wieder auf die Knie gesunken – inmitten einer kleinen Schar von Zauberern, die das gleiche taten.

Das Jubelgebrüll des Sinnschwertes ertränkte jeden anderen Laut, und das Funkeln seiner Klinge erfüllte jedes Auge.

Mark versuchte sich zu erinnern, weshalb er in dieses Lager gekommen war, wozu er dieses Zelt betreten hatte... aber was immer der Grund gewesen sein mochte, es war jetzt nicht mehr wichtig. Wichtig war jetzt nur noch, daß er augenblicklich, auf der Stelle, ein neues Leben im Dienste Vilkatas begann. Der blitzende Stahl befahl es ihm, diese prachtvolle Klinge, die durch nichts auf Erden und im Himmel an Schönheit übertroffen wurde. Nichs, was diese Klinge ihm befahl, konnte falsch sein. Nichts.

Er ahnte, daß er in Gefahr war – in Gefahr, ausgelassen, zurückgelassen zu werden, wenn er nicht augenblicklich seinen Treueschwur leistete, wie die anderen, die rings um ihn knieten und genau das taten. Stimmen, die in der äußeren Kammer zynisch geklungen hatten, waren jetzt heiser vor innerer Glut und stammelten die ausgefallensten Eide. Was war es, das ihn, Mark, noch zögern ließ? Irgend etwas stimmte nicht mit ihm, etwas an ihm mußte in unverzeihlicher Weise anders sein.

Er kauerte zwischen den anderen am Boden, und sein Mund formte Worte, aber er wußte, daß seine Schwüre nichts bedeuteten, nicht ehrlich waren. Warum zögerte er? Wie konnte er? Er mußte sich doch dem Dunklen König weihen, sofort, mit Leib und Seele! Wie herrlich würde es sein, in diesem Namen zu kämpfen und zu siegen! Und wie makellos würde der Tod sein, jeder Tod, der ihn im Kampf für eine solche Sache ereilte! Es gab nichts, was ein Mann zu fürchten hatte, solange dieses Schwert ihn führte. Das heißt, eines mußte er fürchten: Daß er eine so herrliche Gelegenheit verstreichen lassen könnte, und der Tod ihn auf ganz gewöhnliche Weise ereilte und somit sinnlos war.

Warum also zögerte er noch?

Marks Sinne taumelten unter der Kraft des Sinnschwertes,

aber sie beugten sich nicht vollends. Ein harter Kern des Widerstandes blieb störrisch an seinem Platz. Über die bedeutungslosen, nachgeahmten Eide und das unterwürfige Kauern hinaus ließ er sich zu keiner Tat hinreißen. Ein Teil seines Verstandes wußte, daß er Widerstand leisten mußte. Noch immer umklammerte seine Rechte Sichtblenders Griff, und er ahnte, daß er immer noch Kraft aus der Klinge zog. Im innersten Kern seiner Sinne war er immer noch bei Verstand, und er konnte nur vertrauensvoll darauf hoffen, daß eine Macht existierte, die ihn vielleicht würde retten können – auch wenn er jetzt nicht mehr genau wußte, weshalb er der Rettung bedurfte.

Immer noch kniend wie alle anderen, sah Mark, wie das Sinnschwert hoch über ihm blitzte. In einem wunderschönen Bogen fuhr es hin und her, und donnerndes Jubelgebrüll erfüllte das Gemach, ein Gebrüll von Stimmen, die niemals Atem holten. Vor dem Hintergrund dieses Dröhnens hob und senkte sich die Stimme des Dunklen Königs theatralisch wie die eines Magiers auf der Bühne. Vilkata zählte in allen Einzelheiten die bösartigen und verachtungswürdigen Eigenschaften auf, die die Königin Yambu als eine Kreatur von ganz besonderer Verworfenheit kennzeichneten. Eine Anschuldigung vor allem, die von der Stimme ausdrücklich betont wurde, erregte und entzündete Marks Vorstellungskraft, und die unvorstellbare Scheußlichkeit, die darin lag, brannte in ihm. So schamlos ihre sonstigen Untaten auch waren, diese überragte sie alle: Nicht genug damit, daß sie das Schwert namens Seelenschneider ihr eigen nannte, nein, sie gedachte auch, es bald zu benutzen, und zwar gegen den gesegneten Dunklen König, den Erretter der Welt!

Wider Willen stöhnte Mark wütend auf. Unversehens stellte er sich vor, wie seine Hände sich um den Hals der Silbernen Königin schlossen und sie erwürgten. Andere stöhnende, haßerfüllte Stimmen erschollen um ihn herum, bis der Pavillon davon widerhallte wie eine Folterkammer, was er ja war. Als der Dunkle König innehielt, schwoll das Stimmengewirr weiter an, und tiefempfundene Wut gegen Yambu verschaffte sich Luft. Daß sie planen konnte, ihre Sinne mit Seelenschneiders übler Magie zu verdrehen, daß sie etwas derartiges auch nur einen Augenblick lang in Erwägung ziehen konnte, war eine Sünde, die zu den Göttern schrie, von denen sie ausgelöscht werden mußte, vom Angesicht der Erde vertilgt, sofort und ohne Gnade!

Vilkata hatte die Klinge ein wenig sinken lassen. Er hielt das Heft nur noch in Schulterhöhe. Aber immer noch funkelte der Stahl über ihnen wie ein Stern. Soweit Mark es feststellen konnte, zeigte sich bei niemandem außer ihm auch nur der geringste Widerstand, und er wußte nicht, wie lange er noch würde durchhalten können.

Einer der Magier – derjenige, der in der äußeren Kammer verschwörerisch mit ihm getuschelt hatte – gab sich jetzt völlig auf. Mit schrillem, wahnwitzigem Geheul sprang er auf den Tisch und streckte die Arme aus, um die prächtige Klinge an seine Brust zu drücken. Aber der Dunkle König entzog ihm die Waffe, und der Zauberer taumelte vornüber und fiel mit dem Gesicht voran zwischen die umgestürzten Stühle.

Dies schien das Zeichen für ein allgemeines Pandämonium zu sein. Männer und Frauen wälzten sich auf dem Zeltboden hin und her. Schwankend erklommen sie die Möbel und tanzten und sangen in rasender Kakophonie. Grunzende Schreie brachen aus ihnen hervor, und bald hatte sich das Ratsgemach in ein kleines Schlachtfeld verwandelt. Das Getöse, das jetzt herrschte, erinnerte ihn an Gefahren, die ihm vertrauter waren, und so gelang es ihm, ein weiteres Stück seines Bewußtseins wiederzuerlangen. Beinahe regungslos kauerte er auf dem Boden und versuchte, sich zu entsinnen, wer er gewesen war, bevor ihm das Schwert erschien.

Jetzt schwenkte der Dunkle König sein Schwert nach vorn, wie ein Feldherr, der das Signal zum Vorrücken gab, und geleitet von der summenden Erscheinung, die unbeirrbar neben ihm schwebte, ging er mit langen, sicheren Schritten am Ratstisch vorbei und durch den Wirrwarr von Stühlen und Menschenleibern, der den Raum erfüllte, auf den Ausgang des Pavillons zu. Mark wurde vom Strom derer, die dem König folgten, mitgeschwemmt und gegen den Folteraltar gestoßen, als sie durch die äußere Kammer kamen. Er fühlte etwas Klebriges an seiner

Hand, starrte dumpf darauf und sah, daß es Blut war. Er erschrak, aber er begriff nicht...

Vilkata durchschritt den vorderen Eingang des Pavillons und trat hinaus in die Sonne, deren Strahlen wie tausend durchbohrende Lanzen von dem Schwertstahl zurückgeworfen wurden. Die kleine Horde seiner Anhänger, unter ihnen auch Mark, drängte sich hinaus in das gleißende Licht und sprang unter ekstatischem Gesang hin und her. Augenblicklich eilten diejenigen, die zufällig in der Nähe standen, herzu, als der Dunkle König, die strahlende Pracht des Schwertes in den Händen, erschien. Die Luft über der wachsenden Menge flirrte wie von der Hitze eines riesigen Feuers: Dienstbare Geister und kleine Dämonen bewegten sich in Eintracht mit ihren Magierherren und teilten deren Erregung – ob erfreut oder verängstigt, vermochte Mark nicht zu sagen.

Das Sinnschwert wirbelte in Vilkatas Händen. Es zersplitterte den hellen Sonnenschein zu Blitzen, die rechts und links herniederzuckten. Die Hunderte in der näheren Umgebung und dann auch die Tausende, die in größerer Entfernung standen, starrten erstaunt herüber und wurden sogleich von der wilden Begeisterung erfaßt.

Ohne innezuhalten, marschierte Vilkata weiter, geradewegs auf die Paradetribüne zu. Die Menge, die ihn umwallte, schwoll mit explosionsartiger Geschwindigkeit an; schon schien sie Tausende zu zählen. Männer und Frauen, deren Neugierde von den wachsenden Menschenmassen erregt worden war, kamen aus allen Richtungen durch das Lager herbeigerannt und wurden, kaum daß sie in ihre Nähe gerieten, vom Anblick der blitzenden Klinge gefesselt. Wieder und wieder glaubte Mark, zwischen den Wogen des menschlichen Jubels das brandungsartige Brüllen des Schwertes selbst zu hören, das mit dem Wachsen der Menschenmenge ebenfalls immer weiter anschwoll.

Jetzt begann irgendwo draußen auf dem Exerzierplatz, jenseits der Käfige für Tiere und Menschen, eine mächtige Trommel zu dröhnen. Das Knurren und Grollen der eingepferchten Kampftiere nahm zu und durchdrang noch den Chor der menschlichen Stimmen.

Bald war die ganze, riesige Fläche des Exerzierplatzes von Menschen und abgerichteten Tieren angefüllt, die angesichts der Klinge über Vilkatas Kopf spontan ihre Ergebenheit demonstrierten. Immer wieder wurde sein Name gebrüllt, Schrei um Schrei erhob sich in die Lüfte, ein jeder lauter als der vorige, und Tausende von Waffen reckten sich zum Salut in die Höhe.
Jetzt hatte der Dunkle König das Podest erreicht und bestieg es behende. Seine unmittelbaren Berater, unter ihnen auch Mark, schwärmten ebenfalls auf die Tribüne hinauf. Nach wenigen Augenblicken war das Gerüst überfüllt, und an den Rändern wurden die Leute hinuntergestoßen. Nur um die Person des Königs blieb ein kleiner, freier Fleck – noch mehr Zauber? Oben auf der Tribüne und rings um sie herum, wo immer sich Platz fand, hüpften und sprangen hohe Offiziere und gefürchtete Zauberer umher wie geistesschwache Kinder. Alte und ehrwürdige Männer rollten sich bald wie Hunde am Boden, und bald sprangen sie heulend in die Luft. Und die Luft selbst war erfüllt von Schwärmen von Dämonen, die in einer pyrotechnischen Ekstase der Verehrung rasend ihre Kreise zogen.
Verbissen krallte Mark sich am letzten Rest seines Bewußtseins und seiner Selbstbeherrschung fest, der ihm im Pavillon geblieben war. Er glaubte nicht, daß er diesen Rest noch lange würde behalten können – aber vielleicht doch lange genug. Er wußte jetzt wieder, wer er war und welches Ziel er angestrebt hatte. Noch immer lag Sichtblenders Griff in seiner rechten Hand. Aber... Vilkata schlagen, den Träger des Sinnschwertes...? Wer wollte so etwas wagen? Wer wollte so etwa auch nur erwägen?
Jemanden anzugreifen, der das Sinnschwert trug, würde die Kräfte eines bloßen Menschen sicherlich übersteigen. Wenn es Mark einmal gelänge, den Willen dazu aufzubringen, und er dann scheiterte... er war sicher, dies würde sein erster und letzter Versuch sein.
Es würde schon schwierig genug sein, sich durch das Gedränge der ekstatischen Leiber auf der Tribüne zu schieben, um auf Reichweite an den Dunklen König heranzukommen. Nähere dich dem Dunklen König, befahl er sich, und vergiß einstwei-

len, weshalb du dich ihm nähern willst. Seinen Bogen hatte er fast vergessen, der immer noch wie gewohnt auf seinem Rücken hing. Und zwei Pfeile hatte er auch noch gehabt... Mit zitternder Hand tastete er danach und merkte, daß sie verschwunden waren. Hatte er sie im Gedränge verloren? Oder hatte die Hand eines Begeisterten sie ihm aus dem Köcher gerissen?

Also würde er doch mit Sichtblender zuschlagen müssen. Selbst wenn seine Sinne klar gewesen wären, wenn er sich fest unter Kontrolle gehabt hätte, wäre das nicht eben einfach gewesen. Die meisten Leute auf der Plattform drängten sich ebenfalls an den Dunklen König heran und versuchten, ihn zu berühren, so gut dies möglich war. Der Kreis derer, die ihm am nächsten standen, mühte sich nach Kräften, den Herrn des Sinnschwertes zu beschützen und die anderen zurückzudrängen. Vielleicht wurde ihnen dies dadurch erleichtert, daß Vilkata das Schwert jetzt wilder kreisen ließ und Angst und Ekstase unter denen verbreitete, die nah genug standen, um in die gefährliche Reichweite des Schwertes zu gelangen. Noch immer umgab den König ein freier Raum von mehreren Schritten Durchmesser.

Mark schaffte sich mit den Ellbogen so viel Platz, daß er Sichtblender aus der Scheide ziehen konnte. Niemand, so dachte er, konnte sehen, daß er es in der Hand hielt, und kein magischer Wächter stieß auf ihn herab.

Wieder geriet die kleine Schar auf der Paradetribüne in chaotische Wallung, als immer neue Leute hinaufzuklettern versuchten. Unerbittlich wurden mehr und mehr oben über den Rand gedrängt und fielen herunter.

Mark kämpfte sich ein Stück näher an Vilkata heran, aber dann wurde er aufgehalten und wieder zurückgestoßen. *Das ist unmöglich,* dachte er. *Ich darf nicht scheitern, nur weil es mir nicht gelingt, mich durch eine Menschenmenge zu drängen.* Aber er wagte es nicht, das Schwert zu benutzen, um sich den Weg freizukämpfen, denn wenn er das täte, würden die magischen Schutzvorkehrungen des Königs ganz gewiß in Gang gesetzt werden, und er würde jedenfalls keine Gelegenheit mehr finden, den entscheidenden Schlag zu führen.

Er mußte näher herankommen, ohne jemanden zu töten. Er knirschte mit den Zähnen, schloß die Augen und drängte sich blindlings voran. Sein Schwert – unsichtbar für diejenigen, die ihm den Weg versperrten – hielt er unbeholfen über die schiebenden Leiber, denn sonst hätte er sie damit empfindlich verletzt.

Aber während Mark immer wieder neue Entschlossenheit aufbrachte und weiter vorzudringen versuchte, wogte die Menge ihm doch immer wieder entgegen, und ihre hundertfüßige Masse schob ihn mühelos sogar noch ein Stück weiter zurück. Der Grund für diese letzte Woge war das Sinnschwert, das Vilkata jetzt heftig kreisen ließ. Noch einmal nahm Mark all seine Kraft zusammen und drängte sich voran, aber er wurde zur Seite gedrückt und geriet gefährlich dicht an den Rand der Plattform.

Also nochmals, mit aller Kraft... aber die Klinge in der Hand des Dunklen Königs rauschte rücksichtslos vorüber und streifte Mark an der Stirn. Der Dunkle König stieß ein donnerndes Gelächter aus, als er fühlte, wie seine Höflinge sich angstvoll zusammenduckten und der Klinge auszuweichen trachteten, aber gleichwohl hilflos vorwärtsgedrängt wurden.

Diejenigen, die Mark am nächsten waren, taumelten panisch zurück. Mark war heillos in die anderen verheddert, und zusammen mit ihnen stürzte er über den Rand der Plattform. Die Tribüne war nicht mehr als mannshoch, und der Boden darunter war weich. Mark landete unverletzt, wenn auch zutiefst erschrocken. Wie durch ein Wunder war keiner von denen, die mit ihm gefallen waren, von Sichtblender aufgespießt worden. Die Klinge lag auf dem weichen Boden unter seiner Hand.

Er war gescheitert – nicht heroisch, sondern wie durch einen dämonischen Scherz. Hastig packte er das Schwert und rappelte sich auf. Dann bemerkte er, daß ihn Vilkatas beiläufiger Schwertstreich schlimmer verwundet hatte, als ihm zunächst bewußt gewesen war. Er sah das Blut, er fühlte und schmeckte es, sein eigenes Blut, das ihm aus der verletzten Stirn in das linke Auge rann. Einen oder zwei Zentimeter weiter, und das Sinnschwert hätte ihn mit einem einzigen Streich getötet.

Mit dem Sturz war der Dunkle König endgültig außer Reichweite, aber wenigstens hatte Mark nun auch keinen unmittelbaren Blickkontakt mehr mit der blitzenden, hypnotisch wirbelnden Klinge. Das Brüllen der Freiheit war lauter als das des Sinnschwertes in seinem Kopf, und Mark sah auf und erblickte Vilkatas Rücken hoch oben auf der Plattform. Der Monarch hatte sich von Mark abgewandt und schaute über die erregten Massen hinweg, die sich vor der Tribüne auf dem Platz drängten.

Er muß sterben, dachte Mark noch einmal grimmig. Und ich muß es tun, ich muß ihn töten, ganz gleich, wie – und dann muß ich sein Schwert nehmen...

Er löste sich gewaltsam aus dem Gewirr der zuckenden Menschen auf dem Boden. Mit der einen Hand stieß er Leute beiseite, Sichtblender hielt er hoch in der anderen, und so rannte er an der Rückseite der Paradetribüne und dann an ihrer Vorderseite entlang. Die Schmerzen in seiner verwundeten Stirn machten ihn rasend, und er fühlte den Drang, auf die schurkischen Beine der Offiziere und Zauberer einzuschlagen, die in Augenhöhe auf der Plattform umeinanderdrängten und tanzten. Aber er unterdrückte dieses Bedürfnis in der grimmigen Gewißheit, daß er nur ein einziges Mal würde zuschlagen können.

Blut rann ihm in die Augen und blendete ihn. Der Schmerz bohrte sich wie ein rostiger Nagel in seinen Kopf, als Mark aufschaute und Vilkata zu finden versuchte. Es schien ein hoffnungsloses Unterfangen zu sein. Die Sonnenstrahlen blendeten, und das Sinnschwert fing sie auf und blitzte grell. Hoffnung lag nur in der Unterwerfung. Mark mußte den Blick abwenden, den Kopf senken, um dem zu entrinnen. Er konnte nicht noch einmal zulassen, daß das Schwert seinen Blick und seine Seele einfing.

Als er sich von der Plattform abwandte, kam die endlose Ausdehnung des Paradeplatzes und die heulende Menge in sein Blickfeld. Sichtblender ließ zweierlei in rascher Folge deutlich hervortreten – so deutlich und auffällig, daß Mark sogar jetzt davon abgelenkt wurde.

Das eine war, zu Marks großem Erstaunen, der Käfig mit

seinem einsamen Insassen, auch wenn er nur hin und wieder zwischen dem Trubel der ekstatischen Massen einen kurzen Blick darauf werfen konnte. Neben diesem Käfig war er dem Wachdämon begegnet, und er erinnerte sich – oder er erinnerte sich beinahe – an etwas, das einer der Zauberer im Zelt über diesen Gefangenen gesagt hatte...

Und dann lenkte die zweite Auffälligkeit Marks Aufmerksamkeit von der ersten ab. Er sah eine kleine, graue Wolke, die ganz und gar nicht wolkenhaft an der steilen Flanke eines Berges in der Ferne hinunterrollte. Im Innern dieser Wolke sah Mark mit seinem geschärften Blick etwa ein halbes Dutzend lebender Wesen, die anscheinend alle Menschengestalt hatten.

Noch während er sie beobachtete, erreichte die Wolke das verhältnismäßig ebene Land am Fuße des Berges. Geschwind kam sie herangerollt, geradewegs auf das Lager zu, und sie bewegte sich aus eigener Kraft und unabhängig vom Wind. Verblüffend schnell kam sie voran, schneller als der Wind, und Kilometer um Kilometer legte sie in wenigen Augenblicken zurück.

Ein paar der Leute auf der Tribüne über Mark hatten die Wolke jetzt ebenfalls erblickt. Der Aufruhr, der den Dunklen König unmittelbar umtoste, ließ ein wenig nach. Mark warf einen raschen Blick zu Vilkata hinauf und sah, daß der König sein Schwert sinken ließ und der herannahenden Wolke seine ganze Aufmerksamkeit widmete.

Ein schrilles Kreischen in der Luft jagte über die Köpfe dahin. Ein Schwarm fliegender Dämonen hatte sich, entweder aus eigenem Antrieb oder auf Befehl ihrer menschlichen Herren, zu einer Formation zusammengeschlossen und flog geradewegs auf die herannahende Wolke zu, um zu erkunden, was dahintersteckte, und womöglich sogleich zum Angriff überzugehen. Aber kurz bevor die Formation die Wolke erreicht hatte, wich sie zurück und zerstob. Die Dämonen flüchteten in alle Winde. Mark hatte den Eindruck, daß eine unsichtbare Macht sie beiseitegewedelt hatte wie einen Insektenschwarm.

Und blitzartig begriff er: Die Götter kamen, um diese Angelegenheit in die Hände zu nehmen. Blutbeschmiert und erfüllt von Schmerz und Angst, stieß Mark einen schluchzenden

Seufzer tiefster Erleichterung aus. Die Menschheit konnte darauf hoffen, gerettet zu werden – von denjenigen, die die Schwerter gemacht hatten –, gerettet vor der Kraft der Schwerter, die zu gewaltig war, als daß sie sie hätten beherrschen können... Mark hatte schon gesehen, wie Götter mit wilden, rebellischen Menschen umgegangen waren. Vilkata, der in ihrer Gegenwart auf das Maß eines schädlichen Insekts zusammenschrumpfte, würde vielleicht zermalmt werden, bevor das Grauen, das er verbreiten wollte, die gesamte menschliche Welt erfaßte. Auch Mark würde sein Schwert vielleicht einbüßen, doch angesichts der Bedeutung dieser Ereignisse kam es darauf nicht mehr an.

Die Wolke, die den Zweck der Tarnung mittlerweile erfüllt hatte, löste sich auf und war bald verschwunden. Die Schar der Wesen, die darin herangeflogen war, kam jetzt zu Fuß heran. Schon hatten sie den Exerzierplatz betreten, und sie näherten sich mit weit ausgreifenden Schritten. Das Meer der Menschen, das den Platz überflutet hatte, teilte sich, um die Götter hindurchzulassen. Vier Götter und eine Göttin, jeder so groß wie Draffut, schritten unaufhaltsam voran, und Mark hatte den Eindruck, daß sie, ohne es zu bemerken, einen Menschen zertreten würden, der ihnen im Weg stände.

Je näher die fünf kamen, desto höher ragten sie in den Himmel. Ihr Ziel war die Paradetribüne. Mark glaubte jetzt, den einen oder anderen von ihnen zu erkennen. Vier waren mit göttlicher Eleganz gekleidet; sie trugen Kronen, Tuniken und Gewänder, die vor Farben, Gold und Juwelen strotzten. Einer aber hinkte beim Gehen, und er war in einfache Felle gehüllt.

Wieder warf Mark einen kurzen Blick auf die Plattform. Vilkata war für ihn außer Reichweite und immer noch dicht umringt von seinen Gefolgsleuten und seinen dienstbaren Zauberern.

Der Dunkle König hatte das Sinnschwert in die Scheide gesteckt und erteilte einigen seiner Zauberer knappe Befehle. Im nächsten Augenblick tat einer dieser Zauberer einen ruckartigen Satz, der ihn von der Plattform schleuderte. Er stürzte unglücklicher als Mark kurz zuvor, blieb liegen und wand sich hilflos am Boden. Mark vermutete, daß irgendein Schutzzau-

ber dieses Mannes das Vordringen der Götter behindert hatte, und als der Zauberbann wie eine Schiffstrosse gerissen war, hatte es den Zauberer im Zurückschnappen vom Podest geschleudert.
Ganz gleich, welcher Zauber ihnen den Weg versperrt haben mochte, und welcher Schutzbann womöglich durch ihr Erscheinen automatisch ausgelöst worden war, die Götter hatten sich nicht aufhalten lassen. Als Mark sie ansah, hatte er den Eindruck, daß sie verärgert waren wie Erwachsene, die sich durch ein von unartigen Kindern aufgespanntes Labyrinth aus Bindfäden belästigt fühlten.
Endlich blieben die vier Götter und die Göttin etwa zwanzig Meter vor der Paradetribüne stehen, und immer noch überragten sie den Dunklen König, der ihnen auf seinem erhöhten Platz gegenüberstand, um ein ganzes Stück. Jeder auf der Plattform kniete, und einige hatten sich in unterwürfiger Panik flach auf den Boden geworfen. Und auch um ihn herum kauerten alle demütig auf der Erde. Er und der Dunkle König waren im Umkreis von hundert Metern die einzigen, die noch aufrecht standen. Wie merkwürdig, staunte Mark in einem entlegenen Winkel seines Geistes. Schon einmal in seinem Leben hatte er Göttern so nah gegenübergestanden – ja, und auch damals hatte er stehenbleiben können, während rings um ihn herum alle anderen Menschen niederknieten oder zu Boden stürzten...
Der hinkende Gott trat vor. In der Stille, die sich über das ganze Feldlager gelegt hatte, war das Klappern seines Schmucks aus Drachenschuppen deutlich zu hören, als er mit mächtig wiegendem Gang bis auf einen Schritt an die Plattform herankam. Es ist Vulkan, der Schmied, dachte Mark und starrte den pelzumhüllten Titanen an. Er ist es, der meinem Vater den Arm genommen hat. Vulkan schenkte Mark keine Beachtung. Er schaute Vilkata an. Soweit Mark es sehen konnte, wich Vilkata nicht zurück, obgleich der Gott dicht genug vor ihm stand, um seinen langen Arm auszustrecken und ihn zu packen.
Ein scharfer Wind wehte durch das Lager und über das kahle, verwüstete Land ringsum. Ansonsten war es still.

Jäh wurde diese Stille durchbrochen, und Vulkans Stimme dröhnte mit einer Lautstärke, die einem Gott angemessen war, durch das Lager. »Welcher Irrsinn treibt euch, ihr törichten Menschen? Das Schwertspiel ist vorüber, wißt ihr das denn nicht?«

Mit seiner besten Königsstimme versuchte Vilkata zu antworten: »Ich bin der Dunkle König...« Mark war nicht im geringsten überrascht, als die Stimme des Königs bebte und brach, bevor er seinen Satz zu Ende bringen konnte. Es erstaunte ihn nur, daß der Mann überhaupt in der Lage war, vor den Göttern zu stehen und zu sprechen.

Vulkan war weder beeindruckt noch erfreut. »König, Königin, hin und her – was kümmert das mich? Du bist ein Mensch, und das ist alles. Gib mir das Werkzeug der Macht, das du an deiner Seite trägst.«

Vilkata gehorchte nicht sogleich. Statt dessen wagte er, noch einmal zu widersprechen. Mark aber hörte nicht, was er sagte, denn wieder wurde seine Aufmerksamkeit abgelenkt, weil er in der Ferne etwas entdeckt hatte. Es war wieder eine Wolke, und sie sah genauso ungewöhnlich aus wie die erste.

Diese Wolke rollte nicht einen Berghang herunter, sondern wehte aus der Luft herab, aber sie bewegte sich im rechten Winkel zu den anderen Wolken und zum Wind. Jetzt hielt sie inne und schwebte zögernd in der Luft. Anscheinend wahrte sie einen vorsichtigen Abstand zu der Szene auf dem Paradeplatz. Mit Sichtblenders Hilfe sah Mark, daß auch diese zweite Wolke Wesen von menschlicher Gestalt und göttlicher Größe barg. Eine sah er, die makellose Essenz der Weiblichkeit, die nur Aphrodite sein konnte. Die anderen vermochte er im einzelnen nicht so klar zu erkennen, aber es schien, daß alle ihm das Gesicht zugewandt hatten.

Die Ablenkung dauerte nur einen kurzen Augenblick. Vulkan, den es ungeduldig machte, daß dieser bloße Mensch ihm nicht unverzüglich gehorchte, stieß einen donnernden Fluch aus und streckte die Hand nach Vilkata aus. Mit einer schnellen Bewegung zog der Dunkle König das Sinnschwert aus der Scheide – doch nicht, um es dem Gott zu übergeben. Statt dessen schwang er es hoch über den Kopf.

Vulkan schrie einmal auf, und seine Stimme klang merkwürdig rauh, als stürzten Berge von Metall und Gestein ineinander. Der lahme Gott hob den Arm und bedeckte schützend die Augen. Er taumelte rückwärts und fiel auf ein Knie. Mark spürte, wie bei dem Sturz des Gottes der Boden unter seinen Füßen erbebte.

Die vier anderen Götter hinter dem Schmied sanken ebenfalls auf die Knie.

Wieder legte sich Stille über das Lager, und eine ganze Weile rührte sich nichts. Die in der Ferne schwebende Wolke hatte sich in Bewegung gesetzt und flog mit hoher Geschwindigkeit davon. Wie betäubt starrte Mark hinter ihr her. Die Götter hatten versagt. Die vielen tausend Menschen ringsum brachen erneut in ohrenbetäubenden Jubel aus.

Dann ergriff Vilkata wieder das Wort. Nach Vulkans Donnerstimme klang die des Königs eher schmächtig, aber sie war von Triumph und Selbstvertrauen erfüllt, als er den knienden Göttern, die ihn gleichwohl immer noch überragten, zurief: »Folgt mir! Gehorcht mir!«

»Wir hören dich.« Die Antwort der Götter war wie ein Donnerrollen, und die Erde dröhnte davon. »Wir folgen und gehorchen dir.«

Die mächtige Kriegstrommel wurde gerührt, und die Menge brüllte so laut wie nie zuvor. Die irrsinnige Jubelfeier nahm ihren Fortgang, doppelt so irrsinnig wie zuvor.

Die Götter auf dem Exerzierplatz erhoben sich schwerfällig. »Gewiß ist dies Vater Zeus!« rief Vulkan und deutete dabei mit seinem baumdicken Arm auf den Dunklen König. »Es muß ein Hochstapler gewesen sein, der diese Rolle unter uns gespielt hat!«

Die göttlichen Gefährten des Schmiedes brachen in zustimmendes Gebrüll aus, und unverhofft begannen sie mit einem Tanz, der gewaltig und unkontrolliert zugleich wirkte. Der Boden bebte. Mark sah, wie der hohe Flaggenmast vor dem Pavillon des Königs schwankte. Die Menschenmenge in der unmittelbaren Umgebung der Tribüne verlief sich rasch, denn alle, die in die Nähe der tanzenden Götter gerieten, versuchten sich eilig in Sicherheit zu bringen. Sie blieben jedoch unter dem

Bann des Sinnschwertes, und viele begannen ebenfalls zu tanzen.
Mark stand erschöpft und ausgelaugt da und lehnte sich auf sein Schwert. Seine Stirn brannte, noch immer sickerte ihm Blut ins Auge. Er beobachtete die wahnwitzigen Götter und fühlte, daß auch er selbst gleich den Verstand verlieren würde. Dabei hätte er doch etwas derartiges erwarten können. Wenn eines der Schwerter einen Gott töten konnte – und mit eigenen Augen hatte er Hermes tot am Strand liegen sehen, mit einer klaffenden Wunde im Rücken, die Ferntöter dort hinterlassen hatte –, weshalb sollte dann nicht ein anderes Schwert die Macht haben, aus Göttern Sklaven zu machen?
Aber welche Macht hatte Vulkan herabbeschworen, als er sie schmiedete – welche Macht, die größer war als die Götter selbst?
Und war er, Mark, das einzige Lebewesen hier, das noch Widerstand zu leisten vermochte?
Denken konnte er jetzt nicht mehr; der Schmerz war zu stark, und sein Blut brannte in seinem Gesicht, als sei es giftig. Aber vielleicht konnte er noch handeln.
Mit beiden Händen umklammerte er Sichtblender und versuchte zum drittenmal, Vilkata zu töten.
Zwar tanzte die Menge unterhalb der Tribüne jetzt noch wilder als zuvor, aber sie war weniger dicht, und das kam ihm zugute. Aber als Mark den Blick zum Dunklen König erhob, der immer noch oben auf der Plattform stand, blendete das Sinnschwert ihn erneut, und sengende Speere aus vergiftetem Licht bohrten sich in sein Gehirn. Er taumelte auf die Sonne in all ihrer Pracht zu – und wer wollte sich erkühnen, die Sonne zu erschlagen?
Vilkata, der Gott! Träger des Sinnschwertes, Anbetungswürdiger!
Mark hob sein eigenes Schwert mit beiden Händen. Dann begriff er, daß er nicht zuschlagen würde. Er war im Begriff, Sichtblender dem König als Opfergabe zu Füßen zu legen! Mit letzter Kraft gelang es ihm, sich loszureißen. Verzweifelt sein Schwert umklammernd, wankend und stolpernd, ergriff er die Flucht und wandte der Pracht, der er sich nicht länger zu stellen

wagte, den Rücken zu. Er wußte: Wenn er sich nur ein einziges Mal umschaute, wäre er verloren.
Der Käfig mit dem Gefangenen ragte vor ihm auf. Irgend jemand in der Menge drängte Mark ein wenig zur Seite, so daß er den Käfig plötzlich geradewegs vor sich sah.
Ohne daß ihm ein Plan bewußt gewesen wäre, hob Mark, einem bloßen Impuls folgend, das Schwert der Arglist mit beiden Händen und ließ es krachend auf die hölzerne Tür und das kleine Schloß niederfahren. Der Schwertzauber vermochte zu diesem Hieb nichts beizutragen, aber die Länge und das Gewicht der scharfen Klinge genügten. Der Käfig war nicht dafür gebaut, einem ernsthaften Angriff standzuhalten. Mark schlug noch einmal zu, und die Käfigtür sprang auf. Inmitten des Pandämoniums springender, kreischender Gestalten und blitzender Waffen achtete niemand darauf, was er tat. Noch immer bebte die Erde unter dem Tritt der brüllenden, stampfenden Götter.
Er schob sein Schwert in die Scheide und streckte beide Hände in den Zwinger, um den hilflosen Gefangenen zu ergreifen. Das Geschöpf, das er hervorzog, war eine nackte junge Frau, gefesselt mit Schnüren und mit Magie. Die Schnüre fielen zu Boden, kaum daß Sichtblenders Schneide sie berührte, aber die Magie erwies sich als widerstandsfähiger.
Mark legte einen Arm um die Gefangene. Halb trug, halb zerrte er sie durch die tobende Menge, fort von der Paradetribüne. Noch immer wagte er nicht zurückzuschauen. Was immer die Leute erblickten, wenn sie ihn ansahen – es veranlaßte sie, noch in der Ekstase vor ihm zurückzuweichen und ihm den Weg freizugeben.
Der Exerzierplatz schien kein Ende nehmen zu wollen, und Vilkatas irrsinnige Arme ebensowenig. Mit jedem Schritt ließ der Druck des Sinnschwertes nach, aber immer nur um einen Bruchteil. Aber ein Schritt folgte dem anderen, und Mark konnte nach einer Weile wieder zu denken beginnen und allmählich auch einen Plan schmieden. Dort, vor ihm, ein Stück weiter in der Menge, sah er zwei Berittene, die aussahen wie niedere Magier. Mark bewegte sich auf sie zu und schleppte die immer noch betäubte junge Frau hinter sich her.

Die beiden Magier, die von der Pracht des Sinnschwertes selbst benommen waren, achteten nicht auf Mark. Sie würden, so hoffte er, keine Schutzdämonen bei sich haben. Er brauchte die Reittiere, und zwar dringend.
Sichtblender beschaffte sie ihm, rasch und blutig und so magisch wie ein Metzgerbeil. Im allgemeinen Durcheinander schien niemand bemerkt zu haben, was geschehen war.
Mark wickelte das Mädchen in einen schwarz-goldenen Mantel, den der eine der beiden Zauberer getragen hatte, und setzte sie auf eines der Reittiere. Er selbst bestieg das andere. Als er im Sattel saß, wankte er einen Augenblick lang und befürchtete, ohnmächtig zu werden. Sein eigenes Blut tropfte ihm auf die Hände, die die Zügel hielten.
Aber dann trieb er sein Tier voran und führte das des Mädchens am Zügel nebenher. Niemand versuchte, sich ihnen in den Weg zu stellen, als sie das Lager verließen. Niemand – so weit Mark sehen konnte – bemerkte es auch nur.
Das Dröhnen der Kriegstrommel und das Gebrüll der Götter verfolgten sie noch lange und nachdem sie schon viele Kilometer über das öde Hochland geflüchtet waren.

6

Einen oder zwei Kilometer weit stromaufwärts, bevor der Corgo sich vor den Inseln teilte, auf denen weite Bereiche der Stadt erbaut waren, war die Strömung so langsam, daß Denis der Flinke mit seinem leichten Kanu recht schnell dagegen anpaddeln konnte. Hier, wo der Fluß so breit war, konnte er sich Stellen suchen, an denen die Oberflächenströmung noch träger war und das Paddeln durch begrenzte Wirbel weiter erleichtert wurde. Es fiel Denis nicht schwer, sich vom übrigen Verkehr auf dem Fluß fernzuhalten. So früh am Morgen waren es hauptsächlich Lastkähne mit Lebensmitteln und andere Handelsfahrzeuge, die stromabwärts fuhren. Ein paar Fischerboote waren ebenfalls unterwegs, und ein oder zwei leichte Segelboote, die zum puren Vergnügen auf dem Wasser zu sein schienen. Hier, oberhalb der Stadt, gab es keine seetüchtigen

Schiffe mehr, wie man sie stromabwärts, zwischen Tashigang und dem Meer, antreffen konnte.
Zwei Kilometer hinter der Stadtmauer erreichte Denis die erste scharfe Biegung des Corgo. Noch einmal hörte er auf zu paddeln und sah sich um; er warf einen letzten Blick auf die hohen Türme der Stadt. Über dem Morgennebel, der immer noch vom Fluß emporstieg, schimmerten die hohen Zinnen und Wehrtürme in den ersten Strahlen der Morgensonne. Hier und dort, inmitten der eindrucksvollen Massen von braunem und grauem Stein, blitzte Glas oder glänzendes Metall in Fenstern und Ornamenten oder an den Waffen der Wachen. An verschiedenen Stellen hoch über den Zinnen wehten die Fahnen der Stadt: Grün und Grau. Am höchsten Mast aber, über dem Palast des Bürgermeisters, legte ein einzelner Wimpel in den Farben Schwarz und Silber Zeugnis ab von der Oberherrschaft der Königin Yambu.
Denis paddelte weiter stromaufwärts. Sein Kanu glitt zwischen Ufern dahin, die von den Villen derjenigen reichen Bürger gesäumt waren, die von der Aussicht auf einen langfristigen Frieden so fest überzeugt waren, daß sie sich entschlossen hatten, außerhalb der Stadtmauern zu wohnen. Es waren beeindruckende Häuser, ein jedes eine kleine Festungsanlage für sich, die einem gelegentlichen Brigantenüberfall durchaus gewachsen sein würde.
Bald schon blieben die einzelnen Landhäuser hinter Denis zurück. Statt ihrer sah er nun kleine Vorstädte mit weniger prachtvollen Bauten, von bescheidenen Mauern umringt, und wiederum nach einer kleinen Weile waren es Bauernhöfe und Weinberge, die den Fluß säumten. Dieses Land war, wie Tashigang, der Silbernen Königin untertan und tributpflichtig, aber es genoß doch ein hohes Maß an Unabhängigkeit. In den Jahren ihrer Herrschaft hatte Yambu hier Frieden und Ordnung weitgehend aufrechterhalten können, und sie war weise genug gewesen, nicht mehr als einen bescheidenen Tribut zu fordern. Unter einem solchen Regime floß der Tribut stetig, und zugleich schuf die Königin sich ein Fundament des guten Willens in der Bevölkerung. Ihren aggressiven Energien schaffte sie derweilen anderswo Luft.

Nur einmal legte Denis eine Pause ein, um zu essen und sich auszuruhen, ansonsten verlief die erste Tagesreise auf dem Fluß ereignislos. Am Abend hatte er die dicht besiedelte Umgebung der Stadt so weit hinter sich gelassen, daß er ohne Mühe eine kleine Insel finden konnte, die ihm einen guten Lagerplatz bot. Es gelang ihm sogar, einen eßbaren Fisch für sein Nachtmahl zu fangen. Es erfüllte ihn mit Befriedigung, daß er die zu einem Leben unter freiem Himmel notwendigen Fertigkeiten durchaus besaß.

Am zweiten Tag brach er in aller Frühe auf. Er hatte die schwieligen Hände eines Arbeiters, und so machte ihm das unaufhörliche Paddeln nicht viel aus. Die verheilte Wunde an seinem Unterarm bereitete ihm überhaupt keine Beschwerden mehr. An diesem Tage hielt er aufmerksam Ausschau nach bestimmten Landmarken, wie Ben es ihm eingeschärft hatte. Mit sicherem Geschick fand er gegen Mittag den Nebenfluß, den er suchte – ein Flüßchen, dessen gewundener Lauf sich dem Corgo von Nordosten her näherte. Dieses Flüßchen – hier nannte man es den Spode – entsprang in einem Teil des Großen Sumpfes, aber leider führte es nicht geradewegs in die Gegend, in der Sir Andrew und seine Armee wahrscheinlich zu finden waren. Um dorthin zu gelangen, würde Denis sein Boot später ein Stück weit tragen müssen.

Drei oder vier Tagesreisen verliefen in ähnlich angenehmer Weise. Mit jedem Tag begegnete Denis weniger Menschen, aber fast alle begrüßten den Ardneh-Jünger mit freundlichem Winken. Einige boten ihm zu essen an, und das eine oder andere nahm er dankbar an.

Seine Gedanken beschäftigten sich zumeist mit seiner verborgenen Fracht. Über das Schwert der Gnade wußte er jetzt einiges aus erster Hand. Was aber vermochte das Schwert der Gerechtigkeit? Denis hatte nicht danach fragen wollen, denn niemand sollte glauben, er hege den Plan, sich damit aus dem Staub zu machen. (Dieser verräterische Gedanke war ihm allerdings in den Sinn gekommen, in Gestalt eines faszinierenden Tagtraumes. Bis jetzt – bis jetzt – hatten andere, wildere Gefühle verhindert, daß er ernstlich in Versuchung geriet.)

Ben hatte es nicht für nötig gehalten, die Eigenschaften des Schwertes der Gerechtigkeit mit Denis zu erörtern. Der Herr des Hauses Courtenay hatte dazu nur eines gesagt.
»Denis, falls du unterwegs einen Kampf nicht vermeiden kannst, dann empfehle ich dir, Urteilspender hervorzuziehen und damit zu fechten. Versuche nicht, jemanden mit Wunderheiler niederzustechen – nicht, wenn dir daran liegt, Blut fließen zu lassen, statt deinen Gegner in Behagen zu versetzen.«
Bisher aber hatte nicht die geringste Gefahr eines Kampfes bestanden. Das einzige körperlich Aufregende waren gelegentliche Gewitter gewesen, die den Reisenden mit Blitz und Donner bedroht und seine weißen, nicht wasserdichten Gewänder durchtränkt hatten.
Am fünften Tag kam er durch ruhiges Ackerland. Das Wetter war angenehm, und in der Nacht lagerte er wieder auf einer kleinen Insel.
Er träumte, wie er es oft tat, von Frauen. Kuan-yin, die Kinderfrau, die er auch in Wirklichkeit schon umarmt hatte und die zu heiraten er in Erwägung zog, winkte ihm zu. Und er träumte auch von der Herrin des Hauses Courtenay, die ihn im wirklichen Leben erst einmal berührt hatte, nämlich beim Verbinden seines Armes. Denis träumte, daß die, die er als Lady Sophie kennengelernt hatte, ihn in seiner Kammer neben der Werkstatt besuchte. Sie setzte sich auf sein Bett, ergriff lächelnd seine Hand und dankte ihm für etwas, das er getan hatte oder vielleicht noch tun würde. Ihr weißes Gewand war in Unordnung; es stand offen. Aber unglaublicherweise schien sie es nicht zu bemerken.
Der Traum näherte sich eben dem Augenblick höchster Spannung, als Denis erwachte. Er lag im warmen Schein des Mondes, und ihm war, als sei die Welt, in der er erwacht war, nur ein vollkommener Traum. Die Luft war erfüllt von einem Duft – waren es Uferblumen? –, der unvorstellbar süß und wundervoll war, zu zart, als daß man ihn Parfum hätte nennen können.
Und noch etwas anderes lag in der Luft. Eine furchtlose Erregung. Denis' Blut pochte in traumhafter Erwartung –

wessen? Er wußte es nicht. Aber er wußte, daß er hellwach war.
Er schaute über den Fluß hinweg. Der Streifen aus glitzerndem Mondlicht fesselte seinen Blick. Er sah, wie ein Schatten, dem eines treibenden Bootes gleich, über diesen Streifen schwebte. Es war tatsächlich ein Fahrzeug – eine Barke, auf der kleine Lichter funkelten und die völlig lautlos dahinglitt. Beinahe völlig lautlos. Einen Augenblick später vernahm er das leise Plätschern und Tröpfeln von Ruderblättern.
Als die Barke näherkam, sah er, daß sie größer war, als er zunächst angenommen hatte. Sie war so groß, daß er sich nun fragte, wie sie an den engeren Abschnitten dieses Flüßchens überhaupt navigieren konnte. Die Lichter an den niedrigen Seiten glühten in sanftem bernsteingelbem Licht, so gleichmäßig wie die Lampen aus der Alten Welt, mit denen Denis vertraut war, nur viel zarter.
Denis war inzwischen aufgestanden. Er war hellwach, und sich darüber bewußt, daß er mehr oder weniger derselbe war wie sonst. Was immer hier geschah, war Realität, aber es war nicht Bedrohung, was er empfand, sondern erwartungsvolle Erregung. Er trat einen Schritt näher ans Ufer. Das Wasser zu seinen Füßen murmelte wie das leise Lachen eines Liebespaares. Er lehnte sich auf das kieloben liegende Kanu, das er klugerweise aus dem Wasser gezogen hatte, ehe er sich zur Ruhe gelegt hatte.
Als die Barke noch näher gekommen war, erkannte Denis mittschiffs eine kleine Hütte oder einen Pavillon, überdacht von einer Plane aus feinem Stoff. Davor stand ein thronartiger Stuhl oder Sessel, und rechts und links davon saßen in zwei Reihen merkwürdig stumme, nur sparsam bekleidete Ruderinnen.
Eine Frau saß auch in dem Sessel, inmitten eines Berges von Kissen. Hinter ihr leuchteten nur der Mond und die sanft glühenden Lichter des Bootes, und so erkannte Denis zunächst nur verschwommen ihre Umrisse. Anfangs redete ihm seine erhitzte Phantasie nachdrücklich ein, daß sie überhaupt nichts am Leibe trage, doch schon bald mußten seine Augen die Existenz eines Gewandes zugeben, das immerhin aus schim-

merndem Dunst und Sternenlicht, aber nicht aus irgendeinem Stoff zu bestehen schien. Der Körper der Frau war zum größten Teil von diesem Schleier umhüllt, wenngleich dadurch nichts verhüllt wurde.

Denis' Herz tat einen Satz, und er begriff. Ein Name kam ihm in den Sinn, und er hätte ihn laut ausgesprochen, wenn ihm in diesem Augenblick nicht die Luft weggeblieben wäre. Noch nie in seinem Leben hatte er einen Gott oder eine Göttin gesehen, und er hatte auch nicht damit gerechnet, daß es noch geschehen würde, bevor er stürbe.

Auf ein Kommando hin, das Denis weder gesehen noch gehört hatte, stellten die unmenschlich lautlosen Frauen das Rudern ein. Ohne daß er sie auch nur einen Augenblick lang angeschaut hätte, war ihm verschwommen bewußt, wie schön sie alle waren und wie herausfordernd gekleidet. Aber solange er die Göttin der Liebe selbst vor Augen hatte, hätte er keine von ihnen anschauen können, selbst wenn er es gewollt hätte.

Gesteuert von einer übernatürlichen Kraft, kam die Barke langsam und schnurgerade auf die Insel zu, auf der Denis stand. Aus der Kajüte drang leise Musik, lieblich wie der Duft, und wehte über den schmalen Streifen Wasser zwischen ihm und der Barke. Jetzt, da das silbrige Rieseln von den Ruderblättern aufgehört hatte, war jeder Ton der Musik in lautlose Stille gebettet.

In einer anmutigen Bewegung erhob sich Aphrodite von ihrem Sessel und verharrte in einer Pose von müheloser Grazie.

»Junger Mann?« rief sie leise zu Denis herüber. Die Stimme der Göttin war genau so, wie ihre Erscheinung erwarten ließ. »Ich muß mit dir sprechen.«

Denis wollte ihr entgegenlaufen und stolperte. Er sah, daß es notwendig war, ein großes, fremdartiges Hindernis zu umgehen – o ja, es war sein Kanu! –, das ihm den Weg versperrte. »Herrin«, würgte er hervor, »ich bin Euch ganz zu Diensten. Was wollt Ihr von mir?« In diesem Augenblick wurde ihm bewußt, daß er soeben unter lauten Schmatzgeräuschen auf die Knie gefallen war – da, wo der Uferschlamm am dicksten war. Es hätte ihn nicht im geringsten bekümmert, nur würde es vielleicht dazu führen, daß die Göttin ihn für tolpatschig hielt. Wenn er sich aufrappelte, sähe sie ganz gewiß, wie verschmiert sein weißes Gewand jetzt war, und er fürchtete, sie könnte ihn auslachen.

Bis jetzt aber – allen Göttern und Göttinnen sei Dank! – lachte sie nicht über ihn.

»Junger Mann«, sagte Aphrodite, »ich weiß, daß du zwei Schwerter bei dir hast. Eines davon ist jenes, das heilt. Das andere... nun, im Augenblick habe ich vergessen, was sie mir über das andere gesagt haben. Aber das ist auch nicht so wichtig. Du sollst sie mir beide sofort geben. Wenn du dich hinreichend beeilst, werde ich dir vielleicht erlauben, mich zu küssen.« Die Göttin machte eine winzige Pause und schenkte Denis die Andeutung eines Lächelns. »Wer weiß, was ich dir sonst noch erlauben könnte, in einer so romantischen Nacht wie dieser?«

»...mich zu küssen?« wiederholte Denis verständnislos wie ein Echo. Dann war er mit einem wilden Satz auf den Beinen, aus dem Schlamm, und stolperte planschend umher. Er mußte die beiden Schwerter finden, von denen sie sprach – wo steckten sie überhaupt? –, und dann mußte er sie ihr geben. Was wollte er auch sonst damit anfangen?

Sie lagen im Kanu. Wo war das Kanu?

Er stolperte darüber und wäre fast wieder in den Schlamm gerollt, bevor er es sah. Dann brach er sich einen Fingernagel ab, als er das Boot umdrehte.

Aphrodite ermutigte ihn freundlich. »So ist es recht. Sie sind im Boden deines kleinen Bootes verborgen. Aber ich denke, das weißt du schon.« Milde Ungeduld angesichts seiner Unbeholfenheit schwang in der Stimme der Göttin – hatte sie nicht recht? Aber erzürnt schien sie noch nicht zu sein. Denis sprach ein lautloses Dankgebet.

Er fürchtete schon, er werde noch einen Fingernagel einbüßen, als er das sinnreich angebrachte Bodenbrett aufzustemmen versuchte. Dann fiel ihm ein, daß es mit einem Messer sehr viel leichter gehen würde.

Langsam trat Aphrodite an die Reling ihrer luxuriösen Barke. Anmutig kniete sie dort auf einem Berg seidener Kissen zwi-

schen ihren übermenschlich schönen Ruderinnen nieder. Diese beachteten sie überhaupt nicht.
»Spute dich, junger Mann! Ich brauche, was du mir zu geben hast.« Die Göttin winkte mit ihrer feinen Hand, und ihre Stimme säuselte seidig in der Doppeldeutung ihrer Worte. Ihr Lachen, versicherte Denis sich verzweifelt, war nicht wirklich unfreundlich gemeint. Trotzdem verletzte es ihn irgendwie.
Er stocherte mit seinem Messer unter dem Brett herum. Die kleinen Nägel, die es festhielten, lösten sich knarrend. Dann lag das verborgene Abteil offen da, und sein Inhalt schimmerte im Mondlicht.
Um besser sehen zu können, sprang Aphrodite von den Knien elastisch in die Höhe – eine Bewegung von unfaßbarer Grazie, die die weicheren Teile ihres Körpers leise federn ließ. Welche Farbe hatte ihr Haar? fragte sich Denis verzweifelt. Und ihre Haut? Im Mondschein konnte er es nicht erkennen, aber es war auch völlig bedeutungslos. Und war sie eigentlich groß oder klein? Üppig oder hager? Von einem Augenblick zum andern schien sich all dies zu verändern, und nur die Essenz ihres Geschlechts blieb immer gleich.
Jetzt stand sie aufrecht an der Reling ihrer Barke. Das Fahrzeug trieb mit kaum merklicher Geschwindigkeit auf das Ufer zu – gegen die Strömung, obgleich die Ruder aufgestellt waren.
»Rasch, junger Mann, rasch.« Eine Spur von Ungeduld lag in ihrer Stimme.
Ohne hinzusehen, tastete Denis nach seinem Schatz, um ihn der Göttin auszuhändigen, und das erste, was seine Finger berührten, war Wundheiler. Er erkannte das Schwert sofort, als er es berührte. Demütig zog er es hervor. Er ließ es in der Scheide und überreichte es mit einer Art Kniebeuge der wartenden Göttin mit dem Griff voran. Sie nahm es mühelos mit einer Hand entgegen. Man sah, wie kraftvoll ihr glatter, jung aussehender Arm sein mußte.
Ohne das Schwert der Gnade aus der Scheide zu ziehen, befahl sie: »Jetzt das andere. Und dann, glaube ich, hast du... vielleicht einen Kuß verdient.«
Er wühlte am Boden des Kanus herum und förderte Urteilspender zutage.

Er hielt das Schwert vor sich, die Scheide in der einen Hand, den Griff in der anderen, und plötzlich spürte er, wie aus dem Griff eine merkwürdige, nie gekannte Kraft in seinen Arm strömte. Sie gab ihm ein Gefühl von fester Sicherheit. Die Scheide schien aus eigener Kraft von der Klinge zu gleiten, und das Schwert war gezogen.
Denis richtete sich auf und wollte auch dieses Schwert der Göttin darbieten. Aber als sein Blick auf sie fiel, sah er zu seinem Schrecken, daß sie sich verändert hatte.
Oder lag die Veränderung bei ihm und nicht bei ihr?
Aphrodite ließ den Arm sinken, den sie ausgestreckt hatte, um das Schwert entgegenzunehmen. Sie trat zurück, das Schwert der Gnade in der anderen Hand haltend.
Wieder überlegte Denis: Wie sieht sie tatsächlich aus? Aber noch immer machte das Mondlicht (denn das Mondlicht war es, so glaubte er) es unmöglich, dies genau zu erkennen.
Zweifellos war sie entzückender, als jede sterbliche Frau es jemals sein konnte. Jetzt aber, nachdem er das zweite Schwert gezogen hatte, schien sie ihm in gewisser Hinsicht noch der niedersten Sterblichen unterlegen zu sein. In gewisser Weise war sie... unwirklich.
Er erkannte, daß er sie nicht mehr wollte.
Noch immer strömte die Kraft aus dem Schwert in seinen Körper. In plötzlicher Neugier warf er einen Blick auf das, was er in der Hand hielt. Im Mondlicht sah er, ohne zu verstehen, den einfachen weißen Kreis auf dem rabenschwarzen Heft.
Wunder über Wunder – die Göttin schien einen innerlichen Kampf mit sich selbst auszufechten.
»Gib mir...«, begann sie mit einer Stimme, die sich immer noch mühte, herrisch zu klingen. Aber nach den ersten beiden Worten versagte ihre Stimme und brach.
Sie taumelte vom Rand der Barke zurück – Denis sah mit Schrecken, wie wenig anmutig ihre Bewegungen plötzlich waren – und sank auf ihren seidenen Kissen wieder auf die Knie. Das mondbeschienene Haar verhüllte ihr Gesicht wie eine Wolke.
»Nein«, widersprach sie sich plötzlich selbst, und ihre Stimme klang wieder verändert, viel sanfter jetzt. »Nein, gib es mir

jetzt nicht. Ich bin eine Göttin, und ich könnte es dir wegnehmen. Aber ich werde es nicht tun.«
Denis' Arm, der das Schwert der Gerechtigkeit ausgestreckt hielt, bebte. Langsam sank die Klinge an seiner Seite herab. Sie hing wie ein totes Gewicht an seiner Hand, wenngleich die Kraft noch immer floß. Er empfand ein überwältigendes – *Mitleid* mit der Göttin, und auch ein wenig Abscheu.
»Gib es mir nicht«, wiederholte Aphrodite mit ihrer neuen, sanften, versonnenen Stimme. »Es würde dir Unglück bringen.« Nach einer Pause redete sie verwundert weiter. »Das also ist Liebe. Ich habe mich immer gefragt und nie gewußt, wie es sein könnte. Jetzt sehe ich, daß es schrecklich sein kann.«
Sie hob den Kopf, bis ihre weit auseinanderliegenden Augen unter dem mondüberstrahlten Haar sichtbar wurden. »Ich sehe... daß dein Name Denis ist, mein Geliebter. Du hast bis jetzt schon zwanzig Frauen gekannt, und geträumt hast du von tausend anderen. Doch wirklich gekannt hast du keine von ihnen, und du wirst auch nie jemals eine Göttin wirklich kennen, denke ich.« Aphrodite seufzte, ihr Busen hob sich.
Denis konnte nur voller Unbehagen dastehen. Er empfand mehr Mitleid für diese bezaubernde Frau, als er ertragen konnte, und er wünschte sich, sie würde fortgehen. Gleichzeitig verlangte es ihn danach, das Schwert loszulassen, das er in der Rechten hielt. Am liebsten hätte er es in den Fluß geworfen. Ihm war, als habe er bis vor wenigen Augenblicken ein intensiveres, herrlicheres Leben geführt – bevor er Urteilspender gezogen hatte. Aber das Schwert ließ nicht zu, daß er es jetzt wegwarf, ebensowenig wie es gestattete, daß die Göttin es ihm nahm.
»Ich liebe dich, Denis«, sagte die Göttin Aphrodite.
Er gab einen unartikulierten Laut der Verlegenheit von sich, der tief aus seiner Kehle kam. Als Antwort war es unangemessen, tölpelhaft, ungezogen und grob – wie alles, was er tat. Er liebte sie nicht, er begehrte sie nicht einmal. Er konnte es nicht, und er wünschte sich, sie würde gehen.
Leise sagte sie: »Und das Schwert, das du da hast, mein Geliebter, nennt man zu Recht Urteilspender, denn jetzt sehe ich, daß es das Urteil über mich gesprochen hat.«

»Nein!« protestierte Denis, der schon jetzt großes Mitleid mit ihr hatte, ohne genau zu wissen, was er eigentlich befürchtete.
»O doch. Ich, die ich mich seit Urzeiten mit der Liebe der Menschen vergnüge, muß jetzt fühlen, was sie gefühlt haben. Und da ich dich jetzt liebe, kann ich dir Urteilspender nicht nehmen. Wenn ich dich des Schwertes der Gerechtigkeit beraubte, mein kleiner, sterblicher Geliebter, würde ich damit großes Unglück über dich bringen. Ich bin eine Göttin, deshalb kann ich dies vorhersehen. Wundheiler hingegen – es wird besser sein, wenn ich ihn mitnehme.«
Denis wollte ihr sein Mitleid kundtun, aber die Worte blieben ihm in der Kehle stecken.
»Wie schön wäre es, wenn auch du mir sagen könntest, daß du mich liebst. Aber du sollst nicht lügen.« Die Göttin streckte die Hand mit dem Schwert der Gnade aus, und über den schmalen Streifen Wasser zwischen der Barke und der Insel hinweg berührte sie Denis mit der umhüllten Spitze Wundheilers über dem Herzen. »Ich könnte... aber ich werde es nicht tun. Es wäre nicht gut für dich, wollte ich dich ganz umarmen – nicht jetzt, noch nicht. Eines Tages vielleicht. Ich liebe dich, Denis, und um deinetwillen muß ich dir jetzt Lebewohl sagen.«
Und unvermittelt lehnte die Göttin sich über den Rand des Bootes und küßte ihn auf die Wange.
»Nein... nein.« Er taumelte vorwärts durch den Schlamm. War es nur Mitleid, was er jetzt fühlte?
Aber die zauberhafte Barke schwebte bereits schimmernd im Mondenschein davon.

7

Die beiden Reittiere waren offenbar gut ausgeruht gewesen, als Mark sie an sich gebracht hatte, denn sie trugen ihre Reiter willig und flink aus Vilkatas Lager und weit über die Ebene davon. Die junge Frau saß instinktiv fest im Sattel, wie eine erfahrene Reiterin, aber sie schien nicht zu begreifen, was mit ihr geschah. Ihre blaugrünen Augen starrten unbeirrt auf irgend etwas Grauenhaftes, etwas, das Mark nicht mehr sehen konnte. Ihr Körper war mager, beinahe ausgemergelt, ihr Gesicht bleich unter einer Maske von Schmutz, und ihr Haar, farblos vom Staub, hing lang und verfilzt über dem geraubten Mantel, den sie mit einer Hand vor der Brust zusammenraffte. Seit Mark sie aus dem Käfig gezerrt hatte, war ihr nicht ein einziges Wort zu entlocken gewesen.

Die beiden ritten lange Zeit Seite an Seite durch wegloses, allmählich sanft ansteigendes Gelände, bis Mark die Tiere zu einer Rast anhalten ließ. Er hatte sich schließlich vergewissern können, daß niemand sie verfolgte. Phantomhaft hatten die Echos von Vilkatas dämonischer Feier in seinen erschöpften Sinnen widergehallt, noch lange nachdem die wirklichen Geräusche verklungen waren.

Sein Bewußtsein war jetzt erfüllt von unerbittlichem Schmerz und vom Geschmack, dem Anblick und dem Geruch seines eigenen Blutes, denn das Sickern aus der Wunde an seiner Stirn wollte nicht nachlassen. Mark konnte das Gefühl nicht abschütteln, daß mit seinem Blut etwas nicht stimmte. Es roch und schmeckte, als habe das Sinnschwert eine Scherbe vom vergifteten Sonnenlicht in seinem Hirn zurückgelassen.

Als Mark die Tiere gezügelt hatte, stieg er aus dem Sattel. Mit sanfter Stimme redete er auf die junge Frau ein, doch sie blieb stumm auf ihrem Reittier sitzen, starrte geradeaus und antwortete nicht. Er beschloß, sie nicht zum Sprechen zu drängen, solange sie so friedfertig blieb. Das Wichtigste war jetzt, daß sie Vilkata weit hinter sich ließen.

Nach kurzer Zeit waren sie wieder unterwegs. Ihr Weg führte sie in schnurgerader Linie weg von Vilkatas Heerlager in sanft gewelltes Hügelland. Jetzt verloren sie das Lager, das in der Ferne noch hin und wieder sichtbar gewesen war, vollends aus dem Auge. Hier in den Hügeln stieß man immer wieder auf die Verwüstungen, die die Plünderer des Dunklen Königs hinterlassen hatten. Nach kurzer Zeit gelangten die Flüchtenden an einen Bach, an dessen Ufer ein Dickicht ihnen ein wenig Schutz bot. Hier machte Mark zum zweitenmal halt.

Diesmal mußte er sanfte Gewalt anwenden, um die Hände der jungen Frau von den Zügeln zu lösen und sie aus dem Sattel zu heben. Halb auf Marks Arm gestützt, blieb sie neben dem Tier

stehen und wartete auf das, was als nächstes geschehen würde. Ihre Lippen waren rissig und spröde. Mark mußte sie zum Wasser führen und sie am Ufer auf die Knie drücken, aber immer noch schien sie nicht zu begreifen, was sie vor sich hatte. Erst nachdem er ihr mit gewölbten Händen etwas zu trinken gegeben hatte, erwachte sie so weit aus ihrer Trance, daß sie sich aus eigenem Antrieb zum Wasser niederbeugen konnte.
»Ich kann stehen«, erklärte sie plötzlich, und ihre Stimme krächzte, als sei sie lange nicht benutzt worden. Dann richtete sie sich tatsächlich ohne Hilfe auf und wirkte gleich ein wenig größer. Einen Moment später richteten sich ihre Augen zum erstenmal aufmerksam auf Mark.
Erschreckt sah er, wie freudiges Erkennen ihr Gesicht aufleuchten ließ. Mit klarer Stimme murmelte sie: »Rostov... wie konnte es dir gelingen... ?«
Bewußtlos sank sie ihm in die Arme.
Er fing sie auf, so gut er konnte, und legte sie ausgestreckt ins Gras. Dann setzte er sich, hielt sich den Kopf mit beiden Händen und versuchte, trotz der Schmerzen zu denken. Rostov war ein tasavaltanischer Name; der berühmte General hieß so, und vermutlich viele andere auch. Er trug immer noch Sichtblender an seiner Seite, und deshalb hatte die junge Frau ihn als jemanden gesehen, den sie kannte und dem sie vertraute.
Mark legte sich nieder und versuchte, sich auszuruhen, aber seine Wunde machte dies fast unmöglich. Nach kurzer Zeit beschloß er, daß sie ebenso gut weiterreiten könnten, wenn es ihm gelänge, seine Begleiterin in den Sattel zu heben. Als er sie schüttelte, richtete sie sich auf und bestieg mit seiner Hilfe ihr Reittier. Sie hielt die Augen geschlossen und schien zu schlafen, aber dennoch saß sie ohne zu wanken, im Sattel. Sie hatte sich in ihren Mantel gehüllt. Der verhaßte Mantel, dachte Mark, mochte sich als hilfreich erweisen, wenn ein Feind sie aus der Ferne sehen sollte. Ihn selbst schützte immer noch Sichtblender, aber seine Gefährtin nicht.
Noch immer pochte seine Wunde gnadenlos. Er war jetzt sicher, daß das Sinnschwert irgendeine giftige Wirkung haben mußte, aber solange er keine Hilfe fand, gab es nichts, was er hätte tun können. So ritt er Seite an Seite mit seiner Gefährtin dahin. Ab

und zu wurde ihm klar, daß sie alle beide nur noch halb bei Bewußtsein waren. Verbissen konzentrierte er sich – wann immer er sich konzentrieren konnte – darauf, daß sie mehr oder weniger stetig bergauf ritten. Zumindest würden sie es so vermeiden, im Kreis zu Vilkata und seinen Häschern zurückzukehren.

Erst als es Nacht geworden war und Mark nicht mehr sehen konnte, wohin sie ritten, hielten sie wieder an. Zu essen hatten sie nichts. Seinen Bogen hatte Mark irgendwo verloren, nachdem ihm die Pfeile längst abhandengekommen waren – und ohnedies fühlte er sich nicht in der Lage, auf die Jagd zu gehen. Mattigkeit durchdrang seine Glieder. Er zitterte vor Kälte. Als die junge Frau abgestiegen war und neben ihm stand, nahm er ihr den Mantel ab und hüllte sie in sein eigenes, langes Jagdhemd. Er fühlte, daß auch sie in der Kühle der Nacht am ganzen Leibe zitterte. Er legte sich mit ihr auf die Erde, schmiegte sich an sie und wickelte sie beide in den Mantel. Ihm war zu elend zumute, als daß er irgend etwas anderes als Wärme von ihr gewollt hätte. Wie im Fieber dachte er immer wieder daran, daß er eigentlich aufstehen und die Tiere versorgen müsse, aber er konnte es nicht.

Blutend und schmerzgepeinigt verfiel Mark eher in eine Ohnmacht als in einen Schlaf. Er erwachte, fast im Delirium, gegen Mitternacht. Jemand schüttelte ihn.

Die junge Frau, immer noch in sein Hemd gehüllt, saß aufrecht neben ihm. Irgendwoher flackerte Feuerschein auf ihrem Gesicht, und unter der Schmutzschicht sah er einen neuen, wachsam intelligenten Ausdruck.

»Du bist nicht Rostov. Wo ist er?«

Sie mußte ihre Frage ein paarmal wiederholen, bevor Mark ihren Sinn allmählich zu erfassen vermochte. Ja natürlich, sie hatte ihn als einen anderen gesehen, weil er das Schwert an seiner Seite getragen hatte.

Seine Hand tastete an seiner Seite herunter, und er stellte fest, daß sie ihn entwaffnet hatte. Müde hob er den Kopf. Da lag Sichtblender, knapp außerhalb seiner Reichweite. Er sah das Schwert im Licht des kleinen Feuers, das seine Gefährtin irgendwie hatte entfachen können.

»Ich habe es dir weggenommen, denn du hast getobt und dich umhergewälzt. Wo ist Rostov? Wer bist du?«
Das Sprechen fiel ihm überaus schwer. Flüchtig dachte er daran, daß er wahrscheinlich im Sterben lag. Er konnte nur auf das Schwert deuten.
Sie war verwirrt. »Du hast ihn getötet, mit diesem –? Aber nein, das kannst du nicht meinen.«
»Nein. Nein.« Er mußte sich kurz ausruhen und neue Kräfte sammeln, bevor er weitersprechen konnte. Trotzdem wollten die Worte nicht klar aus seinem Munde kommen. »... war gar nicht hier.«
Die junge Frau starrte ihn an. Ihr Gesicht war immer noch hager, abgehärmt und schmutzig, aber innere Energien unternahmen kraftvolle Anstrengungen, es wiederzubeleben. Dann, als habe sie plötzlich eine Idee, wandte sie sich dem Schwert zu, kauerte sich davor und betrachtete es eingehend. Mit der geübten Gebärde einer Zauberin streckte sie die Hand aus und berührte den Griff.
So erstarrte sie, einen Finger auf das schwarze Heft gelegt.
Das schmutzverkrustete Mädchen war verschwunden, und an ihrer Stelle sah Mark seine Mutter, Mala. Sie war um zehn Jahre gealtert, seit er sie zuletzt gesehen hatte. Ihr dunkles, volles Haar war jetzt von breiten grauen Strähnen durchzogen. Es war Mala, die an dem kleinen Lagerfeuer kniete und einen Finger auf Sichtblenders Heft gelegt hatte, und sie trug nicht Marks Jagdhemd, sondern ihre eigene Bauernhose und eine gemusterte Bluse, die ihr Sohn noch kannte.
Dann verschwamm Malas Gestalt und verwandelte sich in die seiner Schwester Marian. Marian war jetzt eine Frau von fast dreißig Jahren, und auch an ihr waren die Jahre, seit Mark sie am Tage seiner Flucht aus dem Dorf zuletzt gesehen hatte, nicht spurlos vorübergegangen.
Marian drehte ihm das Gesicht zu und sah ihn an. Plötzlich war sie ein rundliches Mädchen aus dem Roten Tempel, ein Mädchen, das er einst bei einer flüchtigen Begegnung einmal umarmt und dann aus irgendeinem Grunde nie wieder vergessen hatte. Das Tempelmädchen drehte sich ganz zu Mark herum und ließ das Schwert los.

Es war wieder die junge Frau, die er aus Vilkatas Lager gerettet hatte, und sie kam zu ihm und beugte sich über ihn. Über ihrem Kopf und über dem Feuer wölbten sich dichte Sternenwolken im hohen Bogen.
Sie atmete tief ein. »Ich hätte wissen müssen, was für ein Schwert es war, auch wenn ich noch nie eines davon gesehen habe... Aber jetzt bin ich wieder hellwach, hoffe ich. Ich beginne zu verstehen. Mein Name ist Kristin. Wer bist du?«
»Mark.«
»So, Mark.« Sie berührte seine verwundete Stirn so sanft, daß es kaum schmerzte. Als er zusammenzuckte, zog sie die Hand rasch wieder zurück. »Warst du es, der zu diesem – Ort kam, mit Sichtblender in der Hand, und mich herausholte?«
Er brachte ein Kopfnicken zustande.
»Und du kamst allein? Ja, du nickst wieder. Warum? Aber laß es gut sein – ich werde nie vergessen, was du für mich getan hast. Du hast mir das Leben gerettet, und nicht nur das... Haben wir Wasser?«
Es fiel ihr nicht schwer, diese Frage selbst zu beantworten. Sie suchte nach Marks Wasserflasche und fand sie auch. Sie ließ ihn zuerst trinken, dann nahm sie selbst einen Schluck. »Ah«, seufzte sie und entspannte sich immer mehr.
Doch bald war es damit wieder vorbei. »Rechnest du damit, irgendwo hier in der Nähe auf Hilfe zu stoßen?... Nein.« Wieder streckte sie sanft die Hand aus und berührte ihn, ohne daß es schmerzte. Sie streichelte sein Gesicht. »In wessen Diensten stehst du?«
»In Sir Andrews.«
»Ah. Ein guter Mann, nach allem, was ich über ihn gehört habe. Wir in Tasavalta ehren ihn, wenn wir auch nicht wissen... aber das ist unwichtig. Ich muß sehen, daß ich deine Wunde versorge.«
Kristin schloß die Augen und murmelte beschwörende Sprüche. Mark spürte ein zartes Zupfen an der Wunde, den quasimateriellen Versuch, das Messer des Schmerzes aus der Wunde zu ziehen. Aber dann bohrte sich das Messer erneut hinein, wütender und tiefer als zuvor, und er schrie auf.
»Zumindest blutet es jetzt nicht mehr«, murmelte Kristin mit

nüchterner, beruhigender Gelassenheit. »Aber noch etwas anderes ist nicht in Ordnung. Hier kann ich nur wenig für dich tun.« Sie warf einen Blick zu den Sternen, anscheinend, um die Zeit oder ihren Standort oder beides zu bestimmen. »Haben wir etwas zu essen?«

Sie stand auf und wanderte umher, als suche sie etwas. Sie betrachtete ein paar Pflanzen in der Nähe, als Mark wieder das Bewußtsein verlor.

Als er erwachte, war es immer noch Nacht. Er zitterte heftig, obgleich er jetzt allein in den schwarz-goldenen Mantel gewikkelt war. Sein Kopf ruhte sanft auf Kristins weichem Schoß, und ihre warmen, zauberkräftigen Finger versuchten, den Schmerz in seinem Kopf zu lindern.

Aber er bemerkte von all dem kaum etwas. Etwas, das sehr viel gewichtiger erschien, geschah zur selben Zeit. Ein hochaufragender Kreis von Göttern umringte sie beide. Schon einmal – er war noch ein Knabe hoch droben in den Ludus-Bergen gewesen, hatte er zu erfrieren gedroht. Damals hatte er die Götter gesehen oder geträumt, und sie hatten ihn in einem ebensolchen Kreis umstanden. Er versuchte, Kristin auf die Götter aufmerksam zu machen, aber sie war mit ihren Zaubersprüchen beschäftigt. Einmal hob sie den Kopf, sah sich um und murmelte etwas Zustimmendes, doch dann fuhr sie fort, seinen Schmerz zu lindern und zu beseitigen.

Er sah, daß sie sich der Erscheinungen ringsumher nicht bewußt war. Aber er wußte, daß sie da waren. Und ebenso wie in jener anderen Nacht, als sie sein einsames Feuer umringt hatten, stritten sie seinetwegen. Was sie aber jetzt redeten, war ihm noch weniger verständlich als damals, und auch die Gesichter der Götter waren in dieser Nacht nicht so deutlich zu erkennen.

Nach einer Weile verflüchtigte sich die Vision.

Kristins Stimme hatte jetzt einen anderen Tonfall angenommen; sie murmelte gewöhnliche Worte, keine Beschwörungsformeln mehr. Es klang, als sei sie erzürnt über ihn. »Ich werde dich nicht sterben lassen, hörst du? Ich werde dich nicht sterben lassen.« Sie hob den Kopf. »Soviel wenigstens kann ich dir entgegensetzen, Dunkler Unhold, für das, was du mir angetan hast. Verflucht seist du – diesen Mann sollst du nicht bekommen!«

Dann sprach sie wieder zu Mark. »Du hast mir das Leben gerettet... hast mehr als das gerettet... und ich werde dein Leben nicht ausliefern... Sei deine Wunde nun vergiftet oder nicht – du wirst leben. Das verspreche ich dir.«

Die Nacht verstrich. Perioden der Bewußtlosigkeit wechselten sich mit Visionen und Augenblicken klaren Bewußtseins ab, und den Kampf ums Überleben schien er gewonnen zu haben. Am Morgen zogen sie weiter. Dort, wo sie die Nacht verbracht hatten, war kein Wasser gewesen, und noch immer waren sie unbehaglich nah bei Vilkatas Armee. Diesmal war Mark derjenige, der Hilfe brauchte, um sein Reittier zu besteigen, und Kristin führte sein Tier am Zügel neben sich her. Sie bestimmte die Richtung, und manchmal stützte sie ihn auch, wenn er aus dem Sattel zu fallen drohte. Aber er überstand den Tag. Er kaute Wurzeln und Beeren, die sie ihm in den Mund schob. Immer noch fiel ihm das Atmen schwer. Aber er blieb am Leben, unterstützt durch seinen eigenen, verbissenen Willen und Kristins Zauber.

Eine weitere Nacht verging, kaum anders als die vorige, und am nächsten Tag setzten sie ihren Ritt fort, so wie am Tag vorher. Nach diesem Tag verlor Mark die Übersicht. Dieser entsetzliche Ritt, so schien es ihm, hatte sein ganzes Leben in sich aufgesogen, und oft schon kümmerte es ihn gar nicht mehr, ob er noch lebte oder schon gestorben war.

In jeder Nacht stieg sein Fieber, und manchmal versammelten sich die Götter um sein magisches kleines Feuer, um ihn zu verspotten und untereinander zu streiten. An jedem Morgen wachte Mark auf, und sie waren fort, und neben ihm lag Kristin und schlief den Schlaf der Erschöpfung.

Es kam eine Nacht, in der das Zittern ihn heftiger überkam als je zuvor. Kristin hüllte sich mit ihm zusammen in den Mantel. Sie schlief, dachte er, während die gewohnte Parade von Gottheiten durch seinen fiebernden Kopf zog. Wieder erwachte er im Morgengrauen. Sein Kopf war ein wenig klarer geworden. Wieder, sagte er sich, hatte er eine Nacht überlebt.

Dann durchfuhr ihn ein schneidender Schreck, und seine Sinne

klärten sich weiter. An diesem Morgen nämlich waren nicht alle Götter verschwunden. Eine Frau, statuenhaft und prachtvoll, so real wie jede andere Frau, stand jenseits der Asche ihres kleinen Lagerfeuers. Sie hatte ihre starken Arme erhoben und hielt ein Schwert in der Hand.
Die Göttin schaute auf Kristin herab, die schlafend neben Mark hockte; das Jagdhemd stand über der Brust halb offen.
»Ich bin Aphrodite«, sagte die Göttin zu Mark. »Ich wurde gerufen. Ich mußte zu dir kommen, und jetzt sehe ich, daß ich etwas tun muß. Wie entzückend von diesem sterblichen Kind: Sie gibt dir alles. Sie erneuert dein Leben, und dazu gibt sie das ihre her. Ich hoffe, du weißt das zu würdigen – doch das wissen Männer nie, schätze ich.«
»Ich verstehe«, antwortete Mark.
»Ach ja? Nein, du verstehst nicht. Du verstehst es wirklich nicht. Aber vielleicht wirst du es eines Tages verstehen.«
Die Göttin kam mit langen, gelassenen Schritten heran, das Schwert in der erhobenen Rechten. Erschrocken fuhr Mark auf. Aber bevor er etwas tun konnte, stieß das Schwert auf den Rücken der schlafenden Kristin herab.
Im Herniederfahren seufzte das Schwert wie ein Mensch, der die Luft heftig durch die Zähne einzieht. Mark sah, wie der breite, glänzende Stahl in Kristins Rücken verschwand und völlig blutlos zwischen ihren Brüsten erschien – und, ohne innezuhalten, sein eigenes Herz durchbohrte. Er schrie auf, denn dieser Schmerz war durchdringender als jede Wunde, die ihn je gepeinigt hatte, und dann fiel er tot auf den Rücken.
Aber gleich erkannte er, daß er nur träumte, er sei tot. Tatsächlich erwachte er eben.
Er lag auf dem Rücken, soviel stand fest. Der endlose Schmerz in seinem Kopf war verschwunden. Es war zu mühsam und seine Augenlider waren zu schwer. Er konnte die Augen nicht öffnen, um zu sehen, ob er schlief oder tot war.
Mark seufzte behaglich; das unbeschreibliche Wohlgefühl, das man hat, wenn ein Schmerz verflogen ist, erfüllte ihn, und er machte es sich bequem und fiel rasch in einen natürlichen Schlaf.
Als er aufwachte, schien es, als sei das Tageslicht im Schwinden

begriffen. War es wirklich im Morgengrauen gewesen, als die Göttin mit dem Schwert erschienen war? Vielleicht war es ein Traum gewesen. Aber dies hier – er und Kristin – war die Wirklichkeit. Das Jagdhemd war beiseitegeworfen, aber sie war hier, in den Mantel gehüllt, der sie beide wärmte.

Es war, als fließe ihr Blut in seinen Adern und bringe ihm Heilung, und sein eigenes Blut durchströmte auch ihren Körper, Leben spendend und Leben empfangend.

In ihrem Körper. Sein eigenes Leben strömte dort...

Es war wieder Morgen, als er erwachte. Nach und nach kam er zu sich, und schließlich war sein Bewußtsein wieder völlig klar. Ohne Erstaunen fühlte er den Druck des warmen, glatten Körpers neben dem seinen. Dann begann er sich zu erinnern, und rasch entfaltete sich das Staunen.

Im nächsten Augenblick richtete er sich auf und hob beide Hände an die Stirn. Noch immer war er von altem, getrocknetem Blut überkrustet und schmutziger als je zuvor in seinem Leben. Er war durstig und von einem rasenden Hunger geplagt, aber der Schmerz und das Fieber hatten ihn verlassen. Kristin, ebenso schmutzig und abgekämpft wie er, aber lebendig, unversehrt und warm, schmiegte sich nackt an ihn und schlief den tiefen Schlaf der Erschöpfung.

Die Sonne stand schon seit einer Stunde am Himmel. Neben ihnen lag die Asche eines längst erloschenen Feuers. Sie lagerten in einem kleinen Gehölz, und irgendwo, außerhalb des Gesichtsfeldes, murmelte ein Bach. Mark erkannte diesen Platz nicht wieder. Er konnte sich auch nicht erinnern, hier angekommen zu sein.

In einiger Entfernung standen die beiden Reittiere. Sie wirkten hager und abgekämpft, aber im Augenblick grasten sie zufrieden. Jemand hatte ihnen die Sättel abgenommen und sie zum Weiden angebunden.

Mark stand auf, und der schwarz-goldene Mantel, der seine Blöße bedeckt hatte, fiel zu Boden. Noch einmal hob er die Hand an die Stirn, und jetzt wagte er, kräftiger umherzutasten. Von der Wunde war keine Spur mehr zu fühlen. Nur das getrocknete Blut war noch da.

Kristin regte sich zu seinen Füßen. Er sah auf sie hinunter und fand, daß seine Bewegungen sie geweckt hatten. Sie hatte die Augen geöffnet und schaute ihn staunend an.

»Du bist geheilt«, stellte sie fest. Es war, als habe sie ein solches Ergebnis zwar erwartet, aber gleichwohl überraschte, ja, erschreckte es sie.

»Ja.« Seine plötzlich wiedergewonnene Gesundheit fand er selber fast beängstigend. Er zögerte, sich zu bewegen, aus Angst, er könne den Heilzauber durchbrechen. »Das hast du für mich getan.«

»Mark.« Es klang, als erprobe sie diesen Namen, als spreche sie ihn zum erstenmal aus. Dann stellte sie ihm eine Frage, die ihm in diesem Augenblick nicht im geringsten unpassend vorkam. »Liebst du mich?«

»Ja.« Er antwortete augenblicklich, mit ernster Gewißheit und ohne darüber nachzudenken... Aber dann überdachte er die Frage und seine Antwort gründlich. Er kniete neben Kristin nieder, sah sie an und berührte sie ehrfürchtig, als sei sie selbst die großartige, wahre Frage, die er nach besten Kräften zu beantworten hatte.

»Ja«, wiederholte er. »Ich glaube, ich liebe dich mehr als mein eigenes Leben. Wenn das, was hier mit uns geschehen ist, einem Zauber entsprungen ist, dann ist es gleichwohl wahr.«

»Ich liebe *dich* mehr als mein Leben.« Sie nahm seine Hand, küßte sie und drückte sie an ihre Brust. »Ich dachte...«

»Was?«

Sie schüttelte den Kopf, als verwerfe sie einen Gedanken. Dann richtete sie sich auf. »Ich fürchtete, daß meine Beschwörungen dich nicht retten könnten – obwohl sie das Beste waren, was ich vermochte. Ich glaubte schon, wir wären beide verloren.«

Unverwandt sahen sie einander an. Mark brach das kurze Schweigen. »Ich habe geträumt, Aphrodite war hier bei uns.«

Aus irgendeinem Grunde hielt Kristin es für notwendig, diese Mitteilung mit großem Ernst zu überdenken. Mark merkte plötzlich, daß sie einander anstarrten wie zwei Kinder, die eben erst begonnen hatten, allerlei über die Welt zu lernen, und die angesichts dessen, was sie erfuhren, zutiefst erschra-

ken. Bisher hatte er geglaubt, alles über die Welt zu wissen, aber offensichtlich gab es noch mancherlei, was er nicht kannte.
Dann riß ihn das, was Kristin sagte, aus seinem Sinnen: »Auch ich habe geträumt, daß sie hier war. Und sie schickte sich an, uns zu töten, mit einem der Schwerter.«
Mark starrte sie an. Dann sprang er wieder auf und hastete, nackt in der morgendlichen Kälte, umher und suchte nach Sichtblender. Das Schwert lag neben dem Feuer, unübersehbar. Im nächsten Augenblick hielt er es in der Hand.
Er betrachtete den Griff und erstarrte. Das kleine weiße Symbol war kein Auge. Es war eine offene menschliche Hand.
Kristin stand neben ihm und lehnte sich an seine Schulter – in gewisser Weise war dies eine ebenso intime und vertrauensvolle Berührung wie alle, die vorhergegangen waren. Sie wisperte: »Das ist Wundheiler, nicht wahr?«
»Ja.«
»Sie hat ihn bei uns zurückgelassen.«
»Und Sichtblender hat sie dafür mitgenommen.« Staunend sahen sie einander an, und so etwas wie Panik stieg in ihnen auf. Mark machte sich daran, die nähere Umgebung eilig zu durchsuchen, aber das Schwert der Arglist war verschwunden. Es war ein erschreckender Gedanke, daß Wundheiler ihnen nicht helfen würde, wenn sie Vilkatas Truppen über den Weg liefen.
Kristin war schon dabei, sich Marks zerfetztes Hemd über den Kopf zu ziehen. Das Jagdhemd war noch schmutziger als sie selbst und hier und da durchlöchert. »Wir müssen sofort aufbrechen. Aphrodite sei Dank – aber sie hat uns unseren Schutz genommen.«
Es dauerte nur wenige Augenblicke, alle ihre Besitztümer zusammenzupacken. Gleich darauf hatten sie die Tiere gesattelt und waren wieder unterwegs.
Kristin deutete voraus. »Tasavalta liegt in dieser Richtung. Wir werden unterwegs die Augen offenhalten; sicher können wir ein paar Früchte finden. Bisher habe ich hier und dort immer etwas finden können, womit wir uns ernähren konnten.«
Die Landschaft und die Vegetation ringsumher veränderten

sich immer mehr, je weiter sie kamen. Zu dieser fortgeschrittenen Jahreszeit reiften die wilden Früchte, und Kristin schien genau zu wissen, welche Teile der verschiedenen Pflanzen eßbar waren. Sie war weit kundiger in diesen Dingen als Mark, vor allem so dicht an ihrer Heimat. Er äußerte eine Bemerkung darüber, während er sich insgeheim verwundert fragte, weshalb er so lange gebraucht hatte, um zu merken, wie schön sie war.

»Man hat mich in der Weißen Magie unterwiesen. Zauberei und Beschwörungen sollten einmal mein Beruf werden.«

»Sie sollten es einmal werden?«

»Ich habe für mein Leben jetzt anders entschieden.« Plötzlich ritt sie dicht neben ihm – sehr dicht, und dann lehnte sie sich seitwärts aus dem Sattel und küßte ihn leidenschaftlich.

»Du warst noch Jungfrau, vor dieser letzten Nacht«, stellte er fest. »Du solltest der Weißen Magie geweiht werden, nicht wahr? Oder Ardneh?«

Ein Blick in ihr Gesicht sagte ihm, daß es so war.

»Allmählich verstehe ich. Du hast mir gegeben, was Ardneh gehören sollte.« Die Erkenntnis dämmerte nur langsam. »Nur so konnte es geschehen, daß Aphrodite kam, mich zu heilen. Du hast sie herbeibeschworen.«

»Göttinnen gehen, wohin sie wollen. Ich konnte es nur versuchen. Was sollte ich sonst tun? Ich hatte entdeckt, daß ich dich liebte.«

Mark legte den Arm um sie, während sie Seite an Seite dahinritten. Zuerst war es eine sanfte Umarmung. Doch die Zärtlichkeit wurde, wie es ihre Art ist, immer heftiger. Sie ließen die Tiere neben einem Dickicht anhalten und stiegen ab. Als sie nach einer Weile weiterritten, war ausgelassene Albernheit an die Stelle der ernsten Feierlichkeit getreten. Immer wieder mußten sie einander tadeln, weil sie nicht auf den Weg achtgaben. Die Liebe gab ihnen das Gefühl der Unverwundbarkeit.

Gegen Mittag gelangten sie an einen nennenswerten Wasserlauf. Inzwischen hatten sie die schlimmsten Verwüstungen, die Vilkatas Marodeure angerichtet hatten, hinter sich gelassen, wenngleich das Land immer noch menschenleer war. Die

Häuser, die sie im Vorüberreiten sahen, schienen, soweit sie es erkennen konnten, verlassen zu sein.
Der Bach führte klares, rasch fließendes Wasser, das reine Wunder wirkte: Das Baden bereitete den beiden zu diesem Zeitpunkt beinahe ebenso viel Vergnügen wie das Trinken nach Herzenslust. Als Kristin sich den gröbsten Schmutz aus dem Haar gewaschen hatte, zeigte sich, daß es von natürlich blonder Farbe war. Aber jede Farbe, die ans Licht gekommen wäre, hätte Mark als die einzig richtige und tadellose empfunden.
Das gemeinsame Bad führte rasch zu anderen Aktivitäten, die naturgemäß von begrenzter Dauer waren, und so fanden sie bald Zeit für die Erörterung anderer Fragen.
»Wie kam es, daß sie dich dort gefangenhielten?« erkundigte sich Mark.
Kristins blaugrüne Augen blickten in unbestimmte Fernen. »Einige von uns reisten durch eine Gegend, die wir für verhältnismäßig sicher hielten.« Sie zuckte die Achseln. »Wir wurden von einer Armeestreife des Dunklen Königs überfallen. Was aus den anderen in unserer Gruppe geworden ist, weiß ich nicht. Ich nehme aber an, daß sie alle getötet wurden. Die Feinde hatten einen Zauberer bei sich. Natürlich traten wir in einen Wettstreit ein, und es zeigte sich, daß er zu stark für mich war. Es gelang mir lediglich, mich – zu verstecken, gewissermaßen. Ich merkte wenig von dem, was mit mir geschah, und die, die mich gefangenhielten, konnten aus mir wenig herausbekommen. So schafften sie mich in ihr Heerlager. Was dort mit mir geschehen sollte –«
Mark hob die Hand. »Es wird nicht geschehen. Du bist in Sicherheit.«
»Das habe ich dir zu verdanken. Aber wie kamst du dorthin?«
Er berichtete in groben Zügen von seinem Auftrag, und wie er zunächst als diplomatischer Kurier für Sir Andrew und dann, nach seiner merkwürdigen Begegnung mit Draffut, auf eigene Faust unterwegs gewesen war. Es war, wie er bald merkte, eine nahezu unglaubliche Geschichte, aber Kristin beobachtete ihn aufmerksam, während er sie erzählte, und vermutlich glaubte sie ihm. Wenn sie je von Mark, dem Schänder des Blauen Tempels, gehört hatte, so schien sie diese Gestalt nicht mit dem

Mann, den sie vor sich hatte, in einen Zusammenhang zu bringen. Manchmal, wenn er seinen Namen im Lied eines durchreisenden Fremden hörte, hielt er sich selbst für berühmt, doch in Wirklichkeit war dieser Name überaus häufig. Und zum Glück war sein Gesicht überhaupt nicht berühmt, und dies erleichterte es ihm beträchtlich, den Meuchelmördern des Blauen Tempels aus dem Weg zu gehen.

Bevor sie den Bach verließen, versuchte er, an einer halbwegs ruhigen Stelle sein Gesicht im Wasser zu betrachten. »Wie sehe ich aus?« Seine Finger betasteten seine Stirn.

»Eine Narbe ist geblieben, mehr nicht. Eine glatte Narbe. Du wirst so schön bleiben, wie du warst.« Sie küßte seine Stirn.

Er lehnte sich zurück. »So war ich also, wie du siehst, ohnedies auf dem Weg nach Tasavalta. Als Kurier.«

»Welch glückliche Fügung.« Sie küßte ihn noch einmal.

»Ja. Wie ist eigentlich die Prinzessin?«

»Sie ist ein paar Jahre älter als ich.« Kristin machte eine Pause. »Ich kann eigentlich nicht behaupten, daß ich sie kenne.«

»Vermutlich nicht, nein. Aber wir sollten jetzt aufbrechen.«

Sie hatten sich die gewaschenen Kleider angezogen, ihre Sachen zusammengepackt und die Reittiere in Richtung Osten in Gang gesetzt, bevor Mark das Gespräch wieder aufnahm. »Ich weiß nur sehr wenig über die tasavaltanischen Sitten. Müßte ich dich fragen, wer deine Eltern sind? Ich meine, wie pflegt man in eurem Land um eine Frau anzuhalten? Mit wem muß ich darüber sprechen – falls ich mit jemandem sprechen muß?«

»Meine Eltern sind tot.«

»Das tut mir leid.«

»Sie sind schon lange tot. Ja, aber es gibt Leute, mit denen du sprechen mußt. Zuerst, glaube ich, mit dem alten Karel. Er ist mein Onkel, und auch mein Lehrer in magischen Dingen. Ein recht bekannter Zauberer. Hast du von ihm gehört?«

»Nein. Aber ich kenne andere Zauberer, und sie flößen mir keine besondere Furcht ein. Wir werden also deinen Onkel Karel besuchen... ach, übrigens – willst du mich überhaupt heiraten?«

Kristin wirkte ein wenig enttäuscht. »Du weißt, daß ich es will. Aber ich bin froh, daß du daran gedacht hast, zu fragen.«

»Ah ja.« Und wieder folgte ein Augenblick, in dem nüchternes Planen unmöglich war.
Anschließend bemerkte Mark: »Wenn ich recht verstehe, bist du nicht eben erpicht darauf, deinen alten Onkel wiederzusehen. Er hatte wohl die feste Absicht, dich zur Zauberin zu weihen. Ist das der Grund?«
»Zum Teil.«
Er fühlte sich ein wenig erleichtert, denn es hätte um Schlimmeres gehen können. »Nun, nicht alle Frauen, die gute Zauberinnen sind, sind Jungfrauen, das kann ich dir versichern.« Er unterbrach sich. »Ich meine –«

Zweimal geschah es, daß sie sich vorsichtig einem verlassenen Haus näherten, in welches sie eindrangen, um sich ein paar Kleidungsstücke zu nehmen, die von den Bewohnern bei der Flucht zurückgelassen worden waren. Mark überlegte, ob sie Bezahlung dafür hinterlegen sollten, entschied sich dann aber dagegen, denn wahrscheinlich würden Vilkatas Marodeure eher zurückkommen als die rechtmäßigen Besitzer. Sie fühlten sich um einiges zivilisierter, als sie weiterritten.
Mark fiel auf, daß Kristin sich weigerte, Pläne für ihre gemeinsame Zukunft zu schmieden. Sie liebte ihn, und sie würden heiraten – soviel stand fest. Aber nur äußerst widerwillig redete sie über weitere Einzelheiten. Immer blieb ein geheimnisvolles Gefühl, als halte sie mit etwas hinter dem Berg. Mark schob es auf ihre Erschöpfung. Wundheiler hatte sie zwar auf wunderbare Weise wieder gesunden lassen, aber die Reise war beschwerlich und zu Essen gab es nur wenig.
Aber es war eine glückliche Reise, trotz immer wiederkehrender Schwierigkeiten und gelegentlicher Angst. Als sie die Gegend, die Vilkatas Armeen verwüstet hatten, hinter sich gelassen hatten, wurde es entsprechend einfacher, etwas zu essen zu finden, auch wenn Bauernhöfe und Wohnhäuser hier noch selten anzutreffen waren.
Mark versuchte, zu berechnen, wie lange sie schon unterwegs waren. Nachdem er die Mondphasen beobachtet hatte, kam er zu dem Schluß, daß seit seinem Eindringen in das Lager Vilkatas nunmehr ein Monat verstrichen war.

Schließlich kam der Tag, da sie ein blau-grünes Banner erblickten, das an einem roh zugehauenen Pfahl wehte. Dieser tasavaltanische Flaggenmast stand auf einem Steinturm, der sich neben der Straße erhob, dort, wo sie sich durch den ersten Paß des Vorgebirges schlängelte. Beim Anblick der Fahne vergoß Kristin ein paar Tränen, und Mark mußte sie aufmerksam betrachten, bevor er sicher war, daß es Freudentränen waren. Sie versicherte ihm, daß das, was man ihm über Tasavalta erzählt hatte, zutreffend sei: Ein großes Land sei es sicher nicht, aber ein sehenswertes. Doch davon konnte er sich jetzt auch mit eigenen Augen überzeugen. Kristin erklärte ihm die allgemeine Topographie: Es gab zwei wichtige Bergketten, eine längs der Küste im Osten, die andere ein paar Kilometer weit landeinwärts, gleich anschließend an eine lange Reihe geschützter Täler. Beide Bergketten waren im Grunde südliche Ausläufer der Ludus-Berge, die jetzt viele Kilometer weit im Norden lagen.
»Wo ich aufgewachsen bin, konnte man die Ludus-Berge sehen«, erzählte Mark. »An klaren Tagen zumindest waren sie von unserem Haus aus zu erkennen.«
Obwohl sie sich hier in südlichen Breiten befanden, waren auf den höchsten tasavaltanischen Gipfeln, die jetzt vor ihnen lagen, auch im Spätsommer noch Reste von Eis und Schnee zu sehen. Die Küste war von Fjorden zerfurcht, die sich tief ins Land schnitten, und kalte Meeresströme sorgten dafür, daß in diesem tropischen Lande ewiger Frühling herrschte.
Mark und Kristin trieben ihre müden Tiere an der ersten Grenzmarkierung vorbei und ritten weiter. Immer wieder warf Mark seiner Gefährtin einen Blick zu. Immer öfter schwieg sie jetzt, und je weiter sie kamen, desto sorgenvoller wurde ihre Miene.
Schließlich fragte er sie: »Zerbrichst du dir noch immer den Kopf über das, was dein Lehrer in den Weißen Künsten sagen wird?«
»Nein, das ist es nicht – oder doch nicht *nur* das.«
Immer noch diese Geheimniskrämerei. Mark wurde allmählich ärgerlich. »Was ist es dann?«
Aber sie gab ihm keine Antwort, die ihm genügte, und sein

Ärger wuchs. Da war etwas mit ihrer Familie, vermutete er. Was würden sie sagen, wenn sie einen nahezu besitzlosen ausländischen Soldaten als ihren zukünftigen Ehemann mit nach Hause brächte? Mark war inzwischen sicher, daß Kristin nicht aus einer Bauernfamilie stammte. Nun, immerhin waren sie einen Monat lang völlig allein durch das Land gereist. Wenn ihre Angehörigen so waren wie die meisten Wohlhabenden, die Mark bisher kennengelernt hatte, dann würde dies für sie ein wesentlicher Grund sein, ihnen ihre Zustimmung zur Heirat zu geben. So oder so – er würde sie heiraten, daran gab es keinen Zweifel, und immer wieder versicherte er sich, daß ja auch sie in dieser Hinsicht entschlossen zu sein schien.
Womöglich, dachte er manchmal, waren es irgendwelche Schwierigkeiten oder Hindernisse, die sie ihm verschwieg. Wenn sie befürchtete, er würde sich von derlei Dingen beeinflussen lassen – nun, sie kannte ihn eben noch nicht gut genug.

Als sie an dem ersten Flaggenmast, der die Grenze markierte, vorbeigeritten waren, wurde die Straße sogleich besser. Sie stieg auch steiler bergan, und manchmal wurden lange, gewundene Serpentinen notwendig. Zum erstenmal auf dieser Reise konnte Mark einen Blick auf das Meer werfen, das am Fuße der Küstenberge brandete. In der Ferne war es tiefblau, dann hatte es die Farbe von Kristins Augen, und dort, wo es ans Land traf, schäumte es weiß. Zu beiden Seiten der Straße lagen jetzt Wiesen, und fleißig arbeitende Bauern waren eben bei der Heuernte. Die Leute zögerten nicht, auch schäbig gekleideten Fremden, die auf der Landstraße dahinzogen, aus der Ferne zuzuwinken. Der lebensrettende Mantel in den Farben Vilkatas war längst zu einem festen schwarzen Bündel zusammengerollt und hinter Marks Sattel verstaut.
Kristin deutete nach vorn: Auf dem Gipfel eines kleinen Berges sah man das unregelmäßige Aufblitzen eines Heliographen.
»Vielleicht betrifft die Nachricht uns. In diesen Zeiten achten die Ausguckposten auf jeden Reisenden.«
»Kennst du ihren Code?«
»Ja – aber der Heliograph ist nicht auf uns gerichtet, und so kann ich nicht genug davon sehen, um es zu verstehen.«

Inzwischen – Mark nahm es mit einiger Verblüffung zur Kenntnis – war Kristins Sorge durch eine gewisse Munterkeit verdrängt worden. Es schien, als liege das, was ihr Kopfzerbrechen bereitet hatte, jetzt hinter ihr, und als gelte es nur noch, das beste aus dem Leben zu machen und jeden Augenblick zu genießen. Sie konnte sich plötzlich entspannen und ihre Heimkehr genießen, wie jeder, der aus der Gefangenschaft befreit wurde.
Als er glaubte, die Gelegenheit zu einem ernsthaften Gespräch sei gekommen, versuchte er es sogleich. »Du wirst mich heiraten, und zwar sofort – ganz gleich, was deine Familie oder sonst jemand dazu sagen wird.« Er sprach diese Worte mit aller Festigkeit, die er aufbringen konnte.
»Ja, o ja, mein Liebling, ja. Das werde ich gewiß tun.« Kristin klang nicht weniger entschlossen wie er. Aber er sah jetzt, daß das, was sie bedrückte, zwar überwunden, aber noch nicht verschwunden war.
Dinge, die für sie von größter Bedeutung waren – was immer dies sein mochte –, waren beiseitegeschoben worden, weil es ihr wichtiger war, ihn zu heiraten, und nicht zum erstenmal auf dieser Reise schwor sich Mark, dafür zu sorgen, daß sie diese Entscheidung niemals würde bereuen müssen.
Es beglückte ihn, zu sehen, wie die Fröhlichkeit mehr und mehr Besitz von ihr ergriff. Sie kehrte heim, und sie würde ihre Familie und ihre Freunde wiedersehen, die inzwischen zumindest in großer Sorge sein würden, wenn sie sie nicht gar schon für tot hielten.
Die Straße war jetzt gut befestigt, als sie die Flanke des Berges, auf dessen Gipfel sie den Heliographen gesehen hatten, umrundete. Dann verwandelte sie sich unversehens in eine Pflasterstraße, und die Reisenden hatten das erste Dorf Tasavaltas erreicht. Eigentlich, so fand Mark, war es eine kleine Stadt. Er fragte sich, wie sie wohl heißen mochte. Nicht weit vor ihnen, auf der rechten Seite der Straße, stand ein kleines, sauberes Wirtshaus. Mark schlug vor, dort Rast zu machen. Er hatte noch ein wenig Geld bei sich, das er in einer Innentasche aufbewahrte. »Falls sie uns einlassen«, fügte er hinzu. »Wir sehen ja ein wenig zerlumpt aus.« Was in den verlassenen

Häusern zu finden gewesen war, hatte ihre Garderobe zwar erweitert, zur Verbesserung ihrer Qualität hingegen nur Zweifelhaftes beigetragen.

»Gut. Wir können überall haltmachen. Jetzt kommt es nicht mehr darauf an.« Kristin sah ihm geradewegs in die Augen und fügte innig hinzu: »Ich liebe dich.«

Dies war etwas, das sie – in endlosen Variationen – hundertmal am Tag sagten. Warum also ließ ihn der Satz diesmal frösteln, so, als habe sie ihm soeben Lebewohl gesagt?

»Und ich liebe dich«, antwortete er zärtlich.

Sie wandte den Kopf ab und schaute zu dem Gasthaus hinüber, plötzlich schien ihre Miene zu erstarren. Marks Augen folgten ihrem Blick. Sie waren inzwischen nahe genug an das Gasthaus herangekommen, um das weiße Trauerband zu sehen, das sich über die Tür spannte. Und als er sich umschaute, sah er noch ein weißes Band; es war um den Torbogen gewickelt, der von der Straße in den Hof des Gasthauses führte.

Er sah Kristin an. »Jemand aus der Familie des Wirts vielleicht...«

Sie hatte sich im Sattel umgedreht und blickte wortlos die Straße hinauf und hinunter. Jetzt, da es ringsum auch noch andere Tore und Türen gab, waren die weißen Bänder überall zu sehen. Anscheinend hatte die ganze Stadt den Trauerflor angelegt.

»Was ist geschehen?« Wie ein Schrei brachen die Worte aus Kristin hervor. Noch nie hatte Mark sie in diesem Ton reden hören. Er starrte sie an. Vor dem offenen Tor zum Hof des Gasthauses hielten sie an.

Auf Kristins Schrei hin erschien eine alte Frau in einer Schürze, anscheinend die Wirtsfrau, im Hof. Mit brüchiger Stimme fragte sie mahnend: »Wo seid Ihr gewesen, junge Frau, daß Ihr nicht wißt...«

Jäh verstummte die Alte. Sie erbleichte und starrte Kristin an, dann schien sie zu stolpern und wäre fast in die Knie gesunken. Aber Kristin, die schon abgestiegen war, ergriff sie bei den Armen und hielt sie fest... und schüttelte sie heftig. »Sag mir, Alte, sag's mir sofort: Um wen wird getrauert?«

Die Augen der Wirtin blickten glanzlos und verzweifelt. »Her-

rin, wir trauern um die Prinzessin... Prinzessin Rimac... ist getötet worden.«
Wieder schrie Kristin auf, diesmal kurz und wortlos. Schon einmal hatte Mark eine Frau so schreien hören – als sie im Kampfe fiel. Kristin schwankte, aber sie fiel nicht.
Er sprang von seinem Reittier herunter, lief zu ihr und hielt sie fest. »Was ist mit dir?«
Sie klammerte sich an ihn, als zerrten Meereswellen an ihr und versuchten sie fortzureißen. Einen Moment lang blitzte geheimnisvolle Angst in ihren Augen, als sie ihn anschaute. »Meine Schwester...«
Mühsam versuchte sie weiterzureden, aber Mark hörte nicht mehr, was sie noch sagte. Er wich zurück, Schritt um Schritt, und bewegte sich rückwärts auf das Gasthaus zu, bis er mit den Kniekehlen gegen eine alte Bank stieß, die neben dem mit weißen Bändern überspannten Eingang stand. Er setzte sich, halb von einem alten Baum überschattet, und lehnte sich mit dem Rücken an die weißgekalkte Wand des Wirtshauses. Inzwischen war ein halbes Dutzend Stadtbürger erschienen. Sie bildeten einen kleinen Knoten um Kristin und die alte Frau im Wirtshaushof, und Mark sah, daß ein weiteres halbes Dutzend herbeigelaufen kam. Sie fielen vor Kristin auf die Knie, ergriffen ihre Hände, küßten sie und nannten sie »Prinzessin«. Jemand sprang auf den Rücken eines frischen Reittieres, das im Hof stand, trieb es an und galoppierte die Straße hinunter. Noch lange hallte das Hufgetrappel auf dem Kopfsteinpflaster aus der Ferne herüber.
Mark blieb sitzen, wo er saß – auf der schattigen Bank neben der Haustür. Leute hasteten ein und aus, ohne ihn zu beachten. Hin und wieder trafen sich seine und Kristins Blicke durch das Gedränge der Menschen. Das Schwert der Liebe wog schwer in der Scheide an seiner Seite.
Die Leute, die sich um Kristin drängten, schrien wild durcheinander, und einige berichteten, was geschehen war: Prinzessin Rimac war sorglos ausgeritten, wie es ihre Gewohnheit gewesen war, als sie plötzlich und unerwartet von einer Mörderbande des Dunklen Königs, die das Land durchstreifte, überfallen wurde. Jetzt werde es Krieg geben...

Die Menge wuchs rasch, und Mark bekam Kristin immer seltener zu sehen. Einmal wandten sich Dutzende von Augenpaare ihm zu, und eine plötzliche, leichte Unruhe schien sich auf ihn zu konzentrieren. Offenbar hatte sie etwas gesagt, das ihn als ihren Retter zu erkennen gab. Die Menschen drängten sich um ihn, und der eine oder andere schlug ihm mit einer Mischung von Schüchternheit und Keckheit beglückwünschend auf die Schultern. Männer wollten ihm gefüllte Bierkrüge in die Hand drücken; Frauen fragte ihn, ob er hungrig sei, hörten nicht, was er ihnen antwortete, und brachten ihm Kuchen. Mädchen warfen ihm ihre schlanken Arme um den Hals und küßten ihn – mehr Mädchen und junge Frauen, die ihn jetzt in wenigen Augenblicken küßten, als ihn lange Zeit auch nur angesehen hatten. Ein Mädchen, das von der Menge an ihn gedrückt wurde, ergriff seine Hand und preßte sie gegen ihre Brust. Kristin hatte er inzwischen völlig aus den Augen verloren, und wenn die wogende Menge nicht gewesen wäre, hätte er geglaubt, daß sie den Hof längst verlassen habe.
Draußen auf der Straße erscholl jetzt das Getöse mehrerer Reittiere. Die Menge, die das Tor ausfüllte und Mark den Blick auf die Straße versperrte, bekam neuen Zuwachs: Soldaten, in grün-blaue Uniformen gekleidet. Mark nahm an, daß der Heliograph fleißig am Werk gewesen war.
Jemand in seiner Nähe sagte: »General«, und Mark erkannte Rostov sofort. Schon oft hatte er Beschreibungen von ihm gehört, wenngleich er ihn noch nie gesehen hatte.
Um den blau-grünen Ärmel an einem seiner kräftigen Arme trug Rostov wie alle anderen Soldaten das weiße Band der Trauer. Ein einziger Orden schmückte seine mächtige Brust, eine Auszeichnung, die Mark nicht kannte. Der General war so groß wie er, aber er sah aus, als sei er kräftiger als Mark, obwohl er doppelt so alt war wie dieser. Rostovs lockiges schwarzes Haar war stark ergraut, und ein alter Schwertstreich hatte eine Narbe auf der rechten Wange seines schwarzen Gesichts hinterlassen. Ein grauer Bart, der aussah wie struppig getrimmte Stahlwolle, bedeckte Kinn und Wangen. Sein Gesicht, dachte Mark, hätte auch ohne den Bart hart genug gewirkt.

Jetzt drängte Kristin sich durch die Menge, und aus einer Entfernung von nicht mehr als zwei Schritten sah Mark, wie der General sie begrüßte. Er sank nicht auf die Knie – dazu schien ohnehin niemand verpflichtet zu sein –, aber seine Augen leuchteten in freudiger Erleichterung auf, und er verneigte sich und küßte ihr hitzig die Hand.

Sie umklammerte seine Hand mit beiden Händen. »Rostov, man sagt mir, das Parlament sei über die Nachfolge entzweit gewesen? Es habe beinahe Streit gegeben?«

»Es hat beinahe einen Bürgerkrieg gegeben, Hoheit.« Die Stimme des Generals klang angemessen tief und knirschend. »Aber, den Göttern sei Dank, alles das ist nun vorüber. Alle Fraktionen sind mit Euch einverstanden. Es war nur die Tatsache, daß Ihr ebenfalls vermißt wart ... Allen Göttern sei Dank, daß Ihr nun wieder da seid.«

»Ja, ich bin da. Und mir geht es gut.« Endlich blickte sie wieder zu Mark.

Mark und Rostov wurden miteinander bekanntgemacht. Der General starrte ihn finster an, fand Mark. Aber, wie er wußte, taten dies alle Generäle, wenn sie einen Bedeutungslosen ansahen, der ihnen vor die Füße gelaufen war. Aber Rostov beeilte sich immerhin, in seinem eigenen und im Namen seiner Armee formell Dank zu sagen.

Hundert Leute redeten jetzt durcheinander, aber eine leise Stimme an seiner Seite fand Marks ganze Aufmerksamkeit. Es war eine Frauenstimme, und sie sagte: »Man hat mir gesagt, dein Name sei Mark. Und so bin ich hergeeilt, um dich zu sehen.«

Mark erkannte seine Mutter an der Stimme, bevor er sich umdrehte und ihr Gesicht sah.

8

Die Narbe auf Denis' Arm, die letzte Spur der Wunde, die das Schwert der Gnade geheilt hatte, sah schon jetzt blaß und alt aus. Fast glaubte er, daß die zweite Berührung Wundheilers, diesmal von Aphrodites Hand geführt, sein Herz getroffen hatte, denn gelegentlich war ihm, als bilde sich auch dort frisches Narbengewebe. Die Vision der Göttin, wie sie ihm in der Nacht auf der Flußinsel erschienen war, lebte immer noch in seinem Geiste. Immer noch empfand er Mitleid mit ihr, wenn er daran dachte, was geschehen war, und jedesmal empfand er dann auch Angst vor dem, was einem Menschen zustoßen konnte, der es wagte, Mitleid mit einer Gottheit zu haben.

Die Begegnung mit Aphrodite hatte seine Gefühle gründlich durcheinandergebracht, und manchmal war ihm, als seien seit seiner Abreise aus Tashigang nicht erst wenige Tage, sondern Jahre vergangen. In den folgenden Tagen paddelte er mit dem Kanu nach Nordosten. Er spielte nicht mehr mit der Idee, sich mit dem Schwert, das ihm geblieben war, aus dem Staub zu machen. Noch immer erfüllte ihn der Gedanke daran, wie ihm die Macht dieser Waffe vor Augen geführt worden war, mit Ehrfurcht und Schrecken, und er kannte jetzt kein anderes Ziel mehr, als sich ihrer ehrenhaft und gefahrlos zu entledigen.

In Anbetracht dessen tat er sein Bestes, um seine Aufmerksamkeit auf praktische Angelegenheiten zu konzentrieren. Es war inzwischen notwendig, von neuem nach gewissen Landmarken Ausschau zu halten, die ihm sagen würden, wo er den Fluß zu verlassen und das Kanu über Land zu tragen hatte. Es handelte sich um besonders markierte Bäume inmitten eines recht weitläufigen Waldes, durch welchen der kleine Fluß sich jetzt schlängelte. Einen ganzen Tag lang paddelte Denis durch diesen Wald stromaufwärts und suchte nach diesen Bäumen. Der Wasserlauf wurde immer jünger, schmaler und lebhafter, je weiter er sich vom Corgo entfernte, und von beiden Ufern ragten dicke Äste auf das Wasser hinaus.

In der Nacht seiner Abreise aus Tashigang hatte Ben ihm erklärt, daß wild aussehende Menschen, auf die er womöglich stoßen würde, wenn er erst so weit gekommen sei, höchstwahrscheinlich zu Sir Andrew gehörten. Die Leute des Guten Ritters würden den Kurier auf dem letzten Stück des Weges begleiten oder ihm zumindest den richtigen Pfad weisen, sobald er sie davon überzeugt hätte, daß er vertrauenswürdig sei.

... und die Göttin der Liebe hatte ihm, Denis, gesagt, daß sie ihn liebe. Inmitten seiner mühsam ins Auge gefaßten Pläne kam er immer wieder darauf zurück, und insgeheim erglühte er in schuldbewußtem Stolz – schuldbewußt, weil er wußte, daß er es nicht verdient hatte. Wann hatte ein Sterblicher jemals solchen Segen erfahren?

Aber ein feiner Segen war das gewesen! Nur hin und wieder regte sich der Stolz in seinem Herzen, meistens fühlte er sich zerschunden und taub.

Gleichwohl gelang es ihm, seine Aufgabe nicht völlig zu vergessen, und so fand er seine Wegweiser. Die Bäume waren nicht eben auffällig markiert, und es war nur gut, daß er die Augen offen hielt. Als er die richtige Stelle entdeckt hatte, mußte er sein Boot am rechten Ufer an Land ziehen und es dann durch ein wegloses Dickicht – offenbar wurde dieser Weg nur selten benutzt – und einen freien Hang hinaufschleppen. Zum Glück war der Boden so weich, daß das Kanu dabei nicht beschädigt werden konnte. So gelangte er schließlich in einen flachen Paß, der durch eine Hügelkette führte, die schon seit einer ganzen Weile parallel zu dem Flüßchen verlaufen war.

Nachdem er sein Kanu einen halben Kilometer weit hinter sich hergezogen und, wenn nötig, auch getragen hatte, erreichte er die höchste Stelle des Passes. Von diesem Punkt aus konnte er über die Wipfel eines zweiten Waldes hinweg die Anfänge des Großen Sumpfes ausmachen: Bäume von ganz anderer Art, die sich aus einer ominösen Ebene erhoben. Im Laufe der vergangenen vier Jahre hatte dieser weitgehend unerforschte Sumpf dem größten Teil mehrerer kleiner Armeen Zuflucht geboten – zum großen Mißvergnügen des Dunklen Königs wie auch der Silbernen Königin. Und keiner dieser beiden Monarchen war während dieser vier Jahre seinem Ziel, Sir Andrew und die dreisten Flüchtlinge seiner kleinen Streitmacht niederzumetzeln, auch nur eine Handbreit näher gekommen.

Der Flußlauf, den Denis jetzt finden mußte, war kaum zu verfehlen: Es gab nur eine Möglichkeit, wo er verlaufen konnte, nämlich jenseits der Hügelkette auf dem Grunde einer angrenzenden sanften Talmulde. Denis ruhte sich ein Weilchen am Ufer aus, dann brachte er sein Kanu wieder zu Wasser und paddelte weiter stromaufwärts. Die Strömung war hier weniger stark, daher kam Denis entsprechend schneller voran. Aber der Flußlauf schlängelte sich in weiten Kurven hin und her durch den Wald, und er würde eine sehr viel weitere Strecke zurücklegen müssen, um von einem Punkt zum anderen zu gelangen.

Einen ganzen Tag lang paddelte Denis diesen Fluß hinauf, bevor er angehalten wurde. Es geschah ungefähr dort, wo er in die ersten Ausläufer des Großen Sumpfes eingedrungen war. Es waren drei Leute, die sich ihm in den Weg stellten, ein Mann und zwei Frauen. Die beiden Frauen standen am rechten und linken Ufer, der Mann auf einem überhängenden Ast über dem Wasser. Alle drei machten einen harten und schlagkräftigen Eindruck. Sie bedrohten ihn nicht mit ihren Waffen, aber sie hielten sie sichtbar bereit. Angesichts dessen hob Denis seine leeren Hände zum Zeichen seiner Friedfertigkeit über den Kopf.

»Ich muß Sir Andrew sehen, so schnell es geht«, erklärte er. »Ich komme von einem Mann namens Ben, und ich habe hier eine Fracht, die Sir Andrew braucht.«

Die drei beredeten sich kurz miteinander, und zwei von ihnen machten sich zu seiner Eskorte. Die Tatsache, daß sein Boot augenscheinlich leer war, obgleich er doch von einer wichtigen Fracht gesprochen hatte, erwähnten sie mit keinem Wort, aber seine einzige sichtbare Waffe, ein kurzes Messer, nahmen sie ihm ab. Dann setzte sich der Mann auf den hinteren Sitz von Denis' Kanu und übernahm das Paddel, und eine der beiden Frauen folgte ihnen in einem kleinen Ruderboot. Als sie unter den verdrehten Ästen riesiger, von exotischen Parasitenpflanzen überwucherten Bäumen hindurch tiefer in den Sumpf hineinglitten, sah Denis ein kleines Baumlebewesen einer ihm unbekannten Art, das in die gleiche Richtung unterwegs war. Es hangelte sich durch die oberen Äste, und zwar so flink, daß

es die Boote bald hinter sich gelassen hatte. Vermutlich handelte es sich um einen halbintelligenten Boten.
Nachdem sie etwa einen Kilometer gepaddelt waren, brachten sie Denis zu einem getarnten Kommandoposten, einer kleinen, halb offenen Hütte aus Balken und hemdgroßen Blattwedeln, wo er seinen kurzen Spruch vor einem Offizier wiederholte. Wieder schickte man ihn weiter, tiefer in den Sumpf hinein, diesmal jedoch mit einer größeren Eskorte.
Dieser Abschnitt seiner Geleitreise dauerte länger. Der Nachmittag war fast vorbei, als Denis' Kanu am Ufer einer recht großen Insel von festem Land, die sich aus dem Sumpf erhob, auf Grund lief. Er sah eine Anzahl von Leuten auf dieser Insel, schätzungsweise zwanzig oder mehr, und viele von ihnen trugen ganz unverhohlen Sir Andrews orange-schwarze Farben. Ein paar Zelte waren aufgeschlagen, aber der Platz erschien nicht abgenutzt wie ein festes Lager.
Die Leute, die hier versammelt waren, schienen auf etwas zu warten, und zwar nicht, wie sich bald zeigte, auf Denis' Ankunft, die an sich nur wenig Aufsehen erregte. Man zog sein Kanu auf das Ufer und führte ihn unverzüglich ein Stück weit landeinwärts zu einer Gruppe von Leuten, die in eine ernsthafte Diskussion vertieft waren. Denis nutzte eine etwas erhöhte Stelle festen Bodens dazu, sich umzuschauen, und erkannte, daß er sich überhaupt nicht auf einer Insel befand – oder aber auf einer sehr viel größeren, als er zunächst angenommen hatte. Er sah eine doppelte Fahrspur, die aussah wie eine richtige, wenn auch erbärmliche Straße, die sich zwischen den Bäumen heranschlängelte und auf einer kleinen Lichtung endete, wo die Gruppe der Diskutierenden stand.
Mittelpunkt der allgemeinen Aufmerksamkeit war ein einzelner Mann von kräftiger Gestalt und mit grauen Haaren, dessen Kleidung sicher einmal kostbar gewesen war. Er hatte Denis den Rücken zugewandt, aber der schwarze Schwertgriff an seiner Seite ließ nicht daran zweifeln, daß es sich um Sir Andrew handelte, der – wie jedermann wußte – Schildbrecher besaß.
Sir Andrew drehte sich um. Das Gesicht des Mannes, der als der Gute Ritter bekannt war, verriet, daß er älter war, als seine

kräftige Gestalt vermuten ließ. In der Linken hielt er ein Buch, und er hatte damit gestikuliert, um dem, was er sagte, weiteres Gewicht zu verleihen, als Denis mit seiner Ankunft die Diskussion unterbrochen hatte.

Zur Rechten Sir Andrews stand eine Frau, die nicht mehr jung, aber immer noch bezaubernd war. Ihr ehemals schwarzes Haar war stark ergraut, und Denis fand, daß ihr Gesicht in ihrer Jugend von unendlicher Schönheit gewesen sein mußte. Er hatte keine Ahnung, wie die Frau hieß, aber auf den ersten Blick war er sicher, daß sie eine Zauberin war. Gewisse Einzelheiten an ihrer Kleidung wiesen darauf hin, aber hauptsächlich war es ein unbestimmbarer Hauch von Magie in ihrer Umgebung, der diesen Eindruck hervorrief. Denis spürte diese magische Aura, und dabei hielt er sich nicht für sonderlich empfindsam.

Zwei braune Augenpaare – die Augen der Dame waren jünger und flinker als Sir Andrews – musterten den Neuankömmling. Formell stellte man sich einander vor.

»Und wo«, fragte dann der Ritter mit seiner kraftvollen Stimme langsam, »wo ist diese Fracht, die du mir bringst?«

»Im Kanu, Herr. Es hat einen doppelten Boden.«

»Und was ist es? Sprich nur immer frei heraus. Ich habe hier vor niemandem Geheimnisse.«

Denis warf einen Blick in die Runde. »Es ist ein Schwert, Herr. Eines der berühmten Zwölf, genauer gesagt. Ein Mann namens Ben schickt mich, ich komme aus Tashigang. Es waren zwei Schwerter, aber unterwegs ist mir etwas zugestoßen.«

»Das sehe ich«, murmelte die Zauberin. Mit schmalen Augen betrachtete sie Denis. »Zeig mir das Schwert, das du noch hast.«

Rasch begaben sie sich zum Ufer, wo das Kanu lag. Auf Denis' Anweisungen hin wurde das Bodenbrett noch einmal aufgestemmt. Dame Yoldi, die ergrauende Zauberin, beaufsichtigte dieses Unternehmen mit großer Aufmerksamkeit und untersuchte sorgfältig die Ladung, die ans Licht kam, bevor sie Sir Andrew gestattete, sich zu nähern.

Vorher befragte sie auch Denis noch einmal. »Du sagst, es seien zwei Schwerter gewesen, und eines sei unterwegs verlorengegangen?«

»Jawohl, Madame.« In groben Umrissen, und ohne auf seine

eigenen Gefühle näher einzugehen, berichtete Denis, was zwischen ihm und der Göttin vorgefallen war. Im Hintergrund hörte er ein- oder zweimal jemanden kichern und feixen. Aber er hatte das Gefühl, daß die Dame ihm glaubte. Schließlich trat sie zurück und ließ Sir Andrew herankommen.

Der Ritter langte mit der Rechten in das Geheimabteil und holte Urteilspender hervor. Ohne das Schwert aus der Scheide zu ziehen, hielt er es hoch. Jetzt erhob sich beifälliges Gemurmel, niemand feixte mehr.

»Spürt Ihr etwas von diesen beiden Schwertern, Andrew?« fragte die Zauberin leise. »Ihr haltet zwei zugleich in der Hand, denn Ihr habt noch Schildbrecher.«

Er schnaubte verächtlich und warf ihr einen Seitenblick zu. »Ich habe nicht vergessen, welches Schwert ich habe. Nein, ich fühle nichts Besonderes – aber Ihr habt mir einmal erzählt, daß sogar drei Schwerter für manch einen nicht zuviel sind.«

»Und ich sage Euch noch einmal, schon zwei dieser Schwerter können auf manche anderen eine merkwürdige Wirkung haben. Und Ihr seid empfindsam.«

»Empfindsam! Ich!« Er schnaubte noch einmal.

Dame Yoldi lächelte, und Denis konnte sehen, wie sehr sie ihn liebte. Plötzlich fragte er sich, ob er eigentlich selbst einmal alle beiden Schwerter gleichzeitig in den Händen gehabt hatte. Wenn ja, so konnte er sich nicht erinnern, etwas Merkwürdiges gespürt zu haben.

Jetzt wandte Sir Andrew sich wieder an Denis. »Demnächst mußt du uns deine Geschichte von der Göttin und dem Schwert Wundheiler ein wenig genauer erzählen. Vorläufig aber wollen wir dir alle für das danken, was du uns gebracht hast. Nur – im Augenblick muß selbst eine Gabe wie das Schwert der Gerechtigkeit warten, bis ich ihr meine ganze Aufmerksamkeit widmen kann, und auch du wirst dich ein Weilchen gedulden müssen, bevor ich dir geziemenden Dank abstatten kann.«

»Ihr habt mir nichts zu danken, Herr.«

Sogleich nahm Dame Yoldi Denis beim Arm und zog ihn mit sich fort. »Zunächst brauchst du Ruhe und etwas zu essen.« Sie winkte eine Frau heran, und diese übernahm es, sich um Denis zu kümmern.

Denis widerstrebte. »Ich danke Euch, Madame. Aber es gibt Nachrichten, schlechte Nachrichten, die ich Euch vorher mitteilen muß.« Sofort richtete sich die allgemeine Aufmerksamkeit wieder auf ihn. Denis schluckte, dann sprudelte er hervor: »Der Dunkle König hat das Sinnschwert in seiner Hand. Ardneh-Jünger haben es uns in Tashigang erzählt.« Durch diese Quelle gewann die Neuigkeit ein zusätzliches Maß an Glaubwürdigkeit.

Seine Zuhörer nahmen seine Mitteilung mit dem Schrecken auf, den Denis vorhergesehen hatte. Er machte sich auf den unvermeidlichen Schwall von Fragen gefaßt und beantwortete sie, so gut er konnte, indem er immer wieder erklärte, daß er selbst auch nicht mehr wisse.

Schließlich ließ man ihn gehen. Er wurde beiseite geführt und bekam Brot und Wein, dann zeigte man ihm ein Zelt, in dem eine einzelne Pritsche stand. Dankbar streckte er sich darauf aus. Er schloß die Augen, denn plötzlich wurden ihm die Lider schwer, und mit einer Geschwindigkeit, die tatsächlich magischen Ursprunges sein mochten, versank er in tiefen Schlaf.

Er erwachte recht plötzlich und fühlte sich überaus erfrischt. Zu seiner Überraschung sah er, daß das Muster der Baumschatten auf dem Zeltdach sich kaum verändert hatte; also konnte nicht allzuviel Zeit vergangen sein. Was ihn geweckt hatte, wußte er nicht.

Er lauschte auf die Stille, die draußen vor dem Zelt herrschte, und fand, daß eine ungewöhnliche Spannung darin lag.

Er stand auf und ging hinaus. Als er sah, daß dort, wo er Sir Andrew und Dame Yoldi verlassen hatte, immer noch eine Schar von Leuten stand, eilte er in diese Richtung. Schwarz und orangegelb gekleidete Leute kamen auf der landeinwärts führenden Straße herbeigelaufen. Sie wandten sich immer wieder um und gestikulierten, als wollten sie darauf hinweisen, daß jemand oder etwas von großer Wichtigkeit ihnen folgte. Alle Umstehenden schauten in die bezeichnete Richtung.

Überrascht blieb Denis stehen, als er die beiden Gestalten sah, die oben auf der Straße erschienen. Beide waren in Schwarz und Silber gekleidet – den Farben der Königin Yambu. Beide waren beritten und bewegten sich frei, nicht wie Gefangene.

Gleichwohl war keiner der beiden sichtbar bewaffnet. Einer war ein vierschrötiger Mann, die andere Gestalt...
Denis schnappte leise nach Luft, als er die Silberne Königin erkannte. Er hatte sie schon zweimal gesehen, aber das lag viele Jahre zurück, und es war in Tashigang gewesen. Damals war sie als formelle Oberherrin der Stadt bei zeremoniellen Prozessionen in der Öffentlichkeit erschienen. Er war nicht mehr als ein Straßenbengel gewesen, der sich über den Köpfen der Menge an seinem halsbrecherischen Ausguck festgeklammert und neugierig zugeschaut hatte.
Bei diesen Prozessionen hatte die Königin ihr buchstäblich einzigartiges Reittier geritten, ein hervorragend abgerichtetes, mörderisches Kampftier. Heute saß sie auf einem weniger bemerkenswerten, wenngleich immer noch prachtvollen Tier von beträchlicher Größe, und das ihres Begleiters stand dahinter nicht zurück. Dieser vierschrötige Mann blieb respektvoll eine halbe Länge zurück, als sie sich dem wartenden Sir Andrew und seinem Gefolge näherten.
Ein kleines Stück vor den orange-schwarz gekleideten Soldaten, die sie erwarteten, blieben die beiden stehen. Sie stiegen ab und näherten sich Sir Andrews Gruppe zu Fuß, die hochgewachsene Königin in ihrer leichten silbernen Zeremonienrüstung einen Schritt vor ihrem Begleiter, weitausschreitend wie ein Mann. Denis überlegte, daß sie inzwischen Mitte dreißig sein mußte, wenn ihr gebräuntes Gesicht auch jünger wirkte. Sie war von kraftvoller, elastischer Gestalt, und trotz ihres männlichen Ganges ließen die großzügig weiblichen Formen ihres Körpers nicht den geringsten Zweifel an ihrem Geschlecht aufkommen. Die Nase der Königin, so befand Denis mit heimlicher Dreistigkeit, war zu groß, als daß man sie im landläufigen Sinne des Wortes schön bezeichnen konnte. Und dennoch, alles in allem gesehen... nun, wenn er einmal eine für ihn erreichbare Frau träfe, die aussähe wie sie, dann würde er nichts dagegen haben, sie einmal näher kennenzulernen.
Und mich hast du schon vergessen? Aphrodites Stimme erscholl nur in seiner Phantasie, aber der Nachhall widerstreitender Gefühle erschütterte ihn dennoch.
Sir Andrew stand mit verschränkten Armen da und erwartete

seine Besucher, als sei das Zugeständnis der rangmäßigen Überlegenheit seiner alten Feindin das Letzte, was ihm zu entlocken wäre. Aber sie tat, als erwarte sie, daß er es doch machen werde, und als wolle sie ihm zuvorkommen, und so beeilte sie sich, als erste zum Gruß die rechte Hand in der universalen Geste des Friedens zu erheben.

»So sehen wir einander wieder.« Die Stimme der Silbernen Königin klang ehrlich und offen. Weder königliche Überlegenheit noch eine vorgebliche Freundschaft, die es nicht gab, schwang darin mit. »Mein geehrter Feind! Wären doch meine Freunde und Verbündeten nur halb so zuverlässig wie Ihr! Wollt Ihr also meine Hand nehmen? Vergessen wir doch für einen Augenblick die kleinkarierten Vorbehalte von Protokoll und Rang.«

Als Dame Yoldi zwischen die beiden trat, fügte Königin Yambu hinzu: »Jawohl, Madame, Ihr mögt zuvor meine Hand in Augenschein nehmen. Ich bringe kein Gift, führe nichts im Schilde – was nicht bedeutet, daß meine Zauberer mir nicht dergleichen vorgeschlagen hätten.«

Tatsächlich unternahm Dame Yoldi eine kurze Inspektion der königlichen Hand. Denis mußte unterdessen seine Ellbogen benutzen, um nicht von der kleinen, aber rasch wachsenden Menge zurückgedrängt zu werden; Sir Andrews Gefolgsleute wollten das Zusammentreffen aus nächster Nähe beobachten. Augenscheinlich waren doch mehr als zwanzig Leute auf der Insel. Aber es gelang Denis, nahe genug dabeizubleiben, um zu sehen, daß die Hand der Königin aussah wie die eines Soldaten; die Nägel waren kurzgeschnitten und die Handfläche mit Schwielen übersät, wie das Waffentragen sie verursacht. Es war eine kraftvolle Hand. Aber trotz allem war sie wohlgeformt und nicht sehr groß.

Die dargebotene Hand der Königin verschwand für einen Augenblick in Sir Andrews gewaltiger Pranke. Dann aber trat der Ritter einen Schritt zurück und wartete mit grimmigem Gesicht und verschränkten Armen, was die Königin zu sagen hatte.

Yambu sah sich um. Sir Andrews Freunde und Leibwächter, schwer bewaffnet und die meisten von ihnen beeindruckende

Soldaten, umringten sie und ihren Begleiter mißtrauisch und machten ebenso grimmige Miene wie Sir Andrew selbst.

Sie wandte sich wieder an den Ritter. »Ich vertraue Euch in der Tat, wißt Ihr, Euch und dem freien Geleit, das Ihr mir garantiert. Seit neun Jahren kämpfe ich nun immer wieder gegen Euch, und in dieser Zeit habe ich Euch gut genug kennengelernt.«

Zum erstenmal ergriff der Ritter das Wort. »Auch wir haben etwas über Euern Charakter lernen können, Madame. Und auch von Eurem, Baron Amintor. So, was wollt Ihr von mir? Weshalb dieser dringliche Wunsch nach einer Unterredung?«

Der Baron war ebenso groß und kräftig wie Sir Andrew, und in seinem Gesicht lag der gleiche herzhafte und ehrliche Ausdruck, doch der Begleiter der Silbernen Königin war vermutlich etwa fünfzehn Jahre jünger als der Ritter. Beide waren von Kampfesnarben gezeichnet, offenbar ernstzunehmende Kämpfer. Amintors Augen blickten intelligent, und Denis hatte gehört, daß er ein begabter Diplomat mit gewandter Zunge sein konnte, wenn er wollte.

Und die Königin... diese Königin war nicht mehr als ein halbwüchsiges Mädchen gewesen, als sie den Thron bestiegen hatte. Als allererstes, so hieß es, hatte sie die Verschwörer, die ihre Eltern in einem gescheiterten Putschversuch ermordet hatten, hinrichten lassen – nicht, daß es ihr in den darauf folgenden zwanzig Jahren leicht gefallen wäre, den Thron zu halten. Viele Verschwörer und Intriganten waren der ersten Bande in den Tod gefolgt. Seit jenen unsicheren Anfangstagen hatte sie ihre Herrschaft – wenn man einmal von wenigen beneidenswerten Orten wie Tashigang absah – nicht eben mit Samthandschuhen ausgeübt. Die Idee von einer Verschwörung gegen sie habe, so erzählte man sich, immer mehr Besitz von ihr ergriffen, und vor vier Jahren habe sie ihre halbwüchsige, uneheliche Tochter in die Sklaverei verkauft, weil das Mädchen in ein Komplott verwickelt gewesen sei. Diese Tochter, Ariane, war ihr einziges Kind gewesen. Jedermann wußte, daß sie niemals formell geheiratet hatte.

Die Königin sagte eben zu Sir Andrew: »Ich mag es, wenn ein Mann ohne Umschweife zur Sache kommt. Doch gestattet mir

zuerst eine Frage: Ist Euch bekannt, daß der Dunkle König das Sinnschwert in seinen Besitz gebracht hat?«
Der Ritter blieb gelassen. »Darüber sind wir unterrichtet.«
Diese ruhige Antwort schien die Königin und den Baron Amintor ein wenig zu verblüffen. »Und ich dachte, Ihr lebtet hier buchstäblich im Hinterwald«, stellte die Königin fest. »Ich beglückwünsche Euch zu Eurem Nachrichtendienst.«
Honigsüß ließ Amintor jetzt sich vernehmen. »Ihr werdet mir gewiß zustimmen, Sir Andrew, daß diese Tatsache die strategische Situation für uns alle verändert.«
Sir Andrew nahm sich einen Augenblick Zeit, um ihn stumm zu mustern. Dann wandte er sich wieder an die Königin. »Und was glaubt Ihr, Madame, wird diese Veränderung mit sich bringen?«
Die Silberne Königin lachte. Es war ein angenehmes und wenig bekümmertes Lachen. In der Nähe lag ein umgestürzter Baum, ein gebogener Stamm, der in einer bequemen Höhe auf den Stümpfen seiner Äste ruhte. Mit wenigen Schritten war sie bei diesem Baumstamm und setzte sich dort nieder.
»Es ist vorauszusehen, daß ich Vilkatas erstes Opfer sein werde, wenn ich nicht rasch etwas dagegen unternehme. Ich will offen sprechen; wenn Ihr mich, wie Ihr sagt, inzwischen kennt, dann werdet Ihr wissen, daß dies die Art zu sprechen ist, die ich bevorzuge. Wenn Vilkata mit dem Sinnschwert in der Hand auf meine Armee trifft, dann wird sie bestenfalls zerfallen, wenn sie dem Schwert nicht auf irgendeine Weise widerstehen kann, und ich habe keinen Grund, darauf zu hoffen, daß sie es kann. Schlimmstenfalls werden meine Soldaten sich Vilkata anschließen und seine Streitkräfte weiter vergrößern. Er ist aber jetzt schon stärker als Ihr und ich zusammen. Natürlich wird es Euren Beifall finden, wenn ich falle und vernichtet werde, aber Eure Freude dürfte nicht von langer Dauer sein.«
Der Richter nickte, ohne seine grimmige Miene zu verziehen. »Was also schlagt Ihr vor, Königin von Yambu?«
»Nichts weiter als das, was Ihr vermutlich längst erraten habt, Sir Andrew: Ein Bündnis selbstverständlich, ein Bündnis zwischen uns beiden.« Yambu wandte leicht den Kopf. Ihre edle

Haltung verwandelte den Baumstamm fast in einen Thron. »Sagt es ihm, verehrte Dame, wenn Ihr ihn liebt: Eine Allianz mit mir ist im Augenblick das einzige, was ihm bleibt.«
Weder Sir Andrew noch seine Zauberin antwortete sogleich. Aber der Ritter, sah Denis, blickte so finster drein, daß die Unterredung augenblicklich beendet gewesen wäre, wenn er jetzt gesprochen hätte.
Schließlich fragte Dame Yoldi die Königin: »Nehmen wir an, wir verbündeten uns tatsächlich gegen Vilkata – was dann? Wie wollt Ihr denn das Sinnschwert bekämpfen – mit unserer Hilfe oder ohne sie?«
Es war der Baron, der darauf antwortete. »Zunächst einmal gedenken wir, Zusammenstößen mit Vilkatas Truppen aus dem Weg zu gehen, es sei denn, wir könnten sicher sein, daß er selbst nicht dabei ist. Niemals wird er das Sinnschwert einem Untergebenen überlassen, dessen könnt Ihr sicher sein. Eure und unsere Leute werden ihre Erkenntnisse hinsichtlich der Bewegungen des Dunklen Königs austauschen. Jawohl, es wird immer noch verflucht schwierig sein, auch wenn wir uns miteinander verbünden. Aber wenn wir gleichzeitig auch noch gegeneinander kämpfen müssen, wird es unmöglich werden.«
Yoldi hatte noch eine Frage. »Nehmen wir nur einen Augenblick lang an, ein solches Bündnis ließe sich wenigstens vorübergehend in die Tat umsetzen: Was wollt Ihr denn mit dem Sinnschwert anfangen, wenn es uns gelungen sein sollte, den Dunklen König auf die eine oder andere Weise zu schlagen?«
Yambu lächelte mit anscheinend echter Belustigung. So wirkte ihr Gesicht noch anziehender als zuvor. »Ja, aber diese Entscheidung würde ich doch Euch überlassen.«
»Ihr würdet uns das Sinnschwert überlassen?« fragte Yoldi unverblümt.
Die Königin schwieg einen kurzen Augenblick lang. »Warum nicht?« meinte sie dann. »Ich hätte nichts dagegen, denn ich glaube, Euer Guter Ritter dort ist einer der wenigen Menschen auf der Welt, die es niemals benutzen würden.«
»Und was ist mit meinem Volk, das Ihr jetzt in Sklaverei haltet? Mit meinem Land, das Ihr besetzt?« Diese Frage kam von Sir Andrew. Er hatte seinen offensichtlichen Zorn jetzt gemeistert

und war fast gelassen, als erörtere er nur eine theoretische Möglichkeit.
»Nun, selbstverständlich werde ich Euch beides zurückgeben, sobald wir zu einer Einigung gelangt sind. Sobald ich wieder bei meinen Leuten bin, werde ich fliegende Boten an alle Garnisonskommandeure aussenden und meine Truppen unverzüglich abziehen.«
»Und was erwartet Ihr dafür von mir?«
»Als erstes natürlich die unverzügliche Einstellung aller Feindseligkeiten gegen meine Streitkräfte an allen Fronten. Sodann Eure rückhaltlose Unterstützung im Kampf gegen den Dunklen König, bis er überwältigt ist – oder bis er uns beide zermalmt hat.« Die Königin machte eine Pause und schenkte Sir Andrew und seiner Leibwache einen beinahe freundlichen Blick. »Ihr habt überhaupt keine Wahl, wißt Ihr.«
Sir Andrew schwieg lange, und er betrachtete die Königin noch eingehender als zuvor. Schließlich sagte er: »Beantwortet mir eine Frage.«
»Wenn ich kann.«
»Stimmt es, daß Ihr Eure eigene Tochter in die Sklaverei des Roten Tempels verkauft habt?«
Denis sah, wie der Schatten von etwas Komplexerem als schlichtem Ärger über das Gesicht der Königin huschte. Ihre Stimme klang nicht mehr so herzlich, als sie antwortete. »Ah... ah. Und wenn ich Euch die Wahrheit sage, werdet Ihr mir dann glauben?«
»Warum nicht? Anscheinend erwartet Ihr ja auch, daß wir Euch Glauben schenken, wenn Ihr versprecht, uns das Sinnschwert zu überlassen. Vielleicht müßt Ihr in diesem Augenblick sogar selbst daran glauben. Aber ich möchte wirklich gern hören, was immer Ihr uns über Eure Tochter zu sagen beliebt.«
Diesmal war die Pause nur kurz. Dann erhob sich die Silberne Königin jäh von ihrem Sitz auf dem toten Baum.
»Amintor und ich werden jetzt für ein Weilchen beiseite gehen, damit Ihr unser Angebot erörtern könnt. Selbstverständlich werdet Ihr Euch mit Euren engen Beratern besprechen wollen, bevor Ihr mir eine Antwort gebt. Ich vermute, daß sie alle zugegen sind. Leider – vielleicht auch zum Glück – haben wir

keine Zeit für die üblichen diplomatischen Verfahren. Aber ich werde warten, während Ihr Euch beratet.«
Tatsächlich spazierten die beiden Besucher aus Yambu davon, und anscheinend machte Baron Amintor die Königin auf einige Absonderlichkeiten der Sumpfflora aufmerksam, als habe keiner von ihnen etwas Wichtigeres als wilde Pflanzen im Sinn. Sir Andrew und einige andere steckten die Köpfe zusammen. Denis konnte sich vorstellen, was sie sagten: Vilkata hat das Sinnschwert – es muß stimmen, denn nun haben wir es zweimal gehört. Aber eine Allianz? Mit *Yambu?*
Aber die Königin hatte recht, überlegte Denis. Sir Andrew blieb kaum etwas anderes übrig, als ihren Vorschlag anzunehmen.

9

Kristin war erst vor wenigen Stunden in einer eiligen, aber fröhlichen Zeremonie zur Prinzeßregentin der Lande von Tasavalta gekrönt worden. Jetzt saß sie allein in einem kleineren, halb öffentlichen Raum des Palastes auf einem kleinen Thron. Sie hatte auf diesem Thron Platz genommen, weil sie müde war – erschöpft wäre ein schwacher Ausdruck für ihren Zustand. Andere Stühle gab es nicht. Bereitwillig hätte sie sich für den Fußboden entschieden, aber der üppige Krönungsmantel, der ihrer Schwester gehört hatte und der heute noch einmal hastig in Dienst gestellt worden war, verwehrte es ihr.
Sie wartete darauf, daß man ihren geliebten Mark zu ihr brachte. Es gab gewisse Dinge, die ihm gesagt werden mußten, und nur sie konnte sie ihm sagen, und auch nur, wenn sie allein wären. Ihrer Erschöpfung würde sie sich erst überlassen können, wenn alles gesagt wäre.
Es war jetzt still im Raum; man hörte nur noch die fernen Klänge der Feier, die draußen noch immer im Gange war. Aber wenn Kristin darüber nachdachte, dann erinnerte sie sich an andere Tage, die sie in diesem Raum verbracht hatte, sonnenhelle Tage, erfüllt von lauten Stimmen und fröhlichem Gelächter, als ihre ältere Schwester noch gelebt und Tasavalta regiert

hatte. Und noch früher, als Kristin noch ein kleines Mädchen gewesen war und zwei Mädchen in diesem Raum mit ihrem Vater gescherzt hatten, einem lebenden König, der sich über diesen Thron lustig machte...

Auf der anderen Seite des Raumes öffnete sich leise eine kleine Tür. Ihr Onkel Karel, Meister und Lehrer der Magier, warf einen Blick herein, sah, daß sie allein war, und bedachte sie mit einem kaum merklichen, beifälligen Nicken. Karel war eine unglaublich fette, muntere Erscheinung. Wie gewöhnlich glühten seine Wangen rot über dem grauen Schnurrbart, als sei er eben erst von einem erfrischenden Winterspaziergang zurückgekehrt. Soweit Kristin erkennen konnte, hatte er sich seit jenen strahlenden Tagen ihrer eigenen Kindheit nicht verändert. Heute natürlich trug er, wie sie selbst, seinen besten Zeremonienstaat, einschließlich einer blau-grünen Girlande, die seine Stirn umschlang.

Er griff hinter sich und zog jemanden hinter sich her. Es war Mark, der jetzt in feine, geborgte Gewänder gehüllt war; sanft schob Karel ihn in den Raum, in dem Kristin wartete.

Mit einer Stimme, die sein fröhliches Gesicht Lügen strafte, sagte der Zauberer: »Hoheit, es wird keinen guten Eindruck machen, wenn Ihr allzu lange allein mit diesem...«

Sie sprang auf, so abrupt, als sei sie von einer Feder hochgeschnellt worden. Noch einmal gab der Zorn ihren matten Muskeln Kraft, der Zorn und die Anspannung, die die Ereignisse dieses Tages in ihr hinterlassen hatten. »Onkel Karel, ich bin schon einen ganzen Monat lang mit ihm allein gewesen! Und ich danke den Göttern dafür! Denn davor war ich allein mit Vilkatas Folterknechten, und *du* warst nicht da, um mich herauszuholen!«

Es war nicht fair, und Kristin wußte das. Ihre Stimme nahm einen sanfteren Tonfall an. »Es gibt wichtige Dinge, die ich diesem Manne erläutern muß. Danach werde ich ihn mit einem Auftrag betrauen, der ihn von Tasavalta wegführen wird.«

Ihr Onkel war bei der Bemerkung über Vilkatas Folterknechte zusammengezuckt, aber seine Erleichterung bei ihren letzten Worten war nicht zu übersehen. Er verneigte sich stumm, zog sich zurück und schloß die Tür hinter sich.

Mark empfand bei den gleichen Worten stummen Schrecken, aber eigentlich war er nicht überrascht. Seit Stunden schon hatte er von sich aus zu niemandem ein Wort mehr gesprochen. Viele hatten ihn angeredet, doch meistens nur, um ihm Anweisungen zu geben: Bade hier, warte dort, zieh dies an und sieh, ob es paßt. Hier ist etwas zu essen, hier ist etwas zu trinken, hier ist ein Rasiermesser. Bleib hier stehen und warte. Jetzt komm hier entlang. Man hatte ihn gespeist, gesäubert, bekleidet und vermutlich auch geehrt, und dann hatte man ihn auf einen Platz am Rande verwiesen, von dem aus er unauffällig die Krönungszeremonie mitansehen konnte.

Jetzt aber wußte er nicht mehr, was er von all dem halten sollte: Vor weniger als einem Tag – es war kaum ein halber Tag vergangen – ritt ich mit diesem Mädchen allein am Rande der Wildnis dahin, ein Liebespaar in Lumpen. Ich hätte mein Tier anhalten können, und ihres ebenso – jawohl, sogar im Anblick des ersten Flaggenmastes mit der blau-grünen Fahne –, und ich hätte aus dem Sattel steigen und sie von ihrem Reittier herunterziehen können, und wir hätten in unseren Lumpen auf dem Boden gelegen oder ohne sie, und es hätte ihr Freude gemacht. Und jetzt...

Dieses Audienzgemach, in dem Mark jetzt allein vor Kristin stand, war wie der Rest des Palastes – vielleicht wie das ganze Reich Tasavalta –, größer und irgendwie bedeutungsvoller, als man beim ersten Anblick hätte vermuten mögen. Es war ein sonnendurchfluteter, heiterer Raum, geprägt von hohen, vertikalen Linien. Die Luft, die durch die geöffneten Fenster hereinwehte, duftete nach Blumen, nach ewigem Frühling. Mit den frühlingshaften Düften schwebte auch die Tanzmusik herein, die tief unter den Fenstern erklang; die Festlichkeiten der Krönung waren immer noch im Gange. Tanz und Musik waren, wie alles andere an diesem Tag, für Mark nur mehr eine Vorstellung, bei der er nichts weiter zu tun hatte, als zuzuschauen und zu lauschen. Es war, als habe nichts davon tatsächlich etwas mit ihm zu tun.

Die Fenster dieses Zimmers waren mit schweren Blendläden ausgestattet, wie es sich für eine Burg gehörte, die auch einem Angriff standhalten sollte. Aber hier in den oberen Stockwerken der Burg, die so hoch lagen, daß keine Sturmleiter sie erreichen konnte, waren die Fenster groß, und alle Läden standen weit offen. Umrahmt von den Fensteröffnungen erschienen das Meer, die felsigen Hügel und die Stadt zu Füßen der Burg wie ein feiner Gobelin aus Nachmittagssonnenschein, durch einen Zauber aus der Alten Welt auf eine Wand gewoben.

Kristin hatte sich rasch von ihrem Thron erhoben, als die Tür sich geöffnet hatte, und als ihr Onkel sie hinter sich ins Schloß zog, kam sie ein paar Schritte weit auf Mark zu. Aber es blieb ein Abstand zwischen ihnen, als sie einander gegenüberstanden, und sie schauten einander an, als hätten sie sich nichts zu sagen – vielleicht auch, als könne keiner von ihnen ein Wort hervorbringen.

Aber ihre Augen zogen sie zueinander. Plötzlich lagen sie sich in den Armen, noch immer, ohne ein Wort zu sagen. Dann löste Kristin sich von ihm.

»Was hat man dir denn da angezogen?« fragte sie, als wolle sie beim Anblick des Gewandes, das man ihm gegeben hatte – eine antike Zeremonienrobe –, gleichzeitig lachen und in Tränen ausbrechen.

Aber er spach immer noch kein Wort.

Sie versuchte es noch einmal, nicht mit Lachen, sondern mit beinahe distanzierter Höflichkeit. Wie schön, daß er seine Familie wiedergefunden habe. Sie habe natürlich keine Ahnung gehabt, daß sie hier lebe. In den letzten Jahren seien viele Flüchtlinge hier zusammengekommen, alles gute Leute. Hatten seine Mutter und seine Schwester ihn nach so langer Zeit wiedererkannt? Wie lange wohnten sie schon hier in Tasavalta? Hatte er sie gleich erkannt? Schade, daß sein Vater habe verreisen müssen.

»Kristin.« Als er sie bei ihrem Namen rief, fragte er sich, ob er dies wohl zum letzten Mal tat. »Hör auf. Hast du mir sonst nichts zu sagen? Warum hast du es mir verschwiegen?«

Eine Pause trat ein, und Kristin tat einen tiefen Atemzug, als befürchte sie, es könnte ihr letzter sein.

»Ja«, sagte sie dann. »Ich habe dir allerdings etwas zu sagen, Mark. Daß die Schwester der Prinzeßregentin einen...

Gemeinen heiratet, und einen Ausländer dazu, wäre mit großen Schwierigkeiten verbunden, ja, beinahe unmöglich gewesen. Aber ich hätte es getan. Ich wollte dich heiraten. Ich wollte es so sehr, daß ich Angst hatte, dir zu sagen, wer ich war. Ich wollte dich heiraten, ganz gleich, wohin das geführt hätte. Ich hoffe, daß du mir glaubst.«

»Kristin – Prinzessin...«

»Warte noch! Laß mich zu Ende sprechen – bitte.« Noch einmal mußte sie eine Pause machen, um sich zu sammeln. »Aber meine Schwester Rimac ist tot. Sie starb kinderlos und unverheiratet, und jetzt bin ich die Herrin über dieses Land. Daß die Prinzeßregentin einen Gemeinen oder gar einen ausländischen Söldner heiratet, *ist* unmöglich. Es ist unmöglich, aber – und wieder hoffe ich, daß du mir glaubst – ich hätte es dennoch getan. Es hätte bedeutet, daß ich die Krone niederlege und vermutlich auch das Land verlasse. Ich hätte es deinetwegen getan. Aber...«

»Aber.«

»Aber du mußt doch gehört haben, was sie sagten! Sie haben niemanden, der sie regieren kann! Du hast Rostov gehört. Wenn ich nicht zurückgekommen wäre, um den Thron zu übernehmen, wäre im Streit um meine Nachfolge ein Bürgerkrieg ausgebrochen, obwohl wir von außen bedroht werden. Ich kenne mein Volk. Wahrscheinlich hältst du uns für ein glückliches, friedliches Land, aber du weißt nicht...«

Mark schwieg.

»Ich... Mark, unser Land, unser Volk... wir schulden dir mehr, als wir dir je geben können. Wir können dir fast alles geben, nur nicht das, was du dir wünschst. Und was ich mir wünsche... oh, Geliebter.«

Die Umarmung dauerte länger, aber auch diesmal war es die Prinzessin, die sie beendete.

Mark hatte nicht vergessen, daß er immer noch eine Pflicht zu erfüllen hatte, und er richtete sich auf. »Ich bringe gewisse Botschaften, mit denen Sir Andrew, dem ich diene, mich betraut hat. Ich habe sie dem Herrscher des Reiches von Tasavalta zu übermitteln.«

Kristin, die sich ihrer Pflichten so bewußt war wie nie zuvor, straffte sich ebenfalls und hörte, was er ihr zu melden hatte. Es waren mehr oder weniger routinemäßige Mitteilungen, diplomatische Präliminarien zur Einrichtung regelmäßiger Kontakte. Sir Andrew hatte sich lange dagegen gewehrt, den diplomatischen Anschein aufrechtzuerhalten, daß er das Land und das Volk, das man ihm gestohlen hatte, noch regierte. Aber kürzlich hatte er sich von der Wichtigkeit, eine solche Pose einzunehmen, überzeugen lassen, wenngleich die Tatsachen anders aussahen.

Mark beendete die auswendig gelernte Botschaft. »Man hat mir befohlen, mich nunmehr Eurer Majestät Anweisungen zu fügen.« Wieder überkam ihn im Nebel seiner Erschöpfung das Gefühl, daß nichts von all dem wirklich etwas mit ihm zu tun hatte. Er war mitten in ein Schauspiel hineingestolpert, er hatte hier bestimmte Zeilen zu sprechen, und bald würde alles vorüber sein.

»Ich bin froh, das zu hören«, sagte Kristin. »Du wirst ein paar Tage brauchen, um dich auszuruhen und dich von den Strapazen des...« Sie konnte den Satz nicht zu Ende sprechen. Sie warf den Kopf in den Nacken und fing von vorn an. »Man wird dir ein bescheidenes Quartier hier im Palast zuweisen.« *Weitab von meinen eigenen Gemächern* – so verstand Mark diesen Satz. »Später – nun, du hast gehört, was ich zu Karel gesagt habe. Ich beabsichtige, dich mit einem besonderen Auftrag zu betrauen. Dies dürfte den Befehlen, die Sir Andrew dir gegeben hat, nicht widerstreben, denn sie lauten ja, daß du dich mir zur Verfügung stellen sollst. Ich hoffe, du wirst diesen Auftrag bereitwillig entgegennehmen.«

Er war wie betäubt. »Ich habe mich den Anweisungen Eurer Majestät zu fügen, wie ich bereits sagte.«

»Gut.« Kristin stieß einen ganz unköniglichen Seufzer aus: Ein Teil dieser Tortur war vorüber. »Die Mission, die du für Tasavalta übernehmen sollst, ist das Ergebnis einer magischen Unternehmung, die Karel durchgeführt hat. Hellseherei, aber die Einzelheiten wirst du später erfahren. Jedenfalls meinte er, er habe derartig dringende Hinweise erhalten, daß er nicht wagte, auch nur bis morgen zu warten, bis er mir die Resultate vorlegte.

Du sollst dich aufmachen und den Kaiser suchen, und wenn du ihn gefunden hast, sollst du ihn zu einem Bündnis mit Tasavalta bewegen – und auch zu einem Bündnis mit Sir Andrew. Das aber muß ich deinem eigenen Urteil überlassen.«

»Den Kaiser? Ein Bündnis mit ihm?« Selbst in diesem Zustand verbitterter Gefühllosigkeit reagierte Mark unwillkürlich auf die Merkwürdigkeit dieses Ansinnens. Ein *Bündnis* – als sei der Kaiser eine Nation? Als habe er eine Armee? Natürlich, dachte Mark, deutete alles darauf hin, daß der Kaiser ein ungeheuer mächtiger Zauberer war oder doch sein konnte, wenn ihm der Sinn danach stand.

Trotz allem anderen war seine Neugierde erregt. »Ich soll für Euch in einer solchen Angelegenheit verhandeln? Ich bin nicht einmal einer Eurer Untertanen, und ich bin auch kein Diplomat. Warum ich?«

»Karel meint, so solle es sein. Ich glaube allerdings, er weiß nicht einmal selbst, warum. Aber im Laufe der Jahre habe ich gelernt, daß mein Onkel seinen Monarchen zumeist gut berät.«

»Karel will sichergehen, daß er mich aus dem Weg schafft.«

»Das will er ganz gewiß. Aber dazu würde es genügen, dich zu Sir Andrew zurückzuschicken. Nein. Es ist etwas mit diesem Kaiser – und mit dir. Was es ist, weiß ich nicht.«

Der Kaiser, dachte Mark. *Der Mann, dem Draffut beim ersten Zusammentreffen vertraute, nachdem er die Menschen gründlich kennengelernt hatte. Der Mann, der gesagt hatte, er, Mark, solle Sichtblender erhalten.*

Der Mann, dessen Name in einer einfachen Beschwörungsformel in Marks Beisein zweimal Dämonen vertrieben hatte...

Der Zauberer Karel – es wäre töricht anzunehmen, daß er nicht gelauscht hatte – war wie auf ein Stichwort hin wieder hereingekommen.

Nach allem, was an diesem Tage bereits geschehen war, hatte er kaum noch Kraft zum Staunen, und so empfand er nicht mehr als dumpfe Neugier, als er sah, daß der Zauberer ein Schwert in einer Scheide mitbrachte.

Mit seiner sanften, vollen Stimme sagte Karel zu ihm: »Dies ist Würfelwender; er ist auf geheimnisvolle Weise zu uns gelangt.

Du wirst ihn mitnehmen, damit er dir hilft, den Kaiser zu finden.«

An diesem Abend speiste Mark nicht im Palast, sondern im sehr viel bescheideneren Heim seiner Schwester Marian. Wie sich herausgestellt hatte, lebte sie in der Stadt nicht weit unterhalb der Burg.

Inzwischen hatte Mark Gelegenheit gehabt, die Neuigkeit zu genießen, daß sein Vater Jord, den er zehn Jahre lang für tot gehalten hatte, doch noch am Leben war – und nicht nur das, nach letzten Meldungen war er zudem gesund und aktiv und gegenwärtig mit einem Geheimauftrag des tasavaltanischen Nachrichtendienstes unterwegs. Weder Mala noch Marian schienen zu wissen, wohin man Jord geschickt hatte oder wann er zurückkommen würde, und Mark, der in diesen Dingen selber einige Erfahrung besaß, drängte niemanden, es ihm zu sagen. Vorläufig genügte es ihm, daß er seinen Vater wahrscheinlich eines Tages wieder lebendig vor sich sehen würde.

Beim Abendessen – es war ein gutes Abendessen, das wunderbare Erinnerungen heraufbeschwor – erfuhr Mark von seiner Mutter und seiner Schwester, wie die Überlebenden der Familie vor Jahren nach Tasavalta gekommen waren, nachdem das Dorf zerstört worden war und sie jahrelang als heimatlose Wanderer durch die Welt gestreift waren.

In den rund neun Jahren, die seither vergangen waren, hatte jeder von ihnen viel erlebt, und so hatten sie viel zu erzählen. Marian war inzwischen verheiratet. Ihr Mann gehörte zu Rostovs Armee und war irgendwo unterwegs. Ihre beiden kleinen Kinder starrten den neuentdeckten Onkel während des ganzen Abendessens staunend an, und allmählich befreundeten sie sich mit ihm.

Es war fast Mitternacht. Mark mußte unablässig gegen den Schlaf ankämpfen, bis er schließlich gute Nacht sagte. Sein »bescheidenes Quartier« im Palast besaß keine Anziehungskraft für ihn, und so schickte er sich an, in dem Zimmer, in dem sie gegessen und geplaudert hatten, ein paar Kissen auf den Boden zu legen, um dort zu schlafen.

Marian hatte sich bereits zurückgezogen und die beiden Kinder nach oben ins Bett gebracht.
Aber Marks Mutter blieb noch. In ihrem Benehmen lag ein unterdrücktes Drängen. »Bring mich heim. Ich wohne in der Nähe, in der Stadt, solange Jord nicht da ist. Es ist nicht weit.«
»Natürlich.«
Als sie draußen waren, hakte Mala sich bei ihrem Sohn unter, als müsse er sie beim Gehen stützen, dabei war sie nicht einmal vierzig. Den ganzen Abend hatte es ausgesehen, als strotze sie vor Energie, und sie hatte die Wiedervereinigung der Familie genossen. Aber jetzt war ihre Stimmung plötzlich von Trauer verdüstert.
»Du bist gerade erst zu uns zurückgekehrt«, meinte sie. »Aber bevor wir uns an dich gewöhnen können, mußt du schon wieder fort.«
»Es muß sein, Mutter.«
»Ich weiß, ich weiß.«
Mark war weder in der Stadt noch im Palast auch nur einem einzigen Menschen begegnet, der nichts von seiner Beziehung zu Kristin und von den Problemen, die daraus möglicherweise erwachsen konnten, wußte.
Mutter und Sohn gingen langsam durch die Gassen. Er war sehr müde, aber ihm war, als sei seine Mutter nahe daran, ihm etwas zu erzählen. Immer wieder fragte sie ihn: »Du kommst aber doch zurück nach Tasavalta?«
»Ich werde noch ein paar Tage hier sein. Bevor ich fortgehe, werde ich dich und Marian noch einmal sehen.«
»Ja, natürlich, es sei denn, der Plan für deinen Auftrag würde geändert. In diesen Geheimangelegenheiten werden Pläne schnell geändert, soviel habe ich schon gelernt. Aber nach diesem Auftrag wirst du wieder herkommen?«
»Ja, ich denke, das werde ich müssen, um Bericht zu erstatten. Und dann wird man mich wieder fortschicken. Ich kann hier nicht bleiben. Der Liebhaber der Prinzessin, ein Gemeiner und ein Ausländer dazu. Wenn mein Vater der Großherzog Basil oder der Prinz So-und-so gewesen wäre, dann würde die Sache vermutlich anders aussehen.«
Sie waren jetzt bei ihrer Haustür angekommen. Das Haus

wirkte bescheiden, aber recht behaglich. Vermutlich brachte die Regierung hier die Familien ihrer Geheimagenten unter.
Malas Stimme zitterte, als habe sie etwas Schwieriges zu erklären. »Mark, komm herein. Ich muß dir etwas sagen, solange es noch geht. Die Götter mögen wissen, ob ich noch einmal Gelegenheit dazu haben werde.«
Ungefähr eine Stunde später trat er aus der bescheidenen Wohnung, in der seine Eltern lebten, ins Freie. Ein Weilchen blieb er auf der schmalen Straße stehen und schaute zu den Sternen hinauf. Sie sahen aus wie immer. Mark war jetzt jenseits aller Müdigkeit, und ihm war, als stehe er lange Zeit so auf der Straße. Schließlich begab er sich zu seinem bescheidenen Quartier im Palast, denn er wußte, daß er sich ausruhen mußte.

Am Morgen des übernächsten Tages verließ Mark den Palast, satt, gekleidet und halbwegs ausgeruht, bewaffnet mit dem Schwert Würfelwender an seiner Seite. Wundheiler hatte Karel in sichere Obhut genommen. Sein Abschied verlief still und unauffällig, ohne Fanfaren oder sonstigen Staat. Er saß auf einem prächtigen Reittier an der Spitze einer gut ausgerüsteten Eskorte, und so machte er sich auf, den Kaiser zu suchen.
Nur einmal sah Mark sich um. In einem fernen Fenster oben in der Burg sah er eine Gestalt, die ihm nachschaute. Er war sicher, es war Kristin. Aber er ließ nicht erkennen, daß er sie gesehen hatte.

10

Im Laufe der Jahrzehnte, seit er seine menschlichen Augen geopfert hatte, und dämonische Sinne auf magische Weise an die Stelle seiner eigenen getreten waren, hatte der Dunkle König manchmal nicht mehr mit Sicherheit sagen können, ob er wachte oder träumte. So oder so sah er das Sinnschwert als lodernde Flamme, so lang wie ein Speer, und sein eigenes Gesicht glühte im makellosen Weiß dieser Flamme. Er wußte, daß die Augen seines Flammengesichtes offen waren und sehen konnten. Ob er aber träumte oder wachte – aus irgendeinem Grunde erinnerte ihn dieser feurige Blick immer wieder daran, daß er diejenigen, die jetzt seine engsten Verbündeten und wichtigsten Untergebenen waren, mit seinen natürlichen Augen noch nie gesehen hatte. Der Dämon zeigte ihm seine menschlichen Magier und Zauberer als merkwürdige, bucklige und ausgemergelte Gestalten, und seine Generäle waren wenig mehr als belebte Rüstungen. Alle aber hatten übertriebene, karikaturhafte Gesichter, in denen jede Feinheit des Mienenspiels so verstärkt zum Ausdruck kam, daß der Dunkle König sie leicht lesen konnte. Dämonen hingegen erschienen in der dämonischen Sicht mit edlen, lustvollen, jugendlichen Körpern, zumeist nackt und immer von eindringlicher Menschlichkeit – abgesehen von ihrer Makellosigkeit, ihrer Größe und den Flügeln, die ihnen manchmal gesprossen waren. Der Dunkle König wußte natürlich, daß sie in Wirklichkeit weder Körper noch Flügel besaßen, und er glaubte auch nicht an die Gesichter, die sie ihm präsentierten und die von Freundlichkeit und Ehrbarkeit leuchteten.

Jetzt, da der König mit seiner Armee im Felde war und beinahe täglich marschierte, erschienen ihm die Dämonen gelegentlich in kleinerem Maßstab, und sie flatterten in seinem Zelt durch die Luft wie Mönchsvögel. Vilkata bewohnte jetzt ein Zelt, das sehr viel kleiner war als der geräumige Pavillon, denn jetzt kam es darauf an, daß sie geschwind vorankamen. Geschwindigkeit, so glaubte er, war jetzt geradezu lebenswichtig, denn in letzter Zeit waren Berichte eingetroffen, die erst angekündigt und dann bestätigt hatten, daß Sir Andrews Truppen den Sumpf endlich verlassen hatten. Die orange-schwarz gekleidete Armee zog auf Sir Andrews altes Land zu, als halte der Gute Ritter aus irgendeinem Grunde die Zeit für gekommen, die Herrschaft wieder an sich zu reißen.

Angesichts dieser Neuigkeiten fragte sich Vilkata natürlich, was seine einstmalige Verbündete, die Silberne Königin, wohl im Schilde führen mochte. Soweit er wußte, hielt sie dieses Land schließlich immer noch besetzt.

Die Meldungen von Sir Andrews Truppenbewegungen bestätigten zudem Vilkatas jüngste Entscheidung, die eigene Strategie zu verändern. Er hatte beschlossen, Sir Andrew als ersten zu vernichten, bevor er sich den übrigen Feinden und Rivalen zuwandte.

Vilkata hatte seine Pläne hauptsächlich deshalb geändert, weil er glaubte, daß seine Feinde inzwischen ohnehin gut über sie informiert sein dürften. Er war davon überzeugt, daß er bei jener denkwürdigen Ratsversammlung im Hauptlager, bei der er das Sinnschwert zum erstenmal präsentiert hatte und bei der sich die Götter in so befriedigender Weise gezeigt hatten, einen falschen Burslem in sein Vertrauen gezogen hatte – einen verfluchten Spion. Der wirkliche Burslem, ein Magier, der Vilkatas Sicherheits- und Verteidigungsnachrichtendienst leitete, war schließlich zurückgekehrt, und durch gründliches Befragen war seine Identität zweifelsfrei festgestellt worden. Wie es dem Spion hatte gelingen können, sich dem Einfluß des Sinnschwertes zu entziehen, war eine andere Frage, die den König mit Sorge und Staunen erfüllte. Die bisher einzig überzeugende Erklärung war die, daß er das Schwert Sichtblender bei sich gehabt haben mußte. Die Vorstellung aber, daß diese Waffe sich in den Händen seiner Feinde befinden könnte, war alles andere als beruhigend.

Heute, als Vilkata in seinem kleinen Marschzelt bei seinen gewohnten morgendlichen Verrichtungen war, vermittelte ihm der kleine Dämon, der ihm als Sinneshilfe diente, wie gewöhnlich ein Bild des Zeltinneren. Seinen eigenen, schon vor langer Zeit erteilten Befehlen entsprechend, waren gewisse Dinge aus dem Bild, das er wahrnahm, entfernt worden. So war beispielsweise der Leib der Konkubine, die die vergangene Nacht mit ihm verbracht hatte und die jetzt in tiefem Schlaf oder in einer guten Imitation desselben zusammengerollt am Fußende des Bettes lag, deutlich sichtbar, wobei Brüste und Gesäßbacken dieses wohlgerundeten Körpers noch besondere Betonung erfuhren. Bedeutungsloses wie Hände, Füße und vor allem ihr Gesicht – wem konnte daran gelegen sein, die innersten Gedanken einer solchen Frau zu lesen? – verschwammen in halbtransparenter Obskurität. Im Falle einer Bettgefährtin sah er lieber einen verschwommenen Dunst als ein Gesicht, so fein geschnitten die Züge, so wohlgeübt das Lächeln auch sein

mochten. Selbst dieses Lächeln konnte mitunter beunruhigend sein.
Kürzlich hatte der Dunkle König auch den Befehl gegeben, in der nächsten Schlacht auch die Toten aus seiner Wahrnehmung zu entfernen. Schon häufig hatte er auf Schlachtfeldern in anderen Gegenden festgestellt, daß die Leichen eine beträchtliche Ablenkung darstellten. Hindernisse, die aus dem Weg geräumt waren, sollten verschwinden, verbrauchtes Material war Abfall. Die Leichen neigten zum Stinken und waren ganz allgemein ästhetisch unerfreulich. So hatte er schließlich die Anweisung gegeben, sie auszufiltern. Jemand anders konnte sie zählen, wenn es nötig wäre.
Auch einen großen Teil, wenn nicht gar die meisten der Verwundeten hatte er aus seiner Sicht auslöschen lassen. Sehen wollte er nur noch die, welche in den Ereignissen des Tages immer noch eine aktive Rolle spielen konnten, besonders wenn ihre Aktionen seine eigene Person oder Sache betrafen. Dies würde für einen vielbeschäftigten Dämon sicherlich nicht immer leicht zu beurteilen sein. In Zweifelsfällen sollte der filternde Geist den Verwundeten sichtbar bleiben lassen, auch wenn dies einen ästhetischen Affront bedeutete.
Als Vilkata an diesem Morgen sein kleines Zelt verließ und unter dem gewohnten donnernden Applaus seiner Soldaten und Offiziere sein Reittier bestieg, erschien ihm die Armee in seiner Dämonensicht als saubere Formation blinkender Waffen; die menschliche Gestalt an jeder Klinge, an jedem Bogen, war dabei nichts als eine uniformierte Silhouette.
Ein Blick auf die besten Landkarten, die ihm zur Verfügung standen, hatte ihn davon überzeugt, daß es möglich sein müsse, Sir Andrews Streitmacht den Weg abzuschneiden, vorausgesetzt, er bräche mit dem ersten Tageslicht auf und käme rasch voran. So verging der Vormittag über einem langen, harten Marsch. Immer wieder kehrten Späher zurück – einige davon Menschen, beritten oder zu Fuß, andere geflügelte Tiere – und berichteten, daß das, was die Nachhut des Guten Ritters zu sein schien, nicht weit vor ihnen marschiere. Sie schätzten, die feindliche Armee sei sogar noch ein wenig kleiner, als die Meldungen früherer Spähtrupps hatten vermuten lassen.

Aber Vilkata blieb besonnen, wenngleich er an seine überwältigende Überlegenheit glaubte, und so setzte er seine Infanterie an die Spitze, als ziehe er gegen einen gleich starken Feind. Zugleich ließ er einen kleinen Kavalleriestoßtrupp außen um Sir Andrews Armee herumgaloppieren, um die gegnerische Front auf der anderen Seite in Auseinandersetzungen zu verwickeln und, falls möglich, an der Flucht zu hindern. Unterdessen brachte er den Hauptteil seiner eigenen Streitmacht in Schlachtformation. Er selbst bezog dicht hinter der Front in der Mitte Position. Dort wartete er weitere Berichte ab und hielt sich bereit, das Sinnschwert zu ziehen, sobald die Wirkung auf Freund und Feind gleichermaßen am größten sein würde.

Vorn brachen die ersten Scharmützel aus. Der Dunkle König zog seine machtvolle Zauberklinge, trieb sein Reittier voran und hielt hoch über sich das Schwert, das er wie einen Speer von feuriger Pracht wahrnahm. Er sah ein Bild der feindlichen Nachhut, wie es ihm der Hilfsdämon, seinen Wünschen entsprechend zugeschnitten, vermittelte: Bewegliche, aber seelenlose, menschengroße Hindernisse. Aber er wußte ihre Zahl, und er wußte, wie sie aussahen; er sah sogar, daß viele von ihnen orange-schwarze Uniformen trugen.

Und Vilkata sah und fühlte mit wilder Freude, welches Grauen er in den Männern vor ihm erweckte, wenn sie seiner ansichtig wurden, und wie rasch der Zauber seines Schwertes dieses Grauen in wahnwitzige Unterwürfigkeit verwandelte.

Entzückt sah er, wie Sir Andrews Soldaten, die sich zunächst anschickten, eine Front zu bilden und sich ihm entgegenzustellen, beim ersten Anblick des Sinnschwertes zu Boden fielen und ihn anbeteten, und wie sie sich, wenn er ihnen seine Befehle entgegenbrüllte, erhoben und umdrehten und wie die Berserker gegen ihre ehemaligen Kameraden stürmten, die knapp außer Sichtweite waren und sogleich ihr Heil in der Flucht suchten.

Eine der letzten, die sich der Macht des Sinnschwertes beugten, war eine Frau, dem Aussehen nach eine stolze Zauberin, die nicht mehr jung, aber offensichtlich von hohem Rang war. Einen Gegenzauber nach dem anderen schleuderte diese hochmütige Frau gegen den Dunklen König und sein Schwert, doch sie alle blieben wirkungslos, wie er es vorausgesehen hatte und wie auch sie es vorausgesehen haben mußte. Schließlich drehte auch sie sich zähnefletschend um in wahnsinniger Freude wie alle anderen, beglückt darüber, ihm dienen zu dürfen – ihm, dem zukünftigen Beherrscher der Erde.

Denis dem Flinken hatte man angeboten, zusammen mit einer Handvoll Verwundeter und anderer, die zu einem schnellen Marsch nicht in der Lage waren, im Sumpf zurückzubleiben, als Sir Andrew seine Armee hinausführte. Die jüngsten Berichte hatten vermuten lassen, daß es nicht ratsam sei, sich allein nach Tashigang durchzuschlagen, und eine Eskorte konnte Sir Andrew nicht erübrigen. Seit Denis' Abreise hatte sich die Lage rings um die Stadt zusehens verschlechtert. Starke Einheiten des Dunklen Königs durchstreiften schon die Vorstädte und attackierten die spärlichen Truppen, welche die Silberne Königin in diesem Gebiet stationiert hatte. Die reichen Bewohner der Vorstadtvillen waren in die Stadt oder in die Ferne geflüchtet. Diese Neuigkeiten hatten Sir Andrew und seinen Leuten in gewisser Weise Hoffnung eingeflößt, denn sie ließen vermuten, daß die offene Auseinandersetzung zwischen König und Königin nicht mehr allzu lange würde auf sich warten lassen.

Aber Denis hatte es abgelehnt, im Sumpf zu bleiben. Es war nicht abzusehen, wie lange er dort festsitzen würde, und ob und wann er je eine bessere Gelegenheit finden würde, herauszukommen. Er zog es vor, draußen durch die weite Welt zu streifen und zu wissen, welche großen Ereignisse dort ihren Lauf nahmen. Er war bereit, sein Glück zu versuchen, um eines Tages vielleicht doch zurückzukehren – in die Stadt, die er liebte, und zu den beiden Frauen, deren Bild noch immer durch seine Träume geisterte.

Am Nachmittag des dritten Tages seit dem Abmarsch der Armee aus dem Sumpf befand Denis sich in der Gruppe einiger Männer aus Sir Andrews Stab. Sir Andrew selbst war bei ihm. Der Ritter war an der Marschkolonne seiner Armee auf und abgeritten, um die Ordnung aufrechtzuerhalten – jahrelanges Buschkriegerleben im Sumpf war nicht eben die beste Ausbildung für einen ausgedehnten Überlandmarsch – und war dann bei Denis geblieben, um mit ihm über die Lage in Tashigang zu reden.

Sie sprachen über den Weißen Tempel und seine Hospitäler. In einigen davon hatte Denis ja in seiner Lehrzeit als Akolyth des Weißen Tempels gearbeitet. Sie begannen eine Erörterung darüber, wie Wundheiler am besten nutzbar zu machen sei. Dies war natürlich ein rein theoretisches Gespräch, denn Denis hatte die Klinge, die ihm anvertraut gewesen war, nicht überreichen können. Sir Andrew aber schien ihm dies noch immer nicht zum Vorwurf zu machen. Urteilspender war bei der Marschkolonne. Ein Offizier der Vorhut trug ihn am Gürtel, denn Sir Andrew hatte vermutet, daß hier mit einer Feindberührung an diesem Tage am ehesten zu rechnen sei.

Ihr Gespräch wurde durch die Ankunft eines kleinen Flugspähers unterbrochen, der eine Mitteilung von der Nachhut überbrachte.

Der treue Vogel, intelligent genug, um eine elementare Sprache zu beherrschen, krächzte: »Schwarz und Gold, Schwarz und Gold. Viele, viele.«

»Dann möge Ardneh mit meiner Dame sein«, murmelte Sir Andrew. Er zügelte sein Tier und warf einen wilden Blick hinter sich. Dame Yoldi war bei der Nachhut. »Und mit uns allen.«

Dann rief er Eilboten herbei und befahl ihnen, vorauszufliegen und die Getreuen, die Urteilspender bei sich trugen, schleunigst nach hinten zu beordern. Der Ritter überprüfte das Visier seines Helms, und mit einigen gebrüllten Befehlen ließ er die wenigen Einheiten seines Heerzuges, die sich in Hörweite befanden, kehrtmachen und zurückmarschieren, um der Nachhut zu Hilfe zu kommen. Doch diese Hilfstruppe umfaßte kaum mehr als seine eigene Leibwache und eine Handvoll seiner Freunde.

Und noch bevor er es sah, hörte Denis, wie Schildbrecher aus der Scheide fuhr. Er hörte das legendäre Stampfen, zwar noch nicht laut oder schnell, aber dumpf und brutal. Der beispiellose Zauber des Schwertes der Kraft durchdröhnte die Luft ringsum, aber nicht wie der Klang einer Trommel, deren Stimme das Blut

in Wallung bringen mag, sondern wie das Donnern eines erbarmungslosen Hammers, der das Schafott für die Hinrichtung zusammennagelt.
Der Ritter und seine Leibwache machten kehrt und galoppierten zurück zur Nachhut der Armee – oder zu dem, was einmal die Nachhut gewesen war –, und zwar so schnell, daß Denis, der zu Fuß marschierte, nicht mit ihnen Schritt halten konnte.
Aber da er ansonsten mutterseelenallein gewesen wäre, versuchte er, ihnen zu folgen. Ebensogut hätte er auch in die andere Richtung laufen können, doch er vermutete, daß der Rest des Heerzuges bald zurückströmen würde, und dann würde er wiederum kehrtmachen und sich dem Marsch anschließen müssen, oder man würde ihn für einen Deserteur halten.
Denis war etwa hundert Meter hinter Sir Andrew und seinem Gefolge zurückgeblieben, und der Abstand vergrößerte sich schnell, als er zu seiner Überraschung ein Stück weiter rechts etwas erblickte, das aussah wie die verlassenen Überreste eines Jahrmarktes, den man aus irgendeinem Grunde hier in der Mitte von Nirgendwo aufgeschlagen hatte. Stände und Buden, Geräte für Glücks- und Geschicklichkeitsspiele – alles stand zerstört und verlassen da. Keine Menschenseele war auf dem ausgestorbenen Rummelplatz zu sehen, als Denis keuchend am Rande stehenblieb. Die Leute, die zu dieser Kirmes gehörten, waren – und wer wollte es ihnen verdenken? – vermutlich davongelaufen, bevor der Donnertritt der marschierenden Armeen allzu nahe herangekommen war.
Sir Andrew und seine Leibwache waren noch nicht außer Sicht, als aus dieser Richtung ein vielstimmiger Schrei erscholl. Denis wandte den Blick von den verlassenen Zelten und Wagen und sah Sir Andrews Nachhut – sie mußte es sein – auf Sir Andrew und seine Gefährten, die auf einer kleinen Anhöhe haltgemacht hatten, zustürmen. Es sah aus wie eine verzweifelte Flucht, obgleich die Nachhut, soweit Denis es sehen konnte, nicht in kopflose Panik verfallen zu sein schien. Sie hatten nicht einmal ihre Waffen weggeworfen ... und dann sah er, daß das, was er für einen Rückzug gehalten hatte, in Wahrheit ein Angriff war. Die Soldaten der Nachhut stürmten

bergan, schwangen die Waffen wie Wahnsinnige und prallten mit ungebremster Wucht gegen Sir Andrew und seine kleine Truppe, die ihnen zu Hilfe gekommen war. Gebrüll und Kampfeslärm stiegen zum Himmel, und schon lagen viele von denen, die als Retter gekommen waren, in ihrem Blute am Boden, ohne daß sie an Gegenwehr auch nur gedacht hätten.

»Eine Täuschung! Zauberei!« Sir Andrews Gefährten stießen verzweifelte Schreie aus.

Aber es war keine so simple Täuschung wie etwa vertauschte Uniformen. Denis, der wie benommen immer näherkam, konnte jetzt schon Dame Yoldis Gesicht unter denen erkennen, die da waffenschwingend und Schlachtrufe brüllend bergauf stürmten, geradewegs auf die kleine Anhöhe zu, auf der Sir Andrew und die Handvoll der Überlebenden seiner Leibwache inzwischen umzingelt waren und sich gegen den übermächtigen Ansturm zur Wehr setzten.

Sir Andrew hätte vielleicht versuchen können, sein Tier zu wenden, sich von seinen Angreifern, die nicht beritten waren, zu befreien und so zu entkommen. Aber er konnte oder wollte nicht fliehen. Statt dessen brüllte er die verräterischen Angreifer an, rief sie beim Namen und versuchte, ihnen Befehle zu erteilen. Er wich nicht von der Stelle, und seine Leibwache würde keinen Durchbruchsversuch unternehmen, wenn er es nicht täte.

Das Hämmern Schildbrechers schwoll immer mehr an; lauter und schneller erklang es jetzt, synkopiert in einem unregelmäßigen Rhythmus. Schon zeichnete es um seinen Meister einen Bogen aus Blut und schimmerndem Stahl. Sir Andrews Reittier wankte und stürzte, zerhackt und zerstochen von einem halben Dutzend Klingen, aber keine bedrohliche Schneide, kein Spitze konnte den Bogen des machtvollen Schwertes durchdringen und die Haut des Ritters ritzen.

Der Ritter wurde aus dem Sattel seines verendenden Tieres geschleudert. Er rollte sich über den Boden, ohne daß das Schwert seinem beidhändigen Griff entglitten wäre. Und auch während er am Boden lag, ließ ihn die Waffe nicht im Stich. Als er wieder aufstand, war es, als habe das Schwert ihn zum Kampfe aufgerichtet. Schildbrecher schien ihn hinter sich

herzuziehen, die Kraft der Klinge wirbelte seinen schweren Körper herum, von recht nach links und wieder nach rechts, und vorwärts zum Angriff, wenn einer derer, die ihn bestürmten, wankte und zurückwich.
Gleichwohl – diejenigen, die noch vor einer Stunde seine loyalen Freunde gewesen waren, rannten jetzt zu Dutzenden gegen ihn an, kreischend in neuem Haß, und dabei riefen sie ihren neuen Gott, den Dunklen König, an, er möge sie stärken. Schildbrecher kämpfte gegen sie alle, unerbittlich zerschmetterte er ihre Waffen und ihre Knochen, ohne das eine vom anderen zu unterscheiden, Rüstungen und Leiber gleichermaßen zerfetzend.
Denis war wie hypnotisiert von dem, was er sah. Er hatte sein Handeln nicht länger in der Gewalt. Immer näher schlich er sich heran. Ein langes Messer steckte in seinem Gürtel, aber er zog es nicht. Es war, als komme er überhaupt nicht auf den Gedanken, daß es in dem Kampf, den er beobachtete, von Bedeutung sein könnte.
Sir Andrews Leibwache, die den fanatischen Berserkern hoffnungslos unterlegen war, lag mittlerweile am Boden. Tote und Sterbende wurden von wahnwitzigen Angreifern in Stücke gehackt. Aber Schildbrecher beschützte den Mann, der ihn führte. Immer noch hallte sein Dröhnen durch die Luft, schneller jetzt und lauter als zuvor. Immer noch kreiste es in gleißendem Bogen durch die Luft. Es arbeitete gründlich und ohne sich zu bekümmern, wen oder was es traf, gleichgültig gegen die Schreie und Worte derer, die es entwaffnete oder verstümmelte, gleichgültig auch gegen jede Waffe, die ihm in den Weg kam. Denis sah Axtklingen, Messer, Schwerter, Speerschäfte, Pfeile, ganz oder zu einem Hagel von Splittern zertrümmert, in alle Himmelsrichtungen davonfliegen. Menschliche Gliedmaßen und Rüstungsteile tanzten blutsprühend in diesem Nebel, und jener hüpfende, rollende Klumpen dort war sicher einmal ein Kopf gewesen.
Der Gute Ritter riß den Mund auf und schrie, und es war ein Schrei, der lauter und schrecklicher war als die Schreie derer, auf die er einschlug. Denis, der immer noch wie unter fremdem Zwang näher heranschlich, sah, daß Sir Andrew inzwischen

von Kopf bis Fuß blutüberströmt war. Es war unmöglich, festzustellen, ob auch sein eigenes Blut dabei war. Aber wenn er verwundet war, dann ließ doch die rasende, magisch verstärkte Kraft seiner Bewegungen deshalb nicht nach.

Wieder brüllte der Ritter auf, qualvoller noch als beim erstenmal. Denis sah, daß Dame Yoldi sich ihm näherte, eine von bösartigem Haß besessene Kreatur mit gräßlich verzerrtem Gesicht. Sie hatte die Finger wie Klauen gespreizt, als wolle sie ihn damit zerreißen, und mit verzweifelter Wut schleuderte sie ihm Zaubersprüche entgegen. Selbst Denis, der keinerlei magisches Gespür besaß, fühlte den Strudel ihrer tödlichen, stofflosen Macht.

Aber für das Schwert der Kraft waren die Werkzeuge der Magie nicht gefährlicher als jede andere Waffe. Sie zersprangen und zerschmolzen an dem schimmernden Bogen, dem brutalen Stampfen der Klinge, die so schnell kreiste, daß sie fast unsichtbar war. Der Haß trieb Dame Yoldi weiter voran, weiter und immer weiter, näher zu dem Mann, den sie vernichten wollte, näher und näher – bis der Rand des schimmernden Bogens sie berührte, die Hände zuerst, den Körper einen Augenblick später, und sie erbarmungslos beiseite fegte.

Ein paar Sekunden wandte Denis den Blick ab. Als er wieder aufschaute, war eine Pause eingetreten. Sir Andrew stand allein, knietief in einem Leichenhaufen, und alle Toten trugen Uniformen in seinen eigenen orange-schwarzen Farben. Das Schwert in seinen Händen stampfte immer noch dumpf, denn diejenigen seiner ehemaligen Gefolgsleute, die als rasende Feinde noch am Leben waren, bedrängten ihn noch. Eine kleine Gruppe von ihnen, Verwundete, solche, die zu langsam gewesen waren, und Berechnende, hatte sich in einiger Entfernung zusammengedrängt. Sie planten irgendeine neue Strategie, da sie sich gezwungen sahen, ihren Haß zu zügeln.

Eilig sprang Denis zu Sir Andrew hinauf. Als er näherkam, hatte der junge Mann den Eindruck, der Ritter wolle das Schwert von sich schleudern; es lag jetzt ruhiger in der Hand des Mannes, und sein Dröhnen war zu einem gedämpften Pochen abgeschwollen. Aber falls er es tatsächlich loszuwerden versuchte, so ließ es ihn nicht frei. Seine beiden Hände

umklammerten den Griff, seine Finger waren ineinander verschränkt, und die Knöchel waren so weiß, daß man sie durch das Blut hindurchschimmern sah.
Sir Andrew sah Denis an, und seine Miene war schrecklich verzerrt. Die Stimme des Ritters war nur noch ein grauenhaftes, beinahe unhörbares Flüstern. »Lauf und suche die Vorhut. Finde den Mann, der Urteilspender trägt, und befiel ihm in meinem Namen und um der Liebe Ardnehs willen, so schnell wie möglich herzukommen.«
Denis war eben außer Sicht, als Sir Andrew, der in die andere Richtung spähte, in der Ferne die Hauptmasse der Armee des Dunklen Königs erkennen konnte, eine schwarz-goldene Woge, die sich auf ihn zuwälzte. Eine Fanfare hallte herüber. Daraufhin gaben die Überreste von Sir Andrews besessenen Truppen ihre fruchtlosen Angriffsversuche auf und zogen sich gehorsam zurück, um sich in die Heerscharen ihres neuen Herrn einzureihen.
Der Mann, der dort in der Ferne zu sehen war, weißhaarig unter einem schwarz-goldenen Banner, mußte Vilkata selbst sein. Eine Waffe flammte prachtvoll in seinen Händen, und Sir Andrew wußte, daß es das Sinnschwert war. Für die Augen des Ritters war es kaum mehr als ein blitzender Spiegel, denn Schildbrecher in seinen Händen schützte ihn auch vor dieser Waffe: Schildbrecher ließ jede Waffe wirkungslos werden – außer sich selbst.
Und das genügte, dachte Sir Andrew; auch er selbst war so gut wie vernichtet.
Wieder ertönte ein Horn dort drüben in der Armee des Dunklen Königs. Zu des Ritters benommenem Erstaunen zogen sich Vilkatas Heerscharen, die doch eben erst aufgetaucht waren, geordnet hinter die Anhöhe zurück, über die sie gekommen waren. Sir Andrew versuchte, sich darauf einen Reim zu machen, und seine Gedanken drehten sich in neuerlicher Verwirrung umeinander. Vermutlich sagte sich Vilkata, daß ein Rückzug im Augenblick das einzig Sinnvolle sei: Weshalb sollte er seinen Truppen befehlen, sich an Schildbrechers unbezwingbarer Macht die Zähne auszubeißen?
Womöglich hätte Sir Andrew das Heer verfolgt, und vielleicht

wäre er brüllend auf jenes Banner mit dem schwarzen Schädel auf goldenem Grund losgestürmt, bis jeder unter diesem Banner von seinem Schwert zu Hackfleisch zerhauen worden wäre. Aber sie warteten nicht auf ihn. Vilkata war beritten und schneller als er. Und Sir Andrew war überdies ohnehin zu schwach, um zu rennen und irgend jemanden zu verfolgen oder gar einzuholen.

Jetzt, da Sir Andrew selbst nicht mehr unmittelbar bedroht war, ließ die magische Kraft, die das Schwert ihm verliehen hatte, rasch nach. Das furchterregende Hämmern der Klinge schwoll weiter ab, pochte leise, dumpfer, bis es vollends verstummte.

Er sah sich selbst wie von außen: Einen alten Mann, der allein auf einem Hügel stand, und die Leichen derer, die er einst geliebt hatte, reichten ihm bis ans Knie. Die Anstrengungen, die Schildbrecher ihm abverlangt hatte, ließen seine Arme schmerzen, als habe man mit Knütteln auf sie eingeschlagen. Des Blutes nicht achtend, schob er das Schwert in die Scheide. Nur mit Mühe und Not konnte er sich noch auf den Beinen halten.

Hinüberzugehen und sich anzusehen, was von Yoldi übrig war, überstieg fast seine letzten Kräfte.

Danach ließ er sich von seinen Beinen davontragen, und angestrengt versuchte er, durch den Schleier der Tränen seinen Weg zu sehen. Er wußte nicht genau, wohin er ging, ja nicht einmal, wohin er gehen sollte. Eben hatte er den nächsten der kleinen Hügel erklommen, und die flatternden Überreste des Jahrmarkts waren vor ihm aufgetaucht, da durchzuckte der furchtbare Schmerz seine Brust. Es war, als durchstoße ein Speer sein Herz.

Er brach zusammen, fiel auf den Rücken. Sein Kämpferinstinkt ließ ihn das Schwert ziehen, bevor er fiel. Aber es war keine Waffe, was ihn bedrohte, und das Schwert der Kraft blieb leblos.

Als Sir Andrew so im Gras lag, sah der Himmel über ihm so friedlich aus, daß er überrascht war. Er dachte über den Schmerz nach. Es fühlte sich an, als wolle sein Herz zerbrechen. Und vielleicht tat es das ja auch.

Er warf einen raschen, kritischen Blick zurück auf das, was er von seinem langen, ereignisreichen Leben sehen konnte. Die Aussicht auf den Tod war ihm in diesem Augenblick nicht unwillkommen.

Der Schmerz kehrte wieder, schlimmer als beim erstenmal.

»Yoldi...«

Aber sie antwortete nicht. Sie würde nie wieder antworten.

Als es schien, als wolle der Schmerz ihn noch ein Weilchen leben lassen, schleuderte Sir Andrew Schildbrecher von sich, mit beiden Händen und mit all seiner Kraft. Schon vorher einmal hatte er versucht, das machtvolle Schwert fortzuwerfen, er hatte es wieder und wieder versucht, als er Yoldi auf sich zukommen sah und begriff, was ihr zugestoßen sein mußte und was jetzt geschehen würde. Aber der Zauber des Schwertes hatte ihn nicht verlassen wollen. Jetzt aber, da es zu spät war, flog die Klinge davon, so gehorsam wie ein Stock, den man wegwirft, wenn man mit einem Hund spielt. Sie sang leise und klagend, als sie wirbelnd durch die Luft flog.

Der Ritter wollte nicht allein sterben. Wenn doch nur ein Freund hätte bei ihm sein können – irgend jemand.

Er schloß die Augen und fragte sich, ob er sie je wieder öffnen würde, um in den Himmel dieser Welt zu schauen. Würde es Ardneh sein, den er sähe, wenn er die Augen wieder öffnete, wie es manche Menschen glaubten? Oder das Nichts?

Er schlug die Augen auf und sah, daß er immer noch in derselben Welt und unter demselben Himmel war. Irgend etwas veranlaßte ihn, mühsam den Kopf zu drehen. Eine einzelne Gestalt, ein grau gekleideter Mann, kam von der Kirmes her auf ihn zu, von diesem verlassenen Vergnügungsplatz, den er so genau hatte überprüfen lassen, daß sich dort ganz sicher niemand hatte verborgen halten können. Ein Mann, nicht bewaffnet, nicht gepanzert, aber... mit einer Maske?

Die graugewandete Gestalt kam heran und kniete neben ihm nieder wie ein besorgter Kamerad.

»Wer bist du?« fragte Sir Andrew.

Sofort hob der Mann eine Hand und zog sich die Maske vom Gesicht.

»Oh.« Sir Andrews Stimme klang in ihrer neuen Zuversicht beinahe enttäuscht. »Du«, sagte er erleichtert und ruhig. »Ja... ich weiß, wer du bist.«

Als Denis an der Spitze eines galoppierenden Trupps bewaffneter und gepanzerter Soldaten, die mit dem Mut der Verzweiflung ihrem geliebten Herrn zu Hilfe eilten, auf den Kampfplatz zurückkehrte, fand er dort keine Menschenseele mehr vor. Ein Stück weit von den anderen Leichen entfernt lag Sir Andrew – tot. Sein Körper war vom Blute anderer bedeckt, aber ohne jede ernsthafte Verletzung. Ein friedvoller Ausdruck lag auf dem Gesicht des Guten Ritters.
Sogleich machten Denis und die anderen sich auf die Suche nach Schildbrecher. Sie suchten überall unter den Toten und dann in immer weiter werdenden Kreisen rings um das Schlachtfeld. Aber das Schwert der Kraft war nicht mehr da.

11

Das Feldbett war breit genug für zwei – zumindest, wenn diese beiden eine vertraute Freundschaft miteinander pflegten –, aber in dieser Nacht hatte, wie in vielen Nächten davor, nur eine einzige Person darauf geschlafen.
Besser gesagt: Sie hatte zu schlafen versucht.
Das Zelt der Silbernen Königin war nicht groß, nicht für eine Behausung, die gelegentlich als königlicher Konferenzraum und ständig als Wohnquartier dienen mußte. Gewissen Geschichten zufolge, die sie gehört hatte, war es kleiner als ein einziger Raum in dem großen Pavillon, der den Dunklen König zumeist begleitete, wenn er mit seiner Armee im Felde war.
Für viele Gewohnheiten des Dunklen Königs brachte sie nichts als Verachtung auf. Aber es gab Dinge an ihm, die Respekt einflößten und auch – wenn sie des Nachts allein war, konnte sie es zugeben – Furcht.
In beinahe mitternächtlicher Finsternis saß die Königin von Yambu auf der Kante ihres einsamen Feldbetts. Sie trug die leichte Hose und das Hemd, in dem sie gewöhnlich schlief,

wenn sie mit ihrem Heer auf dem Marsch war. Sie hörte das unregelmäßige Tröpfeln des Regens auf dem Zeltdach und gelegentlich ein Wort oder eine Bewegung von einem der Posten, die draußen standen.

Ihr Blick war starr auf einen verschwommenen, leblosen Gegenstand gerichtet, der nur eine Armlänge neben der Pritsche stand. In der nachtschwarzen Finsternis war der Gegenstand fast nicht zu sehen, doch das war kaum von Bedeutung, denn sie kannte ihn so gut wie ihre eigene Hand. Er stand, wie immer, auf einem Lattengestell neben ihr, wenn sie schlief oder zu schlafen versuchte. Es war ein holzgeschnitzter Schwertkasten. Das mächtige hölzerne Heft wurde von Drachenfiguren gebildet, die ihre langen Hälse zurückgebogen hatten, als wollten sie mit ihren Fängen aufeinander losgehen. Woher der Kasten kam oder wann er angefertigt worden war, vermochte die Königin nicht mit Sicherheit zu sagen, aber sie fand, er sei wunderschön, und nachdem die besten Magier, die sie beschäftigte, zu dem Schluß gekommen waren, daß er ihr nicht würde schaden können, benutzte sie ihn als Behältnis für ihren Schatz, den sie fast immer in ihrer unmittelbaren Nähe aufbewahrte – ihr Besuch bei Sir Andrew im Sumpf war eine bemerkenswerte Ausnahme gewesen –, denn er gab ihr letzte, finstere Hoffnung auf den Sieg.

Tausendmal schon hatte sie den hölzernen Kasten geöffnet, aber noch nie hatte sie Seelenschneider aus der Scheide gezogen. Noch nie hatte sie den nackten Stahl dieser Klinge in all seiner unzweifelhaften Pracht gesehen. Sie hatte Angst davor. Aber ohne dieses Schwert hätte sie jetzt nicht gewagt, ihre Armee ins Feld zu führen und sich auf die Gefahr eines Kampfes mit dem Sinnschwert und seinem mächtigen Besitzer, dem Dunklen König, einzulassen.

Wenige Stunden zuvor, bei Sonnenuntergang, hatte ein halbintelligenter fliegender Bote ihr die Nachricht von Vilkatas jüngstem Triumph überbracht. Er hatte Sir Andrews Streitmacht anscheinend vollständig zerschlagen. Dann aber hatte Vilkata, statt sie, wie sie es erwartet hatte, sogleich anzugreifen, sein riesiges Heer umschwenken lassen und marschierte jetzt auf Tashigang zu.

Vielleicht hatten die Kundschafter des Dunklen Königs sie und ihre Armee aus den Augen verloren. Aber was immer auch der Grund gewesen sein mochte – ihre Überzeugung, Vilkata werde sie zuerst angreifen, hatte sich als falsch erwiesen, und damit hatte die Feigheit Gelegenheit, ihr ins Ohr zu flüstern, es sei vielleicht noch nicht zu spät, sich mit dem Dunklen König zu verbünden. Natürlich war die Feigheit wie gewöhnlich töricht. Ihre Intelligenz sagte ihr, daß ihre einzige Hoffnung darin lag, den Dunklen König jetzt zu überfallen, solange sie noch auf nennenswerte Hilfe hoffen konnte. Wenn Tashigang erst gefallen wäre, würde es zu spät sein.
Als die Neuigkeit von Vilkatas jüngstem Triumph eingetroffen war, hatte Yambu sich zunächst kurz mit ihren Offizieren besprochen, dann hatte sie diese mit dem Auftrag, den Truppen in dieser Nacht ein wenig Ruhe zu gönnen, entlassen. Sie selbst jedoch hatte noch keinen Schlaf finden können. Ebensowenig hatte sie bislang den Willen zur Entschlossenheit aufbringen und den Befehl zum Abbrechen des Lagers und zum Abmarsch erteilen können, obgleich immer offensichtlicher wurde, was sie notwendigerweise zu tun hatte.
Wer oder was konnte sich dem Sinnschwert entgegenstellen? Zweifellos doch nur etwas, das ebenso entsetzlich wäre.
Und Sir Andrew hatte Schildbrecher getragen. Kampfbereit hatte die Waffe an seiner Seite gehangen. Bei ihrem Besuch im Sumpf hatte sie den kleinen weißen Hammer auf dem Griff mit eigenen Augen gesehen. Vilkata mit seinem Sinnschwert war offenbar selbst gegen diese Waffe siegreich geblieben. Besaß er jetzt beide Schwerter? Aber selbst wenn es so wäre – jede furchtbare Erweiterung seiner Macht ließ es nur um so dringlicher werden, daß sie ihre Truppen unverzüglich gegen ihn in Marsch setzte.
Die Silberne Königin stand auf und trat in der mitternächtlichen Finsternis einen Schritt vor – im Vertrauen darauf, daß der Zeltboden vor ihr lag wie immer und nirgends das Messer eines Meuchelmörders auf sie wartete. Sie streckte die Hand aus, berührte den hölzernen Kasten und klappte ihn auf.
Mit der Fingerspitze strich sie über den schwarzen Griff ihres Schwertes. Es war das einzige unter den Zwölfen, das kein

weißes Symbol trug. Kein Gefühl von Kraft durchströmte sie, als sie es berührte. Sie fühlte überhaupt nichts außer dem stumpfen Material des Schwertgriffs. Von allen Zwölfen hatte nur dieses der Welt nichts über sich mitzuteilen.

Sie blickte zurück auf ihr einsames Feldbett, das im gedämpften Himmelslicht vom verhangenen Fenster des Zeltes kaum zu erkennen war. Sie glaubte Amintors narbenübersäte Schultern zu sehen, wie sie manchmal dort klobig zwischen den zerknüllten Decken lagen. Amintor war weise – manchmal. Zumindest war er schlau. Sie zweifelte inzwischen daran, daß sie selbst die Weisheit erkennen würde, wenn diese in der Nacht auf sie herabstieße wie ein geflügeltes Reptil.

Es war leicht möglich, daß sie sie noch nie hatte erkennen können; aber erst kürzlich war ihr diese Einsicht ins Bewußtsein gedrungen.

Der einzige, dessen Rat ihr jetzt wirklich etwas wert gewesen wäre, war seit Jahren nicht mehr an ihrer Seite, und er würde auch nicht mehr zurückkommen. Sie würde ihn nie wiedersehen – außer, eines Tages vielleicht auf der anderen Seite eines Schlachtfeldes. Aber womöglich würde er, wenn sie einander im Kampfe begegneten, wieder eine Maske tragen – nie hatte sie begriffen, weshalb er das so oft tat –, und dann würde ihn niemand erkennen.

Und jetzt, an dieser Stelle einer mittlerweile vertrauten Gedankenkette, war es Zeit, an Ariane zu denken. Ariane, ihre Tochter und ihr einziges Kind. Und natürlich auch seine Tochter.

Die Spione der Silbernen Königin hatten ihr die nunmehr vier Jahre alten Gerüchte bestätigt, die behaupteten, daß Ariane seit vier Jahren tot sei. Sie war mit einer Räuberbande ums Leben gekommen, die versucht hatte, den Haupthort des Blauen Tempels zu plündern. Nun, höchstwahrscheinlich war dieses Schicksal für das Mädchen besser als die Sklaverei im Roten Tempel.

Hatte die Verschwörung, Ariane auf den Thron von Yambu zu setzen, wirklich existiert? Oder hatte die eigentliche Verschwörung das Ziel gehabt, sie, die Silberne Königin, zu zwingen, sich ihrer Tochter zu entledigen – ihrer einzigen vertrauenswürdigen Verbündeten? Selbst als Königin Yambu sich von ihrer Bedrohlichkeit überzeugt hatte, war sie nicht in der Lage gewesen, ihre Tochter töten zu lassen, abgesehen davon, daß die Zukunftsdeuter ihr die gräßlichsten Folgen für ihre königliche Person angekündigt hatten, falls sie es doch täte. Am Ende hatte sie getan, was die Orakel ihr zu raten schienen: Sie hatte Ariane in die Sklaverei des Roten Tempels verkauft.

Ihre eigene Tochter. Ihr eigenes Kind. Sie, die Königin Yambu, hatte sich in Haß und Angst verloren...

Ob Amintor, wenn er damals bei ihr gewesen wäre, den Mut gehabt hätte, ihr von der Vernichtung ihrer eigenen Tochter entschlossen abzuraten? Nicht mehr, dachte sie, wenn er gewußt hätte, daß sie dazu entschlossen war.

... und nun folgten in dieser sinnlosen Kette von Gedanken, Erinnerungen und Selbstbezichtigungen natürlich die Tage der Liebe zwischen ihr und dem Kaiser vor ihrer triumphalen Thronbesteigung. Nach jenem Triumph hatte sie sich nur selten so lebendig gefühlt wie damals, in dieser Zeit beständiger und verzweifelter Mühe und Gefahr. Unaufhörlich hatte sie um ihr Leben fürchten müssen. Tag für Tag war sie auf der Flucht gewesen, nie hatte sie zweimal am selben Ort übernachtet, immer auf der Hut vor den Suchtrupps des Usurpatoren, die im ganzen Lande nach ihr fahndeten.

Damals war sie ihm begegnet, die Liebesaffäre hatte begonnen und ihren Lauf genommen. Sie war noch ein unwissendes Mädchen gewesen, und des Kaisers wirkliche Macht hatte sie nur ahnen können. Damals wie heute hatte er keine Armee gehabt, die er ins Feld hätte schicken können. Aber mehr als einmal hatte er sie gerettet. Wie ein Dämon hatte er an ihrer Seite gekämpft, hatte sie mit seinen Siegesvorhersagen inspiriert und stets noch vor den Feinden gewußt, welche Richtung deren Suchtrupps einschlagen würden.

Sie nahm an, daß es in diesen ersten Tagen der Liebe Hinweise auf das gegeben haben muße, was er schließlich als Belohnung verlangen würde – mehr als bloße Hinweise, wenn sie nur willens gewesen wäre, zu sehen und zu hören. Sie aber hatte, naiv, wie sie damals gewesen war, ihn lieber für selbstlos und uneigennützig gehalten. Und dann hatte er – also doch ein

landloser, heerloser, dreister, unverschämter Opportunist! – sie heiraten wollen. Ausgerechnet am Tage ihres überwältigenden Sieges hatte er dieses Ansinnen stellen müssen, als so viele der Mächtigen von Yambu ihr beigesprungen waren, daß das Blatt sich wendete. Ausgerechnet an dem Tag, da sie den Thron bestieg und die Hauptverschwörer und ihre Familien zu einem entsetzlichen Tod verurteilte.
Der Mann, der sich selbst Kaiser genannt hatte, mußte in ihrem Gesicht gelesen haben, daß sie sein Begehren zurückwies. Denn als sie sich, nachdem sie rasch einen dringenden Befehl erteilt hatte, ihm wieder zuwandte, um ihm eine klare Antwort zu geben, war er schon nicht mehr da gewesen. Vielleicht hatte er eine seiner verfluchten Masken angelegt – jedenfalls war er im Trubel dieses Tages verschwunden, und sie hatte ihn in den Scharen unbekannter Gestalten, neuer Leibwächter, neuer Höflinge und ausländischer Würdenträger, die bereits gekommen waren, um ihr zu gratulieren, nicht mehr entdecken können.
Sie hatte sich geweigert, ihn suchen zu lassen, sie hatte es sogar verboten. Sollte er doch gehen. Sie konnte froh sein, ihn auf diese Weise loszuwerden. Von diesem Tage an würde sie Königin sein, und eine Heirat, wenn sie überhaupt in Frage käme, würde etwas sein, das ebenso kalt und sorgfältig geplant werden müßte wie ein Feldzug.
Es lag natürlich nahe, daß es von jenem Tag an, der mittlerweile an die zwanzig Jahre zurücklag, bis heute andere Liebhaber gegeben hatte. Amintor war vermutlich der dauerhafteste aus dem ganzen Haufen. Das heißt, Liebhaber war eigentlich nicht das richtige Wort für diese Männer: Es waren brauchbare Körper gewesen, und manchmal auch unterhaltsame oder gar nützliche Köpfe.
Aber der Kaiser – ja, er war ihr Liebhaber gewesen. Diese Tatsache schien auf merkwürdige Weise immer mehr alles zu überragen, je weiter sie auf der langen Straße der Jahre zurückwich.
Aber, so dachte sie jetzt – wie sie es meistens tat, wenn die Gedankenkette an diesem Punkt angekommen war –, wie konnte eine Frau oder gar eine Königin denn mit einem solchen

Manne leben? Wie sollte sie mit ihm zusammen ihr Leben und ihre Karriere ernsthaft planen?

Wie gewöhnlich gerieten die Gedanken und Gefühle der Silbernen Königin an dieser Stelle durcheinander. Das alles war jetzt vorbei. Es war vorbei und erledigt, schon seit langem. Vielleicht hätte der Kaiser sie unsterblich gemacht, oder wenigstens buchstäblich alterslos, wie er selbst es war. Aber als mächtige Königin konnte sie ebensogut andere, erfahrene Zauberer dingen oder überreden, für sie zu tun, was sie auch für sich selbst taten, wenn es wichtig zu werden schien.

Erst nachdem sie den Heiratsantrag des Kaisers abgelehnt, erst nachdem sie diesen unmöglichen Scharlatan, diesen Possenreißer und Verführer, aus ihren Gedanken verbannt hatte (eine Verbannung übrigens, die vorübergehend recht erfolgreich gewesen war) – erst da hatte sie gemerkt, daß sie schwanger war.

Ihr erster Gedanke war gewesen, sich des Kindes zu entledigen, bevor es zur Welt käme. Aber ihr zweiter Gedanke – denn schon entdeckte sie immer mehr Hinweise auf die verborgene Macht des Kaisers – war, daß dieses Kind möglicherweise einen zukünftigen Wert darstellte. Wie meistens in ihrem neuen Leben als Königin hatten auch diesmal Weitsicht und Vorsicht die Oberhand behalten. Sie hatte Schwangerschaft und Geburt auf sich genommen.

Es gab keinen Zweifel daran, wer der Vater war, obgleich das Kind, anders als die Eltern, helle Haut und rotes Haar hatte. Zu jener Zeit war der Kaiser ihr einziger Liebhaber gewesen. Zudem wußte die Königin, daß unter ihren eigenen Vorfahren beider Linien Rotschöpfe vorgekommen waren. Was die Familie des Kaisers betraf... nun, wer wollte das wissen? Die Zauberer, die sie hatte befragen können, waren ratlos gewesen. Eines stand jedenfalls fest: Er war ein vollendeter Magier gewesen, und er war es noch. Die Silberne Königin begriff dies heute immer besser. Damals, als junges Mädchen, hatte sie es erst zu ahnen begonnen.

Und noch heute – tatsächlich heute sogar öfter als in den ersten Jahren ihrer Herrschaft – kehrte ein quälender Gedanke immer wieder zurück: Was, wenn sie ihn doch geheiratet hätte?

Das wäre natürlich ganz unmöglich gewesen. Es wäre gesellschaftlich und politisch unmöglich gewesen, wenn eine Königin jemanden heiratete, den die Welt als einen verrückten Clown kannte. Dabei war unwichtig, ob die Weisen und Gebildeten zumindest argwöhnten, daß hinter dem Kaiser mehr steckte als nur das. Aber was, wenn sie es *doch* getan hätte? Wenn sie ihre neue königliche Macht dazu benutzt hätte, es durchzusetzen? Selbstverständlich hätte es dabei der energischen Bemühung bedurft, den Titel ihres Mannes in seinem alten Sinne von souveräner Macht, von einer Majestät jenseits der von Königen und Königinnen, wiederzubeleben.
Hätte man sie als staatsmännisches Genie gelobt, wenn sie ihn geheiratet und dies versucht hätte? Gewiß, wenn der Versuch Erfolg gehabt hätte. Wahrscheinlicher aber war, daß sie sich zum Gespött der Welt gemacht hätte.
In jedem Fall war es sinnlos, sich jetzt den Kopf darüber zu zerbrechen. Sie war damals ein junges Mädchen gewesen, unerfahren in den Dingen der Politik. Wie hätte sie einen solchen Versuch zu einem erfolgreichen Abschluß bringen können?
Aber *ihm* wäre es vielleicht gelungen. Wenn sie ihn nun hätte an ihrer Seite regieren lassen? Wenn *er* es unternommen hätte...
Vielleicht, dachte sie, war es die Erinnerung an die wilde Männlichkeit des Kaisers, die in dieser Nacht dafür sorgte, daß er ihr nicht aus dem Kopf ging. Zusätzlich zu allem anderen. In dieser Hinsicht war er stärker gewesen als jeder andere Mann, der ihr Schlafgemach hatte betreten dürfen, wenngleich er körperlich nicht besonders groß gewesen war.
Genug davon. Ohne sich noch einmal Zeit zum Nachdenken zu geben, packte sie in der finsteren Einsamkeit ihres Zeltes Seelenschneiders Griff fest mit der Rechten und zog die Klinge halb aus der Scheide. Noch immer leuchtete nichts, und noch immer strömte keine Kraft in ihre Hand. Eher das Gegenteil war der Fall. Es war, wie sie erwartet und befürchtet hatte – nur schlimmer, viel schlimmer. Aber sie würde es ertragen können, wenn es sein müßte.
Königin Yambu stieß das schrecklichste aller Schwerter in die

Scheide zurück und seufzte erleichtert, als die Nacht, die sie umgab, augenblicklich heller zu werden schien. Sie klappte den schmuckvollen Kasten zu, stand auf und ging zum Zelteingang. Dort erteilte sie den Befehl, das Lager abzubrechen und das Heer in Marsch zu setzen.

12

Als er darüber nachdachte, wußte es der Dunkle König natürlich besser; aber in dem Bild, das der Dämon ihm vermittelt hatte, war ihm Schildbrecher in Sir Andrews Händen nur wie ein Kampfhammer vorgekommen, nicht wie ein Schwert – eine Vorstellung, die viel besser zu dem fernen Kampfeslärm paßte, der an seine Ohren drang. Seelenschneider hatte Vilkata noch nicht gesehen, aber er wußte, daß er jetzt da war, irgendwo hinter ihm, in den Händen der Silbernen Königin. Seine magisch verstärkte Wahrnehmung sagte es ihm; es war eine Leere da, etwas, vor dem er wahrlich blind war. Jedes Schwert, das er nicht besaß, vermochte ihm Furcht einzuflößen, und er besaß nur eines der Zwölf. Und nun befand er sich zwischen zwei Gegnern, die mit zwei Schwertern bewaffnet waren, und zwar mit solchen, die ihm besonders mächtig erschienen.

Zwischen dem Sinnschwert in den Händen des Dunklen Königs und seiner Kavallerie war Sir Andrews kleines Heer restlos aufgerieben worden. Das zumindest war erreicht. Unter gewöhnlichen Bedingungen hätte ein Sieg dieser Größe genügt, um den König optimistisch zu stimmen. Aber dies waren keine gewöhnlichen Bedingungen, wenn es etwas derartiges überhaupt jemals gab. Es waren die beiden Schwerter Schildbrecher und Seelenschneider, und er stand zwischen ihnen.

Als er erfuhr, daß die Silberne Königin ihm nachrückte, schickte Vilkata einen fliegenden Boten aus, der den größten Teil seiner vorgeschobenen Kavallerie zurückrief, und dann machte er sich daran, sein gesamtes Heer zu wenden und ihr entgegenzustellen. Es war eine Entscheidung, die er erst nach einigem Zögern traf, denn er sehnte sich danach, statt dessen selbst auf dem Schlachtfeld nach Schildbrecher zu suchen. Ein fliegender Späher hatte ihm gemeldet, er habe aus einiger Entfernung gesehen, wie Sir Andrew das Schwert von sich geschleudert habe, als der Kampf endlich vorüber gewesen war. Und welchem seiner Untergebenen hätte der Dunkle König zutrauen mögen, mit einer solchen Suche erfolgreich zu sein? Gleichzeitig aber durfte er nicht verfehlen, sich mit dem Sinnschwert in der Hand der vorrückenden Silbernen Königin entgegenzustellen, und er konnte nicht an zwei Orten zugleich sein.

Vilkata glaubte ohnehin nicht, daß Sir Andrew Schildbrecher tatsächlich fortgeworfen hatte. In seinen Augen war es, zurückhaltend ausgedrückt, zumindest zweifelhaft, ob ein lebender Mensch das Schwert der Kraft auf einem Schlachtfeld fortwerfen und aufgeben würde. Schließlich begnügte er sich damit, die eine oder andere Streife zu dem Platz zu schicken, an dem Sir Andrew zuletzt gesehen worden war, um dort nach dem Schwert zu suchen oder andere wichtige Entdeckungen zu machen, während er selbst sich den anrückenden Truppen der Silbernen Königin widmete.

Wie sich herausstellte, war der Hauptteil von Yambus Armee nicht annähernd so dicht hinter ihm, wie ihm gemeldet worden war. Den halbintelligenten fliegenden Spähern fiel es oft schwer, horizontale Entfernungen zu schätzen, aber der König wollte kein Risiko eingehen. Eben erst hatte er sein Heer in diese Richtung in Gang gesetzt, als weitere beunruhigende Meldungen hereinkamen. Es hieß, man habe Götter und Göttinnen in der Gegend von Tashigang gesichtet, wie sie im Namen des Dunklen Königs ungewöhnliche Dinge taten und ihn zu ihrem Herrn und Meister, zum neuen Beherrscher der Welt, ausriefen. Das an sich wäre ja nicht übel gewesen, aber die Meldungen besagten auch, daß die Götter ihm Menschen opferten und ihm zu Ehren Vieh und Getreide verbrannten. Von der Verschwendung wertvollen Materials ganz abgesehen, verspürte Vilkata leises Unbehagen bei der Erkenntnis, daß er die Gottheiten, die ihm Loyalität geschworen hatten, im Grunde nicht kontrollierte. Sollte er ihnen sein Mißfallen kundtun lassen? Aber er wuße ja nicht einmal, wo sie im

Augenblick waren. Und ebensowenig wußte er, wohin sie sich als nächstes begeben und was sie dort anstellen würden.
Das Dumme ist, daß sie mich anbeten, dachte er. Aber ich bin kein Gott. Und bei diesem Gedanken war ihm, als habe er eine wichtige, irgendwie bestürzende Entdeckung gemacht.

Mark und seine Eskorte hatten Tasavalta erst vor wenigen Tagen verlassen, als sie zu einem Scharmützel mit einer größeren Einheit des Dunklen Königs gezwungen wurden. Der Kampf hatte einige Verluste gefordert. Aber Würfelwender in Marks Händen hatte das Glück bei jeder Gelegenheit auf seine Seite gebracht, und so hatten er und die meisten seiner kleinen Schar das Gefecht schließlich unversehrt überstanden. Er hatte schon früher erfahren können, wie das Schwert des Glücks seinem Besitzer diente, und er vertraute ihm – bis zu einem gewissen Grad, denn im Grunde war es das unzuverlässigste unter den zwölf Schwertern – und hatte sich an die Eigenarten der Waffe fast gewöhnt, was man von den Soldaten seiner Eskorte noch nicht behaupten konnte.
Als der Kampf vorüber war und die überlebenden Feinde die Flucht ergriffen hatten, rasteten Mark und seine Leute ein wenig, dann zogen sie weiter. Er war voller Zuversicht, und die Soldaten, die seine Befehle zunächst nur mit grimmiger Miene befolgt hatten, übernahmen diese Haltung jetzt von ihm. Da es sein ehrlicher Wunsch war, den Kaiser zu finden, würde Würfelwender ihn zum Kaiser führen, auf die eine oder andere Weise.
Hin und wieder zügelte Mark sein Reittier und ließ die blanke Spitze des Schwertes über den Horizont wandern. Wenn er in eine bestimmte Richtung deutete, erfüllte ein Beben die Klinge, und Mark fühlte, wie ein leiser Kraftstrom aus dem Schwert in seinen Arm floß. In dieser Richtung befand sich der Kaiser, oder es war zumindest die Richtung, in die man gehen mußte, wenn man ihn schließlich erreichen wollte.
Aus der Ferne sah Mark eine feindliche Streitmacht von überwältigendem Umfang. Er vermutete, daß es sich um das Hauptheer des Dunklen Königs handelte. Die Armee marschierte in eine Richtung, formierte sich dann um – allerdings,

wie er fand, nicht wie ein geschlagenes Heer – und marschierte geschlossen zurück. Die Schlacht hatte offenbar noch weiter hinten stattgefunden, wo Mark sie nicht hatte sehen können.

Als der Feind aus dem Weg und fast außer Sicht war, deutete Würfelwender immer noch auf die Gegend, in der die Schlacht stattgefunden haben mußte.

Als Mark mit seiner kleinen Eskorte auf dem Schlachtfeld ankam, fand er dort kein Leben mehr vor – mit Ausnahme einiger Aasfresser, die sich hier, fliegend oder kriechend, gütlich taten. Mindestens hundert Menschen lagen tot am Boden, die meisten von ihnen an einer bestimmten Stelle. Unter den Gefallenen konnte Mark nicht einen einzigen entdecken, der Vilkatas Farben trug. Weithin war nur das Schwarz und Orange des Guten Sir Andrew zu sehen.

Eine einzelne menschliche Gestalt stand auf dem weiten Feld. Sie war schmächtig gebaut und trug ein Gewand, das einst weiß gewesen war – anscheinend ein Diener Ardnehs, der eine beschwerliche Reise und vielleicht auch eine oder zwei Schlachten hinter sich hatte. Als Mark die Gestalt entdeckte, beugte sie sich eben über einen Toten, der ein wenig abseits von den anderen lag. Noch während Mark sie beobachtete, begann die weißgekleidete Gestalt, unbeholfen zu graben – ein Grab, vermutete Mark –, und sie benutzte dazu die Klinge eines langen Messers.

Als Mark und seine Leute, an den Farben von Tasavalta erkennbar – herangeritten kamen, bemerkte die Gestalt in Weiß sie und unterbrach ihre Beschäftigung, um sie zu erwarten. Sie machte keine Anstalt, zu fliehen.

Als Mark noch näher herangekommen war, erkannte er, daß der einzelne Tote Sir Andrew war. In einem Krieg, und vor allem auf einem solchen Schlachtfeld, war es keine große Überraschung, einen Freund und Führer tot aufzufinden. Gleichwohl war diese Entdeckung ein furchtbarer Schock für Mark.

Er sprang von seinem Tier herunter, legte dem Guten Ritter die Hand auf den blutbespritzten Kopf und sah das friedvolle Gesicht. »Ardneh möge Euch willkommen heißen«, mur-

melte er, und wenigstens einen Augenblick lang fühlte er eine echte Hoffnung, daß es tatsächlich so sein könnte.
Dann richtete er sich auf. Er hielt Denis für einen echten Ardneh-Pilger, der vermutlich eben erst auf den Kampfschauplatz gekommen war, und fragte ihn: »Aber wo sind seine Leute? Alle getötet?« Er blickte über die hundert Toten hinweg. »Das hier kann doch nicht sein ganzes Heer sein!«
»Ich fürchte, viele wurden getötet«, antwortete Denis. »Die Kavallerie des Dunklen Königs griff ein Stück weiter vorn, hinter den Hügeln dort, ebenfalls an. Die Offiziere, die noch leben, suchen die Versprengten zusammen. Sir Andrews Freunde wollten ihn zuerst begraben – was ich jetzt tun will –, doch dann kamen sie zu dem Schluß, daß Sir Andrew sich sicher erst um die Lebenden gekümmert hätte. Ich glaube, sie hatten recht.«
»Also hast du ihn gekannt?«
Der junge Mann in dem zerfetzten weißen Gewand nickte. »Ich bin ein paar Tage bei ihm gewesen. Ich glaube, ich habe ihn in gewisser Weise kennengelernt. Man nennt mich Denis den Flinken; ich bin aus Tashigang.« Und Denis' flinke Augen huschten über Marks Eskorte. »Ich wußte gar nicht, daß tasavaltanische Truppen in der Nähe waren.«
»Wir sind auch nicht viele. Mein Name ist Mark.«
Der große schwarze Schwertgriff an Marks Seite war Denis nicht entgangen. »Es gab einen Mann dieses Namens, der hatte – und hat, nach allem, was ich weiß, immer noch – sehr viel zu tun mit den Zwölf Schwertern. So erzählt man sich wenigstens. Aber ich wuße nicht, daß er aus Tasavalta stammt.«
»Ich bin auch nicht aus Tasavalta... Aber du hast recht; ich habe schon oft mit den Schwertern zu tun gehabt. Öfter, als ich mir wünschen würde.« Mark seufzte.
Noch während er sprach, zog er müde, aber pflichtbewußt, Würfelwender aus der Scheide. Denis und die tasavaltanischen Soldaten beobachteten in stummer Aufmerksamkeit, wie er die Klinge langsam im Kreis über den Horizont schwenkte. »Dort«, murmelte Mark und schob die Waffe wieder in die Scheide. »Und zwar ganz in der Nähe, glaube ich. Das Gefühl im Griff ist sehr stark geworden.«

Das Schwert hatte in die Richtung des verlassenen Jahrmarktes gedeutet, der gleich hinter der nächstgelegenen sanften Anhöhe zu erkennen war.
Mark ging auf den Kirmesplatz zu. Er führte sein Tier am Zügel. Seine Eskorte folgte ihm schweigend und mit berufsmäßiger Wachsamkeit. Denis zögerte einen Augenblick lang, doch dann gab er seine Graberei vorläufig auf und folgte ihnen. Bis zu dem verlassenen Jahrmarkt waren es nur hundert Meter.
Als Mark am Rande des Platzes stand und die zerfetzten Zelte und einstürzenden Stände sah, schaute er stirnrunzelnd umher. »Es ist ganz wie...«
»Wie was?«
»Nichts.« Aber Mark zögerte. Als er weitersprach, klang seine Stimme angespannt. »Es ist wie ein ganz bestimmter Jahrmarkt, den ich einmal gesehen habe... vor langer Zeit.«
Natürlich konnte er es unmöglich mit Sicherheit sagen, aber ihm war, als sei es tatsächlich derselbe. Es war etwas an diesen Zelten, vielleicht auch an den Namen der Schausteller auf den wenigen verschlissenen, ausgebleichten Schildern – wenngleich er sich an die alten nicht mehr zu erinnern vermochte...
Ja. Vor ungefähr neun Jahren hatte diese Kirmes weit weg von hier gestanden: Am Fuße der Burg des Guten Sir Andrew. Es war die Nacht gewesen, in der Mark zum zweitenmal einem Schwert begegnete, die Nacht, in der ihm jemand Sichtblender in die Hand gedrückt hatte...
Einer der berittenen Tasavaltaner stieß einen leisen Pfiff aus, das Signal dafür, daß ganz in der Nähe ein Feind gesichtet worden war. Mark vergaß die Vergangenheit und sprang in den Sattel.
Sie hatten kaum noch Zeit, nach ihren Waffen zu greifen, als eine Kavalleriepatrouille des Dunklen Königs über sie herfiel. Vilkatas Leute gaben ihre Tarnung auf, als sie sahen, daß sie bemerkt worden waren. Brüllend stürmten sie zwischen Zelten und wackligen Hütten hindurch zum Angriff.
Mark hob Würfelwender über den Kopf und wandte sich einem Angreifer zu, einem ergrauten Veteranen, der mit weit aufgerissenen Augen zurückwich, als er sah, daß sein Gegner eines der Schwerter in der Hand hielt. Die prachtvolle Klinge machte

die gottgeschmiedeten Waffen unverwechselbar, selbst wenn der schwarze Griff mit dem kennzeichnenden Symbol in einer Faust verborgen war. Andere Kämpfer wirbelten um sie herum, und Marks Reittier wurde leicht verwundet. Er hatte Mühe, es zu zügeln, und es trug ihn ein Stück weit davon, bis er plötzlich fast allein war. Das Schwert des Glücks konnte einen Anführer wahrlich in schwierige Situationen bringen, auch wenn es ihm damit vielleicht gleichzeitig das Leben rettete. Er winkte den tasavaltanischen Soldaten, die er sehen konnte, und gab ihnen ein Zeichen. Dann ritt er voran, um sie in einem Gegenangriff um eine Holzbaracke herumzuführen, die ein wenig größer war als die restlichen Bauten des Jahrmarkts.

Gleich darauf erkannte er, daß seine Soldaten das Handzeichen entweder nicht gesehen oder nicht verstanden hatten, denn plötzlich war er völlig allein. Er fluchte bei den anatomischen Details verschiedener Götter und Göttinnen und riß sein Tier herum, um wieder zu seiner Truppe zu galoppieren, als sein Blick auf den verblichenen Schriftzug über dem Eingang der wackligen Holzbude fiel.

Dort stand:

DAS LUSTIGE LABYRINTH

Und vor dem Lustigen Labyrinth saß ein Mann und wartete auf Mark. Der Mann war in stumpfes Grau gekleidet und saß so regungslos auf der kleinen Bank, daß Mark schon einmal an ihm vorbeigeritten war, ohne ihn zu bemerken. Mark wußte sofort, daß der Mann auf ihn wartete, denn er sah ihn an, als habe er ihn und niemanden sonst hier erwartet.

Der Mann auf der Bank war von gedrungener Gestalt und unbestimmbarem Alter. Sein grauer Mantel war elegant, aber ein wenig verstaubt. Sein Gesicht, fand Mark, war ganz und gar gelassen und völlig gewöhnlich. Beinahe untertänig saß er da, unbewaffnet, aber mit einer langen, leeren Scheide an seinem Gürtel.

Würfelwender deutete geradewegs auf diesen Mann. Dann schien das Schwert in Marks Hand zu springen und zu zucken, bis er es schließlich nicht länger halten konnte. Der Mann auf

der Bank hatte keinen Finger gerührt; er hatte nichts getan, aber das Schwert des Glücks war nicht mehr in Marks Händen und die Scheide an der Seite des Mannes nicht mehr leer.
Aber auch ohne Würfelwenders deutlichen Hinweis hätte Mark gewußt, wem er gegenüberstand. Man hatte ihm diesen Mann beschrieben, und er hatte genug gehört, um sich zu fragen, ob er wider Willen Ehrfurcht empfinden würde, wenn dieser Augenblick gekommen wäre. Aber die erste Regung, die er nun verspürte, war Ärger, und seine ersten Worte waren davon erfüllt. Der Ärger ließ seine Stimme ein wenig zittern, und es war nicht einmal der Verlust des Schwertes, was ihn so erboste.
»Du bist mein Vater. Das hat meine Mutter mir gesagt.«
Der Kaiser ließ nicht erkennen, ob Marks Ärger ihn ebenfalls erzürnte. Er musterte Mark nur von Kopf bis Fuß und lächelte, als sei er mit dem, was er sah, im wesentlichen zufrieden. Schließlich sagte er: »Sie hat dir die Wahrheit gesagt, Mark. Du bist mein Sohn.«
»Gib mir mein Schwert zurück. Ich brauche es, und meine Soldaten brauchen mich.«
»Gleich. Im Augenblick kommen sie gut ohne dich zurecht.«
Mark schickte sich an, aus dem Sattel zu steigen, um sich dem Mann weiter zu nähern, doch im letzten Augenblick beschloß er, den Vorteil zu wahren, den seine erhöhte Position ihm vielleicht gewährte – wenngleich er argwöhnte, daß darin kein Vorteil für ihn lag.
Vorwurfsvoll starrte er den Sitzenden an. »Meine Mutter sagt, sie habe erst sehr viel später begriffen, wer du wirklich warst. Erst, als ich schon geboren war. Du warst maskiert, als du sie nahmst. Eine Zeitlang glaubte sie, du seist Herzog Fraktin, dieser Lump. Hast dein Spiel mit ihr getrieben, wie ein... Warum hast du ihr das angetan? Und meinem Vater?«
Mark hörte, wie seine Stimme beim letzten Wort zitterte. Seine Strafpredigt endete matter, als sie begonnen hatte.
Der Kaiser blieb unbeirrt. »Ich habe es getan – ich habe sie genommen, wie du sagst –, weil ich dich ins Leben rufen wollte.«
»Ich...« Es war schwierig, darauf die richtigen Worte zu

finden, die seiner Wut den angemessenen Nachdruck verleihen könnten.
»Du bist eines meiner vielen Kinder, Mark«, fügte der Mann auf der Bank hinzu. »Kaiserliches Blut fließt in deinen Adern.«
Wieder begann Marks verwundetes Reittier Schwierigkeiten zu machen; unruhig wandte es sich hierhin und dorthin. Mühsam hielt er es im Zaum, und bei sich dachte er, wenn er nur sein Schwert wieder hätte, würde er diesem Mann den Rücken zukehren und davonreiten, um sich wieder in den Kampf zu stürzen. Aber er hatte das Schwert nicht mehr. Und als nun sein Reittier den Kaiser anschaute, beruhigte es sich unversehens. Es blieb stehen, starrte den Mann auf der Bank an und bebte leise.
Wird es mit mir genauso gehen? Werde ich mich so leicht beschwichtigen lassen? dachte Mark. Schon begann die Wut, die er diesem Manne zugedacht hatte, zu verrauchen.
»Auch darüber habe ich schon nachgedacht«, gab Mark zu. »Kaiserliches Blut... Aber wenn ich es habe, was bedeutet das für mich?«
Der Kaiser erhob sich langsam. Noch immer war nichts körperlich Eindruckvolles oder auch nur Besonderes an ihm auszumachen. Er war weder bemerkenswert groß noch sonderlich klein, und zumindest für Marks unempfindliche Sinne strahlte er keine magische Aura aus. Mit wenigen Schritten war er bei Marks zitterndem Tier. Er zog Würfelwender und reichte ihn gelassen zu Mark herauf, mit dem Griff voran. »Du wirst es brauchen, wie du sagst«, stellte er lakonisch fest. Und dann beantwortete er seine Frage, während Mark benommen das Schwert entgegennahm. »Zum einen bedeutet es, daß du über Dämonen gebieten kannst. Genauer gesagt, du kannst ihnen befehlen, sich zu entfernen, sie fortjagen. Welche Worte du dabei benutzt, welche Beschwörungsformeln du verwendest, ist ziemlich gleichgültig.«
Mark ließ Würfelwender in die Scheide an seiner Seite gleiten. Jetzt stand es ihm frei, sich abzuwenden und davonzureiten. Aber er tat es nicht. »Die Dämonen, ja... Sag mir – da war ein Mädchen namens Ariane. Sie war mit mir in den

Schatzgewölben des Blauen Tempels. Sie rettete mich dort vor einem Dämon. War sie...?«
»Eines meiner Kinder, ja. Glaubte sie nicht, in dir einen Bruder zu erkennen?«
»Ja, das tat sie. Ja.« Der ohnehin nur noch leichte Ärger verebbte immer rascher, konnte kaum noch Ärger genannt werden. Dann war er verflogen. Zurück blieb... ja, was?
Wieder lächelte der Kaiser ihn mit leisem Stolz an. »Du bist ein würdiger Gemahl für jede Königin auf der Erde, Mark – und auch für jede Prinzessin. Ich glaube sogar, für die meisten von ihnen bist du zu gut. Aber vielleicht bin ich voreingenommen. Väter neigen dazu.« Der Mann in Grau hielt jetzt Marks Steigbügel umfaßt und blinzelte zu ihm herauf. »Aber da ist noch etwas, nicht wahr? Was willst du mich noch fragen?«
Mark sprudelte einen Schwall von Worten hervor, die mehr oder weniger Ähnlichkeit mit Prinzessin Kristins formeller Bündnisbitte hatten.
»Ja, dazu hat sie dich zu mir geschickt, nicht wahr? Nun, ich habe den Ruf, ein Possenreißer zu sein, aber ich kann auch ernst werden. Wenn du die Prinzessin siehst, kannst du ihr sagen, daß ich ihr Verbündeter bin, solange sie es wünscht.«
Es gab noch ein zweites Bündnis, um das Mark hatte bitten wollen. Aber dazu war es jetzt zu spät. »Sir Andrew ist eben gefallen.«
»Ich weiß.«
Die Gelassenheit, die in der Stimme des Kaisers lag, erschien unmenschlich. Plötzlich loderte Marks Ärger wieder auf. »Er ist weniger als einen halben Kilometer weit von hier gestorben. Wenn du unser Verbündeter sein willst, weshalb hast du dann nicht auch auf unserer Seite gekämpft? Warum hast du nicht mehr getan?«
Sein Vater – plötzlich war es ihm möglich, diesen Mann auch als seinen Vater zu sehen – nahm diesen Vorwurf nicht mit Überraschung auf; im Gegenteil, er blieb völlig ungerührt. Er ließ den Steigbügel fahren und streichelte den verwundeten Hals des Tieres. Mark glaubte zu sehen, wie er eine der kleinen Wunden dort fortwischte, als sei es ein welkes Blatt auf der Haut. Dabei sagte Marks neugefundener Vater: »Wenn du so

alt bist wie ich, mein Sohn, und wenn du so viel verstehen kannst wie ich, dann wirst du das, was ich jetzt tue, auf intelligente Weise beurteilen können.«
Der Kaiser reckte sich. Es war eine müde Bewegung. Dann trat er einen Schritt zurück und sah sich um. »Ich denke, jetzt kannst du dich in dieses Gefecht stürzen. Eines Tages werden wir beide lange miteinander reden können, aber jetzt geht es nicht. Jetzt, da du den Auftrag der Prinzessin ausgeführt hast, würde ich dir raten, deine Leute nach Tashigang zu führen und dich rasch hinter den Mauern der Stadt in Sicherheit zu bringen. Du mußt die Einwohner vor dem drohenden Überfall warnen – wenn sie es nicht schon wissen.«
»Das werde ich tun.« Mark hörte, wie er Befehle von diesem Mann entgegennahm – von demselben Mann, den er tagelang gesucht hatte, um ihm seine Vorwürfe ins Gesicht zu schleudern. Aber dieser Sinneswandel war nicht wie die Veränderung, die der gräßlich verzerrende Druck des Sinnschwertes hervorrief. Es war eine innerliche Veränderung, die auf seiner eigenen Entscheidung gründete, so sehr ihn diese Einsicht überraschte. Sein Reittier war von seinen Verletzungen genesen, und es trug ihn bereits davon. Sein Vater winkte ihm nach und rief: »Und du kannst ihnen auch eine ermutigende Neuigkeit mitteilen: General Rostov kommt ihnen mit der tasavaltanischen Armee zu Hilfe!«

13

Der kleine Zug der Flüchtlinge bestand zum größten Teil aus schwerfälligen Karren und Lasttieren. Seit mehreren Tagen schon zog er mit alptraumhafter Langsamkeit über die schrecklichen Landstraßen. Hier und dort mußte er die Straße verlassen, wenn sie nämlich in die falsche Richtung führte oder eine Brücke zerstört war. Dann ging es rumpelnd über verlassene Felder. Auf diese Weise hatte sich die Wagenkolonne langsam auf Tashigang zubewegt. Die Menschen in der Kolonne, allesamt Dörfler oder Bauern, die schon vor dem Krieg arm gewesen waren, hatten Angst vor der Kavallerie des Dunklen Königs, und zwar aus gutem Grund. Das Land hinter ihnen war eine tote Ruinenlandschaft, und der bleierne Himmel war am Horizont dunstig vom Rauch niedergebrannter Dörfer. Die hölzernen Räder der Karren ächzten unter der wachsenden Last der Leute, die nicht mehr laufen konnten, und der erbärmlichen Habseligkeiten, die sie hartnäckig bei sich behielten. Die Lasttiere brauchten Futter und vor allem eine Rast.

Im zweiten Wagen fuhren vier Menschen: Ein Mann namens Birch, seine Frau Micheline und ihre beiden kleinen Kinder. Der Mann saß auf dem Bock und trieb das einzelne Lasttier voran, das den Karren zog. Ein mehr oder weniger stetiger Strom von aufmunternden Bemerkungen kam aus seinem Mund; er richtete sich an das Tier und die Familie zugleich. Niemand antwortete auf diesen Redeschwall. Die Frau sprach schon seit Tagen nur noch das Nötigste, die beiden Kinder waren zu erschöpft zum Sprechen.

Der Wagenzug gelangte jetzt an eine Stelle, wo die holprige Straße zwischen einstmals bewaldeten Hügeln bergab führte, um einen schmalen, schlammigen Bach zu durchqueren. Die meisten der Bäume auf den Hügeln sahen aus, als seien sie von hundert Äxten einzeln gefällt und von tausend Armen zerrissen worden, damit ihr Holz zum Feuermachen oder anderen Zwecken verwendet werden konnte. Höchstwahrscheinlich hatte hier vor nicht allzu langer Zeit eine Armee ihr Lager aufgeschlagen.

Die kleine Kolonne, ein halbes Dutzend Wagen und Karren nur, hielt vor der Furt an. Alle wollten ihre Tiere saufen lassen, und diejenigen, die kein frisches Wasser mehr in ihrem Wagen hatten, wollten selbst aus dem Bach trinken. Birch und seine Familie stiegen nicht ab. Sie waren jetzt weniger durstig als vielmehr benommen und erschöpft.

Als die Flüchtlingskolonne so vor der Furt stand, kam tatsächlich eine Kavalleriepatrouille des Dunklen Königs in Sicht. Diejenigen, die in ihren Wagen saßen oder daneben standen, hielten den Atem an und warteten schicksalsergeben. Aber die Patrouille ritt in einiger Entfernung vorüber und schien sich für die ärmliche Gesellschaft nicht sonderlich zu interessieren. Sie waren zutiefst erleichtert. Aber kaum war die Kavallerie vorbeigezogen, stand eine der Frauen in ihrem Wagen auf, deutete in eine andere Richtung und kreischte.

Über einem der nahegelegenen Hügel, der von Baumstümpfen übersät war wie ein kantiges Kinn von einem Stoppelbart, waren Kopf und Schultern eines Gottes aufgetaucht. Rauch wallte in dieser Richtung empor, vielleicht von einem brennenden Bauernhof hinter dem Hügel, oder von einem schwelenden Heuhaufen oder einem Holzstoß. Durch diesen Dunst betrachtet, erschien die Göttergestalt wie ein wahrhaft gigantisches Wesen, das sich viele Kilometer entfernt am Horizont bewegte.

Birch, der Mann im zweiten Karren, erstarrte auf seinem Kutschbock. Micheline, seine Frau, die neben ihm saß, umklammerte seinen Arm, daß er schmerzte, aber er hätte sich ohnedies nicht von der Stelle rühren können. Hinter ihnen, zwischen dem Hausrat auf dem großen, zweirädrigen Karren, kauerten die beiden Kinder und spähten heraus. Sie waren ebenfalls wie gelähmt.

Auf den ersten Blick sah Birch, daß der Gott, der da groß wie ein Berg über den Hügel herangestapft kam, Mars war. Der mächtige Speer, der Helm und der Schild des nahenden Wesens ließen keinen Zweifel zu, obgleich der Mann noch nie im Leben einen Gott gesehen und auch jetzt nicht damit gerechnet hatte.

Mars kam fast aus derselben Richtung, in die der Zug sich bewegte, und der Kriegsgott hatte sie offensichtlich zur Kenntnis genommen. Einen Moment lang dachte Birch, daß die fernen Augen schnurstracks in die seinen blickten. Jetzt hatte Mars den Rauchdunst hinter sich gelassen, und man sah, daß er nur dreimal so groß war wie ein Mensch. Er senkte das Visier seines stählernen Helms, als mache er sich zum Kampf bereit, und sein Schritt hallte wie Donner, als er einem wandernden Berg gleich näherkam und Baumstümpfe und Felsblöcke mit dem Fuß beiseitetrat.

Er stieg jetzt den nächstgelegenen Hügelhang herunter und überragte die Wipfel des verwüsteten Wäldchens, als er zwischen ihnen hindurchstapfte. Bevor Birch sich besinnen konnte, war Mars bei der schlammigen Furt angelangt.

Dort angekommen, hob er die Arme. Mit geistesabwesender Miene, als seien seine göttlichen Gedanken mit anderen Dingen beschäftigt, und gänzlich ohne Einleitung oder Warnung, spießte er den Mann, der den ersten Wagen lenkte, auf seinen Speer, der selbst so lang war wie ein Baum und nur wenig dünner. Die Frau und die Kinder dieses Mannes stürzten sich aus dem Wagen und wälzten sich am Boden, als fühlten sie den Speer in ihren eigenen Eingeweiden.
Mars bewegte sich flink und kam so dicht heran, daß er fast nicht mehr zu sehen war – wie ein Berg, wenn man darauf steht. Birch fühlte, daß jetzt auch sein eigener Karren umkippte. Wenn der gewaltige Speer auch nach ihm gestoßen worden war, so hatte er ihn verfehlt. Birch fühlte nichts weiter als einen Sturz, der ihn halb betäubte, einen wachsenden Schmerz in Bein und Hüfte, und eine Gefühllosigkeit, die zu einem noch stärkeren Schmerz anzuschwellen drohte. Langsam drang ihm ins Bewußtsein, daß er sich nicht bewegen konnte. Neben ihm lagen Micheline und die Kinder inmitten ihrer verstreuten Besitztümer am Boden. Außer Birch schien niemand verwundet zu sein, aber Micheline rang nach Luft, und die Kinder wimmerten in neuerlichem Entsetzen. Ihr einziges Lasttier, immer noch mit seinem ledernen Geschirr an den Wagen gespannt, lag zuckend am Boden, die Gliedmaßen grotesk verdreht. Der vorüberziehende Kriegsgott hatte es mit einer bloßen Geste niedergemetzelt.
Mars' Stimme erhob sich wie ein Sturmwind über den Köpfen der kauernden Menschen. »Was soll mir dieses Gerede, das ich seit einigen Jahren hören muß, über zwölf ganz besondere Schwerter? Ich habe sie noch nie gesehen, und mich gelüstet auch nicht danach. Was ist überhaupt so großartig an ihnen? Kann mir hier jemand darauf eine Antwort geben? Mein Kriegsspeer tut seine Arbeit so gut wie jedes von ihnen.«
Ob der Gott wirklich zu den Menschen redete, die er eben niedergemacht hatte, oder ob er tatsächlich erwartete, daß eines seiner überlebenden Opfer mit ihm ein Zwiegespräch begänne, erfuhr Birch nicht. Die Stimme, die dem Kriegsgott zur Antwort entgegendonnerte, war weit tiefer und lauter, als eine menschliche Stimme es je sein konnte. Sie rollte von einem

Hügel auf der anderen Seite der Furt herunter. »Dein Speer hat dich schon einmal im Stich gelassen, Kriegsgott. Auch diesmal wird er nicht genügen.«
Birch kannte diese Stimme nicht. Aber Mars kannte sie, denn Birch sah, wie sich plötzliches, beinahe wahnsinniges Entzükken in seiner Miene spiegelte, als er sich umdrehte und dem Sprecher entgegensah. »Da ist ja der Hund!« rief der Kriegsgott aus. »Der große Sohn einer Hündin, den sie alle den Herrn der Tiere nennen! Endlich! Schon lange suche ich nach dir.«
Birch lag immer noch auf dem Rücken. Ihm war bewußt, daß Micheline und die Kinder neben ihm lagen, aber darüber hinaus konnte er keinen Gedanken auf sich und seine Familie verwenden und auch nicht sprechen, obgleich seine ausgedörrten Lippen Worte formten. Selbst der Schmerz von seiner Verletzung war für den Augenblick vergessen. Er konnte nur zuschauen. Noch nie in seinem ganzen Leben hatte er auch nur einen einzigen Gott gesehen, und jetzt standen hier zwei zugleich.
Draffut, der Herr, kam den Hügel herab und auf die Furt und die überlebenden Menschen zu, die am Boden zwischen den Trümmern ihres Wagenzuges kauerten. Die turmhohe, menschenähnliche Gestalt watete durch den knietiefen Fluß, der sich jetzt vor einem Wirrwarr aus Wagentrümmern, getöteten Lasttieren und menschlichen Leichen teilweise staute wie vor einem Damm, dessen Lücken von dem ärmlichen, nutzlosen Hausrat gestopft wurden, den die Menschen in die Sicherheit der Stadtmauern von Tashigang hatten schaffen wollen. Das blutrot gefärbte Wasser umspritzte die von schimmerndem Fell bedeckten Knie, und Birch sah voller Erstaunen, daß die Elemente des Wassers und des Schlamms vorübergehend mit Leben erfüllt wurden, wenn sie mit Draffuts Körper in Berührung kamen.
»Auf deine vier Beine, du Vieh!« brüllte der Kriegsgott und schwenkte dabei seinen Speer gegen den anderen Gott, der ebenso groß war wie er selbst.
Im Augenblick hatte Draffut ihm nichts mehr zu entgegnen. Der Herr der Tiere bleckte wortlos die Zähne, während er den

Wasserlauf durchschritt, und blieb dann leicht vorgebeugt stehen, fast in Reichweite des Kriegsgottes.
Zum erstenmal stach der mächtige Speer zu - zu schnell und kraftvoll, als daß Birch es deutlich hätte sehen können, und zu schnell auch, um Draffut eine Abwehr zu ermöglichen. Die Spitze durchbohrte Draffuts rechten Unterarm, doch sie verletzte ihn nur geringfügig. Draffut konnte den Speerschaft mit beiden Händen umfassen. Einen Augenblick später hatte er Mars die Waffe entrungen und sie umgedreht.
Wie durch Zauberei hatte Mars schon wieder einen neuen Speer in der Hand. Die beiden Waffen schlugen krachend gegeneinander. Dann stieß Draffut zu, mit solcher Heftigkeit, daß Mars' Schild glatt durchbohrt und dem Kriegsgott aus der Hand gerissen wurde. Der Schild rollte mitsamt dem Speer davon wie ein Karrenrad am Ende einer abgebrochenen Achse.
Mars brüllte auf; es war ein Schrei voller Wut und Angst, dachte Birch, kein Schmerzensschrei. Aber sogar die Angst eines Gottes war furchtbar mitanzusehen. Mars zeigte, daß er noch immer ganz nach seinem Belieben Speere herbeischaffen konnte. Er hielt jetzt einen in jeder Hand.
Draffut stürzte sich auf ihn, schlang seine massigen Arme um seinen gigantischen Gegner und preßte dessen Arme gegen den Brustpanzer, der den Oberkörper des Kriegsgottes schützte. Gleichzeitig schlug Draffut seine furchterregenden Zähne in das Götterfleisch unten an dem sehnigen, gepanzerten Hals. Als der Herr der Tiere die magische Rüstung des Kriegsgottes berührte, begann selbst sie zu schmelzen und lebendig zu zerfließen, und so entblößte sie tückisch das göttliche Fleisch, das sie doch hatte schützen sollen.
Die Riesen stampften und schwankten, und die Erde bebte unter ihren Füßen. Obwohl seine Oberarme fest an den Leib gepreßt wurden, versuchte Mars, seinen Gegner mit den Speeren, die er in den Händen hielt, zu durchbohren. Birch, der längst jenseits allen Staunens war, sah, wie die eine der beiden Speerspitzen durch Draffuts Lebenszauber in den riesigen Kopf einer lebendigen Schlange verwandelt wurde, und er sah, wie der Schlangenkopf auf die Faust des Gottes zurück-

Nun spitzen sich die Ereignisse zu. Die Götter greifen selbst in den Kampf um die Schwerter ein und geraten sich auch prompt in die Haare.
Vorkommnisse dieser Art bleiben nicht auf Fantasy-Romane beschränkt, es gibt sie auch in Wirklichkeit – in der Wirklichkeit des fantastischen Fantasie-Rollenspiels »Das Schwarze Auge«...

Bitte umblättern ☞

stieß, die den Speer umklammert hielt. Mars stieß ein ohrenbetäubendes Schmerz- und Wutgebrüll aus.
Micheline sah den Kampf mit anderen Augen. Ihr bot er eine Gelegenheit, etwas zu unternehmen, und sie fragte ihren Mann, ob er verletzt sei und er sich bewegen könne. Nur kurz wandte Birch den Blick von den kämpfenden Titanen und antwortete, jawohl, er sei verletzt und könne sich nicht bewegen. Sie solle die Kinder nehmen, fliehen und später zurückkehren, wenn die Gefahr vorüber wäre.
Sie wollte widersprechen, aber als sie sah, daß er sich tatsächlich nicht bewegen konnte, tat sie, wie er gesagt hatte. Die kämpfenden Götter waren zu sehr mit sich selbst beschäftigt, um die kleine Gruppe zu bemerken, die sich aus dem Staub machte.
Die Speerspitze in der rechten Hand des Kriegsgottes hatte sich durch Draffuts Berührung nicht verwandeln lassen. Störrisch weigerte sie sich, zum Leben zu erwachen. »Diese Waffe wirst du nicht schmelzen!« rief Mars, und mit der blitzenden Spitze riß er eine klaffende Wunde zwischen den zottigen Rippen des Herrn der Tiere. Die gefährlich beißende Schlange hatte er unterdessen von sich schleudern können.
Jetzt vermochte der Gott des Heilens sich selbst nicht mehr völlig zu heilen. Funkelndes rotes Blut spritzte aus seiner Seite und auch aus der Wunde an seinem Arm.
Aber wieder warf er sich auf Mars und entwand ihm den zweiten Speer. Er packte den Kriegsgott in einem Ringergriff, hob ihn hoch und schmetterte ihn zu Boden, daß der Aufprall die Erde erbeben ließ und das Wasser im Bach in kleinen Fontänen aufsprühte.
Aber kaum hatte Draffut ihn losgelassen, war Mars schon wieder auf den Beinen, und wieder hatte er einen Speer in jeder Hand, ebenso wie vorher. Auch er blutete, und sein Blut war so rot wie das Draffuts, aber dicker und so heiß, daß es dampfte. Schimmernd quoll es aus der Wunde, die Draffuts Zähne in seinen Hals gerissen hatten.
»Du kannst einen echten Gott nicht töten, du Hundsgeschöpf«, erklärte Mars. »Wir sind unsterblich.«
Draffut näherte sich ihm langsam und methodisch, er wartete

auf die beste Gelegenheit zum Angriff. »Hermes ist gestorben. Wenn ich dich nicht töten kann... dann nicht, weil du ein Gott bist... sondern weil...«
Und wieder – Birch konnte kaum glauben, was er hier sah und hörte – schien es, als sei Mars durchaus fähig, Angst zu empfinden. »Warum?« fragte der Kriegsgott.
»Weil zu viel Menschliches in dir ist«, antwortete Draffut. »Die Menschen sind nicht Geschöpfe der Götter. Ihr seid die ihren. Du und deinesgleichen, die ihr euch in den Ludus-Bergen versammelt.«
Dies veranlaßte Mars, Draffut mit einem Schwall von Beschimpfungen zu überschütten. Draffut jedoch machte sich nicht die Mühe, darauf zu antworten. Die ganze Zeit über umkreisten die beiden Giganten einander unablässig wachsam und lauernd.
Aber am Ende schien es, als habe Draffuts gelassene Behauptung über das Menschliche im Kriegsgott ihn empfindlicher getroffen als jede geplante Beleidigung. Sie mußte so tief getroffen haben, daß sich sogar der Kriegsgott zu jener letzten, unüberbietbaren Reaktion veranlaßt sah: Zum Nachdenken.
»Was meinst du mit diesem törichten Geschwätz?« grollte er. »Wir seien ihre Schöpfung?«
»Ich will dir sagen, was ich an jenem Tage sah, da ich auf eisigem Berggipfel mitten unter euch stand mit dem Schwert der Arglist in der Hand... Sichtblender ließ mich die innere Natur der Götter sehen, deine und die der anderen dort... Und seither weiß ich: Wenn ich dich beim letzten Mal, als wir miteinander kämpften, nicht töten konnte, und wenn ich es jetzt nicht kann, dann nur, weil du zuviel Menschliches in dir hast.«
»Bah! Das kann ich nicht glauben.« Mars schwenkte seinen Speer.
Blutend umkreiste Draffut seinen Gegner. »Ihr habt sie nicht erschaffen«, wiederholte er.
»Hah! Das will ich gern glauben. Welcher Gott hätte sich wohl diese Mühe machen sollen?«
»Sie haben euch erschaffen.«

Mars schnaubte mit göttlicher Verachtung. »Wie könnte solches Gewürm je etwas erschaffen?«
»Sie haben es mit ihren Träumen getan. Ihre Träume sind überaus mächtig.«
Wieder stürzten die beiden Titanen aufeinander los und kämpften.
Der einzige Mensch, der sie jetzt noch beobachtete, war der Mann namens Birch. Zweifellos wäre inzwischen auch er mit Frau und Kindern davongekrochen, wenn er sich hätte bewegen können. Aber er konnte es nicht. Und jetzt kümmerte ihn sein Schicksal nicht mehr sonderlich. Er verfolgte den Kampf, bis er bewußtlos wurde, und als er wieder zu sich kam, verfolgte er ihn weiter, denn er hatte immer noch kein Ende gefunden. Als der Durst ihn zu überwältigen drohte, gelang es ihm unter großen Anstrengungen, sich zu drehen und zu wenden, bis er von dem schlammigen, blutigen Wasser des kleinen Flusses trinken konnte. Dann ließ er sich wieder auf den Rücken fallen und vergaß die schmerzhafte Verletzung über dem Kampf, der immer noch andauerte.
Die Sonne ging unter. Der Kampf ging weiter, hin und wieder von Pausen unterbrochen – Birch vermutete, daß auch Götter bei solchen qualvollen Anstrengungen rasten mußten –, und die Nacht nahm ihren Lauf. Titanisches Krachen und Ächzen erfüllte die Dunkelheit, und der Fluß gurgelte, wo er, blutig und geduldig, den neuen Damm umspülte, der aus menschlichem Unglück entstanden war.
In einem Augenblick geistiger Klarheit sagte sich Birch, daß er zumindest keine Angst vor Raubtieren zu haben brauchte, die sich heranschleichen und ihn zerreißen könnten, weil er hilflos verwundet am Boden lag – denn welches gewöhnliche Tier würde es wagen, diesen Schauplatz zu betreten?
Als der Morgen graute, war Birch zu seiner gelinden Überraschung immer noch am Leben. Im Licht des neuen Tages sah er, daß der Boden in der Umgebung der Furt weithin übersät war von zersplitterten Speerschäften, abgebrochenen Speerspitzen und von monströsen toten oder bewegungsunfähigen Schlangen, die einmal Speere gewesen waren – lauter Spuren des Kampfes, der noch immer nicht zu Ende war.

Oder doch? Die Stille schien jetzt länger anzudauern als sonst...
Ein gewaltiges, erschreckendes Krachen ließ die Erde erbeben. Irgendwo ganz in der Nähe hinter umgestürzten und zertrümmerten Karren, die einen großen Teil von Birchs Blickfeld begrenzten. Der Boden zitterte unter dem neu entflammten Kampf, der schließlich mit einem lauten Platschen noch einmal endete. Einen Augenblick später sah und fühlte der Mensch die Wellen, die darauf hindeuteten, daß die beiden Kämpfenden, immer noch ineinandergekrallt, in den gestauten Fluß gestürzt waren.
Jetzt hörte Birch sie nicht mehr. Nur hin und wieder vernahm er ein gelegentliches Platschen, dessen Heftigkeit nach und nach abnahm. Aber er hörte die beiden Götter atmen. Mußten Götter eigentlich atmen? fragte er sich benommen. Vielleicht nur, wenn sie Lust dazu hatten, wie sie ja auch nur dann aßen oder tranken. Vielleicht taten sie es auch nur, wenn sie zusätzliche Kraft benötigten.
Die Zeit verging, und es war beinahe still. Dann aber, als die eben aufgegangene Sonne höher stieg, fiel plötzlich ein Schatten über Birch. Der Mann öffnete die Augen und erblickte die Gestalt eines dritten Gottes. Ardneh sei Dank – auch dieser hatte den überlebenden Menschen noch nicht entdeckt.
An der ledernen Schmiedsschürze und dem verwachsenen Bein erkannte Birch sogleich Vulkan. Der hinkende Gott trug zwei Schwerter mit schwarzen Griffen an der Seite, die neben den grauen Massen seines Körpers wie kleine Dolche erschienen. Der Schmied hockte sich nieder und schaute in den aufgestauten Flußtümpel, in dem die beiden Kämpfer verschwunden waren. Birch konnte sie nicht mehr sehen, aber jetzt hörte er wieder etwas – ein Rumoren, ein Brummen. Ein breites Grinsen überzog das Gesicht des Schmiedes. Er stand auf und schlenderte gelassen näher an den Kampfplatz heran. Bevor er sich schließlich auf einem Felsen niederließ, trat er einen umgestürzten Karren beiseite. Damit wurde zufällig auch das Blickfeld für den Verwundeten frei, von dessen Anwesenheit bis jetzt noch keiner der drei auch nur die geringste Notiz genommen hatte.

»Heil dir, o mächtiger Kriegsgott!« Der Gruß erscholl im Tonfall gigantischen Spotts. »Die Welt wartet auf dein alles überwindendes Erscheinen. Hast du hier nicht lange genug herumgetrödelt? Was treibst du eigentlich hier? Badest du dein Hündchen im Schlamm?«
Birch sah jetzt, wie rot der Schlamm und das Wasser rings um die beiden war. Draffut konnte nicht mehr kämpfen, er konnte sich kaum noch bewegen. Dem Kriegsgott ging es nur wenig besser als seinem geschlagenen Gegner. Aber langsam und unter gewaltigen, furchtbaren Anstrengungen entwand Mars sich dem zermalmenden, klammernden Griff seines Feindes und stand aufrecht im knöcheltiefen Schlamm.
Als der Kriegsgott zu sprechen anhob, war seine Stimme fast unhörbar, und bei einigen Worten versagte sie völlig. Anscheinend konnte er den Arm, den er Vulkan entgegenstreckte, kaum noch heben. »Einen Speer – eine Waffe – ich habe keine Speere mehr. Leih mir dein Schwert, Schmied. Gib mir eins – ich sehe, du hast zwei. Diese Angelegenheit muß zu einem Ende gebracht werden.«
Vulkan seufzte. Es klang, wie wenn der Wind durch eine glutheiße Esse rauscht. Er blieb, wo er war – etwa zwanzig Schritte von den anderen entfernt. »Ich soll dir eine Waffe geben, wie? Nun, ich nehme an, mir bleibt nichts anderes übrig, denn du scheinst in dieser schäbigen Angelegenheit am Ende doch siegreich geblieben zu sein. Wie verdrießlich.«
Mars wankte, aber es gelang ihm doch, sich weiter aufzurichten.
»Wie geschliffen deine Manieren plötzlich sind, Schmied. Mit welchem Behagen du plötzlich versuchst, gewitzt zu erscheinen. Wie kommt das nur? Aber sei's drum – gib mir den Stahl in die Hand, und ich werde diese schmutzige Arbeit zu Ende bringen.«
»Ich muß dir beipflichten«, bekannte Vulkan. »Es gibt gewisse Dinge, denen ein Ende bereitet werden muß.« Der Schmied erhob sich, und sein Schmuck aus Drachenschuppen klapperte, als er eines seiner beiden Schwerter auswählte und aus der Scheide zog.
»›Er findet dein Herz‹«, zitierte er leise. Er umklammerte den

schwarzen Griff mit seiner großen, grauen, schwieligen Schmiedsfaust, so daß das Symbol nicht zu erkennen war. Er streckte das Schwert in die Höhe und schaute es beinahe liebevoll an. »›Er findet dein Herz, hast ein Leid mir getan‹.«
»Warte«, rief Mars, und ein ganz neuer Ausdruck lag in seinem Gesicht. »Welches Schwert ist –?«
Die Antwort kam nicht in Worten. Vulkan bewegte sich in einem seltsamen Drehtanz, sein ganzer Körper kreiste schwerfällig, und seine großen, in Sandalen steckenden Schuhe zertraten Steine und Schlamm neben den Wagenspuren, zerstampften die Erde, die vom Kampf schon aufgerissen, flachgedrückt und blutgetränkt war, und zerquetschten die ohnehin verendenden Schlangen, die einmal Speere gewesen waren. Das Schwert in der ausgestreckten Hand Vulkans leuchtete jetzt, und es heulte wie das Lärminstrument eines primitiven Magiers.
Mars, mochte er halbtot sein oder nicht, war plötzlich wie elektrisiert. Er sprang aus dem Wasser, rannte davon, flüchtete. Er lief, wie nur ein Gott laufen konnte. Geduckt und hakenschlagend hetzte er durch die Überreste des Gehölzes auf dem Hügel. Er huschte zwischen dicken, gesplitterten Baumstämmen hindurch und brach Bäume nieder, die ihm im Weg standen.
Birch sah, wie Vulkan das Schwert warf – besser gesagt, wie er es los ließ. Als es der Faust des Schmiedegottes entronnen war, flog es aus eigener Kraft voran. Mars flüchtete mit großer Geschwindigkeit, aber das Schwert war nur ein weißer Strich in der Luft. Blitzschnell folgte es dem Kriegsgott auf seiner hastigen Flucht.
Im letzten Augenblick drehte Mars sich um und sah seinem Unglück tapfer entgegen. Irgendwie war es ihm noch einmal gelungen, einen Speer in seiner Hand erscheinen zu lassen. Aber auch sein magischer Kampfspeer vermochte nichts gegen das Schwert der Rache auszurichten. Der weiße Streifen endete jäh, und mit einem zischenden Laut fuhr das Schwert in sein Ziel.
Ferntöter hatte sein Herz durchbohrt, aber Mars hob trotzdem seinen Speer und tat einen wankenden Schritt auf den Gott zu,

der ihn besiegt hatte. Aber er brachte nur noch einen Fluch hervor und stürzte dann zu Boden. Er war tot, ehe er die Erde berührte, und im Fallen riß er noch einen lebenden Baum mit sich. Dieser letzte Baum fing den leblosen Körper des Kriegsgottes auf, so daß er sich umdrehte, bevor sein Gewicht die Erde erbeben ließ, und auf den Rücken fiel. Nur Ferntöters schwarzer Griff und eine Handbreit seiner blitzenden Klinge ragten aus dem Brustpanzer des Gottes hervor.

14

Beim größten Straßentor in den Mauern von Tashigang, dem Hermestor, wo die endlose Überlandstraße begann, die man den Fernweg nannte, versuchte ein dünner Strom von besorgten Bürgern, die Stadt zu verlassen, als Mark und Denis eintrafen, während gleichzeitig andere, nämlich die Flüchtlinge vom Lande, sich draußen drängten und um Einlaß flehten. Offenbar bestand keine allgemeine Einigkeit hinsichtlich desjenigen Ortes, der im zweifellos bevorstehenden Krieg die größte Sicherheit bieten würde. Die diensttuende Wache am Hermestor hinderte jedermann unerbittlich daran, Lebensmittel oder Dinge, die als medizinisches oder militärisches Material benötigt werden könnten, aus der Stadt zu schaffen, und gleichzeitig verwehrte sie vielen der vor dem Tor Wartenden den Zugang zur Stadt. Um eingelassen zu werden, war es notwendig, daß man dringende Geschäfte nachwies – und die Sorge um das eigene Überleben galt nicht als ein solches, wie die Wachen gleichmütig mitteilten – oder daß man einen bedeutenden und handfesten Beitrag zur Verteidigung der Stadt bei einer Belagerung leisten konnte. Denis, der sich als Agent des Hauses Courtenay ausweisen konnte, wurde ohne weiteres durchgelassen. Mark und seiner Eskorte gewährte man als tasavaltanischen Gesandten Einlaß; ihre blau-grünen Uniformen genügten als Beweis.

Mark hatte den Eindruck, daß ein paar der Wachsoldaten am Tor Würfelwender an seiner Seite erkannten. Niemand erwähnte es, aber die Nachricht von der Ankunft des Schwertes wurde rasch an den Bürgermeister weitergeleitet. Mark sprach mit einem Offizier und ließ ihn wissen, man würde ihn im Hause Courtenay erreichen können, und er bereitete die Torwachen darauf vor, daß in der nächsten Zeit Überlebende von Sir Andrews Armee eintreffen könnten. Eine Truppe von zwei- oder dreihundert Mann folgte Mark und Denis im Abstand von wenigen Stunden. Sie würden eine willkommene Verstärkung für die Garnison der Stadt bilden, denn diese war, wie Denis zu berichten wußte, chronisch unterbesetzt.

Zum erstenmal sah Mark eine derart große Stadt – manche behaupteten, es gäbe keine größere –, und vieles erregte sein Staunen, während Denis ihn und seine Handvoll Tasavaltaner durch die breiten Alleen und Straßen geleitete. Natürlich sah er auch das Haus Courtenay zum erstenmal, und er war gebührend beeindruckt von dem Reichtum und dem Luxus, in dem seine alten Freunde Ben und Barbara lebten. Der Haushalt befand sich wie die ganze Stadt in einem Zustand von Aufruhr und Anspannung. Schon kurz nach seiner Ankunft hatte Mark das Gefühl, daß niemand genau wußte, ob man sich auf eine Belagerung oder eine Evakuierung vorbereitete. Eine Arbeitskolonne, die Mark auf mindestens ein Dutzend Diener und Handwerker schätzte, war damit beschäftigt, Wertgegenstände zu verpacken, als stünde eine Evakuierung bevor, während gleichzeitig eine andere Gruppe Fenster und Türen bis auf wenige Ausnahmen verbarrikadierte, als erwarte man eine Belagerung.

Kaum hatte Denis das Erdgeschoß des Hauses betreten, eine Werkstatt anscheinend, in der ohrenbetäubender Trubel herrschte, als er sogleich in ein Gespräch mit einem Mann verwickelt wurde, den er Mark als Tarim, den Majordomus des Hauses, vorstellte.

Einiges von dem, was Tarim erzählte, ließ Denis Mund und Augen aufreißen.

»Evakuieren? Tashigang? Sag nicht, man habe so etwas ernsthaft in Erwägung gezogen!«

»Wir haben Dinge über die Macht des Sinnschwertes gehört...« Tarim schien sehr besorgt zu sein. Der Blick seiner alten, bekümmerten Augen richtete sich auf Mark. »Vielleicht

habt ihr Herren, die ihr durch die weite Welt reitet, auch schon vernommen, was es vermag.«
Denis wurde ungeduldig. »Ich glaube, wir haben eine gewisse Vorstellung davon, ja. Aber wir sind nicht hilflos. Es gibt andere Waffen, andere Schwerter. Wir haben sogar eines mitgebracht... Aber wenn die Stadt geräumt wird – hier lebt eine halbe Million Menschen oder mehr! Wohin sollen sie alle gehen?«
Tarim zuckte fatalistisch mit den Schultern. »Nun, sie werden ins Gebirge fliehen, denke ich, oder in den Großen Sumpf. Ich habe nicht gesagt, es sei vernünftig, die Stadt zu evakuieren.«
Eben betrat jemand anderes den Werkstattraum im Erdgeschoß. Als Mark sich umdrehte, erblickte er den Mann, den er sein ganzes Leben lang für seinen Vater gehalten hatte. Den Mann, so sagte er sich, der in jeder nennenswerten Hinsicht sein Vater *war*.
Deshalb nannte Mark ihn auch Vater, als er ihn ansprach. Vorläufig war der Kaiser vergessen.
Mark war erst zwölf Jahre alt gewesen, als er Jord zuletzt gesehen hatte, und Jord hatte scheinbar tot auf der Dorfstraße gelegen. Aber nun stand er unverkennbar vor ihm. Er war älter geworden, aber hatte sich ansonsten kaum verändert – er trug nur feinere Gewänder, als Mark je an ihm gesehen hatte. Und er hatte...
Die wirklich verblüffende Veränderung war so gewaltig und erschien zugleich so natürlich und selbstverständlich, daß Mark sie auf den ersten Blick fast als normal hingenommen und gar nicht als Veränderung bemerkt hatte. Nach der ersten Umarmung hielt er seinen Vater staunend auf Armeslänge vor sich.
Jord hatte zwei Arme.
»Was mir die Schwerter nahmen, haben sie mir zurückgegeben«, erklärte Marks Vater. »Man hat mir gesagt, man habe mich mit Wundheiler behandelt, als ich bewußtlos dalag. Das Schwert hat seine Aufgabe besser erfüllt, als diejenigen hoffen konnten, die es benutzten.«
»Das Schwert der Gnade hat auch mich schon berührt«, flüsterte Mark. Und dann konnte er eine Weile nur dastehen und

den neuen Arm seines Vaters bestaunen. Jord erzählte, wie der Arm zunächst als fleischige Schwellung, dann als Knospe erschienen war und wie er im Laufe weniger Monate das Wachstum eines Menschenarmes in den natürlichen Stadien durchlaufen hatte – ein Säuglingsarm zunächst, dann der Arm eines Kindes. Jetzt war er ebenso groß wie der linke, aber die Haut war noch rosig und fast neu, sogar an der Hand – anders als die narbige, altersgegerbte Haut an Jords linker Faust, die aus dem Ärmel seines feinen neuen Hemdes ragte.

»Kürzlich erst habe ich Mutter und Marian gesehen«, berichtete Mark plötzlich. »Wenn sie erfahren, daß du einen neuen Arm hast...«

Vater und Sohn hatten einander vieles zu erzählen. Einiges davon war möglicherweise noch wichtiger als ein neuer Arm, und außerdem hatte Mark ein Problem, über welches er mit diesem Manne niemals sprechen würde. Doch vorläufig ließ man ihnen wenig Zeit zum Reden. Ben und Barbara kamen aus den oberen Regionen des Hauses herunter und begrüßten Mark voller Freude.

Barbara sprang ihm entgegen, und er fing sie auf und wirbelte sie ihm Kreis. Sie warf ihm die schlanken Arme um den Hals und küßte ihn herzhaft, und er hielt sie wie zuvor Jord auf Armeslänge vor sich und betrachtete sie forschend, um sich davon zu überzeugen, daß nicht auch hier eine Veränderung stattgefunden hatte, die er nicht auf den ersten Blick bemerkte, weil sie so groß war. Aber dann mußte er sie loslassen, denn Ben, der sich in der Regel weniger überschwenglich gebärdete, umarmte ihn nun so heftig, daß er ihn fast zerquetscht hätte.

Ihnen folgte ein rundliches Hausmädchen mit Beth, der kleinen Tochter der beiden. Das Hausmädchen stellte man als Kuan-yin vor. Das Kind hatte sich augenscheinlich schon mit Jord angefreundet, denn es lief sogleich auf ihn zu und erkundigte sich, wie es seinem neuen Arm gehe.

Kuan-yin war für den Augenblick von ihrer unmittelbaren Verantwortung entbunden, und so begab sie sich mit Denis ein Stück beiseite. Inmitten des Wirrwarrs von packenden und verbarrikadierenden Leuten standen die beiden einander

gegenüber, und Mark sah, daß sie einander ausgiebig zu begrüßen hatten.
»Am liebsten würden wir sofort mit der Willkommensfeier für dich beginnen«, sagte Ben zu Mark. »Aber das geht nicht. Wir müssen mindestens bis morgen warten. Der Bürgermeister hat die führenden Bürger der Stadt zu einer Beratung zusammengerufen, und Barbara und ich sind dazu eingeladen. Wir sind jetzt wichtige Leute, weißt du. Meister und Lady Courtenay. Und der Bürgermeister weiß, daß wir ein Waffenlager besitzen, das für die Verteidigung nützlich sein könnte... was hängt denn da an deiner Seite?«
Ben ergriff die Scheide und warf einen Blick auf den Schwertgriff. »Ardneh sei Dank – Würfelwender! Wir müssen zu dieser Ratsversammlung, und du mußt mitkommen und diese Klinge mitbringen, um dafür zu sorgen, daß sie nicht irgendwelche törichten Beschlüsse fassen – zu kapitulieren etwa. Du wirst willkommen sein, denn du bringst Nachrichten von draußen, und außerdem bist du Abgesandter von Tasavalta. Und ein Schwert bringst du auch. Das wird ihnen Mut machen. Stadtretter ist bereits hier.«
Mark grinste. »Urteilspender ist hierher unterwegs.«
»Allen Göttern sei Dank!« Ben ergriff Marks Arm und senkte seine Stimme einen Moment. »Wir können uns nicht ergeben, und die Stadt räumen können wir schon gar nicht. Stell dir nur vor, wie es wäre, mit einem dreijährigen Kinde... nein. Du und ich, wir wissen, wie es sein würde. Aber wenn alle anderen die Stadt verlassen, werden wir es versuchen müssen...«

Der Palast des Bürgermeisters war wie alle Stadtbezirke, die Mark bisher gesehen hatte, der Schauplatz energischer und wirrer Geschäftigkeit von zweifelhaftem Nutzen. Wie allerorten, schienen sich die Bewohner auch hier auf eine gewaltige Kraftanstrengung vorzubereiten, ohne sich bisher entschieden zu haben, wie sie aussehen sollte.
Mark, Ben und Barbara gelangten ohne Schwierigkeiten durch das Hauptportal in den Palast. Es war ein Gebäude, das dem Haus Courtenay in gewisser Hinsicht ähnlich war, aber es war noch größer und üppiger, und im Erdgeschoß befanden sich

Empfangsräume und Amtszimmer statt einer Werkstatt. Sogleich geleitete man sie eine breite, geschwungene Marmortreppe hinauf, vorbei an Bediensteten, die eben in Kisten verpackte Kunstgegenstände heruntertrugen.
Unterwegs setzten Marks Freunde ihn, so gut es ging, ins Bild über das, was sie hier erwartete.
»Höchstwahrscheinlich«, warnte Ben, »werden wir auf dieser Versammlung unseren alten Freund Hyrcanus wiedersehen.«
Mark wäre fast über die nächste Stufe gestolpert. »Hyrcanus? Ist er denn immer noch Hoherpriester des Blauen Tempels? Aber er...«
»Er ist es noch«, bestätigte Barbara. »Und der Blaue Tempel ist hier in Tashigang eine bedeutende Organisation.«
»Das wundert mich nicht. Es ist mir nur noch nie in den Sinn gekommen.« Mark nickte. »Hyrcanus... Ich erinnere mich, irgendwo gehört zu haben, daß seine Amtsenthebung beschlossene Sache sei. Ich dachte, er sei längst von der Bildfläche verschwunden. Immerhin ist es vier Jahre her, daß wir ihn beraubt haben. Wir haben sein tiefstes Rattenloch ausgeplündert, wie es vorher und nachher niemandem sonst gelungen ist.«
»Allen Göttern sei Dank für dieses Rattenloch«, murmelte Barbara. »Mögen sie uns noch einmal eines finden lassen. Nur eine Handvoll von dem, was dort lag, hat Ben und mir sehr gutgetan. Wie ich höre, erwägt der Tempel im Augenblick, seinen Hauptschatz nach Tashigang zu verlagern. Wir wollten dich warnen. Hyrcanus wird wahrscheinlich hier sein, und er wird sich nicht freuen, uns wiederzusehen.«
»Er hält mich für tot«, murmelte Mark. Doch nun war es zu spät. Dieser glückliche Stand der Dinge würde sich nicht länger aufrechterhalten lassen.
Sie hatten die Tür des Ratssaales erreicht. Es war ein geräumiger, gut ausgestatteter Saal in einem oberen Stockwerk. Unverzüglich ließ man sie ein. Obgleich er gewarnt war, erschrak Mark, als er Hyrcanus mit eigenen Augen erblickte. Es war das erste Mal, daß er den Mann tatsächlich vor sich sah, aber er hatte dennoch keinen Zweifel an seiner Identität. Der Vorsitzende und Hohepriester des Blauen Tempels hatte die

Bemühungen überlebt, die man zweifellos unternommen hatte, um ihn nach jenem frevelhaften Einbruch in die Schatzgewölbe des Blauen Tempels vor vier Jahren aus Amt und Würden zu jagen. Er war noch immer das Oberhaupt des Tempels, und tatsächlich war er heute hier, um an der Ratsversammlung im Palast des Bürgermeisters teilzunehmen.

Der Hohepriester Hyrcanus, klein und kahlköpfig, mit rotem und wie gewöhnlich leutseligem Gesicht, blickte auf, als die drei eintraten. Sein fröhliches Lächeln verschwand nicht, aber es gefror. Zumindest Ben hatte er nach der Beschreibung anscheinend auf den ersten Blick erkannt.

Der Vorsitzende betrachtete auch Mark, und offenbar hatte er auch an dessen Identität nicht den geringsten Zweifel, zumal der Bedienstete, der sie heraufgebracht hatte, seinen Namen und die der anderen mit lauter Stimme verkündete. Die anderen am Tisch, großenteils ehrbare Bürger von Tashigang, erhoben sich, um Grüße zu wechseln und die Neuankömmlinge willkommen zu heißen. Angesichts der grün-blauen Uniform von Tasavalta, die Mark immer noch trug, schienen ihre Mienen sich zu erhellen, und neue, hoffnungsfrohe Überlegungen ließen ihre Gesichter noch strahlender aufleuchten, als sie den schwarzen Schwertgriff an seiner Seite erblickten. Locker und lässig legte Mark die linke Hand auf den Knauf. Hyrcanus sollte nicht sehen können, welches Symbol den Griff zierte.

Mark vermutete, daß die tasavaltanische Uniform dem leutselig dreinblickenden alten Halunken einiges zu denken gab und ihn vielleicht sogar veranlaßte, den nächsten Meuchelmordversuch für ein Weilchen aufzuschieben.

Okada, der Bürgermeister, war ein buchhalterisch aussehender Mann, der in der Robe seines hohen Amtes ein wenig grotesk wirkte. Aber er führte den Vorsitz mit fester Entschlossenheit. Die Ankunft der drei hatte Hyrcanus mitten in einer Rede unterbrochen, und auf des Bürgermeisters Aufforderung hin nahm er den Faden jetzt wieder auf.

Als der Vorsitzende des Blauen Tempels weiterredete, wurde bald offenkundig, daß er im Augenblick nicht auf Rache und Bestrafung wegen lange zurückliegender Übeltaten sann, sondern sich wie gewöhnlich darauf konzentrierte, wie es ihm gelingen könnte, die Hauptmassen des Tempelschatzes zu retten. Eine Belagerung der Stadt und die Erstürmung ihrer Mauern war um jeden Preis zu vermeiden – zumindest solange der Blaue Tempel ihn nicht selbst zu zahlen hatte. Nachdem Mark eine Weile zugehört hatte, vermutete er, daß Hyrcanus bereits eine Vereinbarung mit dem Dunklen König getroffen hatte – oder getroffen zu haben glaubte –, derzufolge die Besitztümer des Blauen Tempels in Tashigang nicht angetastet werden würden, solange man mit dem Eroberer zusammenarbeitete.

Noch ein Gesicht am Ratstisch war Mark bekannt. Baron Amintor war als persönlicher Vertreter der Silbernen Königin zugegen. Er erkannte Mark ebenfalls und schaute ihn mit ungewohnter Freundlichkeit an. Mark musterte den alten Feind Sir Andrews mit steinernem Blick. Auch Ben und Barbara erkannte der Baron, dessen war sich Mark sicher.

Hyrcanus fuhr in seiner Rede fort. Er drängte darauf, daß eine von zwei möglichen Richtungen eingeschlagen werde. Entweder solle man sich dem Dunklen König unverzüglich ergeben oder aber Tashigang zur Offenen Stadt erklären. Dies aber, so dachte Mark, käme praktisch einer Kapitulation gleich.

Die Rede des Hohepriesters rief unter den Bürgern von Tashigang, die hier die Mehrheit bildeten, keine sonderliche Begeisterung hervor. Aber es fand sich auch niemand, der sogleich Einwände geäußert hätte. Eher schien es, als warteten die Bürger darauf, mehr zu hören. Hin und wieder wanderten ihre Blicke zu dem schwarzen Schwertgriff an Marks Seite.

Hyrcanus hätte womöglich endlos weitergeredet, doch schließlich schnitt ihm Bürgermeister Okada entschlossen das Wort ab und fragte, wer als nächster zu sprechen wünsche.

Baron Amintor hatte ungeduldig auf diese Gelegenheit gewartet. Jetzt erhob er sich, und als Abgesandter der Silbernen Königin vertrat er beredt die Auffassung, die Stadt müsse bis auf den letzten Mann verteidigt werden – wenngleich, wie Mark bemerkte, er dies nicht gar so unverblümt zum Ausdruck brachte. Statt dessen sprach der Baron mit großer Zuversicht über die Mauern, über die Geschichte der Stadt, über die

Tradition der erfolgreich abgewehrten Überfälle von außen und über die Entschlossenheit der Silbernen Königin, bei der Verteidigung zu helfen.
Einmal unterbrach ihn Hyrcanus mit einem Einwand. »Und das Sinnschwert? Was sollen die Mauern dagegen ausrichten?«
Schwungvoll überging Amintor diesen Einwand. Er versicherte seinen Zuhörern, daß auch Yambu im Besitz einer überaus mächtigen Waffe sei. »In ihrer Weisheit und ihrem Widerwillen dagegen, anderen etwas anzutun, hat sie bis heute darauf verzichtet, sie zu benutzen. Aber angesichts des Sinnschwertes... Nun, ich denke, sie wird tun, was sie tun muß, um die Sicherheit Tashigangs zu gewährleisten.«
Einer der Bürger stand auf. »Wenn Ihr von einer Waffe sprecht, welche die Königin besitzt, so meint Ihr damit das Schwert Seelenschneider, auch Tyrannenklinge genannt, nicht wahr?«
»So ist es.« Wenn die unumwundene Benutzung des zweiten Namens Amintor bestürzte, so ließ er es sich nicht anmerken.
»Ich weiß sehr wenig über diese Klinge.« Der Sprecher ließ seinen Blick in die Runde schweifen. »Ich glaube, das gilt auch für die meisten der anderen hier. Was kann sie tun, um Tashigang zu schützen?«
Amintor warf Hyrcanus einen kurzen Blick zu. »Ich würde es vorziehen, auf taktische Einzelheiten hinsichtlich dieser Schwerter im Augenblick nicht näher einzugehen«, erwiderte er geschmeidig. Fast war es, als zwinkere er Mark, der Würfelwender am Gürtel trug, wie ein alter Kumpan zu – so, als wären sie nicht alte Feinde. »Später, unter größeren Sicherheitsvorkehrungen, will ich es gern nachholen. Ich will jetzt nur soviel sagen: Die Königin ist weise, hat ein mitfühlendes Herz« – aus irgendeinem Grunde lachte niemand im Raum – »und wird eine Waffe wie Seelenschneider nicht leichtfertig benutzen. Aber ebensowenig wird sie zulassen, daß diese Stadt, die sie so sehr liebt, von ihren Feinden erobert wird.«
Mark mußte sich eingestehen, daß er wenig oder nichts über Seelenschneiders Kräfte wuße. Es war das einzige unter den Zwölf Schwertern, das er nie gesehen, geschweige denn beses-

sen hatte. Beinahe alles, was er darüber wußte, war in dem Vers enthalten, den jeder schon einmal gehört hatte:

Kein Blut vergießt die Tyrannenklinge,
Verzehrt die Seele wohl;
Seelenschneider nicht tötet den Leib,
Doch welkt gar mancher hohl.

Er warf einen kurzen Blick auf Ben und Barbara und sah, daß sie ebensowenig wußten wie er.
Jetzt blickte der Bürgermeister Mark erwartungsvoll an. Es war an der Zeit, daß der tasavaltanische Abgesandte der Ratsversammlung Bericht erstattete.
Mark erhob sich von seinem Stuhl und stützte sich mit beiden Händen auf den Tisch. Er vertraute auf das, was der Kaiser ihm gesagt hatte, und so konnte er bekanntgeben, daß die tasavaltanische Armee unter der Führung von General Rostov auf dem Marsch sei, um der Stadt Hilfe zu leisten. Rostov war ein beeindruckender Name, dessen Ruf dem der Mauern von Tashigang nicht nachstand. Die Mienen rings um den Tisch begannen sich wieder aufzuhellen. Daß die Armee von Tasavalta, verglichen mit den Heerscharen des Dunklen Königs, eher klein war, erwähnte in diesem Augenblick niemand, obwohl es jeder wußte. Selbst wenn die Streitmacht der Silbernen Königin zur gleichen Zeit einträfe, würde Vilkata zahlenmäßig überlegen sein.
»Hat sonst noch jemand etwas zu sagen?« fragte der Bürgermeister. »Jemand, der bisher noch nicht gesprochen hat?«
Ben ergriff das Wort, und gleich nach ihm auch Barbara. Sie hatten dem bisher Gesagten eigentlich nichts hinzuzufügen, aber sie erinnerten alle noch einmal an die Tradition der Stadt und versprachen, aus ihrem Waffenlager alles zur Verfügung zu stellen, was für die Verteidigung der Mauern gebraucht würde. Bevor Barbara sprach, warf sie Mark einen kurzen Seitenblick zu, und ihre Lippen formten das Wort »Urteilspender?«
Mark schüttelte kaum merklich den Kopf. Er wollte diese Neuigkeit vorläufig für sich behalten, um damit die Entschlos-

senheit des Rates stärken zu können, falls die Anwesenden schließlich doch einer Kapitulation zuneigten. Im Augenblick hielt er dies für unwahrscheinlich.
Gleich nachdem Barbara gesprochen hatte, ließ der Bürgermeister die Versammlung abstimmen. »Wer ist bereit, für die Stadt zu kämpfen?«
Nur einer hob nicht die Hand. Hyrcanus bedachte Ben, Mark und Amintor mit rabenschwarzen Blicken.
Bevor der Vorsitzende des Blauen Tempels Gelegenheit zu einem dramatischen Abgang fand, trat ein Adjutant des Bürgermeisters ein und verkündete die Ankunft eines fliegenden Boten mit einer Nachricht für den Bürgermeister. Der Kurier und der Behälter für die Botschaft trugen die schwarz-silbernen Insignien der Königin Yambu persönlich.
Das Botentier – Mark sah, daß es sich um eine besondere Züchtung handelte, der man im Interesse der Geheimhaltung die Sprachfähigkeit genommen hatte – wurde hereingetragen. Die Briefkapsel, ein Röhrchen aus leichtem Metall, wurde geöffnet, und ein Stück Papier entfaltet.
Alles schwieg beunruhigt, während Okada las, was auf dem Blatt stand. Dann hob er den Kopf.
»Es ist in der Tat von Ihrer hochverehrten Majestät, der Silbernen Königin selbst, und wie das Zeichen auf der Kapsel verrät, ist es an mich persönlich gerichtet. Ich werde jetzt nicht die gesamte Nachricht laut verlesen. Sie enthält Dinge, die ich im Rat nicht bekanntgeben kann.« Es folgte ein Blick auf Hyrcanus, mit dem ihm wortlos bedeutet wurde, daß wichtige Militärgeheimnisse vor ihm nicht erörtert werden würden – nicht, nachdem er seine Ansichten in dieser Weise hier kundgetan hatte. Der Bürgermeister fuhr fort. »Aber es gibt andere Passagen, die meiner Meinung nach alle hier hören sollten.«
Die Worte der Silbernen Königin, die der Bürgermeister nun verlas, klangen fest und entschlossen, und sie flößten zumindest Furcht, wenn schon keinen Mut ein: Jede Erwähnung einer Kapitulation sei zu unterlassen, und wer sich nicht daran halte, laufe Gefahr, die Herrscherin ernstlich zu verstimmen. Zudem bestätigte die Nachricht, daß ihre Armee bereits auf dem Marsch sei, um dieser ihrer größten Stadt beizustehen –

der, wie sie es ausdrückte, wahrlich größten und stolzesten Stadt der Welt. Und sie gedenke, den Sieg zu erringen, koste es, was es wolle.
Hyrcanus verließ den Saal. Er tat es ohne Hast, beinahe höflich, und auf jeden Fall mit beträchtlicher Würde, wie Mark einräumen mußte. Der Hohepriester verschwendete seine Zeit nicht mit Drohungen, die jetzt offenkundig nutzlos waren und ihm sogar gefährlich werden konnten. In dieser Situation fand Mark ein solches Verhalten bedrohlicher, als jede Drohung es hätte sein können.
Der Bürgermeister, der dem Hohenpriester sinnend nachblickte, war offenbar der gleichen Meinung. Sogleich rief er einen Offizier der Wache herein, der draußen gewartet hatte, und gab ihm ruhig den Befehl, den Hohenpriester zu verhaften, bevor er den Palast verlassen konnte, denn wenn er ins Freie gelangte, würde er seinen Truppen mühelos ein Zeichen geben können. Die Garden des Blauen Tempels, die sich gegenwärtig in der Stadt aufhielten, zählten, wie Ben berichtet hatte, zu den größten ausgebildeten Kampftruppen auf dieser Seite der Mauern.
Jetzt war es dem Rat zumindest möglich, die Verteidigungsmöglichkeiten der Stadt im einzelnen zu besprechen, ohne beinahe sicher zu sein, daß ein potentieller Feind der Debatte lauschte und an ihr teilnahm.
Amintor unterbreitete der Versammlung den Plan, die Truppen des Blauen Tempels zu neutralisieren, indem man ihrem Versuch, Hyrcanus zu befreien, mit einem Schlag gegen den örtlichen Tempel und seine Schatzgewölbe begegnete, zu dem man auch den Pöbel aufstacheln könnte, wenn reguläre Einheiten zu diesem Zweck nicht verfügbar wären. Barbara wisperte Mark zu, daß Denis vermutlich der geeignete Mann für die Leitung eines solchen Unternehmens wäre.
In der folgenden Diskussion wurde schnell deutlich, daß der Wache, einer kleinen, aber wohlausgebildeten und dem Bürgermeister loyal gesonnenen Truppe, bei der regulären Verteidigung der Stadt eine Schlüsselposition zukam. Es waren nur ein paar hundert Mann, die gegen Vilkatas nach Tausenden zählende Heerscharen eingesetzt werden konnten, aber sie

würden sich durch die Miliz der Stadt verstärken lassen. Allerdings sei die Miliz keine so schlagkräftige Truppe, wie sie es hätte sein können, flüsterte Ben seinem Nachbarn Mark ins Ohr. Doch zweifellos würde die lange Verteidigungstradition der Stadt überaus hilfreich sein.

Auch durften die Überreste der Armee des Guten Sir Andrew nicht vergessen werden, die Überlebenden, die Mark zusammen mit den verbliebenen zehn oder zwölf Mann der tasavaltanischen Eskorte gefolgt waren. Mark versicherte dem Bürgermeister, Sir Andrews Leute seien allesamt gute und erfahrene Soldaten, wenngleich der Tod ihres edlen Führers sie vielleicht ein wenig aus dem Gleichgewicht geworfen habe. Aber wenn sie Gelegenheit dazu erhielten, würden sie mit großem Eifer Rache üben wollen.

Nun offenbarte Mark, daß das Schwert an seiner Seite Würfelwender sei, und er schlug vor, man solle das Schwert des Glücks unverzüglich befragen, um so den besten Weg zu einer erfolgreichen Verteidigung der Stadt zu bestimmen. Alle waren damit einverstanden, und jeder – vor allem diejenigen, welche noch nie zuvor eines der Schwerter gesehen hatten – war von dem Anblick beeindruckt, als Mark die Klinge aus der Scheide zog.

»Es deutet... dorthin. Was ist dort?«

Man kam rasch zu dem Schluß, das Schwert deute auf etwas, das sich außerhalb des Saales befand. Sie mußten hinausgehen und auf das Dach des Palastes steigen, um sicherzugehen.

Das Schwert des Glücks deutete auf jemanden oder etwas außerhalb der Stadtmauern – genau gesagt: auf die Mitte der vorrückenden Armee des Dunklen Königs. Wenn man genau hinsah, war die Streitmacht bereits zu erkennen: ein dunkler Strich im sommerlichen Dunst über dem fernen Horizont. Noch, dachte Mark, reichte das Sinnschwert längst nicht bis zur Stadt.

Und es war, als deute Würfelwender auf Vilkata selbst. Mark sah Ben an, und dieser erwiderte den Blick mit einer Mischung aus Ehrfurcht und Nachdenklichkeit.

15

Die Delegation vom Palast, zwei Männer und eine Frau, stand unerwartet und von kaum jemandem bemerkt vor Malas Haustür. Es war der Nachmittag, nachdem sie von Marks Abreise im Auftrag der Prinzessin gehört hatte. Als sie die Fremden vor ihrer Tür sah, war ihr erster Gedanke, ihrem Sohn, ihrem Gatten oder beiden sei etwas Schreckliches zugestoßen. Aber bevor sie eine Frage stellen konnte, versicherte eine der beiden Frauen ihr, daß es beiden, soweit man wisse, gut gehe. Die drei waren gekommen, um Mala zum Palast zu bringen, denn die Prinzessin verlangte sie zu sehen.

Der Palast stand nicht weit oberhalb der Stadt, und weniger als eine Stunde später war Mala oben in einem sorgsam angelegten Blumengarten, der sich zwischen hohen Mauern erstreckte. Große, blühende Bäume standen in diesem prachtvollen Garten, und es gab merkwürdige Tiere zu bestaunen – gezüchtete Kreaturen, mit denen sich die Hochgeborenen die Zeit zu vertreiben beliebten, und die zwischen den hohen Ästen umherkletterten und -flogen.

Mala blieb einige Augenblicke allein im Garten zurück. Dann tauchte ein fetter Mann auf, wohlgekleidet und von der Aura eines Magiers umgeben. Er stellte sich als Karel vor, ein Name, der Mala nichts weiter sagte, und obwohl er offensichtlich eine Person von einiger Bedeutung war, schien ihm dies ganz recht zu sein. Er schlenderte mit Mala den Gartenweg entlang, befragte sie über ihre Familie und bemühte sich, ihr die Spannung zu nehmen. Daß es ihm so gut gelang, war sicherlich nicht zuletzt seinen Fertigkeiten zu verdanken.

Schließlich erkundigte er sich mit seiner vollen, sanften Stimme: »Kennst du das Schwert der Gnade? Das Schwert der Liebe, wie man es auch manchmal nennt?«

»Ich habe natürlich davon gehört, Herr. Ihr müßt ja wissen, wer mein Mann ist. Aber wenn Ihr fragen wollt, ob ich es schon gesehen habe, so ist die Antwort: Nein.«

»Könntest du dir dann wohl denken, wo es in diesem Augenblick ist? He?« Karels Blick war plötzlich sehr viel eindringlicher, obgleich er sich immer noch bemühte, freundlich zu erscheinen.

»Als mein Sohn hier war, ging das Gerücht, er – und die Prinzessin – habe es nach Tasavalta gebracht. Er selbst hat mir davon allerdings nichts gesagt, und ich habe ihn nicht gefragt. Ich werde mich hüten, mich allzu naseweis nach Staatsgeheimnissen zu erkundigen. Und wo das Schwert jetzt ist, kann ich mir auch nicht denken.«

Karel starrte sie mit unverminderter Eindringlichkeit an. »Er hat es tatsächlich hergebracht, und gestern, als er fortritt, war es hier. Das ist kein Staatsgeheimnis.« Unverhofft hörte der Zauberer auf, sie anzustarren. Er schüttelte den Kopf und wandte den Blick ab. »Und jetzt ist es verschwunden, und ich weiß auch nicht, wo es ist. Ich weiß nicht einmal, ob dies nun ein Staatsgeheimnis sein sollte oder nicht...« Er seufzte und ließ seine letzten Worte verklingen.

Mala empfand unbestimmte Angst. »Ich weiß es auch nicht, Herr.«

»Nein, natürlich nicht. Ich glaube dir, liebe Frau, nachdem ich dich angeschaut habe... Es gibt aber noch etwas, das ich dich fragen will.«

Ihr angstvoller Blick schien zu besagen, daß sie ihn daran wohl kaum werde hindern können.

Er seufzte noch einmal. »Hier, setz' dich.« Er führte sie zu einer Bank aus Marmor und ließ sich neben ihr nieder. Er pustete erleichtert, als er seine Füße endlich entlasten konnte. »Dir oder Mark wird kein Schaden daraus entstehen, wenn du mir wahrheitsgemäß antwortest – was immer die Wahrheit sein mag. Ich glaube, ich kenne sie bereits, doch ich muß sichergehen. Wer ist Marks wirklicher Vater?«

Unter diesen Umständen war es unvermeidlich, daß die mehr als zwanzig Jahre alte Geschichte ans Licht kam. Damals hatte Mala geglaubt, der Mann könne Herzog Fraktin gewesen sein. Später war sie davon überzeugt gewesen, daß er es nicht gewesen war. Und noch später, langsam und allmählich nur, war ihr die Wahrheit gedämmert.

»Aber, Herr... ich bitte Euch – mein Mann, Jord... er darf es nicht wissen. Er hat niemals Verdacht geschöpft. Mark ist sein einziger lebender Sohn. Er...«

»Hmmm...« machte Karel. Dann sagte er: »Jord hat uns gute

Dienste geleistet. Wir werden für ihn tun, was wir können. Die Prinzessin erwartet dich. Ich habe ihr gesagt, ich wollte vorher mit dir sprechen.«
Schwerfällig stemmte der Zauberer sich hoch und führte Mala durch ein mit reichen Ornamenten geschmücktes Tor in einen zweiten, kleineren Garten, in dem die Bänke aussahen, als seien sie aus Kristall statt aus Marmor. Auf den Wegen lag etwas, das aussah wie Kies, jedoch weicher als Stein war. Die Prinzessin erwartete sie hier.
Sie scheint ein nettes Mädchen zu sein. Dies war der einzige klare Gedanke, den Mala in ihrer Verwirrung fassen konnte.

Kristin hatte darauf gebrannt, zu erfahren, wie die Mutter des Mannes war, den sie liebte – großenteils deshalb, weil sie darauf brannte, zu erfahren, wie Mark selber war, denn sie hatte ja nur wenig Zeit gehabt, ihn kennenzulernen. Es war schön und gut, sich selbst mit königlicher Autorität zu befehlen, diesen Mann zu vergessen, sich einzureden, daß Mark nicht länger ihr Geliebter sei, und wenn sie ihn noch einmal wiedersähe, dann nur vorübergehend, bei einem unpersönlichen, offiziellen Anlaß. Aber es fügte sich, daß alle diese königlichen Befehle nichts bedeuteten, als sich die Gelegenheit ergab, im Rahmen ihrer dienstlichen Obliegenheiten, nämlich im Zusammenhang mit den Schwertern, Marks Mutter kennenzulernen.
Als ein Mindestmaß der notwendigen Formalitäten erledigt war, saßen die beiden Frauen allein auf einer der kristallenen Bänke; Karel hatte sich taktvoll zurückgezogen. Nicht etwa, daß er nicht gelauscht hätte – Kristin war sicher, daß er es tat. Sie kannte Karel schon seit langem, und der fette Zauberer hatte mehr im Sinn als nur Schwerter – oder ein verschwundenes Schwert –, so wichtig dies auch war.
Mala sagte eben: »Ich hatte gehofft, eines Tages Gelegenheit zu bekommen, mit Euch zu sprechen, Hoheit. Aber ich wollte nicht wie eine ränkeschmiedende Mutter erscheinen, die versucht, Vorteile für ihren Sohn herauszuschlagen.«
»Das wäre eh nicht deine Art... es sei denn, du tätest es jetzt um der Sicherheit deines Sohnes willen, und das würde jede Mutter tun.«

Kristin hatte viele Fragen – über Mala, Jord, die Familie. Als sie sich nach Marks Vater erkundigte, hatte sie den Eindruck, als schaue die Frau sie befremdet an; aber wie sollte sie sonst dreinschauen, so unversehens vor die Königliche Hoheit geführt?
Und immer wieder kehrten ihre Fragen zu Mark selbst zurück.
Es war mehr Zeit vergangen, als Kristin gedacht hatte – wenn auch noch nicht allzuviel –, als sie unterbrochen wurden: Ein kleines Tier, das wachsam auf einem Ast hoch über ihnen hockte, zwitscherte schrill.
Kristin fluchte, leise und verdrossen. »Da ist ein General, der darauf besteht, mich zu sehen – wenn ich inzwischen gelernt habe, diese gestammelten Signale richtig zu deuten. Ich habe so viel zu tun, und alles gleichzeitig.« Sie griff nach Malas Händen. »Ich will noch einmal mit dir sprechen, und zwar bald.«

Einen Augenblick später war Mala fort, und Kristin empfing General Rostov.
Zunächst berichtete der General mit seiner knirschenden Stimme, daß der Mann Jord in Geheimdienstkreisen einen guten Namen habe. Über den Sohn gebe es in Tasavalta bislang noch kein Dossier – das heißt, man hatte eben erst begonnen, eines anzulegen –, aber unter Sir Andrews Leuten schien er einen hervorragenden Ruf zu haben. Und er kenne die Schwerter aus einer langen, merkwürdigen und vertrauten Beziehung, ebenso wie, natürlich, Jord.
»Aber es gibt nichts, Hoheit, was sie mit dem Verschwinden des Schwertes Wundheiler in einen Zusammenhang bringen könnte.«
»Nein, das glaube ich auch nicht, General ... So, und was sind Eure militärischen Pläne?«
Rostov richtete sich auf. »Es sieht so aus, Hoheit: Der beste Platz, das Haus zu verteidigen, ist nicht der Vorgarten, sondern die Straße, die heranführt, und zwar so weit vorn, wie es nur geht. *Falls* es noch geht.«
»Wenn dies eine endgültige – Was gibt es Karel?«
Der Zauberer stand in dem ornamentenreichen Gartentor.

»Eine Staatssache, Hoheit. Ihr solltet sie zur Kenntnis nehmen, bevor Ihr andere Pläne zum Abschluß bringt, militärische oder sonstige.«
»Einen Augenblick«, antwortete die Prinzessin und wandte sich noch einmal Rostov zu. »Ich glaube Euch, General. Und ich habe beschlossen, mit Euch zu kommen. Wenn Ihr sagt, die Armee müsse nach Tashigang marschieren, weil sich dort das Schicksal unseres Volkes entscheiden werde, dann ist dies der Ort, an dem auch ich zu sein habe.«
General Rostov wäre fast erstickt, als er versuchte, einen Fluch zu unterdrücken, und er widersprach so nachdrücklich, wie er nur konnte.
»Ihr solltet beide zunächst hören, was ich zu sagen habe«, mahnte Karel. »Es betrifft die Frau, die eben hier war.«

16

Sie waren viele Kilometer lang und so hoch wie Paläste. Sie schlängelten sich bergauf und bergab, in einem Kreis, der sich selbst in den Schwanz biß, gewunden wie der Rücken des legendären Großen Wurms Yilgarn. Die Mauern von Tashigang. Endlich sah er sie vor sich.
Die Einnahme der Stadt, selbst die Pläne dazu, erwiesen sich als beträchtlich schwieriger, als der Dunkle König erwartet hatte. Er hatte sich vorgestellt, zum Hermestor hinaufzureiten und das Sinnschwert vor den Augen der Garnison zu zücken, die sich zu seiner gefälligen Bedienung auf den Mauerkronen versammelt hatte. Nach der Zeit, die seine neuen Sklaven benötigten, um ihm die Tore der Stadt zu öffnen, würde er sodann im Triumph einreiten, sich seine neuen Schätze aneignen und einige seiner alten Feinde endgültig beseitigen.
Dieser letzte Teil seiner Vision war der erste, der sich als wenig überzeugend, ja undurchführbar erwies – und zwar, sobald Vilkata wirklich darüber nachdachte. Das Sinnschwert würde seiner Rache vermutlich alles Befriedigende rauben. Wenn alte Feinde zu loyalen Sklaven wurden, so treu und

unterwürfig, wie Menschen es nur sein konnten, dann hatte es doch keinen Sinn mehr, sie zu bestrafen oder gar zu vernichten.
Auf jeden Fall aber sah Vilkata jetzt, daß ihm Tashigang doch nicht so rasch in die Hände fallen würde. Am letzten Abend seines Marsches auf die Stadt, am Abend, bevor er zum erstenmal wirklich vor den gewundenen Mauern der Stadt stand, hatten seine beratenden Dämonen ihm eine Warnung zugeflüstert. Sie hatten festgestellt, so raunten sie, daß soeben das Schwert Urteilspender in die Stadt getragen worden sei, und einer der fanatischsten Verteidiger es in seinem Besitz habe. Infolgedessen bestehe die Gefahr, daß auch die machtvollste Magie – jawohl, selbst die Kraft des Sinnschwertes – gegen den Dunklen König gewendet werde, wenn er versuchte, sie in einem Angriff einzusetzen.
Als Vilkata diese düstere Warnung erhalten hatte, saß er eine Zeitlang in blinder Stille da; seine Dämonensicht hatte er abgelegt, um sich besser auf seine Gedanken konzentrieren zu können. Unterdessen warteten die menschlichen Ratgeber, in zitterndem Schweigen und voller Angst vor seinem Zorn, denn sie glaubten, er lausche den Dämonenstimmen, die nur er hören konnte.
Der Dunkle König versuchte, sich vorzustellen, wie es sein würde, wenn die schrecklichsten Warnungen seiner unmenschlichen Berater wahr würden. Es würde bedeuten, daß die Ergebenheit seiner eigenen Truppen sich in Haß verwandelte. Vielleicht würde es überdies bedeuten, daß alles Böse, das er je auf jemanden innerhalb der Mauern von Tashigang herabgerufen hatte, plötzlich auf ihn selbst zurückfiele und ihn zermalmte.
Zudem hatte man ihn gewarnt, daß auch das Schwert Stadtretter in Tashigang sein könne. Das Schwert der Wut an sich würde kaum in der Lage sein, die Macht des Sinnschwertes zu beschneiden. Aber was Stadtretter gegen diejenigen Angreifer, die in Reichweite seiner Klinge gerieten, auszurichten vermochte, war genug, um jeden Feldherrn nachdenklich zurückweichen zu lassen.
Ein Schauder überlief den Dunklen König, und eine Angst, die

niemals sehr tief unter der Oberfläche seiner Gedanken lauerte, quoll plötzlich herauf. Als ihn schauderte, glaubten die Menschen, die ihn sahen, er lausche noch immer seinen Dämonen.
Und dann war da noch Ferntöter zu bedenken. Solange er diese Waffe nicht sicher in seinen Händen hatte, mußte er sich ihretwegen Sorgen machen. Jeder Monarch, überhaupt jeder Mensch, der sich pausenlos mit so bedeutenden Dingen abgab, wie Vilkata es tat, machte sich zwangsläufig Feinde und hatte infolgedessen Grund zur Besorgnis. Kurzsichtiges, rachsüchtiges kleines Volk gab es jederzeit mehr als genug ... und weder seine Zauberer noch die stofflosen Dämonen konnten dem Dunklen König sagen, wer das Schwert der Rache jetzt besaß.
Wenn er nur Schildbrecher auf dem Schlachtfeld hätte finden können! Aber nein, auch hier hatte sich eine Störung, eine Bedrohung erhoben, die das verhindert hatte. Und jetzt konnte ihm niemand mehr sagen, wo sich diese unüberwindliche Waffe befand.
Würfelwender war ein weiteres denkbares Problem. Die magischen Ratgeber des Dunklen Königs vermuteten, daß sich auch diese Klinge innerhalb der Mauern Tashigangs befand. Und er war sicher, daß das Schwert des Glücks diesen verfluchten, dreisten Schurken in die Hände spielen würde; es würde ihnen Glück bringen, selbst im Angesicht des Sinnschwertes. Immer wieder versuchte Vilkata sich vorzustellen, wie dieses Glück aussehen könnte. Aber was immer es sein würde, es würde ihm schaden.
Doch allen Hindernissen und Einwänden zum Trotz konnte er wahrhaft königliche Hartnäckigkeit an den Tag legen, und er würde sich nicht aufhalten lassen. Keine seiner Befürchtungen war groß genug, um ihn daran zu hindern. Schließlich beschloß er, seine eigenen übernatürlichen Waffen vorläufig zurückzuhalten und nach besten Kräften zu versuchen, die Stadt durch Drohungen zur Aufgabe zu bewegen.
Am Nachmittag seiner Ankunft vor den Mauern ließ er seinen großen Pavillon in Sichtweite aufbauen – allerdings wohlweislich außer Schußweite. Gleichzeitig ließ Vilkata die Stadt vollständig umzingeln, und er befahl seinen Truppen, sich

rings um die Stadt wie zu einer längeren Belagerung einzugraben.
Ein solches Manöver verwandelte selbst sein gewaltiges Heer in eine dünne Linie, denn dazu mußten viele Kilometer besetzt werden; später allerdings, falls es tatsächlich nötig war, die Mauern anzugreifen, würde Vilkata seine Truppen an einigen wenigen Stellen konzentrieren. Bis dahin aber war ihm daran gelegen, nicht nur den Eindruck von überwältigender Stärke, sondern auch den von gelassener Entschlossenheit zu vermitteln. Und er war immer noch nicht davon überzeugt, daß alles gutgehen werde; immer wieder drängte er seine Späher und seine Zauberer, ihn mit weiteren Informationen zu versehen.
Als die Sonne am zweiten Tage der Belagerung hinter dem Horizont verschwand, wurden die verschwommen drohenden Ahnungen von bevorstehendem Unheil, die den Dunklen König plagten, plötzlich beiseite gefegt. Der letzte fliegende Bote, der bei Tageslicht eintraf, meldete, daß Draffut, der lästige Herr der Tiere, endlich tot sei, und der Gott Mars – eine ebenso verdrießliche Gestalt, weil es ihm nämlich gelungen war, sich der Gewalt des Sinnschwertes zu entziehen – sei mit ihm gestorben. Vulkan aber, der die beiden bezwungen habe, sei auf dem Weg nach Tashigang; er schwenke das Schwert Schildbrecher und gelobe dem Dunklen König unter lautem Gebrüll ewige Ergebenheit.
Auf die Frage, wann der Gott voraussichtlich eintreffen werde, gab der halbintelligente Kurier Antworten, die zu besagen schienen, daß der Schmied nur langsam und scheinbar ziellos durch das Land ziehe, weil er häufig anhalte, um seinem Gott Vilkata zu opfern, und auch, weil er sich im Zickzack voranbewege; aber unaufhörlich schreie Vulkan, er sei unterwegs nach Tashigang, wo seine übrigen Schwerter sich versammelten, und dort wolle er dem König persönlich seine Ehre erweisen.
Seine übrigen Schwerter? Vilkata wurde nachdenklich. Natürlich hatte der Gott sie alle geschmiedet, und vielleicht war das ja alles, was er damit ausdrücken wollte. So oder so – es gab nichts, was Vilkata gegen Vulkan oder sonst einen Gott unternehmen konnte, solange sie sich nicht in Reichweite des Sinnschwertes aufhielten. Und der Dunkle König wollte nicht den

Anschein erwecken, als sei er besorgt wegen einer Nachricht, die, oberflächlich zumindest, ermutigend klang. Daher gab er seinen Soldaten die Erlaubnis, mit einer Siegesfeier für Vulkan zu beginnen, und er schickte zahlreiche Trompeter und Ausrufer hinaus, um dafür zu sorgen, daß Draffuts Fall und das Herannahen des siegreichen Vulkan auch innerhalb der Mauern von Tashigang bekannt wurden.

Vilkata nahm sogar selbst an dem Jubelfest teil, an der ersten Hälfte wenigstens; doch er zog sich verhältnismäßig früh zurück, denn er wollte auf jeden Fall genug Zeit haben, sich zu erholen und zu schlafen, bevor Vulkan eintreffen könnte. Er vergnügte sich mit Frauen und war nahe daran, sich mit Wein zu berauschen, doch schließlich fiel er auf sein Feldbett und schlief.

Er erwachte mehrere Stunden früher, als er erwartet hatte, und was ihn weckte, war nicht der sanfte Ruf seines Kammerdieners oder ein Offizier seiner Leibwache. Das Geräusch, welches Vilkata aus seinen Siegesträumen riß, war das Zerreißen der Zeltplane, die nicht weit neben seinem Kopf von der Klinge eines Feindes durchschnitten wurde.

So irrwitzig der Gedanke auch erschien, wenn bloße menschliche Berechnung sich mit ihm befaßte – Würfelwender hatte darauf beharrt, daß die Verteidiger der Stadt einen Ausfall gegen Vilkatas Lager unternehmen sollten, ein militärisches Manöver also, bei dem bestenfalls ein paar hundert Soldaten eingesetzt werden konnten, um gegen Vilkatas Tausende zu kämpfen. Nur so zumindest ließ sich letztendlich deuten, daß das Schwert des Glücks, wann immer man es befragte, ins Zentrum des feindlichen Lagers wies.

Mark, Ben und Barbara erörterten mit den übrigen Mitgliedern des Bürgermeisterrates die Möglichkeit, einen oder zwei Agenten oder Spione, bewaffnet mit Würfelwender, in das Lager hinauszuschicken, damit sie dort versuchten, zu vollbringen, was immer das Schwert ihnen zu tun riet. Aber Mark hatte seine Erfahrungen mit den Sicherheitsvorkehrungen, die der Dunkle König zu treffen pflegte, und ohne Sichtblenders Hilfe, konnte er sich nicht vorstellen, wie diese überwunden werden sollten. Andererseits – je eingehender man über die Möglichkeit eines

überraschenden Ausfalls nachdachte, desto weniger wahnwitzig erschien diese Möglichkeit. Natürlich konnte man ihn bei Nacht durchführen, und gewiß würde er die feindlichen Truppen überraschen. Der Bürgermeister zog geheime Karten hervor, und es zeigte sich, daß einer der Geheimgänge – wie die meisten Orte mit ausgeklügelten Befestigungsanlagen verfügte Tashigang über mehrere – an einer verborgenen Stelle unterhalb der Uferböschung des Corgo zutagetrat, hinter der feindlichen Front und nur wenige hundert Meter von der Stelle, an der man Vilkatas Pavillon errichtet hatte.
Hastig schmiedete man einen Plan. Ben und Mark würden den Stoßtrupp begleiten, und Mark würde Würfelwender mitnehmen. Nachdem Ben nachdrücklich dafür eingetreten war, sich nicht zu ergeben, konnte er sich diesem Einsatz nun nicht gut entziehen. Er hätte seinen alten Freund ohnehin niemals allein ziehen lassen. Die Handvoll Tasavaltaner, die Mark nach Tashigang begleitet hatten, erboten sich bis auf den letzten Mann, ihm auch hier zu folgen. Dies überraschte und beglückte ihn; entweder seine Führungsstärke oder sein Schwert hatte ihm mehr Vertrauen verschafft, als er erwartet hatte.
Der Großteil des Ausfalltrupps, der alles in allem zweihundert Mann zählte, bestand aus denen, die das Gemetzel an Sir Andrews Armee überlebt hatten. Wie sich zeigte, waren sie so rachedurstig, wie Mark vorhergesehen hatte.
In den späten Abendstunden wurde der Stoßtrupp in den ausgemauerten Geheimgang geschleust; der Eingang des Tunnels verbarg sich im Keller eines Nebengebäudes an der Seite des Bürgermeisterpalastes.
Während sie in der beengten Finsternis des feuchten Tunnels darauf warteten, daß die letzten magischen Vorkehrungen getroffen wurden, fand Mark ein wenig Zeit, um mit seinem alten Freund Ben zu plaudern. Er erzählte ihm von seiner Begegnung mit dem Kaiser.
Als Mark den Namen Ariane erwähnte, schüttelte Ben den Kopf; er wollte nichts weiter hören. Aber als er erfuhr, der Kaiser habe das rothaarige Mädchen als seine Tochter bezeichnet, richtete der massige Mann seinen hoffnungslosen Blick

auf Mark. »Aber was hat das zu bedeuten? Was hilft es noch? Sie ist tot.«

»Ich weiß nicht, was es zu bedeuten hat. Ich weiß, daß du sie geliebt hast. Ich wollte nur, daß du weißt, was er mir erzählt hat.«

Ben nickte langsam. »Es ist merkwürdig... daß er das sagt.«

»Was meinst du?«

»Als wir aus den Schatzhöhlen kamen – gleich nachdem sie getötet worden war –, schaute ich hinüber zu jener Landzunge auf der anderen Seite des Fjordes, die sie des Kaisers Land nennen. Einen Augenblick lang glaubte ich, rotes Haar zu sehen. Aber ich schätze, das hat nichts zu bedeuten.«

Und plötzlich hatten sie keine Zeit mehr, das Gespräch fortzusetzen.

Die erfahrenste Zauberin des Bürgermeisters zwängte sich durch den Gang und versah im Vorübergehen jeden Mann und jede Frau des Stoßtrupps mit einem Zeichen. Als ihre Hand über Marks Augen gestrichen hatte, merkte er, daß er plötzlich einen matten, geisterhaften Lichtschein um den Kopf eines jeden in der Truppe sehen konnte. Wenn es in der Dunkelheit zum Kampf käme, würden sie einander daran leicht erkennen können, wenigstens so lange, wie die feindlichen Magier den Zauberbann nicht lösen und zu ihrem eigenen Vorteil verwenden könnten. Höchstwahrscheinlich waren sie kundiger als diese Frau, aber in dieser verzweifelten Situation mußte auch der kleinste Vorteil genutzt werden. Schließlich hatten sie ja Würfelwenders Hilfe.

Die Kolonne setzte sich in Bewegung. Der Tunnel war mehr als einen Kilometer lang, und der untere Abschnitt war von knietiefem Wasser überflutet. Eine Zeitlang hörte man nichts als ein gelegentliches lautes Platschen, gefolgt von einem Fluch, das Scharren der Füße und das Klirren der Waffen.

Seit einer Weile schon wartete ein Vortrupp beim Tunnelausgang. Leise wurde die Pforte geöffnet. In Zweierreihen, so schnell und so lautlos wie möglich, stiegen die Soldaten aus dem Tunnel in das seichte Uferwasser und die Böschung hinauf in die Nacht.

Mark, der Würfelwender in der Hand hielt, stieg als zweiter

oder dritter hinaus. Jetzt war kein Irrtum mehr möglich. Das Schwert des Glücks führte ihn, und es lenkte den gesamten Angriff geradewegs auf Vilkatas Pavillon. Das riesige Zelt war im Licht mehrerer Wachfeuer deutlich zu sehen; der Nachtwind ließ die Planen leise wehen, so daß es im flackernden Feuerschein aussah wie ein Chiaroscuro-Gemälde.
Die ersten Soldaten des Dunkeln Königs, die der voranschleichenden Truppe ahnungslos über den Weg liefen, wurden in grausamer Lautlosigkeit niedergemacht. Die Augenblicke der anfänglichen Überraschung schienen ewig zu währen. Dann aber erscholl der Alarm. Ein Dutzend Stimmen gellten gleichzeitig durch die Nacht. Die kleine Schar der Eindringlinge ging zum Angriff über; noch war mindestens die Hälfte der Truppe gar nicht aus dem Tunnel gekommen.
Der Widerstand begann, Waffe gegen Waffe, wild und immer heftiger, aber noch war er zu ungeordnet, als daß er den Angriff hätte aufhalten können. Mark, der unter den vordersten war, benutzte Würfelwender wie ein gewöhnliches Schwert. Von allen Seiten strömten Soldaten herbei, um sich den Eindringlingen in den Weg zu stellen; der Alarm verbreitete sich rasch. Schon war für einen Augenblick der Pavillon in Reichweite. Das Schwert des Glücks konnte die Zeltplane berühren; das feine Tuch teilte sich kreischend unter seiner Klinge.
Männer stürzten aus dem Zelt hervor, um mit der Waffe in der Hand den Weg zu versperren. Schon formierten sich die Feinde zum Gegenangriff, der sich gegen die Flanken und gegen die Spitze der Kolonne zugleich richtete. Die Kolonne zerriß, und die Spitze wurde von entgegendrängenden Schwertern und Schilden zurückgeschoben. Ein unübersehbares, ungeordnetes Handgemenge begann.
Und noch ein anderer, tödlicherer Widerstand sammelte sich. Über den Wachfeuern und über dem Pavillon selbst flirrte die Luft nicht nur von der aufsteigenden Hitze. Die Schutzdämonen des Dunklen Königs und seiner Zauberer machten sich bereit, auf die Eindringlinge herabzustoßen.
Die beste Zauberin des Bürgermeisters, die neben Mark durch die Finsternis stolperte, erstarrte plötzlich und packte Mark beim Arm. Er spürte, daß die Frau am ganzen Leib zitterte.

»Tu, was du kannst!« forderte sie ihn auf. »Und zwar schnell! Sonst sind wir alle verloren. Ich hatte gehofft, sie würden weniger stark sein...«
Mark mit seiner Erfahrung war von der grimmigen Gewißheit erfüllt gewesen, daß sie just so stark sein würden. Dennoch, das Schwert hatte ihn hergeführt. Und er selbst besaß auch eine gewisse Kraft, die er schon einmal erprobt hatte.
Sein Glaube an diese Kraft wurde jetzt auf eine harte Probe gestellt. Plötzlich war der Kaiser nichts weiter als ein Mann wie jeder andere, und weit weg dazu, während die rasenden Wesen aus der Luft, die jetzt auf ihn herabstießen, überwältigender und realer waren als alles andere im Universum.
Mark hatte sich keine Beschwörungsformeln zurechtgelegt. Wenn er dem Kaiser vertrauen wollte, dann würde er ihm auch glauben müssen, daß keine besonderen Worte notwendig waren. Der Spruch, der ihm jetzt in den Sinn kam, war derjenige, den Ariane vor vier Jahren in den Gewölben des Blauen Tempels benutzt hatte: »Im Namen des Kaisers, laßt ab von diesem Spiel, gebt frei den Weg!«

Vilkata, den der Lärm des Überfalls geweckt hatte, war soeben benommen aus dem Bett gerollt. Der Dämon, der ihm als Auge diente, war unvermittelt zum Dienst gerufen worden und hatte gerade begonnen, Bildvisionen in das Gehirn des Dunklen Königs zu leiten, als er plötzlich davongeschleudert wurde und die Bilder im Kopf des Königs verschwanden.
Einen Augenblick vermochte er die ganze Bedeutung dieser völligen und jähen Blindheit nicht zu erfassen. Gewiß war irgendwo eine Notlage entstanden, und Vilkatas erster Gedanke galt dem Sinnschwert. Er tastete danach, doch seine Hände fanden nichts als zerknülltes, faltiges Tuch: Ein Teil seines Zeltes war eingestürzt. Die Waffe war nicht da, wo er sie vermutet hatte. War es möglich, daß er in seinem Rausch in der Nacht versäumt hatte, das Schwert dort niederzulegen, wo es immer lag – an seiner Seite? Er konnte sich daran erinnern, daß er das Schwert irgendwann während der Feier zum Spaß benutzt hatte, um eine der Frauen zu wahnwitziger Ergebenheit zu treiben. Aber danach?

Umgeben vom Lärm des Kampfes, von Stöhnen und Fluchen und vom Klirren der Waffen, kroch er in panischer Hast auf dem Boden umher, zwischen weichen Kissen und vergossenem Wein, und tastete verzweifelt nach dem Schwert. Jäh aus dem Schlaf gerissen und plötzlich erblindet, war er verwirrt. Aber nein – er hatte das Sinnschwert mit in sein Schlafgemach genommen. Jetzt erinnerte er sich, und er war sicher. Aber jetzt konnte er es nicht finden. Wo war es?

Das Gefecht tobte ganz in der Nähe. Offenbar waren Planen und Halterungen des Zeltes attackiert worden. Rennende und kämpfende Menschen waren dagegengestoßen, und immer mehr der großen Tuchbahnen fielen zerknüllt herab. Sie wehten auf den umhertastenden Blinden hernieder und bedeckten ihn.

Das Schwert mußte genau hier sein. Er wußte, daß es hier war. Aber er bekam es nicht in die Hände. In blinder Panik wühlte er sich in die Haufen von feinem, weichem Tuch, die wie Schnee herabsanken und alles bedeckten. Seine suchenden Finger wurden davon behindert wie die Augen eines Sehenden vom Nebel.

Inzwischen hatte Vilkata gemerkt, daß nicht nur sein Sichtdämon, sondern mit ihm auch alle anderen Dämonen verschwunden und damit auch seine Schutzvorkehrungen zu einem großen Teil unwirksam waren. Es war unglaublich, aber wahr. Irgend etwas hatte sie alle davongejagt. In einiger Entfernung hörte er Burslems Stimme; der Zauberer brüllte Beschwörungsformeln und suchte andere, nicht-dämonische Kräfte der Magie zu Hilfe zu rufen. Ob er dabei Erfolg hatte, vermochte Vilkata nicht zu sagen. Sein Gehör bestätigte ihm, daß der handfeste Kampf nebenan immer noch tobte, aber die feindlichen Waffen hatten seine Haut noch nicht gefunden. Vielleicht war er unter diesen erstickenden Planen ebenso unsichtbar wie blind.

Und noch immer hatte er in seiner Verwirrung das Schwert nicht gefunden. Er würde sich jetzt zum Bett zurücktasten und von dort aus noch einmal mit der Suche beginnen. Wenn er nur wüßte, in welche Richtung er kriechen mußte, um sein Bett zu finden...

Mark schwang Würfelwender jetzt unaufhörlich wie ein ganz gewöhnliches Schwert, um sich zu verteidigen. Die Dämonen waren zu seiner Zufriedenheit verjagt, zumindest vorläufig, aber die Schlagkraft der anderen Verteidiger des Dunklen Königs nahm von Minute zu Minute zu. Mark vermutete, daß der Feind die angreifende Streitmacht auf mehrere tausend Mann schätzte; der Dunkle König würde sich nicht denken können, daß eine erheblich kleinere Truppe es wagen würde, ihn in dieser Weise zu überfallen.
In der Finsternis am äußeren Rand des Gefechtes geschah es zweifellos nicht selten, daß die Leute des Dunklen Königs übereinander herfielen. In der näheren Umgebung des Pavillons, im Licht der Wachfeuer, erging es ihnen besser, und bald gelang es ihnen, aus ihrer Übermacht einen echten Vorteil zu schlagen. Marks besonders Glück wurde allmählich arg strapaziert: Er wurde am linken Arm leicht verwundet. Der Schlag hätte ihn zweifellos getötet, wenn das Schwert des Glücks nicht auf seiner Seite gewesen wäre.
Ben hatte er aus den Augen verloren, und die Zauberin ebenfalls. Seine tasavaltanische Garde kämpfte in seiner Nähe. Würfelwender deutete noch immer auf den halb zusammengestürzten Pavillon, doch Mark sah keine Möglichkeit mehr, dorthin zu gelangen. Der ganze Stoßtrupp wurde jetzt zurückgedrängt, und der Abstand zu Vilkatas Zelt vergrößerte sich zusehens.
Nur Urteilspender in der Hand eines Offiziers aus Sir Andrews Armee bewahrte die Angreifer derzeit davor, völlig aufgerieben zu werden. Das Schwert lenkte jeden Schlag, jedes Geschoß, jeden Zauberbann auf seinen Ursprung zurück; es machte den, der es führte, zum Mittelpunkt einer unüberwindlichen Kraft und richtete jede Waffe, die man gegen ihn einsetzte, auf ihren Benutzer zurück. Urteilspender allein verursachte beträchtlichen Schaden in den Reihen der Verteidiger. Zusammen mit dem Schwert des Glücks, das Mark immer noch umklammert hielt, verlieh er den Eindringlingen zähe Kraft, selbst nachdem ihre Hoffnung, das Sinnschwert in ihre Hände zu bringen, beinahe völlig geschwunden war.
»Zurück!« Ob Mark nun derjenige war, der dieses Wort tat-

sächlich hervorstieß, oder nicht – jedenfalls steckte es auch in seiner Kehle. »Wir müssen uns zurückziehen. Unsere beiden Schwerter dürfen nicht verlorengehen.«

So wurde der unfreiwillige Rückzug zu einem planvollen. Würfelwender, den Wünschen seines Besitzers stets treu ergeben, wies ebenfall zurück. Mark kämpfte, wich zurück und kämpfte wieder. Sein verwundeter Arm hinderte ihn ein wenig, aber er schwang das Schwert des Glücks, so gut es ging. Seine tasavaltanische Leibwache war bestrebt, dicht bei ihm zu bleiben, und nicht nur einmal rettete sie ihm das Leben.

»Alle Götter! Was ist denn das?«

Es waren nicht alle Götter, es waren nur einige – nicht mehr als drei oder vier vielleicht. Sie waren weit hinten am Horizont, viele Kilometer weit von den Mauern Tashigangs und dem Kampfplatz entfernt. Man sah mehrere große Funken wie brennende Kienspäne unstet hin und her wandern. Diese Kienspäne mußten in Wirklichkeit mindestens lodernde Baumstämme sein.

Einen Augenblick lang wurde es fast still auf dem Kampfplatz, denn die meisten Leute hatten jetzt bemerkt, was da in der Ferne herankam, und in diesem beinahe stillen Moment hallten die singenden Stimmen der Götter herüber. Was sie sangen, war schwer zu verstehen, denn ihre Stimmen waren mißtönend und verwehten im Wind, aber man hörte genug, um zu wissen, daß es Lobgesänge für Vilkata waren.

Und die Erde unter diesen wandernden Feuerbränden und der Himmel darüber waren nicht mehr völlig dunkel: Das noch mächtigere Feuer des Morgengrauens nahte.

Es war genug, ja mehr als genug, um den Rückzug in eine panische Flucht ums nackte Leben zu verwandeln. Selbst wenn die Götter dem Dunklen König nicht so rasch zu Hilfe kämen – das Tageslicht wäre bald da, und das Tageslicht würde die Verwirrung in Vilkatas Lager beenden, es würde seinen Leuten zeigen, wie gering die Zahl der Gegner war, mit denen sie es zu tun hatten. Befehl oder nicht, der hastige Rückzug war in vollem Gange.

Vielen der Verteidiger von Tashigang gelang es, sich in den Tunnel zurückzuziehen, bevor Vilkatas Soldaten ihn entdeckten und sich sofort daran machten, den Eingang zu versperren. Ben hätte es um ein Haar geschafft, noch hineinzuschlüpfen, doch er kam zu spät, und Mark kam noch später.

Vielleicht war es Zufall, daß die beiden Dinge, auf denen die Hoffnungen des Dunklen Königs fußten, gleichzeitig zu ihm zurückkehrten, wie sie ihn auch verlassen hatten: das Sinnschwert und seine dämonische Sehkraft. Als die ersten Schreie seiner Leute den Sieg über die Eindringlinge kundtaten, fiel seine Hand endlich auf den schwarzen Schwertgriff. Das Schwert lag da, wo er es hingelegt hatte – unberührt, unentdeckt, während der Kampf ringsum tobte. Gleichzeitig ließ der Dämon, der erst jetzt zu seiner Pflicht zurückkehren konnte, Vilkata wieder sehen, und das erste, was er sah, war das Schwert vor ihm, den Feuerstab, den er immer sah, gedämpft und umhüllt von der ledernen Scheide.

Als der Dunkle König das Schwert in der Hand hielt, befahl er dem Dämon, sein Sichtfeld auszuweiten. Er betrachtete die Zerstörung und die immer noch weitverbreite Verwirrung, die den Lagerplatz beherrschte. Seine führenden Untergebenen merkten jetzt, daß er fehlte. Sie wußten nicht, ob er noch lebte, und viele von ihnen, dessen war Vilkata sicher, hofften, er möge gefallen sein.

Dies immerhin würde sich drastisch ändern, wenn er ihnen die Klinge zeigte. Er stand auf. Jetzt, da er sehen konnte, fiel es ihm nicht schwer, sich aus den herabgefallenen Zeltplanen zu befreien.

Wenn es seine Art gewesen wäre, den Göttern zu danken, dann hätte er es jetzt getan.

Der Überschwang, mit dem ihn sein triumphales Überleben erfüllte, und das Gefühl der Unbesiegbarkeit waren von kurzer Dauer. Hager stand er im frühen Licht des Tages. Er wußte, daß er schwach und erschöpft aussehen mußte; er hatte Angst, sich wieder schlafen zu legen, und ebenso viel Angst, vor seinen Untergebenen müde oder unsicher zu erscheinen. Deshalb benutzte Vilkata seine eigenen magischen Kräfte, um die zurückkehrenden Dämonen zu züchtigen. Wo sie gewesen waren, konnten oder wollten sie ihm nicht sagen.

Etwas anderes war es, als er von ihnen wissen wollte, welcher Macht es gelungen sei, sie so gründlich und zugleich mühelos zu vertreiben. Mürrisch erklärten sie, man habe sie im Namen des Kaisers verjagt.
»Der Kaiser? Ist das ein Scherz?« Aber noch während er sprach, wußte Vilkata, daß es keiner war. Bei seinen eigenen ausgedehnten Studien der Magie und der Welt war er von Zeit zu Zeit auf Dinge gestoßen, die die wahre Macht des Kaisers ahnen ließen, auf Spuren und Hinweise auch, die auf einen Zusammenhang zwischen dem jetzigen Kaiser und dem Wesen namens Ardneh hindeuteten, jenem seit zweitausend Jahren toten Gott, den die unwissenden Massen noch immer anbeteten. Schon vor langer Zeit hatte Vilkata sich entschlossen, diese Spuren und Hinweise nicht weiter zu beachten.
Der Dunkle König bestrafte seine Dämonen und verpflichtete sie, so gut er konnte, ihm von jetzt an treu zu dienen. Dann begab er sich, erschöpft, wie er war, zu einer Besprechung mit seinen menschlichen Magiern, die nach der zurückliegenden Nacht nicht minder erschöpft waren.
Die Gesichter der Zauberer wurden lang, als er den Namen des Kaisers erwähnte. Aber sie mußten einräumen, daß die Behauptung, die Dämonen seien dadurch vertrieben worden, womöglich eines Körnchens Wahrheit nicht entbehre.
»Warum können wir diesen Namen dann nicht genauso benutzen?« wollte Vilkata wissen.
»Keiner von uns ist ein Kind des Kaisers, Sire.«
»Kinder des Kaisers? Ich hoffe nicht! Seid ihr wahnsinnig?«
»Kaiserskinder« war eine landläufige, sprichwörtliche Bezeichnung für die Armen, die Waisen und die Glücklosen.
Bevor sie die Erörterung fortsetzen konnten, kam es zu einer Unterbrechung, die – zunächst wenigstens – von den Zauberern herzlich begrüßt wurde. Es war der erste fliegende Bote des Morgens, und er brachte eine Nachricht, die der Tierführer für wichtig genug hielt, um sie unverzüglich melden zu lassen. So erfuhr Vilkata, daß das Heer der Silbernen Königin endlich gesichtet worden sei. Es sei im Anmarsch und gedenke offenbar, ihm in den Rücken zu fallen. Diesmal, versicherte man Vilkata, sei die Meldung echt.

Den Beobachtungen nach war die Armee der Silbernen Königin an sich nicht stark genug, um den Dunklen König ernstlich zu beunruhigen. Aber da war auch das gefürchtete Schwert, von dem er wußte, daß sie es hatte. Und möglicherweise nicht weniger besorgniserregend war, daß sie ausgerechnet zu diesem Zeitpunkt hier eintraf, denn es konnte leicht bedeuten, daß seine Feinde einen wirkungsvollen Plan zur Zusammenarbeit gegen ihn beschlossen hatten.

Dieser letzte Verdacht wurde bestärkt, als er erfuhr, daß auch die Armee von Tasavalta auf dem Marsch sei und bald vor Tashigang eintreffen werde. Rostov würde ein achtunggebietender Gegner sein. Aber den Meldungen zufolge würden immerhin noch ein oder zwei Tage vergehen, bis er auf dem Schauplatz erscheinen könne.

Und dann Vulkan – Vulkan war jetzt fast da. Mit größerer Eindringlichkeit als je zuvor wurde Vilkata klar, daß die Götter oft dumm waren oder sich zumindest so benahmen – was letzten Endes natürlich auf das gleiche hinauslief.

Der Dunkle König zog das Sinnschwert aus der Scheide, hielt es in der Faust und ritt so dem Gott entgegen, der ständig behauptete, er komme, um ihm die Ehre zu erweisen.

Er ritt der kleinen Schar seiner bebenden menschlichen Adjutanten ein kleines Stück weit voraus; der Dämon, der ihm zum Sehen verhalf, zitterte vor Angst nicht weniger. Vilkata hob das blitzende Sinnschwert über seinen Kopf. Gleichzeitig rief er dem Schmiedegott mit Donnerstimme entgegen, er verlange Gehorsam.

Vulkans erste Antwort war ein wissendes Grinsen, das in dem, was er andeutete, niederschmetternd wirkte. Und dann lachte der Gott über den Menschen, den anzubeten er einmal gezwungen worden war.

Mit einem bösartigen Glitzern in seinen großen Augen schwenkte Vulkan den glühenden Baumstamm, der einmal eine Fackel gewesen war, hin und her und verkündete, daß er gedenke, sich für die erlittenen Demütigungen zu rächen.

»Haben es denn deine Späher und Spione ernstgenommen, als ich ihnen zubrüllte, ich wolle herkommen, um dir die Ehre zu geben, Menschlein? Gut! Denn sobald ich Zeit dazu habe,

werde ich dir die Ehre erweisen, wie es noch niemand getan hat. O ja.
Ich bin ein Gott, kleiner Mann. Weißt du das noch? Und *Schildbrecher* ist jetzt in meiner Hand! Kannst du begreifen, was das bedeutet? Ich, der ich es geschmiedet habe – ich weiß es. Es bedeutet, daß mir keine andere Waffe etwas anhaben kann. Auch nicht dein Sinnschwert. Keine Macht der Erde kann sich mir jetzt entgegenstellen.«
Der Dunkle König – wie immer am tapfersten, wenn die Lage verzweifelt war – verharrte aufrecht und ohne zurückzuweichen vor dem Gott, und insgeheim hegte er die Hoffnung, Urteilspender in der Hand eines Menschen könne diese stolze Gestalt immer noch zu Boden werfen. Oder Ferntöter ... doch dann sah er die zweite Scheide an Vulkans Gürtel, den zweiten schwarzen Schwertgriff, und einen Augenblick lang wallte schiere Verzweiflung in ihm auf.
Vulkan ließ sich Zeit mit dem, was er noch zu sagen hatte. Er würde Rache nehmen an Vilkata – aber noch nicht gleich. »Zunächst einmal, kleiner Mann, sind da noch andere Schwerter, die ich an mich bringen muß – nur um sicherzugehen ... Aus diesem Grunde beanspruche ich diese Stadt mit allem, was darin ist, für mich. Die Stadt und alle ihre Bewohner. Sie werden sich wünschen, daß Mars noch am Leben wäre, wenn meine Herrschaft beginnt.«
Und der Gott wandte dem König den Rücken zu und marschierte davon, um seine Stadt in Besitz zu nehmen. Anscheinend waren mehrere Begleiter bei ihm gewesen, als er über den Horizont heraufgekommen war; jetzt aber war es nur noch einer, ein vierarmiger, männlicher Gott, den Vilkata nicht benennen konnte. Aber es erschien ihm auch nicht sonderlich wichtig.
Solange Vilkata tatsächlich vor Vulkan gestanden hatte, war er in der Lage gewesen, dem Schmied mutig standzuhalten. Aber als die Konfrontation vorüber war, zitterte der Mann am ganzen Leibe. Gleichwohl – in gewisser Weise war er fast froh darüber, daß Vulkan nunmehr offen sein Feind war. Stets hatte es in der Vergangenheit einer übermenschlichen Herausforderung bedurft, um Vilkata zu seinen größten Anstrengungen

und Leistungen anzuspornen. Wenn er wußte, daß eine Krise nahte, dann nagte eine nervenzerfetzende Angst an ihm, die ihn manchmal fast handlungsunfähig machte. Aber wenn die Krise dann da war, war er gut wie nie.
So war es auch jetzt. Er kehrte zu seiner Armee zurück, berief eine Stabsbesprechung ein und gab entschlossen eine Reihe von Befehlen aus. Mit neuerlich kühner Stimme wies der Dunkle König seine Offiziere an, die eben erst begonnene Belagerung abzubrechen. Unverzüglich setzte er sein ganzes, gewaltiges Heer in Bewegung und zog der Silbernen Königin und dem Schwert Seelenschneider entgegen.
Auch Vulkan würde an die Reihe kommen, und zwar bald. Es gab noch immer gewisse Waffen, gegen die auch ein mit dem Schwert der Kraft bewaffneter Gott nicht immun sein würde: Kühnheit und Intelligenz nämlich. Vorläufig aber würde Vilkata die Stadt Tashigang den Göttern überlassen.

17

In der Stunde vor dem Morgengrauen, zu der Zeit, da zweihundert loyale Verteidiger der Stadt draußen vor den Mauern um ihr Leben kämpften, gab es Verrat im Palast des Bürgermeisters. Geld ging von Hand zu Hand, und Waffen blitzten in einem Korridor in den oberen Stockwerken, wo man einen Raum in eine Zelle für einen wichtigen Gefangenen verwandelt hatte. Bestechung und Gewalt verhalfen dem Hohenpriester und Vorsitzenden des Blauen Tempels, Hyrcanus, zur Freiheit.
Es waren seine unmittelbaren Untergebenen im Blauen Tempel, die das Rettungsunternehmen als Teil einer allgemeinen Rebellion entsprechend den zuvor erteilten Anweisungen des Hohenpriesters geplant hatten. Ziel des Aufstandes war es, die Herrschaft über die Stadt zu erlangen und den Dunklen König mit seiner Armee willkommen zu heißen.
Die Versuche der Tempelgarde, Tore und Mauern von innen zu erstürmen, blieben erfolglos. Ein gleichzeitiger Attentatsversuch gegen den Bürgermeister schlug ebenfalls fehl, und überdies gelang es den Aufständischen des Blauen Tempels nicht,

den Palast in ihre Gewalt zu bringen; nicht alle Soldaten der Wache waren so leicht zu unterwandern oder zu überraschen gewesen. Hyrcanus schließlich wurde bei seiner Flucht verwundet, so daß er, nach Luft schnappend und aschfahl, zum Hauptquartier des Tempels in einer nahegelegenen Straße getragen werden mußte.

Dort angekommen, wurde er auf eine Liege gebettet. Während ein Arzt ihn versorgte, verlangte der Vorsitzende, über die derzeitige Lage ins Bild gesetzt zu werden, wie sie sich innerhalb und vor der Stadt darstellte. Seine Adjutanten kamen diesem Befehl nach besten Kräften nach, und daraufhin entsandte er eine Kompanie von dreißig Blautempel-Gardisten zum Hause Courtenay. Sie hatten den Befehl, das Gebäude einzunehmen oder zu zerstören und nach Möglichkeit alle Schwerter sowie andere nützliche Dinge, die sie finden könnten, an sich zu bringen – selbstverständlich auch Gold und Wertgegenstände. Zudem sollten sie, wenn möglich, die wichtigen unter den Bewohnern des Hauses gefangennehmen; andernfalls seien alle zu töten. Grundsätzlich sei das Ziel des Einsatzes, dieses Haus als mögliches Widerstandsnest zu zerstören.

Dann machte Hyrcanus sich daran, erneut Pläne zur Erstürmung der Mauern und Tore zu schmieden.

Als der erste Überfall des Blauen Tempels in der Stunde vor dem Morgengrauen über den Palast hereinbrach, wartete Baron Amintor in einem Gemach im Erdgeschoß auf eine Gelegenheit, unter vier Augen mit dem Bürgermeister zu sprechen. Als er die Gardisten mit ihren blau-goldenen Mänteln hereinstürzen sah, entschied er augenblicklich, daß er den Interessen seiner Königin und auch seinen eigenen am besten damit würde dienen können, daß er lebendig und tatkräftig in der Stadt bliebe, wie immer das Ergebnis dieses unerwarteten Scharmützels aussehen würde. Das Schicksal des Palastes und des Bürgermeisters hing noch in der Schwebe, als Amintor sich so weise zurückzog und auf die Straße hinaushuschte, um dem Hause Courtenay eine Warnung zuzutragen. Natürlich hatte er nicht vergessen, daß hier der junge Mann namens Denis lebte, der angeblich in der Lage sein sollte, eine Meute von Plünderern zum Gegenangriff gegen den Blauen Tempel zu hetzen.

Als der Baron – nicht ohne ein oder zwei kleinere Abenteuer zu erleben – sein Ziel erreichte, fand er das Haus bereits im Alarmzustand. Fenster und Türen waren verbarrikadiert. Es kostete ihn einiges an Zeit und Mühe, Geschimpf und Gebrüll, bis man ihn einließ, damit er mit einem Verantwortlichen sprechen konnte.

Drinnen sah er sich der zierlichen Frau gegenüber, die ihm im Palast als Lady Sophie vorgestellt worden war. Jetzt, umgeben von ihrem eigenen, entschlossen dreinblickenden Gefolge, nahm sie seine Warnung mit sichtlichem Mißtrauen entgegen, mit einem Mißtrauen, das er seinerseits philosophisch gelassen hinnahm.

»Ich kann Euch nur vorschlagen, Madame, abzuwarten und zu sehen, ob ich recht habe. Ihr solltet natürlich nicht müßig warten; trefft Eure Vorbereitungen so, als sei der Blaue Tempel tatsächlich auf dem Weg hierher, um das Haus zu erstürmen. Ich werde das Ergebnis mit Zuversicht erwarten.«

»Ihr werdet ein Zimmer für Euch allein bekommen, um das Ergebnis abzuwarten. Jord, Tamir – entwaffnet ihn und sperrt ihn dort in die Kammer.«

Die philosophische Gelassenheit des Barons wurde ein wenig mürbe. Aber im Augenblick blieb ihm nichts anderes übrig, als sich zu fügen.

Der Angriff der Blautempler gegen das Haus begann kurz darauf, wie der Baron es vorhergesagt hatte, mit Feuer, Schwertern und Äxten gegen Wände, Türen und Fenster. Aber die Angreifer stießen von vornherein auf heftigen Widerstand. Vom Flachdach herunter wurden sie mit Ziegelsteinen und kochendheißem Wasser überschüttet, und aus dem ersten Fenster, das sie aufbrechen konnten, sprossen Waffen wie die Zähne im Rachen eines Kampftieres.

Denis war nicht da, um bei der Verteidigung zu helfen. Barbara hatte die Warnung des Barons ernst genug genommen, um den jungen Mann zu beauftragen, mit einer Plündererbande einen

Gegenangriff auf den Blauen Tempel zu unternehmen. Die Beziehungen, die er in seinen jungen Jahren auf der Straße geknüpft hatte, würden ihm dabei sicherlich gute Dienste leisten.
Möglicherweise würde schon eine Finte, die Vortäuschung eines Überfalls, den gleichen Zweck erfüllen. In einer so großen Stadt mußten die Gewölbe des Blauen Tempels gewaltige Schätze bergen, und Denis hatte bereits begonnen, unter dem Straßenvolk der Stadt das Gerücht zu verbreiten, der Blaue Tempel habe seinen Hauptschatz, eine Ansammlung von Reichtümern, die das Fassungsvermögen der meisten Menschen weit überstieg, aus Sicherheitsgründen nach Tashigang verlegt. Es war unwahrscheinlich, daß es selbst einer großen Menschenmenge gelingen könnte, den Tempel hier auszurauben, aber schon die bloße Gefahr eines solchen Versuches würde die Geizhälse dazu bringen, sich winselnd zu winden und ihre Krallen auszufahren, um das zu verteidigen, was ihnen teurer war als Leib und Leben.
Als der eigentliche Angriff auf das Haus begann, sorgte Barbara als erstes dafür, daß ihre kleine Tochter mit Kuan-yin als Kindermädchen und Jord als Leibwächter in den sichersten Raum des Hauses gebracht wurde.
Dann eilte Barbara nach oben, um Stadtretter zu holen. Wenn die Warnung und der Überfall nichts als ein geschickt ausgeklügeltes Manöver waren, mit dem herausgefunden werden sollte, wo das Schwert versteckt war, so war der Baron ja jetzt eingesperrt und konnte es nicht sehen. Wenige Tage zuvor erst hatte der Bürgermeister, der dieses Haus wohl für mindestens ebenso sicher wie seinen eigenen Palast hielt, Meister und Lady Courtenay gebeten, die Waffe hier aufzubewahren.
Barbara war immer noch auf der Treppe, als ein mächtiges Krachen ihr verriet, daß unten bereits eine Tür aufgebrochen worden war. Rauch, Schreie und Waffenklirren stiegen von unten herauf, als Barbara niederkniete und das große Schwert aus seinem Versteck unter den Fußbodendielen im Schlafgemach hervorholte.
Der nahe Kampf, die Bedrohung Unschuldiger in ihrem Haus, hatte das Schwert der Wut bereits erwachen lassen. Der

schwere Stahl hob sich mit magischer Leichtigkeit und schmiegte sich wie von selbst in ihren Griff, und schon ging ein leises, kreissägenartiges Sirren von der Klinge aus. Als sie das Schwert umfaßte, dachte Barbara einen Augenblick lang an Marks Hände, die Hände eines Knaben, wie sie dieses Schwert hielten. Seine Finger waren damals sicher nicht kräftiger gewesen als ihre heute. Aber schon sprang sie die Treppe hinunter. Neuerliches Krachen hallte von unten herauf, und die Eindringlinge brüllten triumphierend.
Ihre Freude würde nicht von langer Dauer sein. In Barbaras Händen begann Stadtretter gellend zu kreischen, und das Schwert riß sie wie im Fluge die Treppe hinunter.

18

Als der Rückzug sich in eine panische Flucht verwandelte, sah Ben, daß ihm der Rückweg abgeschnitten war. Er stürzte sich in das Handgemenge vor dem Eingang zu dem nicht länger geheimen Tunnel, aber es zeigte sich rasch, daß der Weg durch den Gang endgültig versperrt war. Da ihm keine andere Wahl blieb, warf er sich ohne Zögern in den Fluß. Viele andere, Lebende und Tote, schwammen bereits im Corgo. Sie alle, ob sie sich nun mit kräftigen Zügen voranbewegten oder regungslos dahintrieben, würden früher oder später eines der mächtigen Wassertore erreichen, die nur wenige hundert Meter weit stromabwärts in die Stadtmauer eingelassen waren.
Platschend, watend und schwimmend gelangte Ben weit hinaus in die Strömung und bemühte sich, dem Hagel von Speeren, Schleudersteinen und Pfeilen auszuweichen, den die Feinde jetzt vom Ufer aus über das Wasser niederprasseln ließen. Der Himmel im Osten wurde langsam heller, und auch die Finsternis über dem Wasser wich allmählich. Den Tunnel hatten die Feinde jetzt völlig in ihrer Gewalt. Als Invasionsroute würde er ihnen allerdings wenig nützen, denn er war so angelegt, daß man ihn dort, wo er sich der Mauer näherte, und noch einmal direkt unter dem Palast mühelos und vollständig blockieren konnte.
Der Grund unter Bens Füßen fiel steil ab, als er sich vom Ufer

fortbewegte. Bald mußte er aus seiner Halbrüstung schlüpfen und seine schweren Waffen versinken lassen, um nicht zu ertrinken, obgleich er ein guter Schwimmer war.

Er schwamm stromabwärts. Noch immer ließen Salven vom Ufer das Wasser um ihn herum wie bei einem heftigen Hagelschauer aufgischten. Er tauchte eine kurze Strecke, kam zum Luftschnappen hoch und tauchte wieder. Bald erhoben sich die mächtigen Stadtmauern vor ihm. Die Flußströmung hier war recht stark und trug ihn rasch auf die Mauern zu. Das Graubraun des gehärteten Granits begann im ersten Licht des neuen Morgens zu leuchten. Ben sah jetzt auch, daß dieser Mauerabschnitt und die stromaufwärts gelegenen Wassertore von starken, grau-grün uniformierten Einheiten der Wache besetzt waren. In Höhe des Wasserspiegels, gleich hinter dem Tor vor ihm, standen weitere Wachsoldaten, die die zurückkehrenden Überlebenden des Kommandounternehmens einen nach dem anderen durch eine Drehkreuzvorrichtung einließen. Es war bereits hell genug, so daß sie dies gefahrlos tun konnten.

Ben schwamm noch ein paar Züge weiter und konnte sich dann hinaufziehen, zunächst über Steine, dann über Stahlstäbe, die auf magische Weise vor Rost geschützt waren. Ein stetes Rinnsal von Überlebenden tat das gleiche wie er – eine zerzauste Truppe, dachte er, aber nicht völlig geschlagen. Mark sah er nirgends, aber dies hatte nicht unbedingt etwas zu bedeuten.

Als Ben durch das Drehkreuz in die Stadt gelangt war, führte ihn sein Weg aufwärts, durch und hinter die Mauer und eine schmale Treppe hinauf. Als er einen letzten Blick nach draußen vor die Stadt warf, sah er, daß Vulkan und ein zweiter Gott, ein vielarmiges Wesen, das Ben nicht kannte, sich der Stadt näherten. Sie waren schon bis auf wenige hundert Meter herangekommen.

Andere Soldaten blieben auf der Treppe stehen, um hinauszuspähen. Ben für seinen Teil aber hatte vorläufig mehr als genug von Konfrontationen und Kämpfen; er brannte darauf, heimzukommen und zu sehen, wie die Dinge in seinem Hause standen.

Unter den Offizieren der Wache, die den Einlaß der zurückkehrenden Kämpfer beaufsichtigten, herrschte Verwirrung. Dies allerdings war, wie Ben schon beobachtet hatte, beim Militär eher die Regel. Jemand gab bekannt, daß die Überlebenden sich zu einer Abschlußbesprechung zur Verfügung halten sollten und später wieder auf den Mauern eingesetzt werden würden. Jemand anders aber, kein Offizier, verbreitete das Gerücht, der Blaue Tempel habe sich erhoben und das Haus Courtenay überfallen. Als Ben dies hörte, schlüpfte er hinaus und eilte durch die Gassen zu seinem Haus. In der allgemeinen Verwirrung schien niemand sein Verschwinden zu bemerken.

Die Straßen von Tashigang waren beinahe menschenleer. Buden und Geschäfte, an denen er vorüberhastete, waren geschlossen und verbarrikadiert. Einmal sah er, wie einige Straßen weiter eine Horde von Menschen rannte, die anscheinend zu einem Mob gehörte. Ben hielt sich abseits von diesen Leuten, was immer sie auch im Schilde führen mochten.

Müde und zerschlagen, obwohl er nicht verletzt war, bog er schließlich stolpernd in die vertraute Straße ein. Da stand sein Haus – ja, es stand noch; sein Herz hüpfte in voreiligem Frohlocken, doch gleich erfüllte ihn neue Besorgnis, als er sah, daß die Mauern brandgeschwärzt waren. Über dem Erdgeschoß stieg immer noch Rauch empor, und die Fenster und Türen an der Straße waren zertrümmert. Dann erblickte er eine Eimerkette, gebildet von seinen treuen Arbeitern, die vom Haus bis hinunter zum Fluß führte.

Keuchend stürzte Ben durch die zerschmetterte Haustür in den großen Raum im Erdgeschoß und blieb dort stehen. Alles war verwüstet. Zwischen zersplitterten Möbeln und schartigen Waffen lagen zerhackte, verstümmelte Leichen, die meisten davon in Mäntel gehüllt, die einmal blau und gold gewesen waren.

Barbara sprang aufgeregt herbei, um ihn zu begrüßen; sie schien unverletzt zu sein.

»Stadtretter«, erklärte sie kurz und bündig und deutete dabei auf den Zustand und das Mobiliar des Raumes. »Sie haben Feuer gelegt und sind hereingestürmt... aber nach einer Weile waren ein paar von ihnen froh, daß sie mit wenigstens halbwegs heiler Haut wieder davonkamen.«

Dann spähte sie, plötzlich wieder besorgt, an ihrem Mann vorbei in die leere Gasse hinaus. »Wo ist Mark?«
»Ich weiß es nicht. Wir wurden getrennt. Kann sein, daß er auch davongekommen ist.« An der Art, wie sie die Frage gestellt hatte, erkannte Ben, daß sie es vorgezogen hätte, wenn er selbst der Vermißte gewesen wäre.

Vulkan stand bis an die Hüfte im reißenden Wasser des Corgo und riß ohne Hast eines der mächtigen Wassertore aus Stahl und Eisenträgern auf. Natürlich hätte er auch die Stadtmauer erklimmen oder irgendwie darüber hinwegfliegen können, aber diese Art des Eindringens schien ihm die angemessenere zu sein. Diese Stadt gehörte nun ihm, und seine eigene Stadt würde er durch ein Tor betreten.
Shiva, sein neu gewonnener Gefährte, hockte in der Nähe auf der Uferböschung und sah ihm zu. Nieten und Schrauben des Tores platzten nacheinander ab. Jedesmal, wenn Vulkan seine Kräfte erneut spielen ließ, gab es einen lauten Knall, und die Torbeschläge flogen durch die Luft wie Armbrustbolzen.
Vulkan redete, aber wie so oft waren seine Worte hauptsächlich an ihn selbst gerichtet. »Wenn ich fähig wäre, Fehler zu begehen, dann wäre dies einer gewesen... meine Zwölf Schwerter so bescheiden aus der Hand zu geben, nachdem ich sie geschmiedet hatte. Daß ich sie Hermes gab, damit er sie für das Spiel an das menschliche Ungeziefer weiterreichen konnte... ein Fehler, jawohl. Aber jetzt wird mir keiner mehr unterlaufen...«
Jetzt warf Shiva den glühenden Baumstamm, den er immer noch mit sich herumgeschleppt hatte, in den Fluß. Der dicke Balken klatschte dampfend und spritzend ins Wasser.
Wie zur Antwort darauf wirbelte das Wasser auf, und die nebelhafte Gestalt des Gottes Hades erschien dicht über der Oberfläche. Hoch oben auf den Mauern der Stadt schrien einige. Die wenigen Menschen, die noch in der Nähe geblieben waren, ergriffen hastig die Flucht, um das Gesicht dieses Gottes nicht sehen zu müssen, denn es hieß, daß jeder, der einen Blick darauf würfe, unweigerlich zum Tode verurteilt sei.
Mit seiner gestaltlosen Stimme erklärte Hades, er sei gekom-

men, um seinem alten Kameraden Vulkan eine Warnung zu überbringen: Niemand, der Ferntöter benutze, könne damit am Ende siegreich bleiben.
Vulkan funkelte ihn an. »Für einen echten Gott gibt es kein Ende. War das eine Warnung, Troglodyt, oder eine Drohung? Wenn es dir beliebt, wieder mit Drohungen um dich zu werfen, dann bedenke wohl, daß Ferntöter hier an meiner Seite hängt – und wie du sagst: Ich zögere nicht, ihn zu gebrauchen.«
Hades' Antwort kam mit beinahe formlosen Worten. *Tod und Finsternis sind nichts weiter als Teile meines Reiches, Feuerknecht. Solche Drohungen fechten mich nicht an.*
Wieder wallten Fluß und Erde auf, und Hades war fort.
Vulkan warf die Überreste des Tores, das er eingerissen hatte, beiseite und watete durch den steinernen Bogen, den es ausgefüllt hatte, in die Stadt hinein. Im Innern sah Tashigang fast so aus, wie er es erwartet hatte; dies, so hatte er gehört, war die größte Stadt, die das menschliche Gewürm je erbaut hatte. Gleichgültig bemerkte er, daß der vierarmige Gott Shiva ihm immer noch folgte.
Eine menschliche Gestalt, in einen blau-goldenen Mantel gehüllt, huschte in der Nähe vorüber. Vulkan beugte sich nieder, und seine Hand schoß vor und schnappte das Geschöpf, fast ohne es zu verletzen – Vulkan wollte etwas wissen.
»Du – sag' mir, wo ist das Haus, welches ihr Haus Courtenay nennt? Wie ich höre, verstecken sie dort ein paar meiner Schwerter.«
Ein schrilles Stimmchen wies ihm den Weg, und mit dem Arm, den Vulkans Griff ihm nicht gebrochen hatte, deutete der Mann in die entsprechende Richtung.
Der Schmied ließ die Kreatur zu Boden fallen und hinkte mit forschem Schritt durch die Straßen. Doch da ragte Apollos Kopf über eines der nahen Dächer.
»Hüte dich, Schmied. Wir müssen uns versammeln, nachdenken und über all dies reden. Ich berufe eine Ratssitzung ein –«
»Hüte dich selber. Wir haben uns oft genug versammelt und geredet. Eine Ewigkeit lang. Es hat zu nichts geführt. Und nachdenken? Wer von uns kann denn das? Du vielleicht. Aber wer will es? Ich jedenfalls nicht. Ich will das, was mir gehört.«

Es humpelte weiter, behende, trotz seines verwachsenen Beines. Eine oder zwei Straßen weiter wurde er erneut gestört. Auf einer Einkerbung der Stadtmauer, die hier nur so hoch war wie Vulkans Kopf, stand ein Mensch in grün-grauem Gewand und schwenkte ein unbekanntes Schwert, als fordere er die Götter heraus, ihn anzugreifen. Das Schwert mußte eines der Zwölf sein, wenn der Mann ihm so sehr vertraute.
Vulkan bog von seinem Weg ab, um sich den Mann näher anzusehen. Shiva blieb ihm interessiert auf den Fersen.
Die winzigen Zähne des Mannes auf der Mauer klapperten. Dennoch brachte er die Worte hervor, die er dem Gott entgegenschleudern wollte. »Hier ist Urteilspender! Weiche zurück!«
»Urteilspender, he?« Just dieses Schwert war es gewesen, das den Gott immer wieder mit vager Besorgnis erfüllt hatte. Er wollte sichergehen und holte mit dem Schwert der Kraft zu einem gewaltigen Streich aus. Innerhalb eines Augenblicks schwoll das stampfende Hämmern der Klinge zu explosionsartigem Dröhnen an. Ein gleißender Blitz strahlte auf, und ein Donnerschlag rollte durch die Gassen, als die beiden Klingen einander im unmittelbaren Kampf berührten.
Vulkan stand da und starrte blinzelnd in die Trümmer. Ein Steinbrocken, so groß wie seine Faust, war vor seinen Augen aus der Mauer geflogen. Von dem Mann, der auf der Mauer gestanden und das Schwert geschwenkt hatte, war fast nichts mehr übrig. Schildbrecher sah aus wie immer, aber von Urteilspender war nichts zu sehen.
»Urteilspender fort? Einfach so? Nein. Es müssen noch ein paar Splitter übrig sein. Ich werde sie finden und in meine Schmiede tragen, um die Klinge zu erneuern!«
Doch das erwies sich als unmöglich. Vulkan ließ sich auf die Hälfte seiner wirklichen Größe schrumpfen, um besser zwischen den Trümmern umherstöbern zu können, aber er förderte nicht den kleinsten Splitter der zerschmetterten Klinge zutage. Nur den schwarzen Griff fand er, auf dem der schlichte weiße Kreis angebracht war, eine Linie, die auf sich selbst zurückkehrte. Das Schwert der Gerechtigkeit gab es nicht mehr.

Er könnte immer noch irgendwann versuchen, es noch einmal anzufertigen, sagte er sich. Er würde eben von vorn beginnen. Aber jetzt wußte er nicht mehr genau, wie er es beim erstenmal angefangen hatte. Und überhaupt – wozu brauchte er jetzt noch ein Schwert der Gerechtigkeit? Vor zwanzig Jahren, ja, da war alles noch einfach gewesen. Die Götter hatten gewußt, was sie taten und was sie zu tun hatten, und kein menschliches Wesen hatte daran gedacht, ihre Herrschaft in Frage zu stellen.
Vulkan war zornig, als er weiterhinkte, auf das Haus Courtenay zu.
Jenseits der Dächer sah er wieder die Köpfe von Apollo, Zeus und Diana, die herankamen, um ihn zu tadeln und zu beschimpfen.
»Warum hast du Mars erschlagen?« wollte Diana wissen.
Er bleckte die Zähne. »Weil er mich beleidigt hat! Weil er mich gestört hat! Wer hat ihn eigentlich gebraucht, diesen Mars? Wozu war er gut? Und was den Großen Hund betrifft, so bin ich nicht einmal sicher, ob er tot ist. Ich habe meine Zeit nicht mit ihm vergeudet, weder so noch so.«
Kaum war Vulkan wieder auf seine eigentliche Größe angeschwollen, und kaum hatte er ihnen Schildbrecher entgegengestreckt, da wichen die drei auch schon zurück, wie er es vorhergesehen hatte.
»Bei meiner Schmiede – ich glaube, dies muß das Haus sein!«
Das vierstöckige Gebäude, das dicht an einem der Flußarme stand, war bereits von jemandem angegriffen worden. Es rauchte noch. Auf dem flachen Dach des Hauses, auf einem von Weinranken und Blüten gesäumten Gartenweg, stand ein Mensch. Die kleine Kreatur war dafür, daß sie wirklich nur ein Mensch war, stark und massig, und sie hielt ebenfalls ein Schwert in der Hand.
Shiva machte einen Satz nach vorne. Er gedachte, diese Waffe an sich zu nehmen, und achtete nicht auf Vulkans grollende Warnung.
Das Schwert in der Hand des Mannes kreischte machtvoll. Vulkan erkannte es an seinem schrillen Klang sofort und mit Befriedigung. Stadtretter!
Der vierarmige Gott kreischte ebenfalls, aber vor Schmerzen

und nicht triumphierend, und zog eine übel zugerichtete Hand zurück. Taumelnd stürzte der verwundete Gott davon, und hier und da prallte er gegen kleinere Häuser und verwüstete sie. Seine Schreie nahmen kein Ende, während er springend und hüpfend auf die Stadtmauer zuflüchtete, darüber hinweg sprang und bald nicht mehr zu sehen war.
»Hah! Dieser Tor!« knurrte Vulkan befriedigt. »Jetzt werde ich mir auch dieses Schwert nehmen. Oder ich werde es vernichten wie das andere.«
Er trat dicht an den Mann auf dem Dach heran, und schnell schlug das Schwert der Kraft zu, von links nach rechts und wieder nach links. Mit der Bewegung seines Armes schlug seine rechte Faust gegen eine Ecke des Hauses, dicht bei jenem Teil des Daches, auf dem der Mann stand. Als die beiden Schwerter einander berührten und das Schwert der Wut in einem explosionsartigen Blitz verschwand, zerbarst das Gebäude unter der Faust des Gottes, und der Mann, der Stadtretter in den Händen gehalten hatte, stürzte zwischen den Mauern ins Innere des Hauses und verschwand in einer Wolke von Staub und einer kleinen Lawine aus Schutt und Mörtel.
»Es muß Stadtretter gewesen sein, der Stimme nach ... Aber, beim Speer des Mars – jetzt ist er auch fort! Fluch über das Menschengewürm, das mir mein Eigentum zerstört! Aber vielleicht sind noch weitere Schwerter in diesem Nest. Der, der mich herschickte, behauptete, es sei mehr als eines.«
Vulkan betrachtete das vom Kampf arg mitgenommene Haus. In der Dachterrasse, dort, wo seine Faust sie getroffen hatte, klaffte ein großes Loch. Die Außenwände der unteren Geschosse waren rauchgeschwärzt, und hie und da quoll noch Qualm hervor. Offenbar hatte jemand versucht, das Haus mit Feuer zu erstürmen. Es wäre ein leichtes gewesen, das ganze Gebäude einzureißen, aber dann würde er den Trümmerhaufen nach seinen Schwertern durchwühlen müssen. Nein.
Der Schmied überlegte ein Weilchen und ließ sich dann wieder auf kaum mehr als menschliche Größe zusammenschrumpfen. Jetzt müßte es ihm möglich sein, die meisten der Räume und Gänge zu betreten. Natürlich verminderte das Schrumpfen seine Körperkraft nicht, und es hatte den zusätzlichen Vorteil,

daß es ihm nun leichter fiel, den für Menschenfäuste gemachten Griff des Schwertes Schildbrecher zu umfassen.
Er hielt das Schwert der Kraft schlagbereit in der Hand – für den Fall, daß dieses Gebäude weitere Überraschungen barg.
Es war nicht notwendig, die Haustür einzutreten, denn das hatte schon jemand für ihn erledigt. Drinnen stieß er als erstes auf einen Berg häßlicher menschlicher Leichen; hier war nichts von dem, was er suchte. Er merkte, daß auch noch ein paar Lebendige im Hause waren, aber bis jetzt versuchten sie allesamt, sich vor ihm zu verstecken. Aber was immer sie tun mochten, es war ohne Bedeutung. Er würde finden, was er suchte.
Dies hier war eine Art Menschenwerkstatt. Sie enthielt einen reichlichen Waffenvorrat, doch darunter war nichts, was von Götterhand gefertigt gewesen wäre.
»Bringt sie mir nur gleich heraus!« brüllte der Schmied. »Ich habe sie gemacht, alle, und sie gehören mir!«
Er trat eine Wand nieder, hinter der er eine verborgene Tür spürte – doch alles, was er entdeckte, alles, was man hier versteckt hielt, war ein rundliches Menschenmädchen und ein kleines Kind, das sie schützend an sich drückte.
»Hah! Das also ist ihr Schatz?« Treiben und Trachten der Menschen richteten sich manchmal auf so geringfügige Nichtigkeiten, daß Vulkan es beim besten Willen nicht mehr fassen konnte.
Etwas Leichtes fiel ihm von irgendwoher in den Nacken, und es dauerte einen Augenblick, bis er begriff, daß es tatsächlich ein menschlicher Körper war. Soeben hatte sich ein Mann absichtlich von oben und von hinten auf ihn gestürzt. Ein einzelner Mann, dessen unbewaffnete Arme sich wahrhaftig um Vulkans massigen Hals schlangen und sich offenbar bemühten, ihn zu erwürgen.
Der Gott lachte über diese erbärmliche Attacke, er lachte, als ihm klar geworden war, was hier geschah. Zunächst störte es ihn nicht einmal bei seiner Suche. Die Schwerter, die Schwerter... mindestens eines mußte doch noch hier sein...
Er würde sie alle finden, und er würde sie besitzen oder vernichten, um seine allumfassende Macht über die anderen

Götter und Göttinnen zu vervollkommnen und zu festigen. So, sie dachten, das Spiel sei abgebrochen, wie? Nun, es war fast vorüber, und lange würde es nicht mehr dauern. Aber abgebrochen war es nicht. Nein. Er, der Schmied, der Krüppel, war dabei, es zu gewinnen, er hatte es schon fast gewonnen... und – natürlich nur, um sicherzugehen – er brauchte die Schwerter, um seine Macht auch über Männer und Frauen zu vervollständigen. Irgendwann einmal verlangte es ihn plötzlich danach, Schildbrecher niederzulegen und sich auszuruhen, doch die Gelegenheit dazu würde vermutlich nicht kommen, solange eines der übrigen Schwerter in anderen Händen als den seinen oder verschollen war.

Er hatte sich von dem Mädchen und dem Kind abgewandt; er beachtete sie nicht weiter, wie er auch das lebende Menschenfleisch in seinem Nacken ignorierte, das in Wirklichkeit ein großer, kräftiger Mann war. Beim nächstenmal, wenn es ihm wieder einfiele, würde er es abstreifen.

Jetzt versperrte ihm eine starke, verriegelte Tür den Weg. Mit seiner freien Hand packte Vulkan eine vorstehende Ecke des Türrahmens, um ihn mitsamt der Tür aus der Wand zu reißen. Aber zu seiner Verblüffung stieß er auf Widerstand. Da war bloßes Holzwerk und Mauergestein – und nicht einmal von heroischen Ausmaßen –, das sich weigerte, ihm nachzugeben.

Die Ungeduld des Schmiedegottes war so groß, daß seine erste Sorge seinem Fortkommen galt, und nicht der Frage, weshalb ihm diese Tür widerstand. Instinktiv schlug er mit Schildbrecher dagegen, und sogleich sprang die Tür auf.

Gereizt wegen der Verzögerung und zudem erbost durch die Tatsache, daß der Raum hinter der Tür sich als leer erwies, merkte er plötzlich, daß auch ein anderes Ärgernis noch nicht verschwunden war: Der Mann, der ihm im Nacken hing. Mit der freien Hand langte der Gott nach hinten, um den Störenfried abzupflücken, und erst jetzt erkannte er das lästige Anhängsel.

»Was ist denn das, Menschlein? Hast dir deinen Arm wieder wachsen lassen, seit wir uns das letztemal sahen, wie? Nun, das können wir gleich wieder ändern...«

Aber aus irgendeinem Grunde ließ das schmächtige Männlein sich nicht von seinem Nacken lösen. Vulkan packte das Geschöpf mit der einen Hand, so gut er konnte, ohne Schildbrecher wegzulegen, und wieder verspürte er das merkwürdige Gefühl, nahezu machtlos zu sein. Die zwei menschlichen Arme, die seinen Hals umschlangen, wollte sich nicht lösen lassen.

Es war fast, als werde die chronische Lahmheit in seinem Bein schlimmer, als verbreite sie sich in andere Teile seines Körpers. Das Gefühl der Kraftlosigkeit gefiel dem Schmied überhaupt nicht. Es wurde allmählich beunruhigend. Nicht nur Steinmauern und Holztüren, nein, sogar Menschenfleisch vermochte ihm jetzt schon zu widerstehen.

Die ganze Zeit über aber pochte die grenzenlose Kraft des Schwertes Schildbrecher in seiner Rechten, die sich stärker anfühlte als je zuvor.

»Das können wir ändern, und zwar *so*...«

Ein wenig unbeholfen stocherte Vulkan mit dem Schwert hinter seinem Rücken und bewegte es hin und her, um die menschliche Klette abzuschneiden. Unbeholfen, ja. Seine Hände, die mit göttlichem Geschick gearbeitet hatten, um diese Waffe und ihre Brüder zu schmieden, waren jetzt, da er damit hinter seinem Rücken umzugehen versuchte, plötzlich plump und schwerfällig.

»Aaahrr!« Alles, was er nun zustandegebracht hatte, war, sich selbst am Hals zu verwunden.

Bei seinem nächsten Versuch, blind zu schneiden, ging er mit größerer Vorsicht zu Werke.

Diesmal, versicherte Vulkan sich, war das Schwert mitten durch den Menschen auf seinem Rücken gegangen – es *mußte* einfach hindurchgegangen sein. Das Dumme war nur, daß der Mann sich so fest wie zuvor an ihn klammerte. Nichts deutete darauf hin, daß er tot war. Die Muskeln dieser Menschenarme strafften sich sogar noch ein wenig. Hinsichtlich dessen, was nötig war, um einen Gott zu erwürgen, hätte ihre Kraft eigentlich unbedeutend sein müssen, aber Vulkan glaubte gleichwohl zu spüren, daß ihm das Atmen ein wenig schwerer fiel – in einem geringen, aber doch lästigen Maße.

Wieso zerbrach er, ein Gott, sich den Kopf wegen seines Atems? Aber plötzlich schien es wichtig zu sein...

Der Atem des Sterblichen, keuchend vor Anstrengung, aber immer noch sehr lebendig, drang ihm ins Ohr, scharf wie ein Sägeblatt. »Ich war bei dir, als du diese Klinge schmiedetest, Gott des Feuers. Mein Blut ist darin, und ein Teil meines Lebens. Ich kenne sie –«

In der Mitte eines großen Raumes stand Vulkan neben einer feuerlosen Esse; er spreizte die Beine und langte noch einmal mit der linken Hand hinter sich. Aber noch immer gelang es ihm nicht, sich aus dem Würgegriff des Menschen zu befreien.

»– so gut wie du, Feuergott. Vielleicht besser. Ich fühle Schildbrechers Wahrheit, jetzt, da er mich wieder berührt hat. Du kannst mich damit nicht verletzen, solange ich keine eigene Waffe habe.«

Vulkan hatte die Suche nach den anderen Schwertern vergessen. Die Torheit, sich von einem Menschen angreifen zu lassen, ging jetzt wirklich zu weit. Er mußte dieses lästige *Ding* loswerden, und zwar schleunigst.

Aber noch während er sich dazu anschickte, sprang ihn ein zweiter Mensch an, dessen Herannahen er, abgelenkt, wie er war, nicht bemerkt hatte. Es war eine schmächtige Frau mit dunklem Haar. Vulkan bewegte sich, als sie ihn ansprang, und so hätte sie ihn beinahe verfehlt. Aber sie hatte seinen Knöchel umfaßt, und jetzt versuchte sie – war so etwas wirklich zu glauben? – ihn zu Boden zu werfen.

Vulkan schlug mit dem Schwert nach ihr, das heißt, er versuchte es, aber er sah mit eigenen Augen, wie Schildbrechers Klinge wieder und wieder durch ihren Körper glitt oder doch die Illusion vermittelte, als tue er dies, ohne dabei die geringste Spur einer Verletzung zu hinterlassen.

Als der Schmiedegott sah, daß sein Schwert gegen das zarte Fleisch, das mit ihm rang, in widersinniger Weise nutzlos war, stieß er in geistiger Qual und würgender Wut einen mächtigen Schrei aus. Er hätte das Schwert jetzt weggeworfen, doch es wollte sich von seiner Hand nicht mehr lösen. Seine Finger ließen den Griff nicht los.

Also gut, dann würde er es benutzen, so gut es eben ging. Wild schlug er um sich, er zertrümmerte Möbel und Mauerwerk, daß Steine, Holz und Mörtel umherflogen. Hilflos schleifte er seine beiden menschlichen Peiniger hinter sich her und schlug eine Schneise durch das Erdgeschoß ihres Hauses; er würde dafür sorgen, daß es über ihren Köpfen zusammenbrach. Unnützes Menschengezücht!

Dann hatte er einen neuen Einfall, und er versuchte, seine Gestalt wieder wachsen zu lassen und auf wahre Göttergröße anzuschwellen. Zu seinem Entsetzen stellte er fest, daß er es nicht konnte. Alle Kraft, die er einst besessen hatte, schrumpfte zusammen, sickerte zusehens von Minute zu Minute in sein makelloses Schwert, konzentrierte sich in Schildbrechers Klinge, in seinem rechten Arm und in der Hand, die den Griff umklammerte.

Jetzt stürzten weitere Menschen heran, kecker geworden, als sie sahen, daß die ersten beiden noch lebten. Menschenhände krallten sich um Vulkans linken Arm, Menschenhände ergriffen auch sein anderes Bein. Eine Menschenhand riß Ferntöter aus der Scheide an seinem Gürtel; nicht, daß er auch nur im Traum daran gedacht hätte, dieses Schwert zu vergeuden, um einen dieser erbärmlichen Zwerge.

Immer neue Menschen stürzten sich auf ihn, ein krallender Schwarm, inzwischen zahlreich und stark genug, um ihn gegen seinen Willen voranzuziehen. Schritt für Schritt zwangen sie ihn aus dem Haus, und sie benutzten dabei Öffnungen, die er eben erst geschlagen hatte. Wütend schlug er mit dem Schwert um sich, und Holz, Staub und Kacheln prasselten auf seinen Kopf und rings um ihn hernieder. Ihn kümmerte es nicht weiter, doch einer oder zwei seiner Angreifer wurden davon zu Boden geschlagen – ein jämmerlicher Triumph; er wollte aufbrüllen, doch nur ein Gurgeln drang aus seiner zusammengepreßten Kehle.

Immer mehr von diesem Ungeziefer quoll aus allen Löchern hervor und wagte, ihn anzugreifen. Einem von ihnen rief Jord eine Warnung zu, aber zu spät: Der Mann sprang Vulkan entgegen und schwang eine Axt gegen seinen Kopf. Schildbrecher pochte einmal und wischte die Waffe beiseite, und mit ihr auch die Arme des Mannes, der sie geführt hatte.

Ein anderer Mann versuchte, Vulkans Schwertarm zu ergreifen. Aber hier war noch zu viel Kraft, viel zu viel Kraft – mehr vielleicht als je zuvor. Der Mann wurde davongeschleudert wie ein Schlammklumpen von einem Wagenrad.
Aber die anderen ließen nicht nach. Ein halbes Dutzend hatte sich inzwischen in den Gott verkrallt, und jeder dieser Würmer schien von den anderen in seiner Entschlossenheit bestärkt zu werden, jeder saugte ihm unerbittlich winzige Mengen seiner Kraft ab.
Vulkan stieß drohendes Gebrüll aus, aber er wuße, daß es für Drohungen jetzt zu spät war. Worte und Schreie halfen ihm nichts mehr. Er stürzte und wälzte sich am Boden umher; ein paar seiner Angreifer streifte er ab, andere zerquetschte er, alle verwundete er – aber es machte diejenigen, die sich weiter festhielten, nur noch wilder. Sie verbissen sich in ihn, und es kamen immer neue aus den Trümmern des Hauses. Kaum hatte er sich von einem befreit, sprangen ihn zwei andere an. Unerschöpflich schien ihre Zahl, und sie kamen aus allen Winkeln, aus Kammern und Trümmern.
Ein Armbrustbolzen schwirrte heran, unvorsichtig aus einem Versteck abgeschossen. Wieder pochte Schildbrecher ohne Hast und zerschmetterte das Geschoß im Fluge. Splitter des Bolzens trafen diejenigen, die mit dem Gott rangen, und Blut rann aus zahllosen Wunden.
Wieder rief Jord den anderen warnend zu: »Keine Waffen! Keine Waffen, und wir können ihn überwinden!« Seine Stimme klang geschwächt.
Vulkans ganze Kraft und all seine Hoffnung konzentrierten sich jetzt in diesem Schwert. Er wußte, daß er damit siegen mußte oder sterben würde. Also noch einmal vorsichtig, aber heftig, hinter sich gestoßen... So, jetzt hatte er den aussätzigen Anführer dieses Ungezieferschwarms glatt entzweigeschnitten!
Doch wieder gefehlt – oder der Mann hatte das Entzweischneiden überlebt! Seine Beine und Füße benahmen sich jedenfalls noch, als seien sie mit dem Gehirn verbunden, und er ritt auf dem Rücken des Gottes, als sei Vulkan ein gewöhnliches Reittier!

Jetzt fühlte Vulkan einen neuen Schmerz im Rücken, und wieder blutete er aus einer frischen Wunde: Wieder hatte er sich selbst mit dem Schwert verletzt.
Dennoch kämpfte er weiter und mühte sich, die verzweifelt mit ihm ringende Menschenhorde aufzuspießen, zu zerschneiden, zu vernichten. Sie klammerten sich an ihn und ließen sich bereitwillig zerquetschen, als er sich wieder über den Boden wälzte. Als er wieder auf den Beinen war, zerrten sie ihn umher, und sie ließen sich nicht abschütteln. Er glitt aus und fiel in eine Lache seines eigenen Blutes.
Und sie hoben ihn auf.
So sehr er auch tobte, um sich schlug und schrie – Dutzende von Händen trugen ihn aus dem Haus hinaus und vereitelten jeden weiteren Versuch, es zum Einsturz zu bringen. Das Schwert der Wut kreiste in blinkendem Bogen, es fuhr durch ihre Körper wie durch Phantome, ohne sie zu verletzen.
Der unnachgiebige Klammergriff, der seinen Hals umspannte, begann ihm jetzt wirklich die Luft zu nehmen. Die Muskeln seines Körpers wurden matter und matter – bis auf die in seinem Arm. Dieser nahm an Stärke immer mehr zu, doch er konnte nichts tun, als das Schwert kreisen zu lassen, aber im Kampf gegen unbewaffnetes Fleisch war das Schwert hilflos. Aus den Wunden, die er sich selbst damit beigebracht hatte, strömte das Blut.
Unverhofft ließ er sich erschlaffen und stellte sich tot.
Gleich darauf ließen ihn die Menschen, selbst benommen und gebeutelt, fahren.
Sofort sprang er wieder auf, rasend vor Wut, doch er war klug genug, seine neu gewonnene Freiheit zunächst zu dem Versuch zu benutzen, sich des Schwertes zu entledigen. Aber solange seine Feinde ihn umgaben, löste es sich nicht von seiner Hand.
Einen Augenblick später stürzte ein massiger Mann aus dem halb zerstörten Haus, warf sich auf Vulkan und riß den Gott zu Boden.
Und dann waren sie alle wieder über ihm.
Eine andere Gruppe von Menschen, in weiße Gewänder gekleidet, die sie für den um sich schlagenden Gott als Diener jenes längst toten Gottes, Ardneh, kenntlich machten, kamen durch

die Straße vor dem Haus herbeigehastet. Eben erst waren sie auf dem Schauplatz angelangt, und schreiend geboten sie dem Kampf Einhalt. An dem, was sie riefen, erkannte Vulkan, daß sie einen Lynchmord mitanzusehen glaubten, einen Überfall des Mob auf einen armen, wehrlosen Mann.

Die Leute, die den Schmied zu Boden drückten, versuchten zu erklären. »Er ist völlig wahnsinnig... hält sich für Vulkan...« Und ein mattes Lachen erscholl ringsum.

Eine alte Ardneh-Priesterin mit weisem und gütigem Gesicht kam heran und nahm dem Wahnsinnigen das nutzlose Schwert aus der Hand. Mühelos konnte sie seine verkrampften Finger zurückbiegen.

»Damit du dich nicht verletzt, du armer Kerl, und auch sonst niemanden... Oh, welch eine Waffe.« Blinzelnd betrachtete die Priesterin das Schwert. »Man muß sie irgendwo in sichere Verwahrung nehmen.«

»Ich nehme sie«, erklärte Ben.

Die alte Frau sah dem schweren Mann in die Augen und seufzte. »Ja, nimm sie nur. Einen besseren als dich werden wir hier wohl nicht finden. Und jetzt müssen wir diesen armen Burschen vorläufig fesseln, damit er keinen weiteren Schaden anrichten kann. Wie stark er ist! Ach, es ist eine Schande. Aber diese Schnüre werden ihn halten. Behutsam! Wir tun es aus Liebe.«

19

In all den fünfzigtausend oder mehr Jahren seines Lebens war das Wesen, das man Draffut, den Herrn der Tiere nannte, dem Tode niemals näher gewesen als jetzt. Aber das Leben, sein nahezu unauslöschliches Leben, war immer noch bei ihm. Er klammerte sich daran fest – und sei es nur, weil ganz in der Nähe ein verwundeter Mensch lag, der hin und wieder kläglich aufschrie. Draffut fühlte sich, getreu seiner Natur, gezwungen, einen Weg zu finden, diesem Mann zu helfen.

Aber er war nicht fähig, etwas zu tun, um diesem Menschen zu Hilfe zu kommen. Er konnte sich nicht einmal so weit bewegen, daß er sich selbst hätte helfen können. Das Wasser, das seine Wunden umspülte, schien seine Lebenskraft langsam davonzuschwemmen, statt ihn zu heilen.

Es war hell – war es der letzte Tag des Kampfes oder irgendein Tag danach? Er wußte es nicht –, als ihm bewußt wurde, daß ein anderes Wesen, intelligent, aber nicht menschlich, herannahte.

Langsam öffnete der Herr der Tiere seine Augen. Eine Göttin – er sah, daß es Aphrodite war – stand in einiger Entfernung über ihm und sah auf ihn herab. Noch immer lag er im Schlamm am Rande des Wassers.

Aphrodite stand, wo zuvor auch Vulkan gestanden hatte, und auch sie hielt ein Schwert in den Händen. Aber Draffut wußte gleich, daß es hier um etwas anderes ging als bei Vulkans Kommen, und er empfand keine Furcht, als sie herbeitrat und das Schwert hob.

Es berührte ihn, und er schrie auf, als neues Leben ihn stechend durchfuhr, scharf wie ein Schmerz. »Wundheiler«, sagte er, und plötzlich hatte er wieder Kraft zum Sprechen. »Und du bist Aphrodite.«

»Und du bist der Heiler«, entgegnete sie. »Darum halte ich es für richtig, daß du dieses Schwert hast. Die Menschen zanken und streiten sich darum, wie sie es bei den anderen Schwertern auch tun. Also habe ich es ihnen weggenommen. Und ich habe es satt, ständig entscheiden zu müssen, was ich nun damit anfangen soll. So viel Liebe läßt einem wenig Zeit für das Vergnügen.«

Mit einer irgendwie entzückenden Unbeholfenheit legte sie das Schwert der Gnade neben ihn in den Schlamm.

Draffut, der sich schon wieder bewegen konnte, streckte langsam und matt seine große Hand aus und berührte die Klinge. »Ich danke dir, Göttin, denn du hast mir das Leben wiedergeschenkt.«

»Es gibt viele, die mir ihr Leben zu verdanken haben... Ah, aber mir ist schon wohler, kaum daß ich dieses Schwert losgeworden bin. Dir kommt es eher zu, denke ich. Du hast nicht viel Ähnlichkeit mit mir.«

»Nur in einer Hinsicht: Wir sind beide Schöpfungen der

Menschheit. Ich allerdings bin es nur zum Teil, und ich bin ein Erzeugnis ihrer Wissenschaft, nicht eines ihrer Träume. Mich wird es auch noch geben, wenn – falls – die Menschheit ihre kollektive Meinung über mich ändert.«

Die Göttin warf ihr makelloses Haar zurück. War es golden oder rabenschwarz? »Das sagst du über uns, doch ich glaube es nicht. Wenn die Menschheit uns geschaffen hat, uns, die Götter und Göttinnen – wer hat dann *sie* erschaffen? Aber sei's drum, ich habe diese philosophischen Streitereien satt. Seit einer Weile scheinen sie mir kein Ende mehr nehmen zu wollen. Ich glaube, die Welt verändert sich.«

»Wieder einmal. Sie tut es immer.« Mühsam kam Draffut auf die Beine. Der Schlamm, der sein Fell verkrustet hatte, als er im Sterben lag, fiel jetzt von ihm ab und zerbröselte, und Draffut bewegte sich im Schimmer des erneuerten Lebens vorwärts.

Schmerzgebeugt, ein zerschlagener, müder Riese, hob er das Schwert der Gnade und trug es über den schlammigen Boden hinweg auf den verwundeten Menschen zu.

Rostov lauschte lange und aufmerksam, als seine neueste und beste Informationsquelle ihm berichtete, was hinter den Mauern von Tashigang vor sich ging und was in der Nacht zuvor bei dem unerhörten, heroischen Stoßtruppunternehmen im Lager des Dunklen Königs vonstatten gegangen war.

Durch einen glücklichen Zufall war es einer von Rostovs Streifen gelungen, den jungen Mann aufzugreifen, der Würfelwender in der Rechten hielt; es war im Garten einer der verlassenen Vorstadtvillen am Ufer des Corgo gewesen.

»Ein falscher Fünfer taucht immer wieder auf«, hatte der General geknurrt, als er ihn erblickt hatte, aber dann hatte er sein stahlbärtiges Gesicht zu einem harten Grinsen aufspringen lassen. »Die Prinzessin wird darauf brennen, Euch zu sehen, Mark. Doch nein – so sollte ich Euch nicht nennen, oder? Wie spricht man einen Sohn des Kaisers geziemend an?«

»Einen... wen? Die Prinzessin, sagt Ihr?« hatte der verwundete junge Mann matt geantwortet. »Wo ist sie denn?«

»Nicht weit von hier. Nicht weit.« Rostov grinste immer noch. Allmählich begriff er, was die Prinzessin die ganze Zeit über in diesem unverwüstlichen Burschen gesehen hatte – der, wie sich jetzt herausstellte, nicht nur von hartem Holze war, sondern überdies von kaiserlichem Blut! Dies war allerdings in jener dünnen Luft von Magie und Politik, in der manches entschieden wurde, von unbestreitbarer Bedeutung. Rostov war froh. Es war an der Zeit, daß einmal wieder ein kraftvoller Kriegermonarch auf dem Thron von Tasavalta saß!

Auf einem Feld nur wenige Kilometer vor Tashigang standen die Armeen der Silbernen Königin und des Dunklen Königs einander gegenüber. Ein drohendes Gewitter verfinsterte das graue Licht des Morgens rasch zu beinahe mitternächtlicher Schwärze. Die Silberne Königin bereitete sich darauf vor, Seelenschneider zu ziehen. Sie wußte, daß sie es würde tun müssen, bevor Vilkata mit dem Sinnschwert nahe genug herangekommen wäre, denn sonst würde sie ihre Armee verlieren und vielleicht sogar selbst dem Wahnsinn verfallen und die Sklavin des Königs werden.

Eben erst hatte sie eine seltsame Nachricht erhalten: Erst hatte man den Gott Vulkan in der Stadt gesehen, hilflos gefesselt von den sanften Händen weißgewandeter Priester und Priesterinnen. Dann war er wieder verschwunden. Einige behaupteten, der wütende, waffenlose Mob habe sich des Schmiedegottes bemächtigt und ihn mitsamt dem hölzernen Rahmen, an den man ihn gebunden hatte, in den Fluß geworfen, so daß er durch eines der stromabwärts gelegenen Tore aus der Stadt getrieben sei.

Königin Yambu war nachdenklich. Soll die Welt nun doch uns Menschen gehören? Wenn wir Götter stürzen und sie töten können – vielleicht. Nicht, daß sie sich je die Mühe gemacht hatten, die Welt zu regieren, als sie ihnen gehörte. Vielleicht hat sie ja schon immer uns gehört.

Ohne wirklich zu erschrecken, merkte sie, daß plötzlich ein Mann im Eingang ihres Zeltes stand und sie dreist anstarrte. Sie nahm an, daß es sich um einen ihrer Offiziere handelte, und war schon im Begriff, ihn mit schneidender Stimme zurechtzu-

weisen, weil er sie in dieser Weise mit seinem Blick behelligte, als sie jäh erkannte, daß es keiner ihrer Männer war. Die Worte erstarben auf ihren Lippen.
Sein Gesicht lag im Schatten, und erst als sie ein Stück weit beiseite trat, sah sie, daß er eine Maske trug. »Du bist es«, sagte sie.
Ungebeten trat er ein, zog die Maske vom Gesicht und setzte sich; er grinste flüchtig. Er hatte sich überhaupt nicht verändert. Draußen hörte sie die Wachtposten; noch immer umkreisten sie das Zelt, ohne zu wissen, daß jemand an ihnen vorbeigekommen war.
Der Kaiser sah sie an. »Ich habe noch immer keine Antwort bekommen.«
Es dauerte einen Augenblick, bis die Königin begriffen hatte, wovon er sprach. »Du hast mich einmal gefragt, ob ich dich heiraten will. Kann das die Frage sein, auf die du eine Antwort willst?«
»Kann sein. Hast du nicht gewußt, daß ich auf einer Antwort bestehen würde, früher oder später?«
»Nein, wirklich nicht. Nicht, nach dem... was mit unserer Tochter geschah. Hast du das vergessen? Oder ist dieser Besuch nur einer von deinen irrwitzigen Scherzen?«
»Ich habe es nicht vergessen. Sie lebt bei mir.« Königin Yambu starrte ihn an, und er fuhr gelassen fort. »Ariane wurde schwer verletzt, vor vier Jahren, wie du weißt. Aber jetzt geht es ihr schon wieder sehr viel besser. Wir haben nicht allzuoft über dich gesprochen, aber ich glaube, sie möchte dich eines Tages doch einmal wiedersehen.«
Die Königin starrte ihren ehemaligen Liebhaber immer noch an. Schließlich wandte sie ein: »Die Berichte, die ich erhalten habe – und ich habe allen Grund, ihnen zu trauen –, ließen keinen Zweifel daran, daß Ariane getötet wurde, und zwar in den Schatzgewölben des Blauen Tempels.«
Ein Stirnrunzeln verriet die Abneigung des Kaisers gegen diese Organisation. »Viele sind gestorben in diesem... Loch. Aber Ariane nicht. Die jungen Männer, die damals bei ihr waren, hielten sie ebenfalls für tot. Einer dieser jungen Männer ist übrigens mein Sohn, hast du das gewußt? Ich kümmere mich

gern um meine Kinder, wann immer ich kann. Nein, sie ist nicht tot.«

Immer noch starrte Königin Yambu ihn an. Sie wurde den Verdacht nicht los, daß dies einer seiner Späße war, vielleicht das Vorspiel zu einer schrecklichen Rache. Nicht einmal als sie noch ein Liebespaar gewesen waren, hatte sie genau gewußt, ob er nun ein rachsüchtiger Mann war oder nicht.

Schließlich verließ ihre königliche Gelassenheit sie, und sie stammelte: »Ich – ich habe sie an den Roten Tempel verkauft.«

Jetzt galt das Stirnrunzeln ihr, und einen kurzen Augenblick lang wußte sie, was es mit der alten kaiserlichen Macht auf sich gehabt haben mußte, vor der Könige und Königinnen erzittert waren.

»Vielleicht hätte ich dich dafür getötet, wenn ich es damals gewußt hätte. Aber seither sind Jahre vergangen, und heute bereust du diesen Handel. Sie hat überlebt, und auch ich lebe noch. So wie auch du.«

Der Zorn gab ihr die Kraft zurück. »Daß ich noch lebe, habe ich nicht dir zu verdanken, du unmöglicher... und du sagst, du willst mich immer noch heiraten? Woher soll ich wissen, daß du meinst, was du sagst?«

»Woher weißt du, wann du jemandem vertrauen kannst, meine Liebe? Das wirst du entscheiden müssen.«

Schreiend wollte sie erwidern, daß sie nicht wisse, wann sie jemandem trauen könne; das war schließlich ihr ganzes Problem. »Du Wahnsinniger, wenn ich dir nun Antwort gebe und ja sage – könntest du dann für mich das Sinnschwert besiegen?«

»Ich werde tun, was ich kann, um dir zu helfen, wenn du meine Braut sein willst. Um das Sinnschwert werden wir uns kümmern, wenn es da ist.«

»Es ist da. Oh, du Lump. Unmöglich wie immer. Geh jetzt. Verlasse mein Zelt, oder ich werde Seelenschneider ziehen.« Und sie legte die Hand auf den schwarzen Griff des immer noch verborgenen Schwertes, das wie stets in Reichweite wartete. »Und vermutlich wirst du fortfahren, Jungfrauen zu verführen und Bastarde zu zeugen, wenn wir verheiratet sind?«

Leise und in überaus nüchternem Tonfall antwortete er:

»Meine Treue zu dir wird größer ein, als du es dir vorstellen kannst. Ich liebe dich und ich habe es immer getan. Warum, glaubst du, habe ich für dich und neben dir gekämpft, als du ein Mädchen warst?«

»Ich glaube es nicht, sage ich! Ich glaube nichts davon! Geh jetzt, oder ich werde Seelenschneider ziehen.«

»Es ist dein Schwert, und du kannst damit tun, was du willst. Aber ich werde gehen, wenn du dich dazu entschließt, es zu ziehen.«

Sie schickte sich an, das Schwert aus der Scheide zu ziehen, und gleichzeitig rief sie mit klarer Stimme nach ihrer Garde. Als die Soldaten einen Augenblick später ins Zelt stürzten, fanden sie die Königin allein. Seelenschneider steckte immer noch in der Scheide, wenngleich ihre Hand auf dem Griff lag, als sei sie bereit zum Gefecht.

Die Soldaten merkten, daß sie halb hypnotisiert auf diese Hand starrten. Beide hofften, sie könnten aus dem Zelt springen, bevor das Schwert aus der Scheide gefahren wäre, und schon glaubten sie, in der Luft rings um das Schwert und um sich selbst den Sog einer Woge der Leere zu fühlen.

Königin Yambu vergeudete keinen Augenblick mehr. Unverzüglich gab sie den Befehl, die Truppen kampfbereit zu machen. Als dies geschehen war, ließ sie sie vorrücken.

Vilkatas Front war erst ab diesem Moment zu sehen. Abwartend hielt Yambu, in der Mitte ihrer eigenen Kampflinie, auf dem Rücken ihres berühmten grauen Kampftieres, das Schwert bereit, das Schwert der – ja, wie hieß dieses Schwert? Soweit sie wußte, hatte die Klinge nur den einen Namen.

Jetzt bewegten sich die feindlichen Linien aufeinander zu. Dort in der Mitte war vermutlich Vilkata selbst, der auf den richtigen Augenblick wartete, die Waffe zu ziehen, auf deren unbedingte Überlegenheit er vertraute.

Die Hand der Königin Yambu lag auf dem Griff ihres eigenen Schwertes. Sie trieb ihr Reittier voran, einen Schritt, noch einen. Noch nicht...

Aber jetzt.

Sinnschwert und Seelenschneider fuhren gleichzeitig aus ihren Scheiden.

Ihre eigene erste Reaktion auf die überwältigende seelische Wucht des Schwertes war der Wunsch, es fortzuwerfen. Doch dann tat sie es doch nicht. Denn sie sah nicht mehr, welchen Unterschied es machen würde, wenn sie es fortwürfe. Es hatte nicht mehr die geringste Bedeutung.

Nichts hatte überhaupt noch Bedeutung.

Nichts im gesamten Universum.

Das Sinnschwert war ein fernes, unbedeutendes Funkeln weit hinten auf dem Feld unter den düsteren Gewitterwolken. In der Nähe aber, rings um Königin Yambu...

Die Soldaten in ihrer unmittelbaren Umgebung hatten gesehen, wie sie das Schwert gezogen hatte. Danach aber war es ihnen gleichgültig, wohin sie schauten. Ringsumher verbreitete sich eine Welle der Lethargie, und beispiellose Gleichgültigkeit erfaßte die Truppen. Der Kreis wurde immer größer, als habe jemand einen Kiesel in einen tintenschwarzen Tümpel geworfen.

Aus der Ferne stürmte die Front heran. Das Sinnschwert flößte Vilkatas Truppen neue Begeisterung ein, und wahnwitzige Schreie gellten herüber.

Hier und dort sanken Soldaten der Königin – und von Sekunde zu Sekunde wurden es mehr – einfach zu Boden, und die Waffen entglitten den gleichgültig schlaffen Händen. Es sah so aus, als würden sie keinen Widerstand mehr leisten können, so daß der Dunkle König mühelos den Sieg davontragen würde.

Aber natürlich war auch das nicht mehr wichtig.

Die ersten von neuer Energie getriebenen Fanatiker des Königs stürmten heran, schreiend wie Berserker. Die Verteidigungsanstrengungen der schwarz-silbern gekleideten Soldaten waren bestenfalls halbherzig zu nennen, und je näher sie bei ihrer Königin standen, desto schwächer war ihre Gegenwehr.

Aber jetzt gerieten auch die Angreifer, Vilkatas Männer und Frauen, in Seelenschneiders Wirkungsbereich. Ihre Triumphschreie versiegten zuerst, und dann verließ auch sie die Energie, mit der sie ihre Waffen schwangen. Bald kamen ihre Reihen ungeordnet zum Stehen.

Die Königin von Yambu – eigentlich wußte sie nicht, weshalb sie sich diese Mühe noch machte – hob langsam den Blick. Das

Schwert, das sie über ihren Kopf hielt, erschien so stumpf, daß es in den Augen wehtat, wenn man es nur anschaute.
Das Schwert der Verzweiflung – jetzt fiel ihr der zweite Name wieder ein. Nicht, daß es jetzt noch wichtig gewesen wäre. Nichts war mehr wichtig.
Weshalb hielt sie das Schwert so hoch? Sie ließ ihre Arme vom Gewicht der Klinge herunterziehen. Als das Kampftier, verwirrt und leidend, sich in Bewegung setzte, ließ sie es ziehen und rutschte aus dem Sattel. Auf das Schwert gestützt stand sie da, und die Spitze wies schräg auf den Boden.
Doch nichts davon hatte noch irgendeine Bedeutung, die sie hätte empfinden können.
Die Gefechte, die hier und dort sporadisch ausgebrochen waren, erstarben. Seelenschneider beherrschte das ganze Feld. Wenn weder Sieg noch Überleben für irgend jemanden von Bedeutung war, dann würde es keine Schlacht geben.
Yambu wußte – wenngleich dieses Wissen verschwommen und irgendwie unwesentlich erschien –, daß das Schwert des Dunklen Königs ihn und eine kleine Gruppe seines Gefolges bisher vor Seelenschneiders düsterer, undeutbarer Attacke hatte schützen können.
Diese kleine Schar ging jetzt zum Angriff über und stürmte unter schrillem Kriegsgeschrei auf sie zu. Aber sie schrumpfte, und sie schrumpfte um so schneller, je näher sie der Königin kam. Ein Soldat nach dem anderen löste sich aus der Angriffsfront. Die Angreifer sanken zu Boden und saßen, knieten oder lagen in tiefer Verzweiflung auf dem Feld.
König Vilkatas Dämonen waren die letzten, die ihn verließen. Und noch bevor das geschah, hatte er selbst den Angriff aufgegeben, und galoppierte in heilloser Flucht davon.

Rostov, der nach vorn geritten war, um das Feld persönlich in Augenschein zu nehmen, wich mit seiner Späherschwadron unverzüglich zurück, als sie am Rande ankamen. Was der General vor sich sah, erschien ihm wie das furchtbarste Schlachtfeld, das er je gesehen hatte, obgleich er einen großen Teil seines Lebens auf den Schauplätzen schrecklicher Gemetzel verbracht hatte. Zwei Armeen befanden sich auf dem Feld,

und soweit er es aus der Ferne erkennen konnte, waren sie beide buchstäblich ausgelöscht. Aber der General machte kehrt und befahl seinen Soldaten den Rückzug – nicht wegen des Anblicks, der sich ihm bot, sondern wegen der Empfindungen, die ihn anrührten und die alle seine Soldaten anrührten, als sie den Rand dieser düsteren Arena überschritten hatten. Noch ein paar Schritte in diese Richtung, dachte Rostov, und bereitwillig hätte er Waffen und Medaillen abgelegt und sein Leben aufgegeben.
Er überlegte noch, welche Befehle er nun erteilen sollte, als er in der Ferne eine gigantische Gestalt auftauchen sah. Mit schnellen, kraftvoll ausgreifenden Schritten kam der zweibeinige Riese näher. Auch er schien das Feld der Verzweiflung zum Ziel zu haben. Es war Draffut, den manche für einen Gott hielten. General Rostov hatte den Herrn der Tiere zwar noch nie gesehen, aber wer sollte dies sonst sein?
Und da war noch jemand, anscheinend ein Mann, der in vertraulicher Eintracht mit dem Riesen auf dessen Schultern ritt.
Draffut kam nicht auf Rostov und seinen Spähtrupp zu, sondern blieb statt dessen an einer anderen Stelle am Rande des schrecklichen Schlachtfeldes stehen. Dort hielt er an und setzte den Mann, der auf seinen Schultern geritten war, auf den Boden. Der Mann, eine grau gewandete Gestalt mit einem blitzenden Schwert in der Hand, ging allein weiter auf das Feld der Finsternis und der Stille.
Verdutzt bemühte sich Rostov, zu erkennen, wohin dieser Mann – trug er eine Maske im Gesicht? – unterwegs sein mochte. Dann sah der General, daß da noch ein zweiter Mensch aufrecht auf dem Schlachtfeld stand, weit draußen in der Mitte. Es war die Silberne Königin; sie stützte sich auf die Klinge, die sie nicht mehr wegzuwerfen vermochte. Rostov und seine Soldaten sahen, wie der Kaiser ihr das Schwert aus der Hand nahm und in die Scheide schob, und augenblicklich fühlten sie, wie die Welt ringsum wieder auflebte.
Der General wandte sich seinen Truppen zu und brüllte: »Sie sind nicht alle tot da draußen! Einige von Vilkatas Mannen kommen schon wieder zu sich! Worauf wartet ihr? Macht, daß ihr hinauskommt und sie entwaffnet, solange ihr noch könnt!«

EPILOG

Als die Schar der überlebenden Götter über die Schneegrenze der Ludus-Berge hinausgestiegen war, begann der blinde Mann, den sie bei sich trugen, sie wieder zu beschimpfen und zu verfluchen. Er tobte, als ständen sie noch immer unter seinem Befehl, und Vulkan, der es hörte, begann allmählich zu bereuen, daß er den Mann aufgelesen und mitgenommen hatte.
Der Schmied hatte noch andere Gefährten, die aber nur hin und wieder zugegen waren. Der graubärtige Zeus, der stolze Apollo, Aphrodite, Hades. Sie kamen und gingen. Hades war wie stets niemals weit von seinem eigentlichen Reich, der Erde, entfernt. Diana hatte sie eine Zeitlang begleitet, aber sie hatte sich schon früh von der Gruppe getrennt und erklärt, sie habe einen anderen Ruf vernommen.
Vilkata, der Mensch, den sie mitgenommen hatten, war in zerfetzte Gewänder gehüllt, und er zitterte. Der goldene Reif war ihm schon vor Tagen vom Kopf gefallen, und seine Macht über die Dämonen hatte ihn damit verlassen. Unaufhörlich stöhnte und jammerte er, weil er sein Schwert verloren hatte. Dann wieder raste er vor Wut und verlangte, man möge ihm Speisen, Sklaven und Wein bringen.
Warum habe ich ihn mitgenommen? fragte Vulkan sich zum hundertsten Male. Der Schmied hatte ein wenig von seiner früheren Kraft wiedergewonnen, die Ardneh-Jünger seine Bande gelöst und ihn hatten gehen lassen, als sie gesehen hatten, daß er nicht länger gewalttätig und gefährlich war. Aber noch immer war er längst nicht das, was er einmal gewesen war, und manchmal überkam ihn die unbestimmte Angst, er könnte sterben.
Apollo hatte ihnen während des Rückzuges mehrmals erklärt, daß sie alle starben oder demnächst sterben würden – ihn selbst eingeschlossen. Die Welt habe sich wieder einmal verändert, hatte Apollo behauptet.
Der Mann, den sie bei sich hatten, gab ihnen zumindest eine gewisse Verbindung zum Menschlichen – obgleich Vulkan immer noch nicht bereit war, zuzugeben, daß sie so etwas brauchten.

Er wandte sich dem Mann auf seiner Schulter zu und redete ihn an, wie man zu einem halb intelligenten Schoßtier sprach. »Vielleicht finden wir irgendwo etwas zu essen für dich. Aber Wein gibt es hier nicht, zumindest keinen, den du trinken könntest, und auch keine menschlichen Sklaven.«

»Aber ich habe euch als Sklaven«, schnarrte der Mann zurück. Seine stolze Stimme wurde zusehens schwächer. »Und ihr seid Götter und Göttinnen. Also ist die ganze Erde mein.«

Von hinten schaltete sich Apollo ein. »Du fühlst es wohl nicht, kleiner Mann?«

»Was soll ich fühlen?« Er, der einmal der Dunkle König gewesen war, wandte sein blindes Gesicht hin und her. Mit klarerer Stimme erkundigte er sich: »Wo sind wir?« Und dann, einen Augenblick später, noch einmal: »Was soll ich fühlen?«

»Daß die Menschen, deren Träume uns geschaffen und uns Kraft gegeben haben, nun etwas anderes träumen? Daß unsere Kraft – und auch unser Leben – davonrinnt, seit wir euch die Schwerter gegeben haben?«

Unter den Göttern gab es immer noch einige, die sich selbst weismachen konnten, diesem Punkte sei zu widersprechen. »Das alles gehört zum Spiel –«

»Das Spiel ist aus.«

»Es ist aus? Aber wer hat gewonnen?«

Auf diese Frage bekamen sie keine Antwort.

»In den Bergen, dort, wo die Luft am dünnsten ist, werden wir uns wieder kräftig fühlen.«

Und sie stapften weiter und kletterten höher. Die Fähigkeit zu flinkem, schwerelosem Flug besaßen sie nicht mehr. Vulkan hatte den Eindruck, daß keiner von ihnen anfing, sich kräftiger zu fühlen; im Gegenteil – die dünne Luft ließ allmählich die Lungen schmerzen.

Es gefiel ihm nicht. Er würde es nicht *zulassen*. Tapfer rief er Apollo zu: »Du behauptest immer noch, wir seien ihre Schöpfung? Bah! Und wer hat *sie* dann erschaffen?«

Apollo gab keine Antwort.

Gelegentlich erschütterte vulkanisches Rumpeln die Erde unter ihren Füßen. Hier und da ließ unterirdische Wärme nackten, dampfenden Fels aus dem Schnee ragen.

Ihre Flucht, ihr Aufstieg, ging langsamer und langsamer vonstatten. Aber es ging weiter. Wo war Aphrodite plötzlich? Vulkan sah sich nach ihr um; es schien nicht, als sei sie auf die alte, behende Weise irgendwohin verschwunden, dachte er. Nein, sie war einfach weg. Fort.
Hades hatte er auch schon lange nicht mehr gesehen.
Vilkata spürte etwas. »Wohin verschwindet ihr alle?« brüllte der Mann, oder er wollte es zumindest brüllen. »Ich befehle euch, nicht zu verschwinden. Ihr sollt umkehren und mich in die Welt der Menschen zurückbringen. Ich werde hier oben erfrieren!«
Vulkan gedachte nicht, das Gezeter des Menschen noch länger zu ertragen, zumal da sein Gewicht immer weiter zuzunehmen schien. So warf der Gott den blinden, blökenden Mann beiseite und zog weiter. Vilkata verschwand in den eisigen Tiefen einer Gletscherspalte.
Der Schmied raffte seine ganze Entschlußkraft zusammen und versuchte, die Zielstrebigkeit wiederzugewinnen, mit der er diesen Aufstieg vor vielen Tagen begonnen hatte. Laut grübelte er: »Hier in der Nähe muß es gewesen sein – hier irgendwo – hier habe ich meine Schmiede erbaut und die Schwerter geschmiedet. Ich habe Holz aufgehäuft, Erdenholz, und ich habe es mit dem vulkanischen Feuer entzündet. Wenn ich nur meine Schmiede wiederfinden könnte...«
Und dann merkte er, daß er allein war. Der Mensch war irgendwo zwischen den Felsen verschwunden, und der letzte seiner göttlichen Gefährten war verweht, als habe der Wind ihn verschlungen.
Ihre klagenden Stimmen waren verhallt und in eisiger Stille versunken.
Aber eine war noch zu hören.
»*Wer hat SIE erschaffen?*« brüllte der Schmied, und er schleuderte die Frage wie eine Herausforderung dem Universum entgegen, schrie mit der letzten Kraft seiner schmerzenden, plötzlich vergänglichen Lunge.
Er spähte nach vorn.
Da wartete jemand auf ihn, lauerte hinter jenem letzten zerklüfteten Brocken schwarzen Felsgesteins. Eine neue Macht –

oder eine alte –, die gekommen war, die Welt für sich zu beanspruchen? Oder war es nur der Wind?
Er wagte nicht, hinzuschauen.
Die ganze Welt war jetzt eisig. Der Schmied merkte, daß die gräßliche Kälte sich gegen ihn wendete, er fühlte sie genauso hilflos und schmerzerfüllt, wie der schwächste Mensch sie gefühlt hätte.
Er wollte hinter den Felsblock schauen, aber er konnte es nicht. Er hatte Angst. Dicht vor ihm würgte der Boden vulkanische Hitze und beißendes Gas hervor, und Schnee und Eis verwandelten sich dort augenblicklich in schwarzen Brei.
Vulkan taumelte voran und suchte die Wärme. Er sank auf Hände und Knie nieder. Während er starb, war ihm, als sei es der erste, kalte Morgen der Welt, und er suchte nach dem Feuer.

ENDE